该书得到山东大学文学院"山大中文专刊"出版资金资助，特此致谢！

山东大学中文专刊

诗经考索

王 洲 明

著

中国社会科学出版社

图书在版编目（CIP）数据

诗经考索/王洲明著. —北京：中国社会科学出版社，2022.8
（山东大学中文专刊）
ISBN 978-7-5203-9786-5

Ⅰ.①诗… Ⅱ.①王… Ⅲ.①《诗经》—诗歌研究
Ⅳ.①I207.222

中国版本图书馆 CIP 数据核字（2022）第 031008 号

出 版 人	赵剑英	
责任编辑	郭晓鸿	
特约编辑	杜若佳	
责任校对	师敏革	
责任印制	戴 宽	

出 版	中国社会科学出版社	
社 址	北京鼓楼西大街甲 158 号	
邮 编	100720	
网 址	http://www.csspw.cn	
发 行 部	010-84083685	
门 市 部	010-84029450	
经 销	新华书店及其他书店	

印 刷	北京明恒达印务有限公司	
装 订	廊坊市广阳区广增装订厂	
版 次	2022 年 8 月第 1 版	
印 次	2022 年 8 月第 1 次印刷	

开 本	710×1000 1/16	
印 张	22.5	
插 页	2	
字 数	283 千字	
定 价	128.00 元	

目　录

诗经考索

弁　言

　　这里共结集了 20 篇论文，是从我多年研究《诗经》的成果中选出的，除一篇外都是公开发表过的。其中前 18 篇是对《诗经》的研究，另外附录两篇，分别是对高亨先生和董治安先生《诗经》研究成就及研究方法的评论和总结。基本按照当时发表时间的先后顺序排列。

　　我的《诗经》研究主要关注点基本在两个方面：一是比较多地思考和探索了周代历史思想文化与《诗经》多层面的联系问题；二是比较多地结合周代至汉代历史思想文化的发展，思考和探索了先秦至汉代的《诗》学史方面的种种问题。而所遵循的则是传统的社会——历史的研究方法。再概括地说，也就是始终遵循历史唯物论和辩证唯物论的基本原则。对于各种新的研究路数和方法，我从不反对，但我所坚持的还是自己比较习惯的所谓传统的方法。我想，这与自己接受的传统教育有关，更与自己的师承和学术研究环境有关。并且，至今我仍认为，传统做学问的路数和方法，是从事学术研究的重要路数和方法。

　　我深知，《诗经》研究和《诗经》学研究，学问高深。像其他的经典一样，虽经历代无数学者专家焚膏继晷、锲而不舍地钻研，然而仍然问题多多，未来的研究道路任重而道远。换句话说，《诗经》研究和《诗经》学研究，仍然有很宽广的学术空间。如果我有关《诗经》研究的一己之得、一孔之见，能对《诗经》研究的继续深入起到些许启示，我会感到莫大欣慰。书中的不当之处，也恳请方家批评。

王洲明

2019 年 6 月

于山东大学寓所

考索1　论郑玄《诗谱》的贡献

一

研究《诗经》者对于《毛诗》郑玄笺历来都十分看重，但对郑玄另一部有关《诗经》的研究专著——《诗谱》，却未能给予足够的重视。其中一个原因恐怕是怀疑今传《诗谱》非郑氏《诗谱》之原著。这怀疑虽有道理，却不能成为忽视它的根据。

《后汉书·郑玄列传》记载郑玄"遍注群经"的同时，又指明其曾著《六艺论》《毛诗谱》等书。其后，隋、唐史志也皆有载录。而北宋《崇文总目》则不见有关《诗谱》著录。欧阳修也说："世言郑氏《诗谱》最详，求之久矣不可得，虽《崇文总目》秘书所藏亦无之。"又说："庆历四年，奉使河东，至于绛州偶得焉。其文有注而不见名氏，然首尾残缺，自'周公致太平'以上皆无之。其国谱旁行尤易为讹舛，悉皆颠倒错乱，不可复序。凡诗雅颂兼列商鲁，其正变之风十有四国，而其次比莫详。……初余未见郑谱，尝略考《春秋》、《史记》本纪、世家、年表，而合以毛、郑之说为《诗图》十四篇，今因取以补郑谱之亡者，足以见二家所说世次先后甚备，因据而求其得失较然矣。而仍存其图，庶几一见予与郑氏之学尽新焉尔。……凡补谱十有五，补其文字二百七，增损涂乙改正者八百八十三。"① 据欧阳氏之言得知：他所偶得《诗谱》为残本；在未得《诗谱》前已作《诗图》十四篇，因据以补郑谱之亡者；在郑氏"图谱……悉皆颠倒错乱，不可复序"的情况下，进行了大量的订补工作，并将其所订补之图谱存载。到南宋，都承认欧阳修补亡郑谱，宋代陈振孙《直斋书录解题》（卷二诗类）载："《诗谱》三卷，汉郑康成撰，欧阳修补亡。"可是到元代，就出现了复杂的情况，《宋史·艺文志》（卷二百二）载："郑玄《诗谱》三卷。"同时又载："欧阳修《诗本义》十六卷，又补注《毛诗谱》一卷。"（同上）这究竟是怎么一回事？我们推测不外乎如下两种情况：第一，《崇文总目》所不见之郑谱，元代修《宋史》时又复见。不过这种情况可能性很小。第二，《宋史》所谓郑玄《诗谱》，即欧阳修庆历四年所偶见之残谱，这种可能性极大。至清代，考订《诗谱》凡有数书，而皆就欧氏补亡谱重加厘定，如吴骞《诗谱补亡后订》（拜经楼丛书本），丁晏《诗谱考正》（花雨楼校本），即其中上乘者。尤其丁氏《考正》，被江翰誉为"皆援据确凿，非好异略者比"。② 郑氏残谱则不被提及。

从上述有关《诗谱》的著录，我们可得出如下结论：自成书至隋唐，该书一直传世；北宋一度亡佚，又失而复得，但所得已为残谱；其后在清代，欧阳修的《补谱》一直传世，学者们又在《补谱》的基础上做了考订工作。其间，虽也有人怀疑欧阳氏所得残谱的真伪，谓"残本欺人，芜不足据"③，但证据不足，相信者甚少。

---

① 欧阳修：《诗本义·诗谱补亡后序》，台湾影印文渊阁《四库全书》本。
② 王云五：《续修四库全书提要》，台湾商务印书馆1972年版，第480页。
③ 胡元仪：《毛诗谱·序》，见《皇清经解续编》卷一四二六。

在检查有关《诗谱》著录时，孔颖达的功绩应特别提及。他在奉敕作《毛诗正义》时，将郑氏谱分冠风、雅、颂之首，虽所存郑谱"亦难免有佚脱"[1]，但所录必有据，大体近是。以致欧阳氏作补谱、丁晏等作《诗谱考正》，虽于图谱中调整诗国先后顺序、确定诗篇产生时代，用心甚苦，时有新见，但图谱前的序文皆以孔氏所录为准。准此，即便欧阳氏《诗谱》为"欺人"之作，仅孔颖达《毛诗正义》所录郑氏谱文，已保存了郑氏《诗谱》的基本内容，足资论析。

还应提及的是，《诗谱》为郑玄积多年研治《诗经》之所得，较系统地反映了他对《诗经》诸多的认识，因而值得格外重视。《诗谱》作于何年，已无从考知。然而，孔颖达《毛诗正义》除载录《诗谱》内容本身外，也对《诗谱》提出了自己的意见，为我们研究《诗谱》作期，提供了有益的参考。如：郑玄于《诗谱·小大雅谱》中，认为《小雅·常棣》应为成王时诗，而与《郑志》中答弟子赵商时所说不同。《郑志》载答赵商云："于文武时，兄弟失道，有不合协之意，故作诗以感切之。至成王时，二叔流言作乱，罪乃当诛，悔乃何及？未可定此篇为成王时作。"为什么两说不一呢？孔颖达解释曰：答赵商时，"郑未为谱，故说不定也。言未可定此篇为成王时，则意欲从之而未决。后为此谱则决定其说为成王时也"[2]。孔氏的解释是可信的。又据《后汉书·郑玄列传》（卷六十五），玄"年六十，弟子河内赵商等自远方至者数千"。由此，确定《诗谱》为郑玄晚年所作，不至于为诬罔之说。

二

郑玄生当汉季末世，在他之前的汉代，《诗经》和上层社

① 丁晏：《郑氏诗谱考正序》，花雨楼丛钞本。
② 孔颖达：《毛诗正义·诗谱序》，中华书局 1980 年版。

会的人们发生了密切的关系，诗传、诗序、诗说之类的解释文字，可谓汗牛充栋。他就是在这基础上，爬梳缕析，在为《毛诗》作笺后又从事《诗谱》写作的。如果说他为《毛序》《毛传》所作的笺释，更多的着眼于篇义、词义、字义，那么《诗谱》则是对《诗经》进行综合的观察和研究。统观现存汉代有关《诗经》的研究，只有《毛序》算较为系统之作。拿《诗谱》和《毛序》相较，郑玄虽然吸取了《毛序》诸多之说，但就所论问题的多寡深浅上，《诗谱》远非《毛序》所能及。郑玄在《诗谱》中所做的工作，可笼统地概括为：明时代、定地理、说正变。所谓明时代，即"显其始封之主，省其上下，知其众源所出"，并将 305 篇"各当其君，君之化傍观其诗"；所谓定地理，即规划十五国风地理方位，"述其土地之宜"①，并连及风土民情；所谓说正变，即以传统诗教作标准，将诗篇分述为"诗之正经"以及变风、变雅。上述三方面的内容，一纵一横，且纵横交错，构成了《诗谱》论诗的统一整体。

（一）明时代

《诗经》305 篇的时代问题，三家说和毛说不一，三家说亦不一。郑玄于众说纷纭之际，一一确定了风雅颂的产生时代。

在《国风》中，郑玄认为《周南》《召南》最早产生："文武之德，光熙前绪，以集大命于厥身，遂为天下父母，使民有政有居。其时诗风有《周南》、《召南》。"又说："武王伐纣定天下，巡守述职，陈诵诸国之诗，以观民风俗。……其得圣人之化者谓之'周南'，得贤人之化者谓之'召南'。"由此，郑玄以"二南"为文王、武王时诗。依此又谓"邶风"

---

① 孔颖达：《毛诗正义·诗谱序》，中华书局 1980 年版。

"鄁风""卫风"为夷王以后诗；谓"邶风"为夷王、厉王时诗；谓"郑风"为幽王以后诗；谓"齐风"为懿王以后诗；谓"魏风"为平、桓之世诗；谓"唐风"为周公、召公共和以后诗；谓"秦风"为宣王以后诗；谓"陈风"为厉王以后诗；谓"曹风"为惠王以后诗；谓"豳风"为成王、周公时诗；谓"王风"为平王东迁以后诗。

至于雅诗，郑玄把它们划归两个时代：一部分为西周昌盛时代，即文王、武王、周公、成王时的诗；一部分则为周室衰微以后，即自懿王、夷王至幽王时的诗。具体说：《大雅·文王之什》《小雅·鹿鸣之什》《大雅·生民之什》中的《生民》《行苇》《既醉》《凫鹥》《假乐》《公刘》《泂酌》《卷阿》，《小雅·南有嘉鱼之什》的《南有嘉鱼》《南山有台》《蓼萧》《湛露》《彤弓》《菁菁者莪》为西周初期的诗篇；《大雅·荡之什》，《小雅》中的《鸿雁之什》《节南山之什》《谷风之什》《甫田之什》《鱼藻之什》，《南有嘉鱼之什》中的《六月》《采芑》《车攻》《吉日》，以及《大雅·生民之什》的《民劳》《板》则为西周后期的诗篇。共计前期诗 34 篇（大雅 18，小雅 16），后期诗 71 篇（大雅 13，小雅 58）。

前已说过，《毛序》是现存汉代《诗经》研究唯一有系统之作。郑玄在确定诗篇时代时，就是把《毛序》当作重要依据的。但他又绝非视其为不二法门，亦步亦趋，而是有所发现，有所创新。这不仅表现在把时代作为论诗的重要问题贯通于《诗谱》之中，且不惮其烦地制定图谱，还表现为对《毛序》的订正和补充上。关于这一点，我们和《郑笺》联系起来进行统一考察，问题就更加明白。以下就雅诗和风诗略举几例：

《毛序》："《十月之交》，大夫刺幽王也。"

《郑笺》："当为刺厉王，作诂训传时，移其篇第，因改之耳。《节（南山）》刺师尹不平，乱靡有定，此篇讥皇父擅恣，日月告凶；《正月》恶褒姒灭周，此篇疾艳妻煽方处；又幽王时司徒乃郑桓公友，非此篇之所云番也，是以知然。"（上引及以下所引《毛序》《郑笺》均见《毛诗正义》）

从《笺》文看，郑玄改《毛序》所定幽王时诗为厉王时诗，是建立在对诗篇内容及有关历史的考订基础之上的，非随意为之。他把《十月之交》与《节南山》进行比照，是对诗篇内容上的考察，而指出"幽王时司徒乃郑桓公友"，诗篇中却云"番维司徒"的矛盾，则是从诗篇的内容出发，同时顾及了历史。对《十月之交》后的《雨无正》《小旻》《小宛》，郑玄也改变《毛序》"刺幽王""刺宣王"的说法，统定为厉王时诗。后来他很郑重地把这些意见写进了《诗谱》之中，并强调说："汉兴之初，师移其第耳，乱甚焉。既移文改其目，亦顺上下，刺幽王亦过矣。"由此足见他在确定诗篇的时代上，确有一番潜研之功。

对于《毛序》未言明写作时代的有些诗篇，郑玄在为《序》作笺释时，除诠释内容外，又特意补充、指明其写作的时代。例如：

《毛序》："《无将大车》，大夫悔将小人也。"
《郑笺》："……幽王之时，小人众多，贤有与之从事，反见谮害，自悔与小人群。"

《毛序》："《小明》，大夫悔仕于乱世也。"
《郑笺》："名篇曰小明者，言幽王日小其明，损其政事以至于乱。"

《毛序》："《绵蛮》，微臣刺乱也。大臣不用仁心，遗
忘微贱，不肯饮食教载之，故作是诗也。"

《郑笺》："……幽王之时，国乱礼废恩薄，大不念
小，尊不恤贱，故本其乱而刺之。"

《毛序》："《既醉》，太平也。醉酒饱德，人有士君子
行焉。"

《郑笺》："成王祭宗庙，旅酬下遍群臣，至于无算爵故
云醉焉。"

《毛序》："《无衣》，刺用兵也。秦人刺其君，好攻
战，亟用兵，而不与民同欲焉。"

《郑笺》："此责康公之言也。"

凡此种种，郑玄后来也都把这些意见写进了《诗谱》之中。

还有一种情况，对于同一篇诗的写作时代，往往有一种甚
至多种不同意见。郑玄能做到不为家法所拘，不为时说所惑，
甚至勇于修正自己过去的观点。《王风·葛藟》，皇甫士安认为
是桓王时诗（见《毛诗正义》载陆德明《毛诗音义》），而郑
玄却定其为平王时诗。这种力排众议独抒己见的情况，如果说
在雅诗中还不多见，那么在确定颂诗特别是"鲁颂"和"商
颂"时代时就表现得十分明显。

关于"周颂"的写作时代，战国时的看法就很不一致。
《左传·宣公十二年》引楚子云："……武王克商，作颂曰：
'载戢干戈，载櫜弓矢。……'又作《武》，其卒章曰：'耆定
尔功。'其三曰：'铺时绎思，我徂维求定。'其六曰：'绥万
邦，屡丰年。'"楚子，指楚庄王，所引诗句分别见于"周颂"
的《时迈》《武》《赉》《桓》诸篇。寻绎文意，当以该四首

诗作于武王时代。郑玄作《诗谱》则摈弃《左传》之说，十分肯定地指出："周颂者，周室成功致太平德洽之诗，其作在周公摄政、成王即位之初。"（《毛诗正义·周颂谱》）

郑玄定"周颂"为周公、成王时所作，也是注意到诗篇表现的内容。他认为"颂"即"容"，"天子之德，光被四表，格于上下，无不覆帱，无不持载，此之谓'容'"。而只有当"周室成功"，方能具备如此盛德，"于是和乐兴焉，颂声乃作"。郑玄为《毛序》所作的笺释也透露了这层意思。为"周颂"的《毛诗序》所作笺释凡二十五，言明时代者凡九，且皆与《毛序》所论相符，举其要者如次：

《毛序》："《清庙》，祀文王也。周公既成洛邑，朝诸侯，率以祀文王焉。"

《郑笺》："……天德清明，文王象焉，故祭之而歌此诗也。……成洛邑居摄五年时。"

《毛序》："《维天之命》，太平告文王也。"

《郑笺》："告太平时，居摄五年之末也。"

《毛序》："《小毖》，嗣王求助也。"

《郑笺》："……成王求忠臣早辅助己为政以救患难。"

《毛序》："《酌》，告成大武也。言能酌先祖之道，以养天下也。"

《郑笺》："周公居摄六年，制礼作乐，归政成王，乃后祭于庙而奏之，其始成告之而已。"

这九篇中的《维清》还需略加说明。《毛诗序》："《维清》，奏象舞也。"《郑笺》："象舞，象用兵时刺伐之舞，武王制焉。"此所言武王所制，为制作舞容，非为制作歌诗。而《维清》又为"奏象舞之所歌"（蔡邕《独断》），而这"歌"则为周公所作。胡承珙《毛诗后笺》曰："郑谓武王所制者，武王之作象舞，其时似但有舞耳。考古人制乐，声容固宜兼备，然亦有徒歌徒舞者，三百篇皆可歌，不必皆有舞。则武王制象舞时殆未必有诗，成王周公乃作《维清》以为象舞之节，歌以奏之。"胡氏所论似较符合郑玄本意。

和周颂相比，在确定鲁颂和商颂时代时，郑玄面临更加复杂的情况。

先说鲁颂："故皋陶歌虞，奚斯颂鲁。"（班固：《两都赋序》）"故奚斯颂鲁，歌其路寝。"（王延寿：《鲁灵光殿赋》并序）"昔奚斯颂鲁，考甫咏殷。"（《后汉书·曹褒列传》引曹褒语）"韩诗鲁颂曰：'新庙弈弈，奚斯所作。'薛君曰：'奚斯，鲁公子也。言其新庙弈弈然盛，是诗公子奚斯所作也。'"（《文选·两都赋序》引李善注）以上为三家诗说。"《駉》，颂僖公也。僖公能遵伯禽之法，俭以足用，宽以爱民，务农种穀，牧于駉野。鲁人尊之，于是季孙行父请命于周，而史克作是颂。"以上为毛诗说。而郑玄《诗谱》谓：

> 僖二十年，新作南门，又修姜嫄之庙，至于复鲁旧制，未遍而薨。国人美其功，季孙行父请命于周，而作其颂。

研究比较上列诸项，《诗谱》显然不同于三家说。其实郑玄在作笺释时，把"新庙弈弈，奚斯所作"释为"作庙"而非"作诗"已与三家说异。《诗谱》说也与《毛序》说不同：《诗谱》明谓僖公薨后而"作其颂"，此其一；《诗谱》只言季孙行父"请命于周"，而不言"史克作是颂"，此其二；郑玄在为《毛序》作笺释时，却又同意《毛序》之说，此其三。（郑玄在《鲁颂·駉·毛序》后的笺释云："季孙行父，季文子也。史克，鲁史也。"）那么，为什么郑玄要对自己的意见加以修正，出现这种前后不一的情况呢？我们推测：郑玄时代，三家诗说依然盛行，即以"奚斯颂鲁"说为例，除上述诸条外，尚多有载录。[①] 置三家诗派众口一词的情状于不顾而一意从毛，定鲁颂为史克所作，在无确证的情况下，郑玄也觉得难为其辞。而不言"史克作是颂"，则"奚斯颂鲁"之意似可统括于《诗谱》意中了。考《左传》及《公羊传》，奚斯凡五见，早为《左传·闵公二年》，晚为《公羊传·僖公元年》，僖公在位三十二年，则僖公薨后，仍有"奚斯颂鲁"之可能。至于为何谓僖公薨后所作，孔颖达意见可备一说。孔氏曰："此颂之作在僖公薨后，知者以大夫无故不得出境上请天子颂君德。虽则群臣发意，其行当请于君。若在僖公之时，不应听臣请，王自颂己德，明是僖公薨后也。"（《周颂谱》正义）我们作此种推测，不仅因为汉代学术已趋合流，也不仅因为郑玄注经兼收古今文经学，还与郑玄注经的态度相一致。郑玄曾说："天下之事以前验后，其不合者，何可悉信？是故悉信亦非，不信亦非。"（《诗·大雅·生民》正义引《郑志》）又说："探义太过，得无诬乎？"（《诗·商颂·长发》正义引《郑志》）时代绵邈，典籍云散，闻知无多，此论是耶？非耶？以待识广者正误。

再说"商颂"。

有关"商颂"制作时代最早的载录当推《国语·鲁语》中的一段话："昔正考父校商之名颂十二篇于周太师，以《那》为首。"汉人对这条载录的理解就很不一致。《毛序》曰：

---

① 皮锡瑞：《经学通论》，中华书局1954年版，第46页。

《那》，祀成汤也。微子至于戴公，其间礼乐废坏，有正考甫者，得商颂十二篇于周之太师，以《那》为首。

案：明谓"得"而不语"校"者，即不含近人所谓"审校音节"之义，《序》意当以"商颂"为正考甫以前之作品。而三家诗说则与《序》说或同或异：

自夏以往，其流不可闻矣。殷颂犹有存者，周诗具备。（班固：《汉书·礼乐志》）

此为齐诗说，与《毛序》说同。

宋襄公之世，修行仁义，欲为盟主。其大夫正考父美之，故追道契、汤、高宗，殷之所以兴，作商颂。（司马迁：《史记·宋世家》）

正考父，孔子之先也，作商颂十二篇。（《后汉书·曹褒列传》注引薛君《韩诗章句》）

此为鲁、韩说，谓"商颂"为宋大夫正考父所作，与《毛诗序》说异。郑玄作《诗谱》，从《毛序》义而摈弃鲁、韩说，并对序说详加审明：

此三王（指汤、中宗、高宗）有受命中兴之功，时有作诗颂之。……武王伐纣，……封纣兄微子后为宋公，代武庚为商后。……自从政衰，散亡商之礼乐。七世至戴公，时为宣王，大夫正考父者，校商之名颂十二篇于周太师，以《那》为首，归以祀其先王。孔子录诗之时，则得五篇而已。……又问曰：周太师何由得商颂？曰：周用六代之乐，故有之。

《诗谱》比《序》说多出内容有：第一，因三王有中兴之功，当时即有"作诗颂之者"；第二，指明正考父为商后宋之大夫；第三，针对以"商颂"为正考父所作的鲁、韩诗说，特加申辩之语。

在"商颂"制作时代问题上，郑玄究竟主《毛序》说抑或主鲁、韩说，也即究竟以"商颂"为商时诗抑或宋时诗的问题，历史上还有一桩公案。孔颖达为《毛诗大序》作疏，引了两段《六艺论》：

> 孔子录周衰之歌及众国贤圣之遗风，自文王创基至于鲁僖，四百年间凡取三百五篇，合为国风雅颂。文王创基至于鲁僖，则商颂不在数矣。

按孔颖达疏义，郑玄意为："周诗是孔子所录，商颂则篇数先定，论录则独举周代，篇数则兼取商诗。而云合为风雅颂者，以商诗亦周歌所用。"若准此，则《六艺论》主"商颂"为商代之诗。宋罗泌《路史》则谓"商颂，宋颂也，宋襄公之诗耳"，并引《六艺论》"商颂不在数"之语为证。皮锡瑞又以罗氏为是，以孔氏为非，并谓"是郑君作论时从三家之明证"。[①] 我们觉得，罗氏皮氏之见未必确论。以"商颂"为殷商时诗似郑玄一贯主张，他为《毛序》作笺释在前，而对《商颂·那》的序说未提出不同意见；他作《诗谱》在后，以之为殷商所作更是言之凿凿。其实，把"商颂"另眼相观，不自郑玄始，似为汉人之通见。班固说："自夏以往，其流不可

---

① 皮锡瑞：《经学通论》，中华书局 1954 年版，第 46 页。

闻矣。殷颂犹有存者，周诗具备。"(《汉书·礼乐志》) 此把殷颂、周诗分而言之。又说："孔子纯取周诗，上采殷，下取鲁，凡三百五篇。"(《汉书·艺文志》) 此则把"商颂"、"鲁颂"与周诗分而言之。由此观之，孔疏较符合郑氏《六艺论》之原意。

(二) 定地理

和确定诗的产生时代一样，对于《诗经》中的地理问题，郑玄也很早就注意到了。据粗略统计，郑玄在笺释毛诗时言及地理者达二十几处，如谓"楚宫"："楚丘之宫也"(《鄘风·定之方中》笺)；谓"镐、方"："镐也，方也，皆北方地名"(《小雅·六月》笺)；谓"敖"："郑地，今近荥阳"(《小雅·车攻》笺)。《郑志》还载：弟子问："楚宫今在何地？答曰：楚丘在济河间，疑在今东郡界。"(《鄘风·定之方中》正义引) 足见地理问题，也是郑玄师徒相与切磋的重要内容。我们拿笺释中所言地理与《诗谱》进行比较，却发现二者有着根本的不同，《诗谱》已不是诗中所涉及的具体地名的解释，其内容包含十五国风、大小雅、周颂、鲁颂、商颂产生地的古今政治沿革，汉时的地理方位，以及各地的风土民情。应该说这是我国最早的有关《诗经》地理问题总体的、系统的论述。

郑玄从事《诗经》地理问题的论撰，的确充分吸收了前人的成果，比如，古今政治沿革多来自司马迁《史记》的"本纪""世家"，汉时的地理方位多采自班固《汉书·地理志》，各地的风物民情除多采自《地理志》外，还多用《毛序》之说。但《诗谱》所论地理问题却具备独到的贡献，这不仅表现在他对那些并非专门研究《诗经》的材料广搜博求而又融会贯通，从而形成自己的理论体系，还表现在对已有的材料或取或舍，或删繁就简，或另立新说，或补充其内容，进行了一番创造性的工作。如：在《诗谱》中的邶鄘卫合谱，谱云：

> 邶鄘卫者，商纣畿内方千里地。其封域在《禹贡》冀州太行之东，北逾衡漳，东及兖州桑土之野。

> 周武王伐纣，以其京师封纣子武庚为殷后。庶殷民被纣化日久，未可以建诸侯，乃三分其地，置三监，使管叔、蔡叔、霍叔尹而教之。自纣城而北谓之邶，南谓之鄘，东谓之卫。

> 武王既丧，……三监导武庚叛，成王既黜殷命，杀武庚，复伐三监，更于此三国建诸侯，以殷余民封康叔于卫，使为之长。后世子孙稍并彼二国，混而名之。……

《汉书·地理志》（卷二十八下）则云：

> 河内本殷之旧都，周既灭殷，分其畿为三国，诗风邶鄘卫国是也。邶以封纣子武庚，鄘管叔尹之，卫蔡叔尹之，以监殷民，谓之三监。故《书》序曰："武王崩，三监叛。"周公诛之，尽以其地封弟康叔，号曰孟侯，以夹辅周室。

而《史记·卫世家》与《汉书》的内容相同。我们比较这两段文字，《诗谱》明显吸收了《汉书·地理志》的内容，甚至邶鄘卫合谱也是受其影响。但又有不同：第一，《诗谱》云三监为管叔、蔡叔、霍叔，而《地理志》则袭《史记》成说，无霍叔而以"纣子武庚"为三监之一。郑玄之说源于何处不得而知，后人还专论郑说非是。① 但从文章看，明言三监有霍叔，则于理较合。第二，《地理志》谓伐三监后，即"尽以其地封弟康叔"，而《诗谱》则云伐三监后，"以殷余民封康叔于卫，使为之长。后世子孙稍并彼二国"。孔颖达看出了这种区别，曰："如《志》之言，则康叔初封，即兼彼二国，非子孙矣。服虔依以为说。郑不然者，以周之大国，不过五百里，王畿千里；康叔与之同，反过周公，非其志也。"（《邶鄘卫谱·正义》）由此，可看出郑玄的细心处。第三，关于地理方位，《地理志》仅言及"河内""殷之旧都"，而《诗谱》则详定其方位，"在《禹贡》冀州太行之东，北逾衡漳，东及兖州桑土之野"。"自纣城而北谓之邶，南谓之鄘，东谓之卫。"从现存有关郑玄生平著述看，他未必对诗产生地做过实地考察，但的确根据历史载录并结合诗篇中的地名，对诗的产生地进行了审慎的厘定工作。孔颖达云："诗人所作，自歌土风，验其水土之名，知其国之所在。卫曰：'送子涉淇，至于顿丘。'顿丘，……在朝歌纣都之东也。纣都河北，而鄘曰：'在彼中河'，鄘境在南明矣。都既尽西，明不分国，故以为邶在北……"（《国风谱·正义》）孔氏之言当系对郑玄作谱的推测之辞，但也不无道理。

和邶、鄘、卫一样，对其他各国风产生地的政治历史沿革及汉时的地理方位，《诗谱》也作了一一论述。如果说郑玄采《史记》的"本纪""世家"内容撰述"国风"产生地的政治历史沿革多为删繁就简，那么，采《汉书·地理志》的内容撰述"国风"产生地的汉时方位，则补充了众多的内容。如：《诗谱》定《周南》《召南》方位"在《禹贡》雍州岐山之阳"，"今属

---

① 参见王引之《经义述闻》（一）"三监"，国学基本丛书本，上海中华书局1935年版，第139页。

右扶风美阳县";定郑国方位"在《禹贡》豫州外方之北,荥波之南,居溱洧之间";定唐国方位"在《禹贡》冀州太行、恒山之西,太原太丘之野";定豳地方位"在《禹贡》雍州岐山之北";定"王风"产地"在《禹贡》豫州太华外方之间,北得河阳,渐济州之南",皆为《汉书·地理志》所未言及。而定齐国"东至于海,西至于河,南至于穆陵,北至于无棣,在《禹贡》青州岱山之阴,潍淄之野";定陈国"在《禹贡》豫州之东","西望外方,东不及明潴",其内容虽《汉书》言及,但语焉不详。我们觉得,郑玄在这方面的创造性的工作,值得充分肯定,它给历代《诗经》研究带来了很大方便。虽朝代更替,地理变迁,但寻郑氏之说,并参照古籍,我们仍可定出《诗》产生地在今天的大体方位。

至于"明地理"中的风俗问题,与"正变"说联系更加紧密,因述于后。

(三)说正变

郑玄把除"鲁颂"和"商颂"之外的290篇周诗,皆纳入其正变之说。确定《周南》《召南》《周颂》《大雅·文王之什》与《大雅·生民之什》中的《生民》《行苇》《既醉》《凫鹥》《假乐》《公刘》《泂》《酌》《卷阿》,以及《小雅·鹿鸣之什》和《小雅·南有嘉鱼之什》中的《南有嘉鱼》《南山有台》《蓼萧》《湛露》《彤弓》《菁菁者莪》共90篇诗,为诗之正经,而谓除《周南》《召南》外的十三国风,《大雅·生民之什》中《民劳》《板》,《大雅·荡之什》,《小雅·南有嘉鱼之什》中的《六月》《采芑》《车攻》《吉日》,以及《小雅》的《鸿雁之什》《节南山之什》《谷风之什》《甫田之什》《鱼藻之什》共206篇诗,为诗之变风变雅。

郑玄的"正变"说之源起,无疑受《诗大序》"至于王道衰,礼义废,政教失,国异政,家殊俗,而变风变雅作矣"的影响。他所做的工作，不仅具体指明了何为正，何为变，且论正变发生之原因更趋详备。他认为，"文武之德，光熙前绪，以集大命于厥身，遂为天下父母，使民有政有居"，"及成王、周公致太平，制礼作乐而有颂声兴焉"，是诗之正声产生的原因；他又认为厉王、幽王"政教尤衰，周室大坏"，"五霸之末，上无天子，下无方伯，善者谁赏，恶者谁罚，纪纲绝矣"，是变风变雅产生的原因。更应提及的，是他兼采《汉书·地理志》有关诗产生地风俗民情的内容以及《毛序》中有关政教衰陵的内容，对变风变雅产生的原因作了详细论述，为"正变"说提供了坚实的根据。如《陈谱》曰："（太姒）好巫筮，祷祈鬼神歌舞之乐，民俗化而为之。"此用《地理志》内容。又采《宛丘》诗之《毛序》义补充曰："五世至幽公，当厉王时，政衰，大夫荒淫，所为无度，国人伤而刺之，陈风变风作矣。"《曹谱》曰："昔尧尝游成阳，死而葬焉。舜渔于雷泽，民俗始化。其遗风重厚多君子，务稼穑，薄衣食以致蓄积。"此用《地理志》内容。又采《蜉蝣》之《毛序》义补充曰："夹于鲁卫之间，又寡于患难，末时富而失教，乃更骄侈。……当周惠王时政衰，昭公好奢而任小人，曹之变风始作。"《唐谱》曰："昔尧之末，洪水九年，下民其咨，万国不粒。于时杀礼以救艰厄，其流乃被于今。"此显然附会《地理志》"其民有先王遗教"义。又采《蟋蟀》之《毛序》义补充曰："当周公、召公共和之时，成侯曾孙僖侯甚啬物，俭不中礼，周人闵之，唐之变风始作。"他如《卫谱》《齐谱》《魏谱》《豳谱》《王谱》也皆联系政治兴衰，明变风产生之原因。

郑玄采《毛序》政教衰陵的内容作为变风产生的原因，其道理易于理解。而采《汉书·地理志》有关诗产生地风俗的内容以明变风产生之原因，却颇值得思考。我们觉得，他可能是注意到了两个方面：古之颓风，于时犹存，如《陈风》；古之正风，于时骤变，如《曹风》《唐风》《魏风》。总之，其着眼点仍在突出一个"变"字。这种从政教、风俗、历史发展变化中寻求变风产生原因的努力，与《诗大序》的笼统之说相比，其进步是显而易见的。

三

如果拿我们今天对《诗经》的认识与郑玄在《诗谱》中对《诗经》的认识对比，毋庸讳言，郑玄的许多结论是不妥的、错误的。比如：定《周南》《召南》全为文武时代的作品，与诗篇实际内容也不尽相符；其有关正变内容的划分，也非皆为的论。至于郑玄把文学的诗当作"经夫妇，成孝敬，厚人伦，美教化，移风俗"，"作后王之鉴"的"经"，与我们今天通过研究文学的诗歌，认识历史，总结文学创作的规律，其出发点和归宿更是在本质上不同。这只是问题的一方面。另一方面，我们只要把《诗谱》放在历史的发展中加以全面地考察，就能够发现，它除了对我们今天认识《诗经》仍有极大的参考价值外，还涉及一些重大理论问题，其中有的还甚有见地。疑古的古史辨派用"呆"和"傻"评判郑玄的功过是不符合实际的。

从《诗经》最早产生的诗篇到郑玄的时代，已经有一千多年的历史，先秦人和汉人对诗篇产生的原因进行过多方面的探求，其结论也不乏合理的因素。《诗大序》"在心为志，发言为诗。情动于中而形于言，言之不足故嗟叹之，嗟叹之不足故咏歌之。……"的论述，不仅是对先秦"诗言志"说的总结，同时与言情结合在一起，比较准确地抓住了诗的特征。又谓"颂者，美盛德之形容，以成功告于神明者也"，谓"王道衰，礼义废，政教失，国异政，家殊俗，而变风变雅作矣"，也注意到颂诗、变风变雅的产生与社会政治的关系。唯其对风的解释，所谓"风也，教也"，"上以风化下，下以风刺上"，则主要侧重风诗的社会作用而言。在诗产生原因问题上，郑玄汲取了前人的成果，认为变风变雅的产生，是幽王、厉王之后，"政教尤衰，周室大坏"，五霸之末，纲纪废绝，"故孔子录懿王、夷王时诗，讫于陈灵公淫乱之事，谓之变风变雅"。对所谓"诗之正经"产生原因的解释，也是汲取"美盛德之形容"之义，作了具体说明。但在这具体说明中，透露出了前人不曾认识或虽已认识却不曾言及的新的命题。他说："周自后稷播种百谷，黎民阻饥，兹时乃粒，自传于此名也。陶唐之末，中叶公刘，以世修其业，以明民共财。至于大王、王季，克堪顾天。"即是说，后稷的时代，黎民饥馑，播种百谷之后，民方以五谷为食。此时当然不会产生什么颂诗。公刘中兴，迁都于豳，也仅使民上下有别，共享财用；到大王、王季，方能顾及天意，此时当然也不会有什么颂诗可言。只有到文、武时代，其德"光熙前绪，以集大命于厥身，遂为天下父母，使民有政有居"，成王、周公时代，"致太平，制礼作乐"，于是"颂声兴焉"。郑玄从国家富足、政治清明、礼乐兴隆诸方面考察颂诗产生的原因，这就不只是和社会政治关系相联系，而且把诗歌这种精神的生产和物质的生产紧紧地联系在一起了。马克思主义认为，作为上层建筑观念形态之一的诗歌，归根结底是经济基础的反映。从这一点出发考察郑玄的认识，我们觉得它的确具有唯物的因素，它比《诗大序》仅仅言及社会政治的原因又前进了一步。

在诗的社会作用方面，郑玄的认识更带有他所处时代的特征，他更加强调怨的作用，且怨的含义也不全同于儒家"怨而不怒""哀而不伤"的传统诗教。他看重怨诗，把除《周南》《召南》外的十三国风皆归为变风；他不仅注意到了怨诗的"刺怨""刺过讥失"的内容，而且注意到了怨诗的揭露、谴责的内容。他评价变风变雅说："勤民恤功，昭事上帝则受颂声，弘福如彼；若违而弗用，则被劫杀，大祸如此。吉凶之所由，忧娱之萌渐，昭昭在斯，足作后王之鉴。"这虽然强调的是怨诗警世惩俗的社会作用，但实际涉及怨诗对社会政治的揭露内容。

《小大雅谱》评论变雅时还有这样一段文字：

> 问者曰："《常棣》闵管、蔡之失道，何故列于文王之诗？"曰：闵之。闵之者，闵其失兄弟相承顺之道，至于被诛；若在成王、周公之诗，则是彰其罪，非闵之，故为隐，推而上之，因文王有亲兄弟之义。

有关《常棣》之旧说莫衷一是，此不赘述。孔颖达解释这段文字曰："此郑自问而释之也。周公虽内伤管、蔡之不睦而作亲兄弟之诗，外若自然须亲，不欲显管、蔡之有罪。缘周公此志有隐忍之情，若在成王诗中，则学者之知由管、蔡而作，是彰明其罪，非为闵之，由此故为隐，推进而上之文王之诗，因以见文王有亲兄弟之义也。"案：孔疏云为周公所作，本自《常棣》笺说。寻郑玄意，实际注意到了成王之时管、蔡导武庚作乱，至于被诛，失兄弟之道，故周公作《常棣》之诗。可又要"为圣者讳""为贤者讳"，故曲为回护，而上推定为文王时诗。郑玄坦然态度诚可嘉，而具体做法则无足取，此故且不论，但他的确看到了若定为成王时诗，则彰管、蔡之罪的效果。这与前所云"大祸如此"一样，已脱离了"温柔敦厚"传统诗教的认识。我们知道，汉人把《诗经》当作政治读本，当作行事立言的根据，而郑玄生当汉季末世，政治昏暗，党争蜂起，且亲身经受党锢之患，那么，他较重视怨诗，评诗中触及怨诗中的揭露和谴责内容，就不是无因的了。他发出的"弘福如彼”“大祸如此”“昭昭在斯”“作后王鉴”的慨叹，也应不全是经生们的经义常谈。

《诗谱》所遵行的某些方法论，在文学批评史上也弥足珍重。孟子的确最早说了“知人论世”的话。但正如朱自清先生所言，这里的“知人”和“论世”，“并不是说诗的方法，而是修身的方法：‘颂诗’、‘读书’与‘知人论世’原来三件事平列都是成人的道理，也就是‘尚友’的道理”[①]。真正用“知人论事”方法说诗的，当首推汉人。司马迁和王逸对《楚辞》中屈原作品的评论为“知人”说诗；《毛序》及三家诗序则为“论世”说诗；“论世”说诗的系统之作则是郑玄的《诗谱》。他的“论世”，不仅论及时代变迁、政治兴废，而且论及地理方物、风土民情，是从多方面及其相互关系中来考察诗的内容。以这样较全面、较系统的论诗方法论诗，在汉代还找不出第二个人。诚然，郑玄的认识不是自天而降，汉人以至先秦人论诗的长期积累，为郑玄带有总结性的“论世”说诗奠定了基础；荀子的“诗言是其志也”，《诗大序》的“诗者，志之所之也”“吟咏情性以风其上”，以及《毛序》的以政治说诗，《汉书·地理志》以地理风俗民情说诗，对郑玄“论世”说诗的影响是显见的。而郑玄作《诗谱》虽也言及风俗民情，但那用意却是用风俗民情以解诗。由此可见，在论题的内容上有借鉴、有继承，但出发点和归宿迥异；在“论世”方法上有借鉴和继承，但由于将更多方面的内容纳入了“论世”的方法之中，且进行了更加细致具体的阐述，这就使郑玄的“论世”说诗具有了开创性的意义。

人们对《诗经》的认识，经过了长期的探求。封建时代的经学家们，虽然都未能脱离“经学”论诗，但在以“经学”

考索一 论郑玄《诗谱》的贡献

----

① 朱自清：《诗言志辨》，古籍出版社 1956 年版，第 22 页。

眼光论诗过程中，却也不断地提出一些合理的、进步的见解。郑玄作《诗谱》，能够不为家法所拘，冲破东汉章句之学的重重迷雾，吸收并继承了《诗大序》等前人进步的成果而又有所创新，在对《诗经》的认识上，又向合理、进步的方向跨进了一步。我们认为，《诗谱》虽然仍带有"经学"色彩，有其不科学的成分，但它毕竟是开始从社会以及社会各方面的联系中对《诗经》进行综合立体考察的一部《诗经》研究专著，它在理论上（虽然不是很多）特别是在批评实践上的重大贡献，标明了它在我国文学批评史上应当占据相当的地位。

（原载《中国古典文学论丛》第 4 辑，人民文学出版社1986 年版）

诗经考索

考索 2 中国早期认识论与《诗经》的特点

人类社会的认识史证明，不同历史发展阶段，人类有不同的认识水平；不同的民族有不同的认识特点。

《诗经》是中国一部古老的文学作品，但同时又是两三千年前中国人认识自然和社会的结晶。如果我们能从研究中国人早期认识特点入手，来观照《诗经》的许多特点，这就不仅能真正把握这些特点，而且还能清楚地看到《诗经》表现特点的时代性、民族性，以及这些特点的许多基因被长期延续下来，对于形成和固定中华民族诗学传统，起到的重要作用。

认识论的概念非常广泛，既包括对客观世界的认识，也包括对主观世界的认识，同时也包括认识主观世界与客观世界的关系。中国早期认识论的内容自然异常丰富，其对包括《诗经》在内的文学创作的影响是异常复杂的。对此作全面细致的总结及说明，确非易事。以下仅就几个重要方面，作些阐述和说明。

一

人类一旦形成，就开始了思维，开始了对外部世界的认识。中外认识史证明，人类在认识的初期阶段，无论在认识水平和认识特点上，都表现出惊人的相似。就以神话为例，东西方人类的始祖，在很长一段时间，关心的都是自然问题，诸如天地的生成、人的来源，对江河湖海、山川四岳、雷电日月等的解释，都是那个时期人类面临的重大问题。这只是问题的一个方面。问题的另一重要方面是，东西方的人类，即使在认识的初期阶段，在认识水平、认识特点上表现出惊人相似的同时，也存在不少的差别，特别是伴随历史的前进，由于地理的、气候的、人种的、文化的种种因素的影响，这种认识上的差异，变得越来越大，以至于形成东西方各自不同的认识史和文化系统。

当人类结束蒙昧开始感受文明曙光的时候，东西方的思维和认识就表现出较大的差异，最突出的表现就是对自然的认识和态度上的不同。一般来说，西方早期认识论的特点是崇尚自然，中国早期认识论的特点是崇尚社会。崇尚自然是对自然理性进行思维和探究，对自然现象做出阐释；崇尚社会，则是更多注重人群自身关系的规定调整，更多注重制度、伦理道德。另外，和西方早期崇尚自然的思维特点不同，中国形成了自己的崇顺自然的思维特点，这种崇顺自然其实是崇尚社会特点的又一种具体表现。

古希腊哲学，从时间上讲，是从公元前 6 世纪到公元 6 世纪初期，延续了一千多年；从地域上讲，它开始于小亚细亚的希腊殖民城市，繁荣于希腊本土，后来移植到亚洲、非洲广大地区。古希腊哲学的内容极其丰富，对于欧洲文明的进步起到了重要作用。研究古希腊哲学家特别是早期哲学家的思想，可以帮助我们了解西方早期认识论的特点。

早期希腊哲学家们可以分作许多学派，比如米利都学派、赫拉克利特学派、毕达哥拉斯学派、埃利亚学派、恩培多克勒学派、阿那克萨戈拉学派以及留基波和德谟克利特学派等，他

诗经考索

们的哲学主张千差万别，但值得注意的是，他们都非常重视对自然界的探究。比如，被称为古希腊第一代自然哲学家的米利都学派，他们一开始就探求宇宙万物的本原，他们把某种有形体的东西如水、无定、气作为万物的始点，认为自然界的一切东西，都是通过转化从同一本原中派生出来的。比如，赫拉克利特，他是古希腊早期最重要的自然哲学家之一，自然辩证法的奠基人，他也非常重视对自然界的探求，他说："这个万物自同的宇宙不是任何神，也不是任何人所创造的，它过去是、现在是、将来也是一团永恒的活生生的火，按照一定分寸熄灭。"① 他写过一本总称为《论自然》的书，三个部分的顺序是："论万物""论政治""论灵魂"。他把论万物看作应该首先探讨的问题。比如，毕达哥拉斯学派，也具有注重研究外界自然的特点，他们研究数目，研究灵魂不死的循环论。"算术家阿波罗多洛说：他（指毕达哥拉斯）举行了一次百牛大祭，以庆贺他发现直角三角形斜边的平方等于两直角边的平方和。有一流传至今的诗句这样说道：毕达哥拉斯发现了有名的图形，为此操办了遐迩闻名的百牛大祭。"② 我们没有必要再详细列举古希腊早期哲学家们许多具体的理论主张了，粗略地看，就十分清楚，他们探求的问题，按今天自然科学的分类，就涉及天文、地理、数学、物理、化学等许多门类，我们尽管可以指出他们结论的不科学，但无论如何不能否定他们对大自然探究的兴趣和付出的努力。

在古希腊哲学家的笔下，还有些很生动形象的记载，对于我们认识东西方早期认识特点或许更有些帮助。据柏拉图《泰

---

① 苗力田主编：《古希腊哲学》，中国人民大学出版社 1989 年版，第 17—18、37、58 页。

② 苗力田主编：《古希腊哲学》，中国人民大学出版社 1989 年版，第 17—18、37、58 页。

阿德》篇记载："据说泰利士仰起头来观看星相，却不慎跌落井内，一个美丽温顺的色雷斯侍女嘲笑说，他急于知道高天之上的东西，却忽视了身边脚旁的一切。"① 如果我们把"身边脚旁的一切"更多的理解为社会和人事，那么这段话多么形象地反映出古希腊早期哲学家们对于大自然的热烈追求和探求其奥秘的浓厚兴趣。另外，欧台谟在他的《星相史》中记载："人们认为泰利士是第一个研究星相的人。他预言了日食和冬至夏至。为此，克塞诺芬尼和希罗多德对他表示惊奇，而赫拉克利特和德谟克利特则为他作证明。"这很容易使我们想起《诗经》中关于天象的描写，诸如"嘒彼小星，三五在东"（《召南·小星》）；"绸缪束刍，三星在隅"（《唐风·绸缪》）；"七月流火，九月授衣"（《豳风·七月》）；等等。我们注意到，《诗经》中有关天象的描写，都是和人事紧密地联系在一起的。《诗经》中对天象描写的形象生动，莫过于《小雅·大东》："维天有汉，监亦有光。跂彼织女，终日七襄。虽则七襄，不成报章。睆彼牵牛，不以服箱。东有启明，西有长庚。有捄天毕，载施之行。维南有箕，载翕其舌；维北有斗，西柄之揭。"这里对银河系星宿的观察和描写，何等仔细和形象！中国远古时代的诗人们和古希腊早期的哲学家们，在相差不远的时间里②，同时面对浩瀚无垠的星空，一个是对其作科学的探究，一个是展开美妙的想象，从而构成形象的比喻，用来揭露和讽刺人世间的不平等。这多么有趣又多么形象地说明了中国和西方早期认识论上的差异。

---

① 苗力田主编：《古希腊哲学》，中国人民大学出版社 1989 年版，第 17—18、37、58 页。

② 《大东》的具体写作时间很难断定。《毛诗序》曰："《大东》，刺乱也。东周困于役而伤于财，谭大夫作是诗以告病焉。"今多从《序》说。据考证，谭于鲁庄公十三年（前 684）为齐所灭。又，既然是对周王朝不满，按情理当在夷、厉王以后，时当公元前 800 年前后，而泰利士约为公元前 6 世纪人。

当今研究中西文化的学者，有的认为中国古代社会具有"早熟"的特点，比如说，早在公元前一两千年，古希腊还处于城邦制的时期，中国已经建立起相对高度文明的殷、周王朝，形成了一套相对完整的礼乐等级制度。殷商和西周的哲学思想应该是非常发达的，但可惜的是没有一位哲学家作出明确的阐释。殷商和西周发达的哲学发展到春秋和战国，出现了灿若群星的先秦诸子，他们的时代虽然和上述古希腊的哲学家相当，但是，我们又不能只拿诸子和古希腊的早期哲学相比，因为这样做截断了中国哲学的延续性，是一种不公正的做法。上古中国有许多杰出的政治家，如商汤、盘庚、周公等；中国有一部令全世界眼羡的、充分反映中国人智慧的《周易》，从研究他们认识的一些特点入手，对于了解中国上古思维认识的特点，肯定是有效的途径。

　　殷人重鬼重祭，这是我们早就知道的，同时殷人也非常敬祖重天，那冥冥上天，显然就是人格的化身，是天决定万事万物，是天主宰吉凶祸福，他们祈祷上苍赐予国泰民安。这和古希腊重视外界自然、重视自然科学迥异。商汤说："有夏多罪，天命殛之"，"予畏上帝，不敢不正"（《尚书·汤誓》）。盘庚说："先王有服，恪谨天命"，"今不承于古，罔知天之断命"（《尚书·盘庚》）。至于周公，他是西周王朝的第一位大政治家，他对西周政治制度的建立具有极其重要的作用，他关心最多的是社会、人事，所以西周初年的许多重大活动他都参与了，这在《尚书》中有非常详细的记载。同样，周公也继承了殷商重天命的思想，遵从天的意志，维护国泰民安，而很少虑及与人对立的外部世界的存在。周公说："予不敢闭于天降威"，"予造天役，遗大投艰于朕身"，"亦惟十人迪知上帝命"，"尔亦不知天命不易"（《尚书·大诰》）。其他在《康诰》《酒诰》《梓材》《召诰》《洛诰》《多士》等基本可以肯定为周公所作的文告中，像上述讲天、天命的地方还有许多，对有意志的"天"的膜拜淡漠了对自然外界的追求和探索，构成了周人把握外部世界的特点，是非常明显的。

《周易》的古经部分，是我们研究把握西周认识论特点的重要依据。首先，《周易》古经的作者们，注意观察自然现象，正如《易·系辞传下》所说："古者包牺氏之王天下也，仰则观像于天，俯则观法于地，观鸟兽之文与地之宜，近取诸身，远取诸物，于是始作八卦，以通神明之德，以类万物之情。"也正如高亨先生《周易大传今注》释《说卦》归纳八卦基本卦象时所说"乾为天，坤为地，离为火，坎为水，巽为风，震为雷，艮为山，兑为泽"。笔者对《周易》总共450条筮辞逐一作了检查，其中有不少确实涉及自然的天、地、物，诸如龙、鹿、猪、虎、羊、鸿、云、雨、雷、杨等。而且，近代的许多治《易》专家十分推崇《易经》的朴素自然观："《周易》很注意对事物的观察、考察，即观物取象的特点"，"这不但使人们知道天地、山泽、动物、植物等物质世界是客观存在的，不以人们的意志为转移，而且经过比较即分析综合的抽象思维，还能够深入把握事物的本质"。① 所有这些情况都符合《周易》古经的实际。这只是问题的一个方面。问题的另一方面是，我们必须充分注意到《周易》古经所讲的许多自然现象（当然更多的是社会现象）的目的，不是对自然现象作更多的把握和考究，当然更不是今世谓之的审美的观照，而是通过对自然现象的记述和描写，对要说明的人和事，起一种比附和象征的作用。正因为如此，在春秋时代以前，人们就从《周易》八卦中，约定俗

---

① 周向阳、虞文谦：《〈周易〉中的朴素自然观》，《周易纵横录》，湖北人民出版社1986年版，第49页。

成，形成有固定象征意义的人事内容。李镜池先生从《左传》《国语》中钩稽出来春秋时期《易经》八卦分别象征的意义是：

乾：天、光、玉、君、天子、父。

坤：土、马、帛、母、众、顺、温、安、正、厚。

坎：水、川、众、夫、劳、强、和。

离：火、日、鸟、牛、侯、姑。

震：雷、车、輹、足、兄、长、男、侄、行、杀。

巽：风、女。

艮：山、男、庭、言。

兑：泽、旗、心。①

所象征的对象中，虽然也有自然的物，但绝大部分已经不是自然，而是社会属性的人和事。另外，关于《周易》的"易"字的解释，古今有许多不同，我认为，高亨先生采用朱骏声"《三易》之易读若觋"的说法，是值得重视的。②《国语·楚语》："在男曰觋，在女曰巫。""易"者筮书之名也；"周易"，周代筮书之专名也。这样，《周易》的形成之初就是专为卜筮人事服务的，周人重视社会人生而相对淡漠对自然的认识探究的特点，不是很明显吗？

伴随历史的前进，到春秋特别是战国时代，中国也逐渐扩展了对自然认识的视野，如《墨经》中的自然科学知识，如阴阳家的"五行说"，《夏小正》中的天文历法知识等。但总的来说，人们对外部世界的认识，依然是以探索社会人生的课题为主，就以班固《汉书·艺文志》总结的先秦九流十家而论，真正属于自然科学的很少很少。最近有的学者在探讨中国传统

① 李镜池：《周易探源》，中华书局 1978 年版，第 172 页。

② 高亨：《周易古经今注》，中华书局 1984 年版，第 6 页。

的思维特点时，认为其中一个特点，是崇顺"自然"，重视社会人伦。这里的"自然"，不是指物质的自然界，而是指"以自己为根据，本然如此，自然而然的生长运动状态"。比如，道家讲"无为"，但不是消极地无所作为，而是主张"人法地，地法天，天法道，道法自然"，"要效天道，任自然"；儒家讲"有为"，但这种有为，是自觉地以自身去体认天道，自觉地以天道为人道，正心修身，以立己为起点，以平天下为归宿。① 我认为，这种以致用为目的的崇顺"自然"的认识特点，是上古重视社会伦理而相对淡漠自然客观外界思维特点的继续，是又一种新的表现形式。久而久之，我们的认识特点，就"以社会政治伦理和道德修养为立身之道，把人们的思维定向在社会人生的范围内，大大限制了对自然现象的追究和对其具体事物的构成、属性的认识，削弱了穷究其终极原因的兴趣"②。

在对中国认识特点作了概要的论述之后，我们就可以观照这种认识特点作用下形成的《诗经》的一些表现特点了。

同样是远古的诗歌，古希腊的史诗（前 10 世纪至前 9 世纪形成）和《诗经》在内容上表现出明显不同：当古希腊人仍然依据神话传说，按照众神之主宙斯的意志演绎出种种英雄神的故事的时候，我们的祖先已经把神话历史化、世俗化，认认真真地歌颂祖先和祭祀神灵；当古希腊人极力歌颂那些独具个性特征的英雄们如何斗智、斗勇、斗法以及如何和大海作争的时候，我们的祖先却以极大的热情关注王朝的兴衰，给在位的统治者或祭起效法的榜样，或敲起警钟；作为不朽的文学作品，无论是古希腊的史诗，也无论是古代中国的《诗经》，

---

① 汪建：《试析中国古代传统思维方式》，《哲学研究》1987 年第 2 期。
② 汪建：《试析中国古代传统思维方式》，《哲学研究》1987 年第 2 期。

都是展示人类早期生活丰富多彩的画卷，而《诗经》表现的内容更多一些伦理道德的色彩，更多一些人际关系的展示，更多一些社会价值的评判，且描绘刻画得异常细致。仅就人际关系而言，就有君臣、父子、夫妻、兄弟、同事、亲朋、故旧等；仅就抒发的感情而言，什么依依惜别，什么长夜之思，什么新婚燕尔，什么幽冥永隔，什么指责控诉，什么颂不绝声……总之，《诗经》表现的是活生生的、具体的人际间的生活，《诗经》显示的是已经高度发达的完备的奴隶社会的价值评判，作为保存完整的中国古代文学的代表的《诗经》，明显受到中国传统认识论的影响，在内容方面带有十分明显的社会伦理道德色彩。

正因为如此，当孔子评价《诗经》时，首先在内容上肯定是"思无邪"，对《诗经》作用的评价是"诗可以兴，可以观，可以群，可以怨，迩之事父，远之事君，多识于鸟兽草木之名"（《论语·阳货》），把事父事君放到重要的地位。正因为如此，《诗大序》的作者总结《诗经》的内容时说，"诗者，志之所之也，在心为志，发言为诗"，"风，风也，教也；风以动之，教以化之"，"故正得失，动天地，感鬼神，莫近于诗。先王以是经夫妇，成孝敬，厚人伦，美教化，移风俗"。正因为如此，秦汉以后的正统作家，都以"风""雅"比兴为旗帜，号召作家以文学反映社会和干预社会。我们可以这样说，由于中国传统认识论偏重社会人生的特点，使反映人际间的政治、伦理、道德等方面关系的内容很早就进入中国诗歌的殿堂，并且逐步发展，以至于成为中国诗歌乃至整个文学的重要特征之一。而且，中国古典文学的功利性，中国古代文论中"诗言是其志"的传统，中国古典文学和政治密不可分的关系，都可以从这里得到解释。

二

中国古代认识论，在如何把握和反映外观世界的方式上，和西方认识论相比，也存在明显差别。总的来说，我们自己的传统认识方式，有着明显的直觉特色。中国传统认识方式有理性思辨的成分，但总的说理性思辨不如直接的体验更发达一些。如果说，西方早期认识论更多一些抽象认识，我们的早期认识论则更多一些形象认识；如果说，西方早期认识论对事物的把握更多一些分解的方式，我们的早期认识论对事物的把握则更多一些综合的方式；如果说，西方早期认识论的抽象更多一些思辨，我们的早期认识论的抽象则更多一些概括。最明显的例证是《周易》的取象和文字上的象形。

中国古代这种认识论的特点，为现代许多研究哲学史的专家所重视。已故著名学者金岳霖指出："中国哲学的特点之一，是那种可以称为逻辑和认识论的意识不发达。……意识到逻辑和认识论，就是认识到思维手段。中国哲学家没有一种发达的认识意识和逻辑意识，所以在表达思想时显得芜杂不连贯，这种情况会使习惯于系统思维的人得到一种哲学上料想不到的不确定感。"[①] 陈少明说："象征，是中国古典哲学的一种主要思维方式。""象征性思维具有直观、生动、意境无穷的长处，但与近现代科学理论要求构造严密的逻辑体系则大相径庭。""它的思维过程是跳跃性、多向性和随机性的"，"它的结论不能克服模糊性、歧意性和不可证伪性"。[②] 陈伯海说："中国重直觉、重内省与切身领悟、重先验理性与伦理精神，习惯于对事物作整体的观照和'即事见理'式的品味；西方重实验、重

---

① 金岳霖：《中国哲学》，《中国哲学》1985 年第 9 期。
② 陈少明：《试论中国传统哲学中的象征性思维》，《未定稿》1985 年第 19 期。

事实、重逻辑与科学发现，爱好对事理作细密的解剖和层层推衍。"① 汪建说："尤其引起我们注意的是《易传·系辞》中所概括的观物——取象——比类——体道的方法。所谓'取象'，就是通过仰观俯察，近取远取等方式，对天地万物的物象进行多角度多层次反复观察和感受，'拟诸形容'，概括、提炼为意象"，"这种取象以体道的方法，显然不可能运用分解的抽象方法，而必须把对象作为活动着的整体，作为相与关联的生化整体的一个部分，运用凝练、浓缩的'简易'方法和相互比较的比类方法才能实现"。② 哲学史专家的这些论述，对我们认识中国认识论中重形象思维的特点，提供了很大的帮助。

中国认识论重形象思维的特点，影响到中国文化的许多方面，前面已经提到，中国字是象形字，而不是符号系统的拼音字；中国绘画是写意画，而不是像西方油画那样对现实作本真的模仿；中国对理论（各种理论甚至是支柱性质的儒道）的表述，都带有直觉和顿悟的特点，而不依靠严密的逻辑推理。其影响到中国文学特别是诗歌的重要特点，是重意境而轻写实。中国诗歌以含蓄取胜的原因也正在于此。

《诗经》中的诗有无意境，这可能是一个有争议的问题。笔者认为，在那些优秀诗篇当中，已经有了意境的成分，而且，正是从《诗经》开始，奠定了中国古代诗歌重意境的特点。

"境界"一词是从印度佛教舶来的，后来移植到美学和文学理论中。传为唐代王昌龄的《诗格》就提出了"物境""情境""意境"，其后的许多文论家都做过论述，而到王国维总其大成。我觉得，"意境"说应该是对《诗经》以来历代诗歌创作实践经验的总结。对"意境"一词的概念的解释和描述，

---

① 陈伯海：《关于东西文化比较的随想》，《社会科学战线》1986 年第 19 期。
② 汪建：《试析中国古代传统思维方式》，《哲学研究》1987 年第 2 期。

可能也会有各种不同，依我的理解，境或景是指主观以外的客观存在；意是指作者主观的感情、意念、理想；它们各自单独存在都构不成意境，非得在作品中以某种方式达到某种程度的结合，才能构成文学作品的意境。

让我们来考察《诗经》中一部分诗篇意境的形成。当我们的先民按照习以为常的直观、取象、顿悟的认识特点，去把握认识以至于去表现某种事物的时候，那种带有整体性的、伴随形象而出现的简洁凝练性质的思维方式，就会不自觉地发挥作用。《诗经》中一部分（主要指《国风》）诗篇形成意境的途径主要有两种：一是比兴式的，二是描写和叙述式的。无论哪一种形式形成的意境，都能构成一幅画面，都能让读者从画面中引起遐想，都能达到审美的愉悦。当然，即使是《诗经》中最优秀诗篇的意境，也不能同后代诸如唐诗宋词所展现的意境相比，这是历史时代原因所造成的差距，我们是可以理解的。《诗经》中部分诗作中的意境成分，我们可以叫作意境的滥觞。

先看比兴式的。

比兴在《诗经》中学问最大，对后代诗歌创作影响也最深。近年来对比兴的研究取得了很大的成就，比如已经认识到比兴不仅是创作方法，同时更重要的是诗歌创作原则等。在这些成就中，李壮鹰先生对比兴在创作中作用的描述，应值得我们格外重视。他说："从本体论的角度上说，这个'兴'本身也就是诗所要表现的根本内容。因为诗人观物一旦有了'兴'就意味着诗的本体已经在他的心灵中诞生。他后来的构思、写作，都不过是把自己观物时所产生的'兴'表现出来的手段。他固然要捕捉形象，要追寻意态，但他的根本目的，就是把自己观物时所产生的'兴'即心灵的感动传达给读者，好让读者心灵也感动一下。"他在对"情兴"解释时说："它（指情兴）作为特定的主客观相接时所发生的那一

诗经考索

道火花，既有对客观的反映意义，又有丰富的心理内容；但它既不等于纯粹的客观复写，又不等于单纯的主观宣泄，而是物与我、心与目相互触发而又融为一体的那种感受。"[1] 我觉得，《诗经》中含原始意义的比兴，最能体现出这种过程，而这种物我两现的创作结果，正创造了我们后代所谓的"意境"。我们举两个例子：

> 燕燕于飞，差池其羽。之子于归，远送于野。瞻望弗及，泣涕如雨。（《邶风·燕燕》）

> 桃之夭夭，灼灼其华。之子于归，宜其室家。
> （《周南·桃夭》）

《邶风·燕燕》，作者由外界的"燕燕于飞，差池其羽"，情兴出送人远归的伤悲。在诗中，"燕燕于飞，差池其羽"已经不是纯粹客观的复写，而送别之情也已经不是单纯的主观宣泄，它们在诗中实现并达到情、境统一，物我两现，构成了一首有意境的好诗。钱锺书先生在评述《燕燕》诗时，引用了一段莎士比亚剧中女主角惜夫远行的诗句云："极目送之，注视不忍释，虽眼中筋络迸裂无所惜；行人渐远浸小，纤若针矣，微若蠛蠓矣，消失于空濛矣，已矣！回眸而啜其泣矣！"并接着评论道："西洋诗人之笔透纸背与吾国诗人之含毫邈然，异曲而同工焉。"[2] 拿钱先生引用的莎翁的诗和《燕燕》诗对比，还能说明更深刻的问题。作为诗歌创作，西人也好，中国也罢，我觉得那种如同触电般的初期阶段的"情兴"都是共同

---

① 李壮鹰：《中国诗学六论》，齐鲁书社 1989 年版，第 60、63 页。
② 钱锺书：《管锥编》第一册，中华书局 1986 年版，第 71、79、101 页。

的，而且都会有强烈表达的愿望，但真正要表达的时候，西人善于将"情兴"详细地、声情并茂地、具体细致地传达给读者，所以西诗无论抒情还是叙事都能得到淋漓尽致的表现。而中国诗，受我们传统认识论和思维特点的影响，在将作者的"情兴"传达给读者的时候，总是带有物我两现的"具象性"的特征，于是就造成了中国诗的重比兴、重意境以及含蓄的特点。

《周南·桃夭》诗虽然简单，但也是以比兴的方法写成的好诗。诗人触桃花而起兴，同时又以桃花作比来寄托情兴，在诗中，"桃之夭夭，灼灼其华"，已经不是纯粹客观的复写，而"之子于归，宜其室家"的赞颂之情，也已经不是单纯的主观宣泄，它们在诗中也实现并达到情、景统一，物我两现。钱锺书先生说："既曰花'夭夭'如笑，复曰花'灼灼'欲燃，切理契心，不可点烦。观物之时，瞥眼乍见，得其大体之风致，所谓'感觉情调'……；注目熟视，遂得其细节之实像，如形模色泽"，"'夭夭'总言一树桃花之风调，'灼灼'专咏枝上繁花之光色"。[①] 一树桃花的风姿绰约，朵朵桃花盛开"灼灼"欲燃，那色彩，那气氛和新婚嫁娘的漂亮以及嫁娶的欢快、祝颂，构成一幅多么和谐的画面，引起读者无穷的遐想。

再说叙述描写式。

以单纯比兴方式写成的诗固然是好诗，但作为艺术表现来要求，却未免显得单纯、幼稚；含比兴而又不以明显比兴形式出现的象征手法，是比兴艺术表现形式的继续和发展，这是中国诗歌发展的一条重要线索。除此之外，受中国传统认识论的影响，中国还有一类诗歌，很早就注重以叙述和描写的方式，通过凝聚于诗中的物我两现的事和物，构成某种意境，来表达

---

① 钱锺书：《管锥编》第一册，中华书局 1986 年版，第 71、79、101 页。

某些特定的思想感情。如果说，比兴的方式对后代抒情诗的影响更大一些，那么叙述描写式构成意境的方法，对后代叙事诗的影响更大一些。也让我们举两例：

> 君子于役，不知其期，曷至哉！鸡栖于埘，日之夕矣，羊牛下来。君子于役，如之何勿思！（《王风·君子于役》）

> 溱与洧，方涣涣兮。士与女，方秉蕑兮。女曰观乎，士曰既且。且往观乎，洧之外洵吁且乐。维士与女，伊其相谑，赠之以芍药。（《郑风·溱洧》）

《君子于役》诗有事件的叙述，有景物的描写。对事件叙述的本身就是在抒情；对外界景物的描写也是在抒情；无论是叙述，还是描写，都染上作者浓重的感情色彩，而且做到了主观的情和客观的事、景的和谐统一。钱锺书先生也很赞赏这首诗对黄昏景象的描写，他引用了许瑶光《雪门诗钞》的诗："鸡栖于桀下牛羊，饥渴萦怀对夕阳。已启唐人闺怨多，最难消遣是昏黄。"他又引潘岳《寡妇赋》："时暧暧而向昏兮，日杳杳而西匿。雀群飞而赴楹兮，鸡登栖而敛翼。归空馆而自怜兮，抚衾裯以叹息。"评论说："盖死别生离，伤逝怀远，皆于昏黄时分，触绪纷来，所谓'最难消遣'。"[1]钱锺书先生的触类旁通给了我们许多有益的启示。昏黄怀人，最为伤情，"诗人体会，同心一理"。是《君子于役》的作者们最早把此情景沟通，创造了堪称后世"楷模"的一种意境。潘岳《寡妇赋》的词句不能说没有意境，和《君子于役》相比，我觉得，二者的区别，只在于意象的繁简上，以及叙述描写的浑然天趣和精细刻画上。因

---

[1]　钱锺书：《管锥编》第一册，中华书局 1986 年版，第 71、79、101 页。

此，我们有理由肯定，《君子于役》是一首有意境的好诗。

《溱洧》中的景物比《君子于役》少，更多一些叙述和描写，而且出现了人物对话。"溱与洧，方涣涣兮"的景物描写，当它一旦出现在诗章中的时候，就已经不是纯自然的景物了，它已经蕴含着诗人的莫可言状的欢快之情；其后叙述的男女赠答就更不是纯客观的，它叙述的本身就饱含作者的感情。而当感情化了的自然景物，和作者借以抒情的事的叙述和谐统一的时候，一篇有意境的好诗就这样诞生了。

和西方诗的叙述和描写相比，《诗经》的叙述和描写创造的意境，依然是中国式的思维、中国式的认识论的产物，虽然是对事物进行叙述和描写，但更多的投入了感情的因素，甚至达到了物我两现的地步；对事物的叙述和描写，仍然以含蓄短小为其特征。这是中国式的叙述和描写，这是带有直观、顿悟和"具象"性质的叙述和描写。与西方思维方式决定的西方诗中那种全方位、全过程、尽量详细的叙述和描写不同。从这里出发，就决定了中国诗歌（不仅是抒情诗同时也包括叙事诗）都具备含蓄、凝练、重意境的特点。

三

东西两大民族在辩证法方面的认识，一开始就有着惊人的相似之处，但同时，在相似中又含有明显的不同。这种不同，影响到文化和文学艺术。

《易经》含有丰富的辩证法思想，阴阳、奇偶的对立观念是《易经》的基本思想，分别用阳（奇）爻"—"和阴（偶）爻"--"两个基本符号来表示。而且由阴阳两种力量的交互变化，造成世界万事万物的变化和千差万别。所以，《周易·系辞上》总结为"一阴一阳之谓道"，《庄子》也有辩证法，所谓"方生方死，方死方生；方可方不可，方不可方可"；"因是因非，因非因是"（《齐物论》），也都强调了事物之间的矛盾和对立。形成于战国兴盛于汉代的阴阳五行，成为我国古代辩证思维的骨架。

西方哲学中的辩证法思想起源也很早。自然辩证法奠基人赫拉克利特（约前 6 世纪至前 5 世纪）就提出了许多对立统一的概念。他说："相反的力量造成和谐，就像弓与琴一样。""善与恶是同一的。""这个神是昼也是夜，是冬也是夏，是战也是和，是饱也是饥（一切相对立，这就是思想）。它像火一样变化着，按照所混合香料发出的气味而有着各自的名称。"他又说："不死的是有死的，有死的是不死的。这些的生就是另一些的死，另一些的死也就是这些的生。""生与死，醒与睡，少与老是同一的。因为变化了前者就是后者，而变化了后者又成为前者。"① 这些命题和庄周的命题何其相似。

这只是问题的一方面，问题的另一方面，东西方的辩证法思想一开始就存在着差异。以《老子》和《周易》为代表的辩证法系统具备自己的特色，其主要特点：第一，讲对立，同时又讲互补；讲有别，同时也讲有序；其着眼点，是整体的稳定和谐。比如"一阴一阳之谓道"，所强调的不是对立面之间无限制的矛盾和斗争，不是讲一方克服、消灭一方，而是相辅相成，双方互为存在的条件。它强调有别，但又强调有序，所谓"大宝曰位"，"天尊地卑，乾坤定矣"，所以，乾坤、阴阳、天地、君臣、夫妇、父子之间的支配和承继关系是确定的。第二，着眼于整体的完善和连续的物极必反，生生不息的循环运动观。《老子》讲循环运动，《周易》讲乾坤交替，阴阳易变，尊卑异位，摩荡变化，但这种变化是对立诸因素中的

———————————
① 苗力田主编：《古希腊哲学》，中国人民大学出版社 1989 年版，第 17—18、37、58 页。

相克相生，虽有损益，但不会导致总体的破坏或变革，它的变化是由天道主宰的近似乎圆圈的循环。第三，和上述辩证法观念相一致所形成的是以"应变"为目标的"全体""用中"的思维格式。"执两用中""允执其中"的观念，在以后儒家学说中，得到了最充分的表现。①

西方辩证法的特点，是强调流动、变化、突破。赫拉克利特说："太阳……每天都是新的。"按照赫拉克利特的说法，"人不能两次踏入同一条河流，它散开（又）聚拢，汇合又流走，接近又分离。""赫拉克利特在某处说，万物流变，无物常住，他把存在着的东西比作一条河流，声称人不可能两次踏入同一条河流。""赫拉克利特责备诗人，诗人写道'让来自神和来自人的斗争都消除吧'。因为如果没有高音和低音的存在，就不会有合声；如果没有雄性和雌性的对立，也就不会有生物。"② 赫拉克利特的论述和中国式的重整体和谐、重循环用中的辩证法，存在明显差异。

东西方认识论中辩证法的不同，在历史发展的长河里，对文化艺术发展影响的不同是显著的。中国的文字是规整的方块字，而不像西文的拼音体；中国的建筑以稳重、和谐、统一为特征，而几乎没有西方那种哥特式建筑的突兀和巴洛克风格的雄伟。中国的艺术更多的体现出对称和平衡，而西方的艺术更多的体现出对对称和平衡的突破。

《诗经》的艺术表现，和中国特点的辩证法思想极为密切。

《诗经》反映了前 11 世纪至前 6 世纪五六百年间先民们的生活，其中既有激烈的矛盾对立，也有诗情画意般的田园美

---

① 汪建：《试析中国古代传统思维方式》，《哲学研究》1987 年第 2 期。
② 苗力田主编：《古希腊哲学》，中国人民大学出版社 1989 年版，第 17—18、37、58 页。

景。但总的来讲，却是倾向于"中和"的审美情趣。孔子评"《诗三百》一言以蔽之，曰思无邪"，《诗大序》说它是"乐而不淫，哀而不伤"，如果从中西方诗的对比中来把握《诗经》的特点，这些说法是有一定道理的。就实际情况看，像"高岸为谷，深谷为陵"，"殷鉴不远，在夏后之世"，以及"硕鼠硕鼠，无食我黍"，"彼君子兮，不素餐兮"等对现实作深刻批判的内容，并不多见。《诗经》中的许多诗，留给读者的审美感受是优美的，而不是雄奇、瑰丽的属于壮美范畴。

《诗经》的表现形式也显示出整蔚有序和"允执其中"的特点。我们首先来研究《诗经》章数和句数的排列：其一，章数为一章的诗，数量还比较多，但它们都集中在《周颂》和《商颂》当中。《诗经》中《周颂》的时代最久，《周颂》的不分章恐怕和时代久远有密切关系。虽然商周之前的先民们，很早就有了数的概念，很早就懂得对称、平衡，并且以一定的形式表现出来（有实用的陶器以及作为艺术的陶纹作证），但作为语言艺术的诗歌，却仍然浑然一体，这种现象很值得研究。其二，二章、三章、四章的诗数量最多，它们分别占《诗经》总数的 12.7%、34.7% 和 13.1%。我们再来看句数，无论二章、三章、四章，都是以四句的首数为多，其次是六句的，再次是八句的。这就告诉我们，《诗经》的创作，不自觉地遵循一定的规律，这就是对称和平衡，这就是由辩证思维特点所决定的既强调变化，又强调"用中"，强调整蔚有序。如果可以把 106 首占到总数的 34.7% 三章四句的诗看作《诗经》章句正格的话，那么，这种格式就最能反映中国式的辩证思维的特点：三章体现出变化和错落有致，四句体现出变化中的对称和整齐。

以上探究的《诗经》的章数和句数以及二者之间的关系，而具体到某一篇诗，又有篇章结构的不同。台湾学者黄振民先生著《诗经研究》专辟《诗经诗篇篇章结构形式之研究》一章，指出:"从以上各篇分析之结果观之,今存毛诗由二章以上诸章组成之 271 诗篇中,其篇章组成之形式,以由完全迭咏之章组成之篇为最多,计共有 130 篇;……以由迭咏之章与独立之章混合组成之篇次多,计共有 74 篇;……以由完全独立之章组成之篇为较少,计共有 64 篇。……故知此 271 篇多章之诗篇,系多以连章迭咏作为基本形式,而以分章独立,作为辅助形式组织而成。"又说:"推其所以如此者,盖实皆系以《诗经》中诸诗,俱属可歌、可咏之篇使然也。"① 我认为,这种重章复句的形式之所以会形成,除了直接和音乐的关系之外,根本处仍然是根植于中国特点的认识论。迭章复句,整蔚中富于变化,错落有致而又稳定和谐。而且,它体现出一定发展阶段的思维水平。

　　《诗经》的韵律是复杂的,但并非无规律可循,古今许多语言学大师的研究成果证明了这一点。丁惟汾《毛诗韵聿》分为六类,它们是:介错韵、递转韵、连续递转韵、交错韵、交错转韵、双声通读韵。王献唐先生予以高度评价,说:"中以递转一例,尤为钤键。递转韵者,于原韵末句,介以转韵韵字,用起下句,或于转韵起句,介以原韵韵字用承上句。所介之字,在句首句中句末,为律不一。然遇转时,其上下两韵,必介于二句之中,相应相和。"② 兹举三例以示递转韵之样式:

　　　　焉得萱草幽侯,言树幽侯之背之,愿言思伯,使我心痗之。(《氓》)

　　　　陟彼南山元,言元采其薇脂,未见君子,我心伤悲脂。

　　① 黄振民:《诗经研究》,台湾正中书局 1982 年版,第 394—395 页。
　　② 王献唐:《诂雅堂主治学记》,丁惟汾《毛诗韵聿》,齐鲁书社 1984 年版,第 1 页。

（《草虫》）

君子于役歌支，不知歌支其期之，曷至哉之！（《君子于役》）

就《诗经》的整个韵律来看，它们是在整齐中富有变化，就从具体到这一类的递转韵来看，也是在变化当中，做到相应相和，保持了整体的一致。《诗经》以四句为基础的句式，《诗经》章数和句数的搭配，《诗经》的章法以及韵律特点，无一不带有中庸和谐的审美特点，它们与中国早期认识论的特点，关系至为密切。

中西诗歌都已由涓涓细流汇集成浩瀚的长河，并卷起了阵阵狂涛巨澜，审视它们的全部，很能发现它们的不同。钱锺书先生说："和西洋诗相形之下，中国的旧诗大体上显得情感有节制，说话不唠叨，嗓门不提得那么高，力气不使得那么狠，颜色不着得那么浓。在中国诗里算得'浪漫'的，比起西洋诗来，仍然是'古典'的，在中国诗里算得坦率的，比起西洋诗来，仍然是含蓄的；我们认为词章够浓艳的了，看惯纷红骇绿的他们，还欣赏他的素淡；我们以为'直凭响喉咙'了，听惯了大声高唱的他们，只觉得不失为斯文温雅。同样，从束缚在中国旧体诗传统里的人看来，西洋诗空灵的终嫌着迹，淡远的终嫌有火气，简净的终嫌不够惜墨如金。"① 本文着重指出，这种差异在诗歌长河的滥觞之水阶段就已经出现，并探究了形成其差异的文化哲学上的原因。

（原载《河北师范学院学报》1993 年第 4 期）

---

① 钱锺书：《旧文四篇·中国诗与中国画》，上海古籍出版社 1979 年版，第 14 页。

考索3 汉代《诗》经化过程中的复杂现象

　　《诗经》在汉代以前称《诗》，是汉儒把它提到经典地位。汉儒将《诗》经化的过程有哪些复杂现象呢？这些复杂现象又说明什么问题呢？此外，《毛序》、《毛传》、《郑笺》以及三家诗的许多遗闻奥义，凡研究《诗经》的人确实从中受益匪浅，但也应看到，由于过多地对其进行是非价值评判，所以《诗经》研究史上的今古文之争一直延续了两千多年。如果我们仅只把汉代许多有关《诗经》的资料，作为文化史的研究对象，换一个角度重新加以审视，可否会有些新的认识呢？

　　一

　　孔子有关《诗》的论述，对《诗》在汉代的经化，起到了指导性质的作用。

　　孔子对《诗》发表了许多见解。比如他评价《诗》总体内容是："《诗三百》一言以蔽之，曰思无邪。"（《论语·为政》）这是肯定《诗》内容的纯正。内容纯正是《诗》用于教化的基础。孔子又说："诵诗三百，授之以政，不达；使于四方，不能专对，虽多亦奚为！"（《论语·子路》）"小子何莫学夫诗，诗可以兴，可以观，可以群，可以怨。迩之事父，远之事君，多识于鸟兽草木之名。"（《论语·阳货》）这是强调《诗》的功用。特别是"迩之事父，远之事君"，已经把《诗》和家、国联系起来了。孔子又说："兴于诗，立于礼，成于乐。"（《论语·泰伯》）"不学诗，无以言，……不学礼，无以立。"（《论语·季氏》）他视《诗》同礼、乐同等重要，固然是充分肯定了《诗》的地位，同时也看出孔子所重视的是《诗》的社会政治功能。孔子对《诗》偏重政治性的见解，经众多弟子世代相传，确实为汉儒所接受，无论三家诗派，也无论毛诗派，在说诗解诗时，注重其社会功能的特点是非常突出的。其中特别是毛诗派，更自觉、更加有系统地将《诗》政治伦理化。《诗大序》曰："风，风也，启也；风以动之，教以化之。""故正得失，动天地，感鬼神，莫近于诗。先王以是经夫妇，成孝敬，厚人伦，美教化，移风俗。"这些议论确实是对孔子强调《诗》社会政治功能见解的继承和发展。

　　研究孔子论《诗》，一个重要现象是很少涉及具体篇义。《论语》中有三处引《诗》明理证事的记载。比如《八佾》记孔子引《周颂·雍》"相维辟公，天子穆穆"，以指斥鲁国当政者的"僭越"行为；《子罕》记孔子引《邶风·雄雉》"不忮不求，何用不臧"，以肯定某种立身的标准，都不关乎《诗》的篇义。《左传》中记述孔子引《诗》总共七处，所引诗，也都不是对篇义的理解，而是引诗明事说理。孔子对《关雎》诗义有评论，说"《关雎》乐而不淫，哀而不伤"（《论语·八佾》），仔细体味，他讲的是读诗后的感受、诗的作用，而不是讲诗本义。这种现象如何解释？一种解释是，孔子不但从总体上论《诗》，而且注重篇义研究，只可惜文献有缺，所知蔑如。当然不能排除这种可能。另一种解释，或许孔子并未对具体诗篇的诗义作深入的探讨研究，因为，即使在孔子的时代，拿产生时代最近的诗来说，距离也在两百年以上，诗篇的本义究竟是什么，已经很难说得清楚了；因为整个春秋时代，《诗》已经广泛在上层社会流传，甚至成为人们某种社交场合的特殊工具，对诗义的要求更多的是字句章节，所以"赋诗断章"已经成为社会时尚。至于春秋赋诗、引诗涉及对篇义的理解，也都是一些约定俗成的、笼统的意见，诗篇的真正本义是什么，其实并不十分重要。试想，在这样的社会风气下，孔子基于为自己政治理想服务，十分推崇《诗》的社会政治功能，而不拘泥于篇义的理解，是可以理解的。

在先秦，孟子说诗和孔子相比又有自己的特点。孟子提出两个见解：第一，"故说诗者，不以文害辞，不以辞害志；以意逆之，是为得之"。（《孟子·万章上》）强调不能死守文字而误解词句含义，不能拘泥于词句误解诗义，要用正确的体会去揣摩诗作者的本意。无疑，这对于正确把握诗意，是至关重要的方法。同时，这也是对春秋以来"赋诗断章"做法的一种纠正。第二，"知人论事"。"孟子谓万章曰：一乡之善士，斯友一乡之善士；一国之善士，斯友一国之善士；天下之善士，斯友天下之善士。以友天下之善士为未足，又尚论古之人。诵其诗，读其书，不知其人，可乎？是以论其世也，是尚友也。"（《孟子·万章下》）朱自清先生以为这"并不是说诗的方法，而是修身的方法"。[1] 我认为，如果说孟子"诵诗"要"论世"的主张还不十分明确的话，那么，照文意理解，"诵诗"要"知人"的观点则是十分明显的。

汉儒经化《诗》的过程，既受到孔子影响，又受到孟子说诗主张影响。孔子确定的是具有指导意义的原则，而孟子则更多的提供了具有方法论意义的见解。汉儒在注重对《诗》总体

① 朱自清：《诗言志辨》，古籍出版社1956年版，第22页。

社会政治功能阐释的同时，又在确定篇义上付出了艰巨的劳动，这是在先秦人对《诗》作研究的基础上，集中从事的一项工作。遍查《毛序》解诗和三家诗的遗闻奥义，确有不少是以"以意逆志"——以读者的体会去揣摩诗作者本意的方式解诗；确有不少是联系社会历史重大事件、人物来阐发诗的本意。例如，《氓》齐诗说曰："氓伯以婚，抱布自媒。弃礼急情，卒罹悔忧。"①《毛序》："刺时也。宣公之时，礼义消亡，淫风大行，男女无别，遂相奔诱。华落色衰，复相弃背，或乃困而自悔，丧其妃耦，故序其事以风焉。美反正，刺淫泆也。"齐、毛都是通过对诗篇内容的揣摩体会诗本意。"知人论事"的例子就更多。《左传》记述了《载驰》《硕人》《清人》《黄鸟》四首诗的写作经过，拿《左传》记述的史事和《毛序》对比，就可以看出汉人对以史、事说诗的重视。仅举《载驰》为例：

> 《左传·闵公二年》："卫立戴公，以庐于曹。许穆夫人赋《载驰》。齐侯使公子无亏帅车三百乘，甲士三千人以戍曹。"

> 《毛序》："《载驰》，许穆夫人作也。闵其宗国颠覆，自伤不能救也。卫懿公为狄人所灭，国人分散露于曹邑。许穆夫人闵卫之亡，伤许之小不能救，思归唁其兄，又义不得，故赋是诗也。"

上举各篇，《毛序》解诗和《左传》所记史实都基本符合，只是在事件叙述详略程度上有些差别。再拿《左传》记

---

① 王先谦：《诗三家义集疏》，中华书局 1987 年版。文中凡引《毛序》及三家诗义，皆据此书。

述的和三家诗说对比，三家诗说也都采用了《左传》记述的基本史实。这不是一种偶然的巧合，它反映出汉儒说诗的倾向性。

从孔子到孟子，从孟子到汉儒，汉儒中从三家至毛、郑，他们的说诗都加速了《诗》的经化过程，或者使《诗》的经化更加完备、系统。这其中的演化肯定异常复杂，仅从上述简略线索就可看出：第一，孔子、孟子对《诗》经化起到指导、示范的作用，特别是孔子重视《诗》整体社会功能，孟子的"以意逆志"和"知人论事"，对汉人说诗产生重要影响。汉人由注重《诗》总体社会功能到致力于诗篇义的探究，是他们对《诗》研究的贡献。第二，同样是对文化典籍的经化，和《易》《书》《春秋》《乐》相比，于《诗》似乎特别垂青，孔子讲《诗》的社会功能，特别强调"诗可以兴，可以观，可以群，可以怨"，孟子特别强调"以意逆志，是为得之"，而汉儒几乎竭尽全力探求诗的本义。由此说明，从孔子开始直至汉儒都看到了《诗》与其他"五经"的不同，将文学的《诗》经化的过程，就总体来讲，就是将其扭曲的过程，而在这个过程中，又不自觉地触及认识文学的《诗》的某些正确途径。

二

研究汉人治《诗》，《毛序》和三家诗说是重要的文献资料。特别是对它们作对比研究，会发现一些根本性的问题。

据王先谦《诗三家义集疏》，《毛序》解诗和三家诗义说诗对篇义理解的不同，占据三百零五篇诗的绝大部分。其中有的是作者不同，有的是作诗的时代不同，有的是关涉的事件不同。这些记载对了解汉人的具体意见提供了很大方便，对今天研究诗的篇义提供了重要参考。除此具体不同之外，我们还发

诗经考索

现有总体做法的差异，而这正体现出汉儒治《诗》的复杂性。

三家诗说和《毛序》相比，保留有比较多的有关诗义的遗闻传说，这些传说无论神话的、民俗的，都使人对诗的感受有一种形象感、亲近感。比如，《汉广》的《鲁说》有关郑交甫与"江之二妃"交往的记载；《溱洧》的《韩说》有关"郑国之俗，三月上巳之日于两水上，招魂续魄，拂除不祥"的记载；《生民》的《鲁说》有关姜嫄践巨人迹而怀孕的部族起源的神话传说，都和《毛序》直接的尚功用的解释不同。

前面已经说过，三家诗说和《毛序》都具有使《诗》政治化、其实也就是经学化的倾向。但是，相比而言，《毛序》的诗说比三家政治化的倾向更明显一些，这是《毛序》和三家诗又一不同之处。

三家诗说解诗是否有系统，已不能详知，而《毛序》解诗的系统性非常清楚。比如，解《周南》的诗，《关雎》为"后妃之德也"，《葛覃》为"后妃之本也"，《卷耳》为"后妃之志也"，《樛木》为"后妃逮下也"，《螽斯》为"后妃子孙众多也"，《桃夭》为"后妃之所致也"，《兔罝》为"后妃之化也"，《芣苢》为"后妃之美也"，《汉广》为"德之所及也"，《汝坟》为"道化行也"，《麟之趾》为"《关雎》之应也"。除《汉广》《汝坟》美文王，其他都与后妃有关系。

另外还有许多诗，三家说就事说诗，而《毛序》曲折透迤，往往冠以美刺之说，因此更多一些说教的内容。比如《行露》，齐、鲁、韩三家皆以为是婚礼不明，召南申女誓死不嫁，世人褒扬，故作此诗，而《毛序》则谓"美召公听讼"。比如《静女》诗义，《齐说》联系古代婚俗解诗：诸侯娶一国之女为嫡夫人，另二国以侄娣从，为媵，"此媵俟迎而嫡作诗"，显然与《毛序》"刺时"说不同。关于《墓门》诗义，按《鲁说》实际包含一个具体故事：晋大夫解居甫聘于吴，过陈之墓门，见一女子，欲与之淫佚，女子歌诗以讽刺之。而《毛序》则曰："陈佗无良师傅，以至于不义，恶加于万民焉。"类似的例子还有许多篇。

检查《毛序》和三家说解诗，它们之间另一重要差异是，《毛序》的概括程度比三家诗说高得多。即是说，三家说往往就诗的具体方面作阐释，而《毛序》则往往"上升"到一定"高度"，使解说能够涵盖尽量多的内容。试举几例如下。

《羔羊》诗的《齐说》和《鲁说》以为召公而作，《韩说》以为美召南大夫。而《毛序》则曰："《鹊巢》之功致也。召南之国，化文王之政，在位皆节俭正直，德如羔羊也。"《毛序》所指，不仅只是召公，不仅只是召国的大夫，而应包括了所有的在位者，其内容的包容性无疑更大了。《柏舟》诗的《鲁说》，实际指齐侯之女、卫君夫人的"守节穷居"，而《毛序》曰："言仁而不遇也。卫顷公之时，仁人不遇，小人在侧。"这就离开具体的人和事，"上升"和"抽象"为更具政治色彩、内容更宽泛的诗说。《黍离》诗的《韩说》，以为伯封救人不成而作，而《毛序》释为周大夫对西周灭亡的伤感和凭吊，曰："闵宗周也。周大夫行役至于宗周，过故宗庙，宗室尽为禾黍，闵周室之颠覆，彷徨不忍去，而作是诗也。"可见《毛序》作者用心之深。《小弁》诗的《鲁说》，以为伯奇父尹吉甫听信后妻谗言，迫害伯奇，伯奇因作《小弁》之诗，而《毛序》则以为是太子之傅刺幽王。三家说和《毛序》归纳的诗义所涉及的问题，其大小差别也十分明显。

三家说和《毛序》说诗之所以会出现这种种不同，与《诗》在汉代的具体流传情况以及汉代的政治有密切关系。其一，《毛序》的作者是谁，已很难论定；三家诗如果有序（韩诗可肯定有序），作者是谁也很难搞清，但他们说诗各有传承是可以肯定的。汉初，三家诗最先流传，势力很大，最先列于

诗经考索

学官，而毛诗后出，列于学官也较晚。正是汉代较自由的学术空气，能使三家诗的遗闻趣说得以保存和流传。其二，在汉代，古文经说和今文经说的争斗是异常激烈的，从刘歆《让太常博士书》就能看出其激烈程度。以上所述《毛序》和三家说的不同，从一个方面反映出今古文之争的复杂性。《毛序》解诗的更高度的政治化，是求得自己战胜三家说的重要原则和方法。而且，我越发地相信，《毛序》是陆续完善起来的，是在和三家诗说的对比、对立中逐渐完善起来的，从某种意义上说，它的解诗在内容方面"兼容"了三家说，这对重视政治教化的汉家政权而言，读《诗》自然是非《毛序》莫属了。三家诗的亡和毛诗的独存，让我们从中能了解到一些信息。

三

如果把《诗》比作璀璨夺目的艺术品，汉人将其经化的过程，正是遮掩其艺术光芒的过程。但是，《诗》的高度艺术性是一个客观存在，它对读《诗》人的影响并不会因官方的经化要求而全部消失。因此，汉代《诗》的经化出现了逆向性现象。

范晞文《对床夜话》："《诗》云：'昔我往矣，杨柳依依。今我来思，雨雪霏霏。'东坡谓退之'始去杏飞蜂，及归柳嘶蚬'，与《诗》意同。子建云：'昔我初迁，朱华未希。今我旋止，素雪云飞。'又：'始出严霜结，今来白露晞。'王正长云：'昔往仓庚鸣，今来蟋蟀吟。'颜延年云：'昔辞秋未素，今也岁载华。'退之又居其后也。"① 范晞文所引从曹子建到韩

---

① 范晞文：《对床夜话》，《历代诗话续编》上册，中华书局 1983 年版，第411 页。

退之，所撰诗句都有意描摹《小雅·采薇》"昔我往矣，杨柳依依。今我来思，雨雪霏霏"的意境，这是自觉地对《诗》文学成就的学习。其实，类似的模仿《诗》的诗句，汉人的笔下已经出现了。如班彪《北征赋》："日晻晻其将暮兮，睹牛羊之下来！寤怨旷之伤情兮，哀诗人之叹时。"这实际上是化用《王风·君子于役》"日之夕矣，羊牛下来。君子于役，如之何勿思"的意境。班彪《游居赋》："瞻淇奥之园林，美绿竹之猗猗。"① 实际上是化用《卫风·淇奥》"瞻彼淇奥，绿竹猗猗"的意境。再比如张衡《东京赋》："雎鸠丽黄，关关嘤嘤。"《归田赋》："王雎鼓翼，鸧鹒哀鸣。交颈颉颃，关关嘤嘤。"两处都化用《周南·关雎》"关关雎鸠，在河之洲"的意境。特别是《归田赋》，"交颈"和"关关"都承王雎而言，把《关雎》比兴的意境，表现得更加形象生动。张衡《思玄赋》有《歌》曰："天地烟煴，百卉含葩。鸣鹤交颈，雎鸠相和。处子怀春，精魂回移。如何淑明，忘我实多。""鸣鹤交颈"是受《易·中孚·九二》爻"鸣鹤在阴，其子和之"的影响；"雎鸠相和"是化用《周南·关雎》的意境；"处子怀春""忘我实多"是化用《召南·野有死麕》和《秦风·晨风》的诗句。再值得说明的是，赋中的玉女和宓妃，因"虽色艳而赂美兮，志浩荡而不嘉""悲于不纳"而咏唱的这首诗，这就不是《诗序》作者所宣称的美刺了，《诗》起码是暂时回归到自身的地位。《古诗十九首》："迢迢牵牛星，皎皎河汉女。纤纤擢素手，札札弄机杼。终日不成章，泣涕零如雨。河汉清且浅，相去复几许？盈盈一水间，脉脉不得语。"其选字的神妙，音韵的铿锵，真可谓汉诗中的精品，虽出自汉末文人之手，但犹存自然真趣。但究其实，它的创作受到《小雅·大

① 欧阳询：《艺文类聚》卷二十八引，上海古籍出版社1982年版，第507页。

东》"维天有汉，监亦有光，跂彼织女，终日七襄""睆彼牵牛，不以服箱"意境启发的痕迹，是非常明显的。

汉人诗赋中，常常引用、化用《诗》的词句，这虽然和上述化用、借鉴《诗》的意境不同，但和汉人文章中引《诗》明理、加强论说的分量也不相同。严格来讲，文章中用《诗》篇大意或引用《诗》中的某些诗句说理，是《诗》在汉代经化的一部分，或者干脆就是将《诗》经化的结果，与春秋时代的赋诗言志还不属于同类问题的范畴。而诗歌辞赋中引用、化用的《诗》的词句，已经脱离开《诗》原来的意义，变成了表达作者自己思想的语言材料，这应该说是对《诗》语言方面文学价值的承认和自觉学习。兹举数例对照如下：

汉人作品之诗句： 《诗》中诗句：

葛藟虆于桂树兮， 鸱鸮集于木兰。 ——刘向《九叹》	南有樛木， 葛藟累之。 ——《周南·樛木》
日曀曀其将暮兮， 独于邑而烦惑。	曀曀其阴， 虺虺其雷。 ——《邶风·终风》

夫何九州岛之博大兮，
迷不知路之南北。
——冯衍《显志赋》

| 仆夫疲而劬劳兮，
我马虺颓以玄黄。
——蔡邕《述行赋》 | "陟彼崔嵬，
我马虺颓。
陟彼高岗， |

我马玄黄。

——《周南·卷耳》

盼倩淑丽， 皓齿娥眉。 玄发光润， 领如蝤蛴。 修化冉冉， 硕人其颀。 ——蔡邕《青衣赋》	"硕人其颀， 衣锦褧衣。" "手如柔荑， 齿如瓠犀， 领如蝤蛴。" "巧笑倩兮， 美目盼兮。" ——《卫风·硕人》

这当然只是汉人作品中极少的一点例证。汉代这些诗赋的作者们不把《诗》看得那么神圣了，可以像对待《楚辞》作品一样对待，上述冯衍正是这样做的。他们借用《诗》的文词任意抒写己意，而丝毫不顾及《毛序》之类的成说，蔡邕就用《硕人》的诗句描写自己心目中的美人。蔡邕编的《琴操》有一首《猗兰操》：

习习谷风，以阴以雨。之子于归，远送于野。

何彼苍天，不得其所。逍遥九州岛，无有定处。

首二句用《邶风·谷风》的诗句；次二句用《邶风·燕燕》的诗句；再次二句是化用《唐风·鸨羽》"悠悠苍天，曷其有所"的诗句，整首诗，类似于《诗》的联句。这种情况的出现肯定不是偶然的。

四

汉儒将《诗》经化，最初的政治目的是十分明确的，这就是孔子提倡的"迩之事父，远之事君"，也正是《毛诗序》表述的"经夫妇，成孝敬，厚人伦，美教化，移风俗"。而且，就总体而言，汉儒所强调的确实是《诗》的政治功用。汉代大儒董仲舒说："君子知在位者之不能以恶服人也，是故简六艺以赡养之：《诗》、《书》序其志；《礼》、《乐》纯其养；《易》、《春秋》明其知。"① 还说："以《诗》为天下法矣，何谓不法哉？"② 汉昭帝时，王式为昌邑王师。昭帝死，昌邑王嗣立，因行淫乱，皆下狱诛。"王式系狱当死，治事使者责问曰：'师何以亡谏书？'式对曰：'臣以《诗》三百五篇朝夕授王，至于忠臣孝子之篇，未尝不为王反复诵之也；至于危亡失道之君，未尝不流涕为王深陈之也，臣以三百五篇谏，是以亡谏书。'"③ 这很能说明经化的《诗》的政治功能了。

但是，《诗》在汉代社会中的实际功用，却也出现了并非统治者所希望的"旁逸斜出"，从另一方面反映出汉代《诗》经化过程中的复杂现象。

《诗》在汉代有谶纬化的倾向。这些纬书名目繁多，如《诗纬》《诗含神雾》《诗推度灾》《诗泛历枢》。④ 兹举翼奉为例。翼奉学《齐诗》，奏书说："闻五际之要《十月之交》篇，知日蚀地震之效昭然可明，犹巢居知雨。""《易》有阴阳，《诗》有五际，《春秋》有灾异，皆列始终，推得失，考天心，以言王道之安危。"对"五际"，应劭解释为"君臣、父子、

---

① 董仲舒：《春秋繁露·玉杯》，中华书局1992年版，第35页。
② 董仲舒：《春秋繁露·祭义》，中华书局1992年版，第442页。
③ 班固：《汉书·王式传》卷八十八，中华书局1962年标点本，第3610页。
④ 原书已亡，见《玉函山房集佚书》及《玉函山房集佚书续编》。

兄弟、夫妇、朋友"，这是鲁诗说的误解。孟康引"《诗内传》曰：'五际，卯、酉、午、戌、亥也。'阴阳终始际会之岁，于此则有变改之政也"。① 这符合齐诗推灾异、预吉凶祸福的目的。又比如，王符说："《诗》所谓'天生烝民，有物有则'。是故人身体形貌皆有像类，骨法角肉各有分部，以著性命之期，显贵贱之表，一人之身，而五行八卦之气具焉。"② 这简直就是将《诗》作为卜卦相面的依据了。这些现象一方面说明经化的《诗》深入人心，因为用《诗》推度灾异，具有其他典籍无可取代的权威性，但这种做法本身，和孔子乃至孔门弟子们的《诗》说大相径庭，从而构成汉代鲁学和齐学对立中的一个重要现象。

《诗》要经化，自然要对其作一番训解，《传》、《笺》、《序》、《谱》（郑玄《诗谱》）、章句（薛君《章句》）等应运而生。可是，在烈焰炽张、甚嚣尘上般的将《诗》经化的过程中，却又出现批评《诗》的现象，发人深思。《礼记·经解》：

> 孔子曰：入其国，其教可知也。其为人也，温柔敦厚，《诗》教也；疏通知远，《书》教也；广博易良，《乐》教也；洁静精微，《易》教也；恭俭庄敬，《礼》教也；属辞比事，《春秋》教也。故《诗》之失愚，《书》之失诬，《乐》之失奢，《易》之失贼，《礼》之失烦，《春秋》之失乱。

《经解》像是批评《六经》，实际是批评经教过程中易发生的问题。郑玄云："失谓不能节其教者也。《诗》敦厚近

---

① 班固：《汉书·翼奉传》卷七十五，中华书局 1962 年标点本，第 3173 页。
② 王符：《潜夫论·相列第二十七》，中华书局 1979 年版，第 308 页。

愚。"《孔疏》:"故《诗》之失愚者,《诗》主敦厚,若不节之,则失在于愚。"这符合《经解》的原意。《诗》是敦厚的,教的过程中一味敦厚,就近乎愚。又如《淮南子·泰族训》:

> 六艺异科而皆同道。温惠柔良者,《诗》之风也;淳庞敦厚者,《书》之教也;清明条达者,《易》之义也;恭俭尊让者,《礼》之为也;宽裕简易者,《乐》之化也;刺讥辩义者,《春秋》之靡也。故《易》之失鬼;《乐》之失淫;《诗》之失愚;《书》之失拘;《礼》之失忮;《春秋》之失訾。六者圣人兼用而财制之。

《淮南子》对六经的批评,已不是批评经教过程中的不当,而是批评六经本身。高诱注:"诗人怒,怒近愚。"《淮南子》与《礼记·经解》对六经(包括《诗》)的看法已经有了明显不同。再看《淮南子·氾论训》的记载:

> 王道缺而《诗》作,周室废、礼义坏而《春秋》作。《诗》、《春秋》学之美者也,皆衰世之造也。儒者循之以教导于世,岂若三代之盛哉!以《诗》、《春秋》为古之道而贵之,又有未作《诗》、《春秋》之时。夫道其缺也,不若道其全也。诵先王之《诗》、《书》,不若闻得其言。闻得其言,不若得其所以言。

《淮南子》是从"不必法古""不必循旧"的思想出发,作为例证,批评作为衰世的《诗》《春秋》,未必在内容上就那么值得称道。《淮南子》的思想驳杂,这正反映出别的学派对正统儒家将《诗》经化做法的冲击。

以汉代统治的眼光看,西汉末发生了一件最痛心疾首的事，就是"安汉公"王莽的篡汉。从汉儒正统眼光看，津津乐道，甚至尽毕生精力所从事的经教（包括《诗》教），在"安汉公"篡汉时扮演了不光彩的角色。王莽"受《礼经》，师事沛郡陈参，勤身博学，被服如儒生"，可是，正是这位通《礼》的经生，干出了最不忠不孝的事。一些"博通儒雅"之士，在王莽篡汉的过程中，引经据典，推波助澜。比如，陈崇时为大司徒司直，张竦为博通之士，张竦"为崇草奏，称莽功德"。诸如"《诗》曰'柔亦不茹，刚亦不吐，不侮鳏寡，不畏强圉'，公之谓矣"；"《诗》云'人之云亡，邦国殄瘁'，公之谓矣"；"《诗》云'温温恭人，如集于木'，孔子曰'食无求饱，居无求安'，公之谓矣"；"《诗》云'夙夜匪解，以事一人'……公之谓矣"之类的颂辞连篇累牍，汉儒们心目中神圣的经典，已被视作可任意蹂躏的侍婢，这多么可悲！班固《汉书·王莽传赞》云："昔秦燔《诗》《书》以立私议，莽诵《六艺》以文奸言，同归殊途，俱用灭亡，皆炕龙绝气，非命之运，紫色蛙声，馀分闰位，圣王之驱除云尔！"[1] 班固将王莽的做法比作秦始皇的"焚书"，可见对其深恶痛绝。王莽和《诗》《书》等经典的关系，还有更令人深思之处，王莽在实际上已经掌握了汉家天下以后，"立《乐经》、益博士员，经各五人。征天下通一艺教授十一人以上，及逸《礼》、古《书》、《毛诗》、《周官》、《尔雅》、天文、图谶、钟律、月令、兵法、《史篇》文字，通知其意者，皆诣公车"[2]，又重演汉初天子立明堂，兴礼乐，定制度的故技。由此，我们充分认识到经教（包括《诗》）强烈的政治色彩，认识到其明显的守成性。认识到经书（包括《诗》）作用在汉代的这种戏剧性变

---

① 班固：《汉书·王莽传》卷九十九（下），中华书局 1962 年标点本，第 4194 页。
② 班固：《汉书·王莽传》卷九十九（上），中华书局 1962 年标点本，第 4069 页。

化，对于认识汉以后各朝各代经书起到的作用，有一种启示意义。

之所以造成汉代《诗》经化过程如此复杂的现象，有极深刻的历史文化背景。马克思在《共产党宣言》中指出："任何一个时代统治思想始终都不过是统治阶级的思想。"终汉一代，将《诗》经化始终占据着主流，所谓的"逆向行为"，始终未能改变主流运动。其次，知识阶层首先是依附统治阶级，但他们又敏感，富有知识，所以又有独立思考的能力，再加之门派之间的争辩，所以往往在不自觉中接触到《诗》本质的东西。知识阶级的心态变化和汉代经学有密切关系。《汉书·韦贤传》记载邹鲁地区民间谚语："遗子黄金满籝，不如一经。"可是到东汉后期仲长统写《见志诗》，则曰："寄愁天上，埋忧地下。叛散《五经》，灭弃《风》《雅》。"激烈的政治变动，对知识阶层的心态影响，其深刻程度可见一斑。此问题当另作别论。

（原载《山东大学学报》1994 年第 1 期）

考索4 汉代《齐诗》传授的特点

　　《诗》在汉代的传授有四家：鲁诗、齐诗、韩诗、毛诗。鲁之申培、齐之辕固、燕之韩婴、赵之毛苌，就是它们最早的经师。特别是在文、景之际，鲁、齐是最重要的两大宗。

　　研究《齐诗》传授的特点，首先遇到材料问题。据《隋书·经籍志》，《齐诗》魏已亡，是三家诗失传最早的。我们现在能见到的都是后人搜集的遗说，如陈乔枞《齐诗遗说考》《齐诗翼氏学疏证》，范家相《三家诗拾遗》；当然最著名的还有王先谦的《诗三家义集疏》。最近，台湾徐复观先生著《中国经学的基础》，谓"其（指《齐诗》）遗说见于《汉书》萧望之、匡衡、师丹各《传》奏疏中的，多为诸家之通义。乃陈乔枞《齐诗遗说考》，特划定《仪礼》、《戴记》、《汉书》、荀悦《汉纪》、《春秋繁露》、《易林》、《盐铁论》、《申鉴》诸书中有关《诗》的材料，作为《齐诗》的范围，采集以成《齐诗遗说》，可谓荒谬绝伦"。徐先生还举出《史记·孔子世家》中讲的"四始"和《毛诗》"四始"一致，而讲《齐诗》的翼奉以"水始、木始、火始、金始"为"四始"，史公时尚未出现为证，以此说明用翼奉学说作为《齐诗》的特征，是"诬妄之甚"。① 我以为应该这样看：陈乔枞、王先谦等用毕生

------

① 徐复观：《中国经学的基础》，台湾学生书局1981年版，第148—149页。

精力对三家诗（包括《齐诗》）的索隐勾覆工作，功不可没；要不然，三家诗（包括《齐诗》）我们真是无从得知了；陈氏、王氏们自有立论的根据，许多是以事实为依据的①；最重要的，《齐诗》在汉代的传授是一个复杂过程，虽然汉人传经重家法，但也不能理解为、恐怕也不会是师传徒受，无纤尘不同，变化是不可避免的。因此，我们如果不是把后代生徒的意见都认作辕固的意见，而是把《齐诗》的传授作为汉代一种文化现象来考察，那么，以上所举有关《齐诗》的材料，都应该是我们考察的对象。此外，汉代经学中的谶纬之风，严重影响到《齐诗》。或者干脆说，《齐诗》中的谶纬现象，是《齐诗》传授中的重要特点。有关《齐诗》的纬书已经失传，《隋书·经籍志》还记有《诗纬》十八卷，并题为"魏博士宋均注"。阮孝绪《七录》云十卷，其篇目曰：《诗推度灾》《诗汜历枢》《诗含神雾》。《诗纬》以上篇目中的某些遗闻奥义被一些典籍记载下来，这些应是我们研究《齐诗》更加珍贵的资料。

一

《诗含神雾》曰："孔子曰：诗者，天地之心，君德之祖，百福之宗，万物之户也。"粗看起来，似乎和传统的儒家论《诗》没有区别，而且又是打着孔子的旗号。但仔细考察就会发现其不同，孔子讲"《诗三百》一言以蔽之，曰思无邪"（《论语·为政》），这是就《诗》内容的纯正来讲的，又讲"《诗》可以兴，可以观，可以群，可以怨。迩之事父，远之事君，多识于鸟兽草木之名"（《论语·阳货》），这里强调讲《诗》的社会功能。孔子讲得都很实际。而《诗含神雾》把它看

---

① 王先谦：《诗三家义集疏·序例》，中华书局 1987 年版，第 7 页。《齐诗遗说考·序》，《皇清经解续编》卷一一四二。

作"天地之心""万物之户",就已经有点玄乎了。再看《春秋说题辞》:"诗者,天地之精,星辰之度,人心之操也。在事为诗,未法为谋,恬淡为心,思虑为志,故诗之为言志也。"(《古纬书》)把《诗》说成了"天地之精""星辰之度",这就脱离社会人事了。但我们又必须注意到,《齐诗》又未完全脱离社会政治,它还是讲"君德之祖",它还是讲"在事为诗""诗之为言志也",《齐诗》传授虽然跳出了儒家说诗的限制,已经有了严重的旁逸斜出(容后叙述),但它仍然未脱离汉代经学传授的大背景,即传经、讲经、引经,都为汉代政治服务,因此《齐诗》解说一个基本方面仍然是偏重在对《诗》内容的阐释上。

《齐诗》传授系统中的翼奉和郎𫖮,讲阴阳谶纬最明显。[1] 即便如此,他们的引《诗》用《诗》,也仍然强调《诗》的社会内容,比如,翼奉的奏章:"其《诗》则曰:'殷之未丧师,克配上帝;宜鉴于殷,骏命不易。'"这是引用《诗·大雅·文王》的诗句,劝说统治者要以殷的灭亡为鉴戒,这和《毛诗》的理解是完全一致的。郎𫖮的奏章说:"故《周南》之德,《关雎》政本。本立道生,风行草从,澄其源者流清,浑其本者末浊。"郎𫖮强调正礼义应从今上做起,而对《关雎》诗义的理解和《毛序》"《关雎》,风之始也,所以风化天下而正夫妇也"的意思是完全一样的。

《齐诗》传授中还有两个非常重要的人物:萧望之和匡衡。[2] 从他们奏章的引《诗》看,对《诗》义的理解,也是注重《诗》固有的社会内容,而不是强调《诗》和外在自然的

---

① 范晔:《后汉书·郎𫖮列传》卷六十(下),中华书局 1982 年版,第 1053 页;班固:《汉书·翼奉传》卷七十五,中华书局 1962 年标点本,第 3172—3173 页。

② 班固:《汉书·萧望之传》卷七八、《汉书·匡衡传》卷八一,中华书局 1982 年标点本。

关系。萧望之奏章："《诗》曰：'爰及矜人，哀此鳏寡'，上惠下也。又曰：'雨我公田，遂及我私'，下急上也。"引用《诗·小雅》中的《鸿雁》和《大田》的诗句，劝说统治者要怜民惠下，民才能先公后私。匡衡是《齐诗》中的经师大家，在当时有"无说诗，匡鼎来；匡说诗，解人颐"的美誉。其奏章多处引《诗》，对诗义的理解和《毛诗》无大异。比如，"《诗》曰：'商邑翼翼，四方之极；寿考且宁，以保我后生。'此成汤所以建至治，保子孙，化异俗而怀鬼方也。""《诗》曰：'念我皇祖，陟降廷止。'言成王常思祖考之业，而鬼神佑其治也。"匡衡引《诗》对诗义的解说很详细，言之凿凿。概括言之，仍然是讲社会人事和《诗》的社会性。

《汉书》《后汉书》中《齐诗》经师的说诗材料毕竟有限得很，我们把研究的对象扩展到《诗三家义集疏》中有关《齐诗》的资料。① 我们发现，许多材料同样能证明《齐诗》重社会政治的倾向。兹举数例如次，并和《毛诗》对比：

《周南·桃夭》：

　　《毛序》："后妃之所致也。不妒忌，则男女以正，婚姻以时，国无鳏民也。"

　　《齐说》："春桃生花，季女宜嫁。受福多年，男为邦君。"

《毛序》的政治功利说诗的倾向非常明显，把民间的嫁女之歌硬和后妃之德联系在一起。《齐说》同样也讲诗的政治内容，而且讲得更实际，有的古注家就认为"季女"指邑姜，全

---

① 王先谦：《诗三家义集疏》，中华书局1987年版。后文凡引用《齐说》，皆据此书。

诗写武王娶邑姜的事。《桃夭》是我们都熟悉的，它应该是歌颂婚嫁的民间歌谣，但《毛序》《齐说》都硬牵涉进政治内容。

《卫风·氓》：

> 《毛序》："刺时也。宣公之时，礼义消亡，淫风大行，男女无别，遂相奔诱。华落色衰，复相弃背，或乃困自悔，丧其妃耦，故序其事以风焉。美反正，刺淫佚也。"
>
> 《齐说》："氓伯以婚，抱布自媒。弃礼急情，卒罹忧也。"

《卫风·氓》我们也都很熟悉，反映的是春秋时代的弃妇现象。《毛序》《齐说》都看出了诗中含婚变的内容，这是应该肯定的，只是他们又都指出诗"刺时""弃礼"的讽刺作用，这又都是从功利来说诗了。

《王风·葛藟》：

> 《毛序》："王族刺平王也。周室道衰，弃其九族焉。"
>
> 《齐说》："葛藟蒙棘，华不得实。谗言乱政，使恩壅塞。"

《葛藟》诗曰："绵绵葛藟，在河之浒。终远兄弟，谓他人父。谓他人父，亦莫我顾。"诗实际上讲到了宗法制社会中一层重要的关系——兄弟关系的紧张。对于王朝和诸侯，从宗法来讲是兄弟关系，从政治来讲是君臣关系，同样，诸侯和大夫之间也是如此。因此，这种兄弟之间的关系，是宗法制社会存在的重要基础。由于立嫡制的规定，这种兄弟之间的关系既互相利用同时又互相斗争，整个春秋时期，兄弟弑杀的事件不胜枚

诗经考索

举。《葛藟》诗正反映了这种兄弟间的斗争。《毛序》说"刺平王"未必准确，讲"周室道衰，弃其九族"，我觉得是符合诗义的。《齐说》同样从这个大的政治背景来考察，只不过它侧重在回答作诗的原因。"葛藟蒙棘"，比喻王族遭谗言；"华不得实"，比喻恩施不终；"谗言乱政，使恩壅塞"，是说因有人谗言，结果使兄弟不睦，恩情壅塞。这首诗，《毛》《齐》的解释和上首诗不同，它们都讲到了重要的社会问题，还不是完全的牵强附会。

《魏风·伐檀》：

《毛序》："刺贪也。在位贪鄙，无功而受禄，君子不得进仕尔。"

《齐说》："功德不施于天下而勤劳于百姓，百姓贫陋而私累万金，此君子所耻而《伐檀》所刺也。"

《伐檀》诗我们也都很熟悉，它揭露讽刺统治者不劳而获。比较《毛》《齐》说诗，大致都不错，而《齐诗》则更实际一些。

《魏风·硕鼠》：

《毛序》："刺重敛也。国人刺其君重敛蚕食于民，不修其政，贪而畏人，若大鼠也。"

《齐说》："周之末途，德惠塞而耆欲众，君奢侈而上求多，民困于下，怠于公事，是以有履亩之税，《硕鼠》之诗是也。"

比较《毛》《齐》说，我们会发现《齐说》更加具体，提出"履亩之税"和《硕鼠》的关系问题。应该说《齐诗》是讲错了，因为，"履亩之税"也就是初税亩，它是春秋末期新兴地主阶级的田赋制度，按土地面积征收赋税，在鲁国首先实行，鲁宣公十五年的"初税亩"，就是承认土地私有的合法性。《硕鼠》一诗不可能作于春秋末期，而《齐诗》强调诗的社会政治性，硬和后来的田赋制度拉在一起，其用世之情就可见一斑了。

《小雅·大东》

《毛序》："刺乱也。东周困于役而伤于财，谭大夫作是诗以告病焉。"

《齐说》："赋敛重数，政为民贼。杼轴空虚，去其家室。"

《大东》的内容是揭露周王朝对东方诸侯国严重的经济剥削，《毛序》说谭国大夫作，可信。《齐说》同样揭示了经济盘剥的事实。

这一类的例子还可以举出很多。此外，《齐诗》传授中还非常注重联系史实，检诸史籍，这些解说都有一定道理。如《郑风·清人》，《齐说》："清人高子，久屯外野。逍遥不归，思我慈母。"又曰："慈母望子，遥思不已。久客外野，我心悲苦。"和《左传·闵公二年》"郑人恶高克，使帅师次于河上，久而弗召，师溃而归。高克奔陈，郑人为之赋《清人》"的记载是相符的。再比如，《齐诗》以为《小雅》的《出车》《六月》是懿王曾孙宣王兴师命将以伐玁狁；以为《大雅·棫朴》是文王受命伐崇；至于像《陈风·株林》等其他讽刺诗，也都指明了事件原委。

《毛序》说诗和《齐诗》有许多不同，但它们确实存在着共同的倾向，即说诗的政治性。这些政治倾向性表现为把具体的诗和君国大事联系在一起，和王朝的具体的人、事联系在一起，和礼义的要求联系在一起。我觉得，不论《毛诗》，也不论《齐诗》（以及《鲁诗》《韩诗》）的说诗，它们都有"媚世""媚俗"的方面，在很长的时间里，它们之间有无形的竞争，都希图受到当政者的重视，都希图压倒对方，那么，通过解说《诗》的政治功利性来为现实的政治服务，自然便是应有之义了。这是《齐诗》像《毛诗》一样重《诗》的社会功利性的外在原因。此外，《诗》是先秦时代五六百年间社会生活的真实反映，其中必然有政治事件、社会问题，汉人的解释注意到这方面的问题，是由《诗》本身内容所决定的。我认为，不能否定汉人说《诗》在这方面的贡献。我们还发现，《毛序》在对《诗》内容的概括上，实际上有综合三家诗的痕迹，这属于《毛序》与三家诗的关系问题了。

二

皮锡瑞《经学历史》云："汉有一种天人之学，而齐学尤盛。"[1] 这种天人之学自然影响到齐人对《诗》的解释，所以《齐诗》传授带有很浓重的谶纬色彩。

《诗纬》是记载《诗》谶纬内容的主要著作，而其中又以《齐诗》说为主。《诗纬》至隋代尚存世，《隋书·经籍志》："《诗纬》，魏博士宋均注，十八卷。"另外，阮孝绪《七略》云十卷，其篇目曰"推度灾"、曰"氾历枢"、曰"含神雾"。此外，《齐诗内传》也肯定属于《诗纬》一类的书，起码是书中有谶纬一类的内容。《诗纬》和《齐诗内传》都已亡佚。这无疑给全面研究《齐诗》学带来很大的困难。但古籍中还有"推度灾""氾历枢""含神雾"的零星记载，传授《齐诗》

---

① 皮锡瑞：《经学历史》，中华书局 1959 年版，第 106 页。

的著名经学家西汉有匡衡、翼奉，东汉有郎颢，根据他们的奏疏以及《诗纬》的零星内容，我们作初步的研究。

《齐诗》讲"四始""五际"。《诗推度灾》曰："建四始五际而八节通。"① 它们的含义究竟是什么？

我们先来看"四始"。

《诗汜历枢》曰："《大明》在亥，水始也；《四牡》在寅，木始也；《嘉鱼》在巳，火始也；《鸿雁》在申，金始也。"

其实，"四始"之说不仅《齐诗》有之，《鲁诗》亦有之。《史记·孔子世家》："《关雎》之乱，以为'风'始；《鹿鸣》为'小雅'始；《文王》为'大雅'始；《清庙》为'颂'始。"郑玄《笺》："始者，王道兴衰之所由。"这是《鲁诗》对"四始"的解释。《关雎》《鹿鸣》《文王》《清庙》，分别是《风》《小雅》《大雅》《颂》的第一篇，"王道兴衰"由此而来，因此谓之"四始"。《鲁诗》说诗的着眼点在于《诗》的教化作用。

《齐诗》的"四始"就复杂得多。《大明》《四牡》《嘉鱼》《鸿雁》分别为《大雅·文王之什》以及《小雅》的《鹿鸣之什》《南有嘉鱼之什》《鸿雁之什》的篇名。《齐诗》是把《诗》的这些篇与十二辰，即子、丑、寅、卯、辰、巳、午、未、申、酉、戌、亥联系在一起，并且均衡地把它们排在亥、寅、巳、申的位置上，而且和阴阳五行的相克相生连在一起。从"五行"说来看，水生木，木生火，火生金，这自然相生的顺序，应该是"四始"排列的根据；从历法的十二位次来看，"亥"位为阴阳气周而复始的开始，因为，据《诗汜历枢》曰："凡推其数皆从亥之仲起，此天地所定位，阴阳气周

　　① 陈乔枞：《齐诗遗说考》，王先谦编《皇清经解续编》卷一一四二。后文除特意注明外，所引用《诗汜历枢》《诗含神雾》《齐诗内传》《诗推度灾》，皆据该书。

诗经考索

而复始，万物死而复苏……。"①《齐诗》讲"四始"以亥位为始，也肯定是出于这种考虑。那么，我们再来具体考察与四首诗的联系。我们先看四首诗的《毛序》与《齐说》：

《大明》：

　　《毛序》："文王有明德，故天复命武王也。"
　　《齐说》："午亥之际为革命。亥，《大明》也。"
（《诗汜历枢》）

《四牡》：

　　《毛序》："劳使臣之来也。有功而见知，则说矣。"
　　《齐说》："《四牡》在寅，木始也。"（《诗汜历枢》）

又

　　《仪礼·乡饮酒》郑注："《四牡》，君劳使臣之来乐歌也。勤苦王事，念及父母，怀归伤悲，忠孝之至，以劳宾也。"

《嘉鱼》：

　　《毛序》："乐与贤也。太平之君子至诚，乐与贤者共之也。"
　　《齐说》："《南有嘉鱼》，言太平君子有酒，乐与贤者共之也。能礼下贤者，贤者累蔓而归之，与之燕乐也。"

①　范晔：《后汉书·郎顗列传》，李贤注引，中华书局1982年标点本，第1066页。

（《仪礼·乡饮酒》郑注）

《鸿雁》：

> 《毛序》："美宣王也。万民离散，不安其居，而能劳
> 来，还定安集之，至于矜寡，无不得其所焉。"
> 《齐说》："鸿雁在申，金始也。"（《诗氾历枢》）

先得说明，研究《齐诗》的"四始"，当然应该以《齐
诗》的说法为据，但是，其许多具体的解释已经不能知道了，
所以，我们也列出《毛序》以供比照。按照阴阳五行相克相生
来推演，《大明》诗讲文王有德，复命武王革命，因有天下，
取"亥"位的"万物死而复苏"，当然是可通的。按水生木，
木生火，火生金，依次后推，《四牡》诗言"劳使臣"，《嘉
鱼》诗言"乐与贤者"，这似是写周王朝相当长一段时间的安
定时期。《鸿雁》诗，从时间来说，跨到了宣王中兴。从火生
金来看，似乎也能说得通，中兴的宣王，对于周厉王来说，毕
竟是又一次"革命"。当然，以上的这些推测，很可能有主观
因素。

从《齐说》对"四始"的记述看，《齐诗》的排列顺序可
能和《毛诗》的排列不一样，就《雅》诗看，《大雅》在前，
而《小雅》在后，基本遵循了"正变"的原则；再具体到
《小雅》，《四牡》很可能在《鹿鸣》之前。

我们再来看《齐诗》的"五际"。"五际"是《齐诗》所
独有的：

> 《诗氾历枢》曰："卯酉之际为革政，午亥之际为革
> 命。神在天门，出入候听。卯，《天保》也。酉，《祈父》

（竖排）诗经考索

也。午，《采芑》也。亥，《大明》也。"孔颖达《疏》曰："亥为革命，一际也；亥又为天门（陈乔枞：'当为戌亥之间，又为天门。'），出入候听，二际也；卯为阴阳交际，三际也；午为阳谢阴兴四际也；酉为阴盛阳微，五际也。"

《诗内传》曰："'五际'，卯、酉、午、戌、亥也。阴阳终始际会之岁，于此则有变化之政也。"

按孔颖达的解释，所谓"五际"，是把历法中的十二位次和阴阳变化联系起来，用以解释《诗》反映的周王朝政治兴衰的变化。午至亥位象征"阴阳气周而复始，万物死而复苏，大统之始"，当然为革命，且列为"一际"。"戌亥之间，又为天门，出入候听"，据《后汉书·郎顗列传》存《诗纬》宋均注云："神，阳气，君像也。天门，戌亥之间，乾所据者"，实际讲神在戌亥之间，司候帝王兴衰得失，善则昌，恶则亡。因为是"阳气""君像""乾所据"，那么上接"革命"，戌亥之间仍应以向上奋发为主，因此列为"二际"。"卯酉之际为革政"，是说从卯至酉为政治变化之际，具体变化是，卯位，阴阳相交不相上下，政治变化不分彼此，是为"三际"。午位，阳谢阴兴，政治上邪恶上升而良善受挫，为"四际"。酉位，阴盛阳衰，政治上则国家坏败，不可收拾，为"五际"。所以我们看，它仍然是按历法的十二位次的阴阳变化，来敷衍象征《诗》中的政治人事的兴衰变化。

上面《诗泛历枢》提到的《天保》《祈父》《采芑》《大明》四首诗，我们也把《毛序》《齐说》一一排列考察，发现它仍从亥位讲起，按亥、卯、午、酉的顺序排列，由阳至阴，而《诗》所反映的周王朝政治也随之由盛转衰，由强变弱，以致不可收拾。

以上这些分析，已经看出《齐诗》讲阴阳、讲谶纬的特点，我们再通过《齐诗》对具体诗篇的解释，看它是怎样讲灾异的。翼奉是研修《齐诗》的重要经学家，他说："臣奉窃学《齐诗》闻五际之要，《十月之交》篇，知日食地震之效昭然可明，犹巢居知风，穴居知雨；亦不足多，适所习耳。臣闻人气内逆，则感动天地，天变见于星气日蚀，地变见于奇物震动，所以然者，阳用其精，阴用其形，犹人之有五臧六体。五臧象天，六体象地，故臧病则气色发于面，体病则欠申动于貌。"又说："《易》有阴阳，《诗》有五际，《春秋》有灾异，皆列终始，推得失，考天心，以言王道之安危。"① 翼奉把《诗》能预知阴阳灾异变化讲得很清楚了。详述如下：

例一

《十月之交》：

> 十月之交，朔日辛卯。日有食之，亦孔之丑。

《诗推度灾》曰：

> 十月之交，气之相交。周十月，夏之八月。及其食也，君弱臣强，故天垂象以见征。辛者，正秋之王气，卯者，正春之臣位。日为君，辰为臣。八月之日交，卯食辛矣。辛之为君幼弱而不明，卯之为臣秉权而为政。故辛之言新，阴气盛而阳微，主其君幼弱而任卯臣也。

这是《齐诗》说诗无疑，大意是说，周历十月是夏历的八

---

① 范晔：《后汉书·郎顗列传》卷六十（下），中华书局1982年版，第1053页；班固：《汉书·翼奉传》卷七十五，中华书局1962年标点本，第3172—3173页。

月，朔日，日月交会，发生了日蚀，这是上天显示征兆，以警示君弱而臣强。之所以看出是上天显示的征兆，是因为"辛"为王之气，"卯"为臣之位；日为君，月为臣，而日蚀，正是月侵日，"卯食辛"，这自然是上天有意发出的警示了。

东汉的郎顗解释得更为清楚，他说："日者，太阳，以象人君。政变于下，日应于天。清浊之占，随政抑扬。天之见异，事无虚作。"（《后汉书·郎顗列传》）这种天人之学就再明白不过了。

例二

《十月之交》：

烨烨震电，不宁不令。

《诗含神雾》曰：

此应刑政之大暴。故震电惊人，使天下不安。

《后汉书·郎顗列传》郎顗曰：

"雷者，所以开发萌牙，辟阴除害。万物须雷而解，资雨而润"，"王者崇宽大，顺春令，则雷应节，不则发动于冬，当震反潜"，"雷者号令，其德生养。号令殆废，当生而杀，则雷反作，其时无岁"。

郎顗的具体的解释，冬雷不应时节，自然是王者的末路了。

例三

《秦风·蒹葭》：

蒹葭苍苍，白露为霜。

《诗汜历枢》曰：

蒹葭秋水，其思凉，犹西气之变乎？

《诗含神雾》曰：

阳气终，白雾凝为霜。宋均曰：白露，行露也，阳终阴用事，故曰白露凝为霜。

《蒹葭》诗所提供的美好的深秋意境，也被《齐诗》经学家们阴阳化了。

这方面的例子无须再举。我们来分析《齐诗》出现这种特殊情形的原因。

在汉代《诗》分为四家，肯定有各种原因。但我想，他们相互竞争，各不上下，其中一个重要原因是求得统治者的青睐，以获得政治上的地位。说到底，传授《诗》亦利禄之路耳。因此，对《诗》内容的解释如何更巧妙地为当前政治服务，是各家《诗》传授者苦心孤诣、冥思苦想的大事。鲁、齐、韩、毛都各自下了大功夫。正是这样的背景，使《诗》传授，特别是今文《诗》的传授，动辄数万言，走上了烦琐哲学。也正是这样的背景，使四家诗在许多问题上持大体相同的看法。在这种竞争中，《齐诗》的"四始""五际"等特点，就和汉代的整个齐学密不可分了。我觉得，齐学在表现形式上起码有两个突出特点：一是灵活多变，一是曲意阿世。汲黯批评公孙弘"齐人多诈"的话，很能反映这种特点。由此而来，齐学为了压倒其他学说，全面系统地将天人感应、阴阳五行引进到对经学的解释，如京房的《易》说，如董仲舒的《春秋》说等，《齐诗》的所谓"四始""五际"，就是在这种背景下产生的。就这个方面来说，我觉得《齐诗》的种种解说，比起鲁、韩、毛，或许是更多的脱离了《诗》的实际，使《诗》坠入五里雾中。

三

《齐诗》传授还有另外的特点。请看如下的记载。

《王风》

《诗推度灾》曰：

王，天宿箕斗。

《郑风》

《诗推度灾》曰：

郑，天宿斗衡。

《魏风》

《诗推度灾》曰：

魏，天宿牵牛。

《唐风》

《诗推度灾》曰：

唐，天宿奎娄。

《秦风》

《诗推度灾》曰：

    秦，天宿白虎，气主元武。

《陈风》

《诗推度灾》曰：

    陈，天宿大角。

……

　　这里，"王、郑、魏……"，讲诗产生的地域；"天宿"讲天上的二十八宿，是把天所显示的星象和地上相应的分野联系起来。它主要目的在于标明诗产生地的方位，但同时也和政治内容相联系，比如，"秦，天宿白虎，气主元武"，即属于此类。

　　我们都知道，二十八宿说起源很早，大约在春秋时代已经相当成熟。古人把二十八宿在天空的位置，自东向西，分作：角、亢、氐、房、心、尾、箕七宿，想象为苍龙，配于东方；牛、斗、女、虚、危、室、壁七宿，想象为玄武，配于北方；奎、娄、胃、昴、毕、觜、参七宿，想象为白虎，配于西方；井、鬼、柳、星、张、翼、轸七宿，想象为朱雀，配于南方。明白了这层道理，那么，"王，天宿箕斗"，是说《王风》的产地，也即王畿附近地域相对应的是箕星和斗星；"郑，天宿斗衡"，是说《郑风》的产生地域相对应的是斗星的柄的部位；"魏，天宿牵牛"，是说《魏风》的产生地域相对应的是牵牛星……我们把《齐诗》所述《风诗》产生地对应的星宿和其他古籍记载的星区分野相对照，发现它们并不相一致。比如，郑地的星区为角、亢，而《郑风》的星区为斗衡。又如，魏地的星区为觜、参，而《魏风》的星区为牵牛……为什么会出现这种情况？我觉得，很大可能是《诗》的产生地的范围或许更具体一些，因而《齐诗》对产生地相应星区的记述，和一般意义上的记述出现了差异。

无论如何，《齐诗》已经涉及《诗》产生地域的问题，这不仅在《诗推度灾》中有记载，《诗含神雾》的记载更为详尽。

《齐风》

《诗含神雾》曰：

> 齐，地处孟春之位，海岱之间，土地污泥，流之所归，利之所聚。律中太簇，音中宫角。

《魏风》

《诗含神雾》曰：

> 魏，地处季冬之位，土地平夷。

《唐风》

《诗含神雾》曰：

> 唐，地处孟冬之位，得常山太岳之风。音中羽。其地硗确而收，故其民俭而好畜，外急而内仁。

《秦风》

《诗含神雾》曰：

> 秦，地处仲秋之位，男懦弱，女高膝，白色秀身。律中南吕，音中商。其言舌举而仰，声清以扬。

《陈风》

《诗含神雾》曰：

> 陈，地处季冬之位，土地平夷，无有山谷。律中姑洗，音中徵。

《曹风》

《诗含神雾》曰：

> 曹，地处季夏之位，土地劲急。音中徵，其声清以急。

这些记述涉及春夏秋冬和东南西北的关系问题；涉及季节月份和律吕的对应关系问题；涉及各地《风诗》的音乐问题，这些都不作细论。很值得重视的是《诗》产生地的地理环境和民风民俗的记述。如说齐地是"海岱之间，土地汙泥，流之所归，利之所聚"；如说唐地是"其地硗确而收，故其民俭而好畜"；如说陈地是"土地平夷，无有山谷"；等等，是把《诗》产生地的地理特点和风俗民情一起来考察的。我们有理由指出它太简单，但这确实是《齐诗》学中非常重要的特征和非常重要的收获，即"《诗》地理学"的发轫。关于"《诗》地理学"的研究，我们自然会想起郑玄的《诗谱》、班固的《汉书·地理志》、王应麟的《诗地理考》等著作，但真正最早涉及《诗》地理问题的，却是一向不被重视的《齐诗》谶纬学。

在《诗》传授系统中，班固属于《齐诗》学派。班固《汉书·地理志》重视《诗》地理的考察，可以说和《齐诗》一派相承。把《诗含神雾》的记述和《汉书·地理志》联系起来考察，就更能说明这方面的问题。关于齐地，《地理志》说："古有分土，亡分民。太公以齐地负海舄卤，少五谷而人民寡，乃劝以女工之业，通鱼盐之利，而人物辐凑。"应该说这实际上是《齐诗》"海岱之间，土地汙泥，流之所归，利之所聚"的具体解释了。关于唐、魏之地，《地理志》说："河东土地平易，有盐铁之饶……其民有先王遗教，君子深思，小人俭陋。"应该说这和《齐诗》"魏地……土地平夷"，"故其民俭而好畜"的叙述基本没有什么差别。

不管汉代经师们如何看待，《诗》归根结底是作为一代文学作品对人们各方面生活作了真实的反映。真正认识《诗》的价值，应该包括对《诗》产生的地域、历史、文化、风俗、民情、语言以至音乐等的研究，汉儒当然认识不到这一层，但是，他们在讲《诗》为封建政治服务的前提下，却不自觉地触及《诗》作为文学的某些特征，《齐诗》中的谶纬之学，注意到《诗》产生地的范围、特点，就属于这类情况，这是研究汉代《齐诗》传授价值时，必须注意到的。

四

我曾经详细考察过汉代对文学性质的认识，切入点就是汉人对《诗》的认识（可参看本书《论郑玄〈诗谱〉的贡献》）。我的看法是，汉人把《诗》作为经来对待，但在注经的同时，无意识地涉及《诗》文学的特征。比如《诗大序》说："诗者，志之所之也，在心为志，发言为诗。情动于中而形于言，言之不足故嗟叹之，嗟叹之不足故永歌之，永歌之不足，不知手之舞之、足之蹈之也。"在这里，有"诗言志"的内容，而"情动于中"一段话，明显地说《诗》表达的是作者的内在感情，这也就是我们常说的"诗言情"了。再比如，"毛公述诗，独标兴体"，以"比兴"说诗，实际上抓住了《诗》形象性的问题。我的这些分析主要是从《毛诗》系统加以考察的。

是的，《毛传》《郑笺》是今天保存下来的最完整的《诗经》研究资料，特别是《郑笺》，"以宗毛为主"，同时又兼收《三家诗》说，实际上已经代表了汉代《诗经》研究的成就。在我接触了《齐诗》的有关资料后，更加认识到，不自觉地触及《诗》的文学性，是汉人说《诗》普遍存在的一种现象。《毛诗》是如此，《齐诗》也是如此。我们来看具体例证。

《邶风·静女》：

> 静女其姝，俟我于城隅。爱而不见，搔首踟蹰。

这本是一首爱情诗，反映男女青年幽期密会时的那一种特定场合下的心境。我们来看《齐诗》的理解：

> 曰："季姬踟蹰，结衿待时。终日至暮，百两不来。"
> 又曰："季姬踟蹰，望我城隅。终日至暮，不见齐侯。居室无忧。"
> 又曰："踟蹰踟蹰，抚心搔首。五昼四夜，睹我齐侯。"

这里讲的是什么？原来，《齐诗》把一段历史故事和《静女》联系起来。卫有二姬，长曰孟姬，少曰季姬。孟姬嫁齐桓公为嫡，季姬亦嫁齐桓公为媵。那么，这首诗是孟姬想象季姬等待齐桓公（即齐侯）到来迎娶自己的情景。《左传》有齐桓公娶"长卫姬、少卫姬"的记载，《齐诗》可能由此而来，这且不论。我们觉得，它即使是附会，但也看出了原诗提供的意境和要表达的感情，"终日至暮，百两（同辆）不来"，"五昼四夜，睹我齐侯"，是对原诗意境的体味的增益，已经有了进一步想象的成分。

《邶风·燕燕》：

　　燕燕于飞，差池其羽。之子于归，远送于野。瞻望弗及，泣涕如雨。

　　按照《毛序》的说法，诗的写作背景是：卫庄公的妻子庄姜无子，陈女戴妫为卫庄公姬妾，生子，名完，庄姜以为己子。庄公死，完立，而被大夫州吁杀死。戴妫于是"大归"，庄姜送于野，作是诗。不管这个背景准确与否，诗为送人之作是可以肯定的。它以"燕燕于飞，差池其羽"起兴，自然地烘托出送人时凄惨悲伤的情景，具有很高的艺术成就。我们来看《齐诗》的理解：

　　　　曰："泣涕长诀，我心不快。远送卫野，归宁无子。"
　　　　又曰："燕雀衰老，悲鸣入海。忧在不饰，差池其羽。颉颃上下，在彼独处。"

　　我觉得，《齐诗》同样释为送人是无疑的，其"燕雀衰老，悲鸣入海"同样是在原诗意境上的想象，诗的意境、诗的感情，解诗者是感受到了的。

　　我们在前面提到"毛公说诗，独标兴体"，的确，以"比兴"说诗是《毛诗》的一大特点。《齐诗》很少、几乎没有以"比兴"说诗。它主要是通过天人感应、阴阳五行来把《诗》谶纬化，而无论《毛诗》《齐诗》，在把《诗》经化的过程中，都注意到《诗》反映社会历史的作用，并涉及作为文学作品的《诗》的一些文学特征，这是我们应该肯定的。

　　　　　　　　　　　（原载《山东大学学报》1995年第2期）

考索5 论周代礼与《诗》的关系

一

孔夫子曾说:"兴于诗,立于礼,成于乐。"(《论语·泰伯》)把诗、礼、乐三者紧密地联系在一起,是看出了三者之间确实存在着内在的联系。如果我们不从殷周礼乐文化的背景来观照《诗》的诸多方面,对《诗》的理解就可能出现偏颇。

什么是礼?什么是殷礼?什么是周礼?这是我们要首先来回答的问题。

"礼"字从"示",从"豊",像用祭器豆盛食物,祭祀神主之形。《说文》:"礼,履也,所以事神致富也。"《释名》:"礼,体也,得其事体也。"这是按字形字体来训解"礼"的起源,将"礼"和祭祀鬼神的行动联系在一起。①

贾谊说:"夫礼者禁于将然之前,而法者禁于已然之后,是故法之所用易见,而礼之所为生难知也。"② 这是就礼的作用而言,讲礼为制度法令,已经不是礼起源的问题。

在探讨礼的起源上,郭沫若先生曾发表过精辟的见解,他

---

① 王国维:《观堂集林》第一册,中华书局1991年版,第290页。
② 班固:《汉书·贾谊传》卷四十八,中华书局1962年标点本,第2252页。

认为礼和周公有关，认为"敬德"的思想是周人独有的思想，"德"字不仅包含主观方面的修养，也有客观方面的规范——后人所谓的"礼"都包含在内。"礼"是后起的字，周初彝铭中不见这个字。礼是由德的客观方面节文所蜕化下来的。古代有德者的正当行为的方式汇集下来便成为后代的礼。他认为礼的产生，是周人"人定胜天"思想的一种结果。虽然在客观方面周人仍然利用天来作为统治的工具，但在主观上却强调人力，强调"德"，同时也包含着"礼"的内容。①

郭沫若先生的思想是值得重视的。他睿智地看到周人思想中新的内容即"德"的出现，同时又发现"德"与"礼"二者密不可分的联系。但是，他局限于有周一代来探讨"礼"的问题，仍然未触及"礼"真正的起源。

杨向奎先生综合人类学、民族学、宗教学研究的最新成果，对"礼"的起源作出了新的阐释。

杨先生借用了西方人类学家早就研究使用的"保特拉吃"的学说。他说法国的莫斯在这方面的研究最有成就。莫斯认为"保特拉吃"是一种社会制度，可以说成"竞赛式之全体赠给"。原来在初民社会内，无所谓商业交易，仅有一种友谊的或强迫的赠给制度，而此所谓"全体赠给"，即因此种制度乃是强迫的、相互的、集合的，并且是与经济的、法律的、宗教的、艺术的社会形态等方面全体有关的。在此种制度内，应给予者必须给予，应接受者必须接受，而接受者经过相当长时间后，仍必须予原来给予者以报酬。此种必须给予、必须接受与必须报酬之种种手段，均须在一个盛大的节日与公共的宴会之下举行。在这种典礼、宴会之内，一方面带有浓厚的宗教或巫

---

① 郭沫若：《先秦天道观的进展》，《郭沫若全集·历史编（一）》，人民出版社1982年版，第335—336页。

术的色彩，另一方面也有财富、技术或美术的竞赛意味。又因为此种竞赛式赠给制度是与初民的生活有关，所以莫斯名之曰"竞赛式之全体赠给"。这种"保特拉吃"的制度，杨先生认为在中国古代社会也存在着。他举《仪礼·乡饮酒》为例，胡培翚在《正义》一书中指出，"郑玄说：《乡饮酒》有四事：一则三年宾贤能；二则卿大夫饮国中贤者；三则州长习射饮酒；四则党正腊祭饮酒。总而言之，皆所谓'乡饮酒'"。[①] 在这种宴会中也是公开肯定贤者之社会地位，并是公开其社会地位的场合，这正是原始社会"保特拉吃"制度的遗风。杨先生又说："结合到中国古代文献记载及少数民族中的调查，可以知道财富、门第、馈赠、酬酢、贿赂等一系列典礼活动，都和其他地区的'保特拉吃'相类似。"[②]

将礼的起源放到原始社会制度里去考察，是完全正确的。这使我们认识到礼发展的阶段性。"保特拉吃"式的礼，更多的是初民无功利性的一种宗教仪式的显示；渐次发展到礼物的贡献，已经是私有制氏族间的剥削；再发展至对神的、对人的功利要求的仪式化、程序化、固定化，这就是孔子津津乐道的周礼的内容了。

孔子说："夏礼吾能言之，杞不足征也。殷礼吾能言之，宋不足征也，文献不足故也。足，则吾能征之矣。"（《论语·八佾》）这说明在孔子的时代，夏礼和殷礼的某些规定条文仍然在上层知识界流传，只是夏的后人杞和商的后人宋未能保存下丰富的文献资料，所以不能加以证明。孔子又说："殷因于夏礼，所损益可知也；周因于殷礼，所损益可知也。其或继周者，虽百世可知也。"（《论语·为政》）孔子谈到了礼的继承

----

① 杨向奎：《宗周社会与礼乐文明》，人民出版社 1992 年版，第 242、293 页。

② 杨向奎：《宗周社会与礼乐文明》，人民出版社 1992 年版，第 242、293 页。

问题。"损益",是有继承,也有扬弃。就周礼而言,它是对殷礼损其糟粕益以精华的结果。殷为东方大国,文化相对发达;周为西方小国,且长期在殷的控制、监视之下,其在立国初期,对包括殷礼在内的整个殷文化的继承和因袭,是完全可以理解的。

周礼是如何"损益"殷礼的,应是专门研究的课题,我们仅举一例来看二者密不可分的联系。

祭礼,无论对殷人、周人都是极其重要的典礼。在繁杂的祭礼中,殷人有以先王配天,功臣从祀的礼仪。《尚书·盘庚上》:"兹予大享于先王,尔祖其从与享之。"是说,盘庚祭祀先王,臣下之祖可从祀。又如《尚书·君奭》记周公对召公说:"君奭,我闻在昔,成汤既受命,时则有若伊尹,格于皇天。在太甲,时则有若保衡。在太戊,时则有若伊陟、臣扈,格于上帝;巫咸乂王家。在祖乙,时则有若巫贤。在武丁,时则有若甘盘。率惟兹有陈,保乂有殷。故殷礼陟配天,多历年所。"周公讲到的是有殷历代君王以及他们的贤臣共同祭天的礼仪规定。

孔子说:"郁郁乎文哉!吾从周。"(《论语·八佾》)西周的礼乐文明典章制度的繁盛完备,引起了孔子的由衷赞叹,而且西周确立的礼乐文明典章制度对中国几千年的封建统治都起到了很大影响作用。讲到西周的礼乐,我们自然会想到周公,想到周公的制礼作乐。今文经学家们怀疑周公是否有过制礼作乐的业绩,他们把记载周礼的"三礼"视作汉人的伪作。我们认为这是非常武断的做法。

周公制礼作乐均见于春秋时人的说法。《左传·文公十八年》记载:"季文子使大史克对曰:先大夫臧文仲教行父事君之礼,行父奉以周旋,弗敢失队,曰:'见有礼于其君者,事之如孝子之养父母也;见无礼于其君者,诛之如鹰鹯之逐鸟雀也。'先君周公制周礼曰：'则以观德，德以处事，事以度功，功以食民。'作誓命曰：'毁则为贼，掩贼为常，窃贿为盗，盗器为奸。主藏之名，赖奸之用，为大凶德，有常无赦，在《九刑》不忘。'"上述记载使我们知道，周公确实制过礼，因为春秋时去西周未远，此说必有依据。同时我们也看出了周公制礼两个最重要的方面：德与刑。

《国语·周语上》："穆王将征犬戎，祭公谋父谏曰：'不可。先王耀德不观兵。夫兵戢而时动，动则威，观则玩，玩则无震。是故周文公之《颂》曰：载戢干戈，载櫜弓矢。我求懿德，肆于时夏，允王保之。'"文公，即周公旦的谥号；《颂》，为《诗经·时迈》之诗句。按照《国语》韦昭注："武王既伐纣，周公为作此诗，巡守、告祭之乐也。"

当然还有周武王作乐歌之说。《左传·宣公十二年》载："楚子曰：……夫文，止戈为武，武王克商，作《颂》曰：'载戢干戈，载櫜弓矢。我求懿德，肆于时夏，允王保之。'又作《武》，其卒章曰：'耆定尔功。'其三曰：'铺时绎思，我徂惟求定。'其六曰：'绥万邦，屡丰年。'夫武，禁暴、戢兵、保大、定功、安民、和众、丰财者也，故使子孙无忘其章。"

《吕氏春秋·古乐》篇又提出新的看法，曰："武王即位，以六师伐殷，六师未至，以锐兵克之于牧野。归乃荐俘馘于京太室，乃命周公为作《大武》。成王立，殷民反，王命周公践伐之。商人服象为虐于东夷，周公遂以师逐之，至于江南，乃为'三象'以嘉其德。故乐之所由来尚矣，非独为一世之所造也。"《吕氏春秋》提出了武王命周公为《大武》说，同时又提出了周公为"三象"说。据后代研究，《大武》为组诗、组舞，那么，《左传·宣公十二年》所言武王克商作《颂》诗《时迈》，也恰在周公所作《大武》之中。因此，周公制礼和作乐都有文献可征。

如果不怀偏见实事求是地推想，西周建国之初，面对强大的殷旧势力，巩固政权是极迫切的事。实行分封制、建立三藩以及迁徙殷民都是行之有效的具体措施。同时，有远见的政治家，必然会考虑到治国的思想以及相适应的典章制度，后人谓之的周公制礼作乐，正是在这种条件下产生的。

　　"三礼"即《周礼》、《仪礼》和《礼记》，是我们认识周礼最宝贵的文献。它们中的那些规定，不是汉人们所能想象得出来的，必然要有先秦原始的档案资料可供借鉴。但它们又不就是周公制礼时所记载的原文，而是经过了从周公开始，多少代来人们不断地加工、完善，最后形成了如此庞大、如此精细，又如此烦琐的周代繁礼缛节的规定。"三礼"中的情况又不尽相同。杨向奎先生认为，中国古代所谓《礼》或《礼经》指今《仪礼》言，而《周礼》为《周官》，《礼记》只是《礼经》的传；《仪礼》中的礼仪制度，在西周以至春秋实行过。实行过的礼仪和原始的风俗习惯不同，是经过周初统治者加工改造，以适应社会需要，因此以现存《仪礼》作为周公制礼作乐的部分内容，是说得过去的。[①]

　　还需说明的是，"礼"有广义和狭义两种含义。狭义的礼，指礼仪，所以"礼"和"仪"、"礼"和"乐"二字往往连用，如《诗·小雅·楚茨》："礼仪卒度"，"礼仪既备"。《左传·僖公二十七年》："礼乐，德之则也。"《论语·子路》："礼乐不兴，则刑罚不中。"这种狭义的"礼"如表现在冠礼、婚礼、丧礼、祭礼、享宴以及朝聘等许多方面，是当时封建贵族阶级生活中一切行为所应遵守的礼节或仪式。自春秋后期以来，"礼"概念的外延不断扩展，"礼"又成了周代一切典章制度的代名词，"礼"除了那些具体的仪礼方面的规定，简直

---

　　① 杨向奎：《宗周社会与礼乐文明》，人民出版社 1992 年版，第 242、293 页。

就是周代整个上层建筑。我们这里讨论《诗》和礼的关系，是在对"礼"作广义理解的背景下进行的，就是说，既涉及政治制度等层面的问题，又涉及具体礼仪方面的问题，以期对该问题有较充分的讨论。

二

《诗经》中的许多内容，是周代礼规定的具体体现；换言之，周代的种种制度礼仪，决定了《诗经》的内容。而且，就总体情况看，特别在《雅》《颂》中，贯穿着对周礼的重视和遵从。这就使我们很容易理解，孔子为什么那样重视《诗》，甚至把它看作"事父""事君"非读不可的教科书。

我们先来看周初"籍田礼"和一部分西周农事诗的关系。

西周初年，盛行一种"籍田礼"的规定，到开始春耕的季节，由周王带领群臣百官到田中参加一点象征性的劳动，以示对农业生产的重视，同时又是全国重农始耕的动员令。《尚书·无逸》曰："文王卑服，即康功田功。"这是讲周文王曾便服到田间从事农业劳动。周康王时代的《令鼎》记载："王大籍农于谌田。……王归自谌田。"这说明周康王也亲自参加耕籍田的劳动。《国语·周语上》的记载也证明了统治者对籍田礼节的重视。当周宣王即位，而不实行籍田礼时，虢文公谏曰：

> 不可！夫民之大事在农。……是故稷为大官。……农祥晨正，……土乃脉发。先时九日，太史告稷曰："自今至于初吉，阳气俱蒸，土膏其动。弗震弗渝，脉其满眚，谷乃不殖。"稷以告王曰："史帅阳官，以命我司事曰：'距今九日，土其俱动，王其祗祓，监农不易。'"王乃使司徒咸戒公卿、百吏、庶民，司空除坛于籍，命农大夫咸戒农

用。先时五日，瞽告有协风至，王即斋宫。……王乃淳濯
飨醴，及期，……王裸鬯，飨礼乃行，百吏、庶民毕从。
及籍，后稷监之，膳夫、农正陈籍礼，太史赞王，王敬从
之。王耕一墢，班三之，庶民终于千亩。……土不备垦，
辟在司寇，乃命其旅曰："徇，农师一之，农正再之，后
稷三之，司空四之，司徒五之，太保六之，太师七之，太
史八之，宗伯九之，王则大徇。耨获亦如之。"民用莫不
震动，恪恭于农，修其疆畔，日服其镈，不解于时，财用
不乏，民用和同。是时也，王事唯农是务。

虢文公于古代籍田之礼叙述甚详：稷为农官，立春的时
候，土气已动，所以在立春的前九日，太史就告诉农官稷，
要开始发动春耕活动了，稷转告于王，王便命有关司事做好
一切有关籍礼的准备工作；立春的前五日，"瞽告有协风至"，
王入斋宫斋戒作准备；立春的前三日，王乃沐浴饮酒；到了举
行籍礼的那一天，王乃行，而"百吏、庶民毕从"；开始春耕，
王象征性地"耕一墢"，"庶民终于千亩"。典礼本身结束了，
而将农业之事推向全国则刚刚开始，他们"广泛的巡查和监督
庶人耕作，……要在广大地区普遍通告贵族去监督庶人耕作，
如果土地有未开垦好的，就应由司寇严加判罪处罚。……可见
当时贵族监督庶人耕作的严厉。不仅如此，所有各级官吏还要
分批不断出动巡查。……这样由低级到高级，一层层官吏出动
巡查，一而再，再而三，三而九，最后由天子亲率大臣出来大
巡查"。[1]

明白了上述礼制规定，我们再来读《周颂·噫嘻》就很容
易了。诗云：

---

① 杨宽：《古史新探》，中华书局 1965 年版，第 220 页。

噫嘻成王，既昭假尔。率时农夫，播厥百谷。骏发尔
私，终三十里；亦服尔耕，十千为耦。

此诗或以为是康王时诗①，或以为是成王时诗②，一时难
遽下定论。但它反映出周初周王参加籍田礼的活动则是无疑
的，"率时农夫，播厥百谷"，正是对籍田礼的形象描述。
"《噫嘻》……诗所描绘的是行籍田之礼时，许多块籍田中很
多农民在耕作时的景象，所谓三十里、十千耦等数字，是诗人
夸张的写法，不应看作实数。三十里不是说一块籍田有这样
大，这样大的籍田是不会有的。《毛传》说：'终三十里，言
各极其望也。'这解释是对的，就是说许多块籍田连在一起，
一眼望去，望不到边的样子。"③

有人认为《周颂》各篇都是西周王室在春耕行籍田之礼
时祭祀其先王的诗，笔者以为未妥，但《周颂》除《噫嘻》
外，尚有几首农事诗，可同籍田之礼联系起来进行考察。

我以为《周颂·载芟》是行籍田之礼时唱的乐歌。诗开头
云："载芟载柞，其耕泽泽。千耦其耘，徂隰徂畛。侯主侯伯，
侯亚侯旅，侯彊侯以。"就点明了周王（"主"）和诸侯群臣
（"伯"）们率领子弟前往田地耕作除草，这正是行籍田礼时的
情景。"有嗿其馌，思媚其妇"，说明不仅有王、王孙贵族，同
时还有贵族妇人参加这隆重的仪式。和《噫嘻》不同的是，还
写到了播种、收成、祭祀、歌颂丰收等活动，因此，《毛序》
说"春籍田而祈社稷也"，把籍田之礼和祈社稷之礼连在一起。

① 何楷：《诗经世本古义》，清光绪十九年（1893）石印本；姚际恒：《诗经通
论》，上海古籍出版社 2002 年版。
② 马瑞辰：《毛诗传笺通释》，中华书局 1989 年版；王先谦：《诗三家义集疏》，
中华书局 1987 年版。
③ 赵光贤：《周代社会辨析》，人民出版社 1980 年版，第 74 页。

陈奂《诗毛氏传疏》曰："天子有王社王稷，又有大社大稷。大社大稷与天下群姓共之也，在王宫路门内之右。王社王稷在郊，为境内之民人祀之。天子籍田千亩在南郊，社稷之壇与籍田相近也。祈谷之祭上帝于夏正月，后土于夏二月。后土为社，诗兼言稷者为五谷，因重之也。"联系陈奂的解释，我们定此诗记述的是夏二月，王者举行籍田之礼同时祭社稷后土，为诗以记其事，符合诗的原义。

《周颂·臣工》也是与籍田礼有关的一首诗。兹引诗如次：

> 嗟嗟臣工，敬尔在公。王釐尔成，来咨来茹。嗟嗟保介，维莫之春，亦又何求。如何新畬。於皇来牟，将受厥明。明昭上帝，迄用康年。命我众人，庤乃钱镈，奄观铚艾。

《毛序》解曰："《臣工》，诸侯助祭，遣于庙也。"按周礼，周王行祭礼，诸侯有助祭之礼，但这首诗则不然。朱熹《诗集传》曰"此戒农官之诗"，也只说出了一部分。他又说："保介，见《月令》、《吕览》，其说不同，然皆为籍田而言，盖农官之副也。"朱熹的提示非常重要，他将诗和籍田礼联系起来；释"保介"为农官也可谓有据。魏源《诗古微》申述朱说曰："《臣工》，成王耕籍田后受釐祝也。《月令》：'孟春之月，天子乃以元日祈谷于上帝，亲载耒耜，措之于参保介之间，躬耕帝籍。反执爵于太寝，公卿诸侯大夫皆御，名曰劳酒。'此诗盖执爵劳酒受釐时所歌。首四句，戒公卿诸侯大夫；'保介'以下，戒百吏庶民；'将受厥明'以下，则受釐嘏祝词也。"这就是说，周成王率领群臣百官耕籍田之后，回住处举行了一次宴会，以示慰劳，这首诗正是周成王举行此礼时在宴会上所唱的乐歌，其大意是告诫公卿贵族大夫以及百吏庶民百姓，各自勠力行事，上帝会保佑取得大丰收。周代为农业之社会，农事乃关系国计民生，周王如此祷告农业大丰收，是完全可以理解的。

除上述几首诗外，在《周颂》中还有《思文》《丰年》属于农事诗的范畴。仔细考察，此二首与周天子的籍田礼无涉，但也是周统治者同样看重的其他祭礼的产物。

先说《思文》。诗云："思文后稷，克配彼天。立我烝民，莫匪尔极。贻我来牟，帝命率育，无此疆尔界，陈常于时夏。"诗的内容无疑是对周始祖后稷的赞颂。《国语·周语上》："周文公之为颂曰：'思文后稷，克配彼天。'"据此，《思文》当为周公所作。周公何事作颂？陈奂《诗毛氏传疏》云："此南郊祀天之乐歌也。后稷为周始封之祖，故既立为大祖庙，而又于南郊之祀配天。《生民·序》云：'文武之功起于后稷，故推以配天。'是也。《孝经》：'昔者周公郊祀后稷以配天。'《祭法》：'周人郊稷。'郑（玄）注云：'祭上帝于南郊曰郊。'《鲁语》：'展禽曰："周人郊稷。"'韦（昭）注与郑（玄）同。《书·召诰》篇：'若翼日乙卯，周公朝至于洛，用牲于郊，牛二。'牛二者，帝牛一，稷牛一也。《逸周书·作洛》篇：'周公设丘兆于南郊以祀上帝，配以后稷。'是正谓周公在洛祀天，始行后稷配天之事，与《孝经》合。其后遂以南郊配稷为定礼。又与《祭法》、《鲁语》合也。"清儒考证，可谓详备：《思文》乃周公所作，于洛邑郊祭上帝，以后稷配祀而作此乐歌也。《思文》乃周初祭礼的直接产物。

《丰年》诗亦很短，曰："丰年多黍多稌！亦有高廪，万亿及秭。为酒为醴，烝畀祖妣。以洽百礼，降福孔皆。"看诗的后四句，就知道和祭礼有密切关系。但究竟是一种什么祭仪呢？《毛序》："秋冬报也。"《郑笺》："报者，谓尝也、烝也。""尝"和"烝"是周代两种祭礼的名称，《礼记·祭统》："凡祭有四时，春祭曰礿，夏祭曰禘，秋祭曰尝，冬祭曰烝。"这四时祭祀都是在宗庙中进行的。释为四时祭祀中的烝、尝，于诗义仍未全符合，因为诗讲的是农业大丰收。于是陈乔枞《鲁诗遗说考》云："此烝、尝，非四时宗庙之祭也。""谓之尝者，取物尝新之意。谓之烝者，取品物备进之义。《月令》言毕飨先祖，诗言烝畀祖妣，其事正同。《噫嘻》为春夏祈祭之所歌，《丰年》为秋冬报祭之所歌。与宗庙时祀之烝、尝名同而实异也。"陈氏联系《礼记·月令》，指明诗义反映的与一般四时之祭不同，是非常正确的。这首诗实际就是百谷丰登之后的报祭之歌，为供专门祭礼服务的。

祀与武是周人最重大的活动。周人虽不像殷人那样实心实意地敬天，有那样大规模的祭祀活动，但周人同样重视祭礼，他们在对天祭祀的同时，更注重祭祀自己的祖先。全部《周颂》的诗篇说成都与"籍田礼"有关是不符合实际情况的，但说它们全都与祭礼有关系，则符合实际情况。

《天作》诗云："天作高山，太王荒之。彼作矣，文王康之。彼徂矣，岐有夷之行。子孙保之！"《毛序》说它是"祀先王先公也"，不确，但也不谓错，因为其中讲到太王，也讲到文王，它实际是祭祀高山——岐山的乐歌。联系周部族史诗，我们知道，由太王（文王祖父古公亶父）率领族人从豳迁岐，从此在岐山脚下，周部族才真正地兴旺发达起来，因此周人对岐山的敬仰是可以想象到的。周人祭祀岐山，于《周易》中曾两见：《随卦》上六爻辞："拘系之，乃从维之。王用亨于西山。"这是指周文王被纣囚系，后又放归于周的故事。《竹书纪年》："帝辛二十二年囚西伯（即文王）于羑里，二十九年释西伯。"西伯囚而又获释归周，以为得到神灵的保佑，所以大祭西山。我以为这里的西山，就是岐山。另一处，《升卦》六四爻辞："王用亨于岐山。"这也是记的周初的故事，至于王为太王、王季、文王或武王则不得而知，反正他们祭祀过岐山，则可以肯定无疑。战国时代的人也认为此诗为祭岐山之作。《荀子·王制》篇云："天之所覆，地之所载，莫不尽其美，致其用，上以饰贤良，下以养百姓而安乐之，夫是之谓大神。《诗》曰：'天作高山，大王荒之。彼作矣，文王康之。'此之谓也。"陈子展先生说："观其所谓大神，当是指天地山川自然之神。而引《天作》诗为证，当指天与岐山之神，而重在此高山。则说《天作》为祀岐山之神者，此亦其一证也。"① 至于主祭者，清儒或以为武王，或以为成王，孰为近是，已很难遽定了。

《时迈》诗云："时迈其邦，昊天其子之，实右序有周。薄言震之，莫不震叠。怀柔百神，及河乔岳，允王维后！明昭有周，式序在位。载戢干戈，载櫜弓矢。我求懿德，肆于时夏，允王保之！"《毛序》曰："巡守告祭柴望也。"此说不误。诗供天子巡行天下祭祀名山大川乐歌之用。《郑笺》："巡守告祭者，天子巡行邦国，至于方岳之下而封禅也。《书》曰：'岁二月，东巡守至于岱宗，柴望秩于山川，遍于群神。'"《孔疏》："武王既定天下，而巡行其守土诸侯，至于方岳之下，乃作告至之祭，为柴望之礼。周公述其事而为此歌焉。""宣十二年《左传》云，昔武王克商作颂曰载戢干戈。明此篇武王事也。《国语》称文公之颂曰载戢干戈。明此篇周公作也。"由《书》《左》《国》为证，说明《时迈》确为周武王巡行邦中，由周公作颂以祭山川神灵。秦汉以后，封禅为历代帝王最重要的祭典，且不是每一位君王都能去做的，非得功德圆满方可封禅上告天庭。历代行封禅大典的乐章甚多，而《时迈》则是这类乐章中的第一首。

《潜》诗云："猗与漆沮，潜有多鱼：有鳣有鲔，鲦鲿鰋

---

① 陈子展：《诗经直解》，复旦大学出版社 1983 年版，第 1074 页。

鲤。以享以祀，以介景福。"诗篇中出现了各种鱼，肯定是与鱼有关系的祭祀活动的产物。《毛序》："季冬荐鱼，春献鲔也。"《郑笺》："冬，鱼之性定；春，鲔新来。荐献之者，谓于宗庙也。"郑玄认为是用于宗庙祭祀活动的乐歌。陈奂《诗毛氏传疏》进一步解释说："《礼记·月令》：'季冬命鱼师始渔。天子亲往，乃尝鱼，先荐寝庙。'此冬荐鱼也。《月令》：'季春荐鲔于寝庙。'又《周礼》：'渔人春献王鲔。'《夏小正》：'二月祭鲔。'此春献鲔也。《鲁语》云：'古者大寒降，土蛰发。水虞于是乎讲众罶，取名鱼而尝之庙，行诸国。'案：冬春之际皆取鱼尝庙，正与《序》义合。"陈氏联系周代祭祀阐释诗义，认为是诗是冬春二季祭宗庙的乐歌，是非常可信的。

前面已经说过，《周颂》中的诗皆与祭礼有关，如《清庙》为周王祭宗庙之乐歌；《维天之命》《维清》为祭文王之乐歌；《烈文》为周王主祭诸侯前来助祭之乐歌；《执竞》为周王合祭武王、成王、康王之乐歌等，不一而足。还应提及的是，《周颂》还有一类和军礼有关的乐歌，即《大武》乐章涉及的内容，这一部分的内容与乐的联系更密切一些，放到"诗与乐"的章节中讨论，此不赘述。

《雅》诗中有相当一部分诗与祭礼的关系至为密切，如《小雅·斯干》为宗庙宫室落成祭祖先之乐歌；《小雅·楚茨》为周王秋冬祭祀先祖，祭后宴同姓诸侯之乐歌；《小雅·信南山》为周王冬祭之乐歌。他如《商颂》为殷商后裔祭祀祖先之乐歌，《鲁颂》为僖公祭祀祖先之乐歌，凡此等等，不再一一赘述。

周礼中的享宴、仪射以及婚嫁等礼俗也是《诗》中非常重要的内容，《诗》正是这些礼俗的产物。我们举例考察之。《小雅·湛露》云：

湛湛露斯，匪阳不晞。厌厌夜饮，不醉无归。（一章）
湛湛露斯，在彼丰草。厌厌夜饮，在宗载考。（二章）
湛湛露斯，在彼杞棘。显允君子，莫不令德。（三章）
其桐其椅，其实离离。岂弟君子，莫不令仪。（四章）

　　这首诗写夜间饮酒宴会是无疑问的。是什么时候的宴饮呢？《毛序》："天子燕诸侯也。"其说可从。"在宗载考"非常关键。《毛传》："夜饮必于宗室。"胡承珙《毛诗后笺》说："案经言宗者，古人谓同姓为宗，……在宗，犹言于同姓也。"《郑笺》："丰草，喻同姓诸侯也。载之言则也。考，成也。夜饮之礼，在宗室同姓诸侯则成之，于庶姓其让之则止。"天子燕诸侯，于《左传》有记载，《左传·文公四年》："诸侯朝正于王，王宴乐之，于是乎赋《湛露》。"王先谦《诗三家义集疏》以为该诗是"天子燕诸侯之确证"。《左氏》所言，当指宴所有诸侯，非单指同姓诸侯，此为《诗》的原义与后世作为乐章之义的差异，也是我们考察《诗》与礼之关系的一大课题（后面将专门论及），但无论如何，证明《湛露》确为天子宴诸侯之乐章，毛、郑去古未远，讲的《诗》与礼的关系是可信的。

　　《小雅·頍弁》也是西周王室宴享同姓诸侯的产物，所谓"岂伊异人？兄弟匪他！""岂伊异人？兄弟具来！""岂伊异人？兄弟甥舅！"非同姓诸侯而何？《礼记·文王世子》："公若与族燕，则异姓为宾。"又一次说明周王室确乎有天子宴享同姓诸侯之礼，《诗》中的一些诗篇正是这种礼的表现。《大雅·行苇》："戚戚兄弟，莫远具尔！""或肆之筵，或授之几"，"曾孙维主，酒醴维醹"，盖为周王与同姓兄弟宴饮的乐歌。"敦弓既坚，四鍭既钧。舍矢既均，序宾以贤"，"敦弓既句，既挟四鍭，四鍭如树，序宾以不侮"，正是宴享时对于射礼的记述。胡承珙《毛诗后笺》说："案此诗章首即言戚戚兄弟，自是王与族燕之礼，与凡燕群臣国宾者不同。然所言献酢之仪，肴馔之物，音乐之事，皆与《仪礼·燕礼》有合。则其因燕而射，亦如《燕礼》所云，若射则大射正为司射，是也。"胡氏指明了诗和《仪礼》记载礼节的相符之处。

周天子对有功诸侯的赏赐，自然要举行典礼，《诗经》中有的诗正是为这种典礼服务的。《小雅·彤弓》首章云："彤弓弨兮，受言藏之。我有嘉宾，中心贶之。钟鼓既设，一朝飨之。"讲的就是天子赐有功诸侯弓矢而又宴享的情景。《毛序》"天子锡有功诸侯也"的说法是正确的。周人重视彤弓，并以礼赏赐群臣于史有征，比如《周礼·夏官·司弓矢》："唐弓大弓以授学射者、使者、劳者。"《春秋·定公八年》："盗窃宝玉大弓。"足见对大弓的重视和大弓在人们心中的地位。《尚书·文侯之命》还记载了平王东迁以后，因晋文侯迎立有功，赐以"彤弓一，彤矢百"。《左传·僖公二十八年》：晋侯献楚俘于王，赐之"彤弓一，彤矢百，玈弓矢千"。《左传·襄公八年》："季武子赋《彤弓》。宣子曰：'城濮之役，我先君文公献功于衡雍，受彤弓于襄王，以为子孙藏。'"《左传·昭公十五年》："彤弓虎贲，文公受之。"这一切，都是记述的晋文公在城濮之战获胜后曾献楚俘于周王所受赐彤弓殊荣的记述，由此我们完全可以想象到天子赏赐之时，该是何等隆重的场面。

《小雅·采菽》也应是天子行赏赐诸侯之礼的乐章。《诗》首章云："采菽采菽，筐之筥之。君子来朝，何锡予之？虽无予之，路车乘马。又何予之？玄衮及黼。"即点明了赏赐的对象和赏赐之物。班固《白虎通义·考黜》篇："九锡，皆随其德可行而赐，能安民者赐车马，能富民者赐衣服。以其进退有节，行步有度，赐之车马以代其步；言成文章，行成法则，赐之衣服，以表其德。"并引《采菽》首章为证。"九锡"的说法烦琐了点，但周天子行赏赐之礼是可以肯定的。何楷《诗经世本古义》曰："康王即位，召公、毕公为东西二伯，率诸侯来朝，王锡命之。"该诗的赏赐背景或如何氏所言。

《诗经》中的诗篇为数不少涉及男女婚姻，《国风》中甚多，《雅》中也有。《礼记·月令》："仲春之月，令会男女，奔者不禁。"有人认为是群婚制时代的遗俗，但起码可以看出周代特别是前期男女婚姻自由的一面，这为我们理解《国风》中那一部分相当开放自由的婚姻爱情的诗篇提供了帮助。《仪礼·士昏礼》曰："昏礼，下达纳采，用雁。"《郑注》："达，通也。将欲与彼合昏姻，必先使媒氏下通其言，女氏许之乃后使人纳其采，择之礼。用雁为挚者，取其顺阴阳往来。《诗》云：'取妻如之何，匪媒不得。'昏必由媒交接设绍介皆所以养廉耻。"这也给我们理解《诗经》中未经媒妁之言最终酿成悲剧的婚姻，带来方便。《士昏礼》还对如何纳采、如何相见等仪式作了叙述。这其中有一问题，即婚礼是否有乐。《礼记·曾子问》："孔子曰：嫁女之家，三夜不息烛，思相离也。取妇之家，三日不举乐，思嗣亲也。"《郑注》："重世变也。"《孔疏》："所以不举乐者，思念己之取妻，嗣续其亲，则是亲之代谢，所以悲哀感伤、重世之变也。"《礼记·郊特牲》："昏礼不用乐，幽阴之义也。乐，阳气也。"《郑注》："幽，深也。欲使妇深思其义，不以阳散之也。"且不管汉、唐人牵涉进阴阳的解释，《礼记》对婚礼不用乐言之甚明。可是，我们拿《诗经》中的有些诗章来比照，发现《礼记》所记未必正确。《周南·关雎》有"琴瑟友之"，"钟鼓乐之"；《小雅·车牵》有"虽无德与女，式歌且舞"。方玉润《诗经原始》评《关雎》："此诗盖周邑之咏初昏者。"朱熹评《诗集传》：《车牵》"此燕乐其新昏之诗"。我觉得都很有道理。《诗经》中像《关

诗经考索

雎》《车牵》这类诗确实与婚礼密切相关。至于《礼记》对古礼的阐释，有战国乃至秦汉人的增饰成分是很可能的。我们重视按《三礼》的记载来解诗，但也不必曲意附和、削足适履。

《周礼》《仪礼》《礼记》中那些烦琐的礼节规定，今文经学家认为是战国秦汉人的附会杜撰。我觉得这很不可能，如果没古文献的依据，他们是想象不出来的。在《左传》和《国语》中提到周代及其以前的不少有关礼的典籍，如《先王之礼辞》（《左传·襄公十二年》）、《周文王之法》（《左传·昭公七年》）、《周礼》（《左传·哀公七年》）、《周公之典》（《左传·哀公十一年》）、《周制》、《周之秩官》以及《三代之典》（并见《国语·周语》）、《周公之籍》（《国语·鲁语下》）等。① 这说明，春秋以前众多的礼的条文的规定，确实是存在的。《礼记·中庸》讲"礼仪三百，威仪三千"，《礼记·曲礼》讲"经礼三百，曲礼三千"，汉唐宋诸儒的解释虽各有不同，但足以证明周代礼仪之烦琐而又重要。在这种文化氛围中产生的《诗经》，深深烙上礼的烙印就一点也不奇怪了。请看下面的这些诗句：

> 各敬尔仪，天命不又。（《小雅·小宛》）
>
> "其未醉止，威仪反反。" "其未醉止，威仪抑抑。" "以洽百礼，百礼既至。"（《大雅·假乐》）
>
> "不愆不忘，率由旧章。" "威仪抑抑，德音秩秩。"（《大雅·假乐》）
>
> "敬尔威仪。无不柔嘉。" "淑慎尔止，不愆于仪。"（《大雅·抑》）

① 董治安：《漫论孔子与六经》，《先秦文献与先秦文学》，齐鲁书社 1994 年版，第 216—217 页。

不吊不祥，威仪不类。(《大雅·瞻卬》)

凡符合礼仪规定的，诗人就歌颂赞扬之；凡不符合礼仪规定的，诗人就讽刺谴责之。礼仪是人们行事的标准，同时也是评判是非的标准，《诗》对此作出了形象的反映。

三

周礼确实有过极其辉煌灿烂的阶段。孔子说的"郁郁乎文哉"，是对其形象的表述。但是伴随阶级的变化，社会的动荡不安，作为上层建筑的礼不得不随之发生变化。春秋时代大诸侯国僭越非礼，诸侯国内部的犯上作乱，以致形成"礼崩乐坏"的局面。到战国，"亡国三十二，灭国五十六，诸侯不保其社稷者不可胜数"，所谓礼乐典章更是陵替殆尽。纵观周代礼乐的发展，从兴盛到衰败都与《诗》有着紧密的关系：礼乐的兴盛本身就包含着《诗》的形成和流传；礼乐的衰败，又使得人们借《诗》中本身包含的礼乐的内容，或者又强加以《诗》某些礼乐的内容，以期延缓礼乐的中衰，或者是建立起自己新的礼乐制度。不仅周朝如此，直到汉代，《诗》和礼乐的关系，仍是汉儒最为关心、最津津乐道的事情。从春秋战国到汉代，如果详细考察《诗》与礼的关系，差不多可以写一部专著。我们只就几部重点著作做些考察，考察时，比较多地侧重在典章制度仪礼方面。这或许更能说明问题。

孔子是春秋末期人，照理说不应从他开始。但他的观点极有代表性，且对后世影响甚大，因此，检查孔子论《诗》与礼的关系，应放到首要地位。

孔子以恢复周礼为己任，因此，在谈到《诗》时，同时讲到礼。他总是学《诗》学礼并提："兴于诗，立于乐，成于礼。"(《论语·泰伯》)"不学诗，无以言，……不学礼，无以

诗经考索

立。"（《论语·季氏》）在他看来，《诗》与礼是一而二、二而一的东西。他对《诗》还有许多具体论述。"小子何莫学夫诗？诗可以兴，可以观，可以群，可以怨，迩之事父，远之事君，多识于鸟兽草木之名。"（《论语·阳货》）这里核心讲的是"事父""事君"，是强调"尊尊亲亲"的政治原则。他如《论语·八佾》记孔子引《周颂·雍》"相维辟公，天子穆穆"，以指责鲁国当政大夫的"僭越"行为；《子罕》记孔子引《邶风·雄雉》"不忮不求，何用不臧"，以肯定一种立身和修养的原则；《左传》如《昭公十三年》载孔子引《小雅·南山有台》"乐只君子，邦家之基"，称颂郑国子产堪为国家柱石；《昭公七年》载孔子引《小雅·鹿鸣》"君子是则是效"，说明君子能够"补过"的重要；《昭公二十年》载孔子引《大雅·民劳》八句，说明"宽以济猛，猛以济宽，政以是和"的道理。综观孔子论《诗》，我非常赞同董治安先生的意见："孔子十分强调诗的道德伦理功能和政治作用。这是孔子论诗的一个非常突出的特征。他把三百篇视为体现仁、礼原则的载体，看成指导人们修身、从政的读本。这就很大程度地把诗道德伦理化和政治化了。事实上也就把三百篇推向了经典的地位。"① 孔子将《诗》伦理化、道德化的倾向，不能不说是受到了春秋以来人们对《诗》态度的影响。《左传》中大量引诗、赋诗、歌诗，几乎全都是强调《诗》的社会政治功能。从另一方面来讲，就是用《诗》为社会政治服务。而这些要服务的政治，说穿了无非就是强调"贵贱有等"（《荀子·礼论》），"长幼有序"（《孟子·滕文公上》），"朝廷有位"（《礼记·坊记》），"男女有别"（《礼记·大传》）等具体内容。而

---

① 董治安：《关于战国时期"诗三百"的流传》，《先秦文献与先秦文学》，齐鲁书社1994年版，第50页。

这恰恰正是"礼"所能包容的。仅就与具体礼仪有关的材料举例如下。

《左传·隐公三年》记君子引《诗·商颂·玄鸟》"殷受命咸宜,百禄是荷",说明宋穆公舍子立侄出之以义。

《左传·僖公五年》士芴引《诗·大雅·板》"怀德惟宁,宗子惟城",劝说晋侯应"修德固宗子",胜似筑城相守。

《左传·僖公二十二年》载富辰引《诗·小雅·正月》"洽比其邻,昏姻孔云",劝说周王为政应先协和近亲,然后才能使兄弟和睦。

《左传·文公二年》引《诗·鲁颂·闳宫》"春秋匪解,享祀不忒,皇皇后帝,皇祖后稷",强调尊礼的重要性。

《左传·文公十五年》引《诗·小雅·雨无正》"胡不相畏,不畏于天"以及《周颂·我将》"畏天之威,于时保之",批评齐侯伐入朝的曹国为无礼,指明"礼以顺天",齐侯"己则反天",必然没有好结果。

《左传·襄公二年》引《诗·周颂·丰年》"为酒为醴,烝畀祖妣,以洽百礼,降富孔皆",批评齐侯使同姓大夫之妇来为齐姜送葬,是一种非礼的行为。

《左传·襄公七年》引《诗·召南·羔羊》"退食自公,委蛇委蛇",批评卫国孙文子来鲁国行聘礼时不符合礼的规定。

《左传·襄公二十七年》载齐国庆封来行聘礼,"叔孙与庆封食,不敬。为赋《相鼠》亦不知也",以此来批评庆封的昏聩不懂礼。

《左传·襄公三十一年》引《诗·鲁颂·泮水》"敬慎威仪,惟民之则"、《邶风·柏舟》"威仪棣棣,不可选也"、《大雅·既醉》"朋友攸摄,摄以威仪",批评楚国令尹行动不符合礼仪的规定,强调君臣、上下、父子、兄弟、内外、大小应皆有威仪。

《左传·昭公六年》载叔向引《诗·周颂·我将》"仪式刑文王之典，日靖四方"、《大雅·文王》"仪刑文王，万邦作享"，批评郑国子产铸刑鼎，是违反礼制，自取乱国。

《左传·昭公七年》引《诗·小雅·常棣》"脊令在原，兄弟急难""死丧之威，兄弟孔怀"，说明卫、晋为同姓兄弟之国，应协合关系。

春秋时代的"赋诗断章"是我们都很熟悉的事，这种断章取义的赋诗，其实正是将《诗》派用在聘、享、飨等各种礼仪的场合上，同引《诗》明礼一样，同样将《诗》与礼发生密切关系，是《诗》为礼服务的另一种具体表现。兹举一例。《左传·昭公二年》：

考索5　论周代礼与《诗》的关系

> 二年春，晋侯使韩宣子来聘，且告为政而来见，礼也。观书于大史氏，见《易象》与《鲁春秋》，曰："周礼尽在鲁矣。吾乃今知周公之德，与周之所以王也。"公享之。季武子赋《绵》之卒章。韩子赋《角弓》。季武子拜曰："敢拜子之弥缝敝邑，寡君有望矣。"武子赋《节》之卒章。既享，宴于季氏，有嘉树焉，宣子誉之。武子曰："宿敢不封殖此树，以无忘《角弓》。"遂赋《甘棠》。宣子曰："起不堪也，无以及召公。"

这里记载的是，晋侯代赵武为政，所以派韩宣子到鲁国来行聘礼，晋为强国，所以这样做是符合礼的。韩宣子对鲁国保存下来的周代礼仪典章称赞了一番。因为晋为强国，又主动来行聘礼，鲁自然按礼节盛情款待。在鲁昭公举行的享礼上，鲁国大夫季武子赋《诗·大雅·绵》的卒章："虞芮质厥成，文王蹶厥生。予曰有疏附，予曰有先后，予曰有奔奏，予曰有御侮。"这章诗义是说周文王有"疏附、先后、奔奏、御侮"之所辅，所以能够使周朝兴旺发达。季武子赋此章的目的，是把晋侯比作文王，而把韩宣子比作"四辅"。韩宣子听到后，既然人家如此恭敬，自然也不能无动于衷了，于是赶紧赋《诗·小雅·角弓》。按春秋时期的惯例，赋某诗不说明章数者，即指首章而言。《角弓》首章："骍骍角弓，翩其反矣。兄弟昏姻，无胥远矣。"是说，角弓不能松弛，兄弟不能疏远，而韩子正取其义以说明兄弟之国应相亲相爱之义。请看用《诗》回答得多么巧妙！既照顾了礼节，又默认了季武子对自己的褒奖，同时又表示了友好的态度。享宴之后，季氏在自己家中行宴礼招待韩子。季氏家正好有一棵很好的树，韩宣子顺便说了一通好话。季武子赶紧再借题发挥，说："正像你刚才赋的《角弓》诗那样，为了兄弟之国的友好，我怎敢不照料好这棵树呢?"紧接着赋《诗·召南·甘棠》："蔽芾甘棠，勿剪勿伐，召伯所茇。"《甘棠》的诗义是召伯曾息于甘棠之下，诗人思之而爱其树。季武子说自己要照料好自己家中的这棵树，这就把韩宣子比作召公了。

　　春秋时代，引诗和赋诗时，对《诗》的理解都有很大的随意性，这种随意性的特点，给把《诗》政治化、用《诗》为礼服务带来很大的方便。

　　战国时代，《诗》的命运又有了一些变化：首先是诗和乐的分离，正如顾颉刚先生指出的，整个战国时代没一例在公共场合赋诗、歌诗的事件发生。诗与乐的分离，照说应该恢复诗本来的面目，但很可惜，受春秋时代用《诗》随意性、政治化的影响，《诗》仍然被某些思想家（主要是儒家）作为说事明理的工具，它又受新时代新哲人的驱迁，为新哲人发挥宣传自己的政治理想服务，换言之，为新哲人心目中的礼服务了。至于道家学派的排斥态度，自然也是《诗》命运的变化，兹不能详述了。

战国时代的两位最大儒家代表人物是孟轲和荀卿，他们的文章都大量引《诗》，而且都带有很大的为我所用的随意性，仅举数例与政治密切相关者如下。

《孟子·梁惠王下》记齐宣王与孟子谈论仁政问题，孟子先引《诗·小雅·正月》"哿矣富人，哀此茕独"，说明周文王关心鳏寡孤独，"发政施仁"，然后又引《诗·大雅·公刘》"乃积乃仓，乃裹糇粮，于橐于囊，思辑用光。弓矢斯张，干戈戚扬，爰方启行"，说明公刘虽然"好货"，但能"与百姓同之"，自然也是实行的仁政，又引《诗·大雅·绵》"古公亶父，来朝走马。率西水浒，至于岐下。爰及姜女，聿来胥宇"，说明周太王虽然"好色"，但能"与百姓同之"，自然也是实行的仁政，如果齐宣王能够像《诗》中说的那样，实行仁政不是就很容易做到吗？

《孟子·滕文公上》记载孟子引《诗·豳风·七月》"昼尔于茅，宵尔索绹；亟其乘屋，其始播百谷"，证明"民之为道也，有恒产者有恒心，无恒产者无恒心。苟无恒心，放辟邪侈，无不为已"的道理。

《孟子·离娄上》引《诗·大雅·桑柔》"其何能淑，载胥及溺"，说明"苟不志于仁，终身忧辱，以陷于死亡"的道理。

《孟子·告子下》引《诗·大雅·烝民》"天生烝民，有物有则。民之秉彝，好是懿德"，说明人皆有"恻隐之心"，"羞恶之心"，"恭敬之心"，"是非之心"。也就是说人皆有"仁义礼智"，只是人们能或不能探求得到而已。

《荀子》的用诗比孟子更多更广泛，也更加灵活，引《诗》论述的问题自然涉及得很多，但最引人注目的是有关隆礼重法的内容。举例如下。

《荀子·劝学》引《诗·小雅·楚茨》"礼仪卒度，笑语卒获"，说明"人无礼则不生，事无礼则不成，国家无礼则不宁"的道理。

《荀子·荣辱》引《诗·商颂·长发》"受小共大共，为下国骏蒙"（意谓有大小法度，可作下国的庇覆），说明先王"制礼"，"使有贵贱之等，长幼之差，知愚、能不能之分，皆使人载其事而各得其宜"，就可使人群虽然有等级差别，却可以做到不齐而为齐。

《荀子·君道》引《诗·大雅·民劳》"惠此中国，以绥四方"，说明"礼及身而行修，义及国而政明"，只要行礼义，就能出现"令行禁止，王者之事毕矣"的政治局面。

孟子和荀子都用《诗》来明"礼"，但由于时代的变化以及他们个人思想的不同，在用《诗》上也表现出不同，他们表现出的是各取所需的随意性，即孟子用《诗》主要阐述自己的"仁政"理想，而荀子用《诗》主要宣传他礼法并重、隆礼同时重法的与原始儒家已格格不入的儒法合一的思想。从某种意义上说，《诗》非常的幸运，因它产生的过程和产生以后的很长时间里就和政治的"礼"发生了联系，以至于在统治阶层以及士人们中间有那么高的"知名度"，人们那样热心地用它来证明、说明问题；从另外的意义上来说，《诗》又最为不幸，因为正如前面所述，它成了某些政治的"礼"的载体，诠释某种政治观念的表述工具，从春秋直至战国似乎无多少人真正关心《诗》本义是什么了。

也许是基于这样的现实，汉儒对《诗》变得特别认真起来，他们又是发掘《诗》编排体例中的奥义，又是煞费苦心地探求每首诗的本义，又是联系典章礼仪制度对《诗》作"传""笺"的阐释，其热情可谓空前。但是，从本质上看，他们仍然是走着使《诗》政治化的道路，只不过是在新的历史条件下，为汉代的政治、为汉代的"礼"服务而已。汉人通过《诗》宣传强调的礼，就总体上看，既不是孔子的礼，也不是孟子的"仁政"和荀子的"隆礼重法"，是为又统一了的整个封建等级制度服务的。①《诗》和政治的结合达到了空前的地步，《诗》为礼的服务达到了系统化的地步，《诗》的地位空前的提高，而真正的价值却已损失殆尽。

《诗》是周代礼乐文化的产物，因此，一开始便和礼结下了不解之缘，它又长时间被人用来为礼服务，这种服务既有具体礼仪的场合，又有总体理想社会制度的建构，《诗》一次次地受到垂青重视，但又一次次地被扭曲并为我所用。诗和礼的结合构成了《诗》，同时也决定了《诗》的地位以及《诗》的流传。《诗》的命运具有代表性，即中国文学艺术的政治倾向，在文学艺术的诞生阶段就已经开始了。

（原载《聊城师院学报》1995 年第 3 期，限于字数，发表时有删节，此系全文）

---

①　可参看本书《汉代〈诗〉经化过程中的复杂现象》一文。

考索 6　论周代乐与《诗》的关系

音乐，是任何一个民族文化发展中都不可或缺的。华夏民族的音乐发展又具有独特之处。比如《诗》和音乐就有着密不可分的联系。在这里，我们就依照古籍中的周代以前的音乐、周代重乐的传统、《诗》与乐的关系等方面分别来加以考察。

一

我们今天见到的最早的乐是什么？最早的乐是在什么时候产生的？这都是有争议而又不能得出正确结论的问题。下面的两条材料，我觉得反映了乐起源的一些情况。《吕氏春秋·仲夏纪》载：

> 帝尧立，乃命质（一作韶）为乐，质乃效山林溪谷之音以歌，乃以麇鞈置缶而鼓之，乃拊石击石，以象上帝玉磬之音，以致舞百兽。

帝命质为乐，质自然是相当于后代乐官一类的人了。乐的来源是仿效山林溪谷的声音，这很符合最原始音乐的形成，将麇的皮蒙在缶上做成鼓敲击，又击打石块以发出节奏，都很像

是最原始的歌舞。至于说到"以致百兽",那自然是想说明音乐的美妙,使百兽来观听并起舞。再看下面的记载,《尚书·益稷》载:

> 夔曰:"戛击鸣球,搏拊琴瑟以咏,祖考来格,虞宾在位,群后德让,下管鼗鼓,合止柷敔,笙镛以间,鸟兽跄跄,《箫韶》九成,凤凰来仪。"夔曰:"於!予击石拊石,百兽率舞。"

夔据说是舜时的乐官。这段话的意思是说,夔命令演奏起玉磬、弹奏起琴瑟以配合歌咏。于是,先王的灵魂来到了,贵宾们落座,国君们也推让着坐下来。堂下吹起竹制的乐器,敲起大鼓和小鼓。击打柷开始演奏,击打敔以结束演奏。笙和大钟更换演奏。鸟兽起舞,《箫韶》演奏了九遍,凤凰对飞。夔又说,让我敲起石做的磬奏起乐来,让群兽也起来跳舞吧!这段记载首先告诉我们,乐舞是和祭祀祖先密切相关的,是和娱乐君王密切相关的,乐舞密不可分,连为一体,演奏时有非常热烈的气氛。更重要的,"鸟兽跄跄"、"百兽率舞"以及"凤凰来仪",实际反映出原始乐舞的一些形式,未必是真的凤凰来飞,群兽起舞,而是人装扮成野兽的样子起舞,装扮成凤凰的样子飞腾,它们正反映出最早的带有原始意味的乐舞的形式。这种原始的乐舞形式和反映出的人们的用乐意识,比如祭祀、娱乐等糅在一起,就有了上面那样的记载。

社会意识形态的发展,在肇始时期,不同民族经历了大体相同的发展阶段。朱狄《原始文化研究》中引用了雅克·夏耶的话:"在音乐的起源上有三个重要主角可以分辨,它们是神、国王和音乐本身。"朱狄解释说:"这一说法颇有深意,因为它揭示了音乐发展史上的三大里程碑:最早的音乐是为神服务的，之后是为国王服务的，最后才是音乐为自己固有的目的服务。最早音乐的主角只有一个：神。这个阶段最长，可能有几万年的时间；为国王的音乐大概有几千年的历史；而为音乐自己固有目的服务的历史充其量只有几百年。"① 我觉得，中国音乐的发展，同样是走过了这样的历程。作为初民们万物有灵的、神的信仰阶段的音乐也是经历了几万年的时间，我们不可能看到那种形式，只是在"为王"的音乐记述中，透过历史，看到遗留下来的一些影像而已。上面两则记载中的尧、舜时期的质、夔乐官演奏的音乐，就都已经是"为王"的音乐了。

从"为神"到"为王"音乐究竟是怎样发展的，实在是很难说得清，《史记·夏本纪》的一段记载能多少了解用乐的情况：

> 舜德大明。于是夔行乐，祖考至，群后相让，鸟兽翔舞，《箫韶》九成，凤皇来仪，百兽率舞，百官信谐。帝用此作歌曰："陟天之命，维时维几。"乃歌曰："股肱喜哉，元首起哉，百工熙哉！"皋陶拜手稽首，扬言曰："念哉，率为兴事，慎乃宪，敬哉！"乃更为歌曰："元首明哉，股肱良哉，庶事康哉！"（舜）又歌曰："元首丛脞哉，股肱惰哉，万事堕哉！"帝（禹）拜曰："然，往钦哉！"于是天下皆宗禹之明度数声乐，为山川神主。帝舜荐禹于天，为嗣。

这里记载的是舜的一次朝会，先奏了《韶乐》，舜于是作歌："奉天命临下民，惟在顺时，惟在慎微。"又作歌曰："股肱之臣喜欢尽忠，国君之事乃能成功，百官之业就能广大！"

---

① 朱狄：《原始文化研究》，生活·读书·新知三联书店 1988 年版，第 519 页。

乐官皋陶稽首高声说道："记住帝的告诫，率臣下为事，当慎法度，敬其职！"又歌唱道："国君英明，股肱忠良，臣下尽力！"舜又作歌，禹表示同意，并遵命执行。于是舜传位给禹。

这就说明，《韶乐》确实在"为王"服务了，既为舜服务，也为禹服务。而且禹能"明度数声乐"，所以作了山川之神主。

古籍中有许多古乐名称的记载，这些古籍虽多晚出（如《周礼》《仪礼》《礼记》为战国秦汉时作品），但肯定有古代文献作为根据，不会是凭空捏造。

《周礼·春官·大司乐》："以乐舞教国子，舞《云门》、《大卷》、《大咸》、《大韶》、《大夏》、《大濩》、《大武》。"郑玄解释说："此周代所存六代之乐。黄帝曰《云门》、《大卷》，黄帝能成名万物，以明民共财，言其德如云之所出，民得以有族类。《大咸》——《咸池》，尧乐也，尧能殚均刑法以仪民，言其德无所不施。《大韶》，舜乐也，言其德能绍尧之道也。《大夏》，禹乐也，禹治水傅土，言其德能大中国也。《大濩》，汤乐也，汤以宽治民而除其邪，言其德能使天下得其所也。《大武》，武王乐也，武王伐纣以除其害，言其德能成武功。"按照郑玄的解释，包括了黄帝、尧、舜、禹、商汤、周武六代的乐章。郑玄以政治功利解释乐章，估计有许多想象之辞，但周乐《大武》郑玄时代应该还在流传，郑玄的推测又有一定的道理。

除了《周礼》外，《礼记·乐记》也有关于六代乐的记载，为了便于对比说明，我们将郑玄的注同时列出如下。"《大章》，章之也。"（郑注："尧乐名也。言尧德章明也。《周礼》阙之。或作《大卷》。"）"《咸池》，备矣。"（郑注："黄帝所作乐名也。尧增修而用之。咸，皆也，池之言施也，言德之无不施也。《周礼》曰《大咸》。"）"《韶》，继也。"（郑注：

"舜乐名也。韶之言绍也，言舜能继绍尧之德。《周礼》曰《大韶》。"）"《夏》，大也。"（郑注："禹乐名也。言禹能大尧舜之德。《周礼》曰《大夏》。"）"殷周之乐尽矣。"（郑注："言尽人事也。《周礼》曰《大濩》、《大武》。"）

我们注意到，郑玄对六代乐做了一番研究工作，他比较出了《周礼》《礼记》记载的不同，他对六代乐的解释基本上是一致的。

《史记·乐书》（卷二十四）和《汉书·礼乐志》（卷二十二）也有大体类似的记载，其中还讲到《六茎》《五英》为《周礼》《礼记》所不见。在以上所有的记载中，我们最应该注意的是《周礼·春官·大司乐》。因为，据《汉书·艺文志》（卷三十）的记载："魏文侯最为好古，孝文时得其乐人窦公，献其书，乃《周官·大宗伯·大司乐》也。"这就是说，汉文帝时，得到乐人窦公献的《大司乐》，而窦公是六国时魏文侯的乐工，魏文侯又最为好古，这当然说明《大司乐》所出有自了。

我国古代乐舞肯定是非常丰富的，《汉书·艺文志》有关于"乐六家百六十五篇"的记载，这肯定是汉代保存下来的很少的一部分，但也足见乐舞的盛况。历史久远的重乐传统，对于周代乐舞的影响是可以肯定的。

二

研究《诗》与乐的联系，就应该研究周代乐的状况，但是，周代没有一首乐章流传下来，我们只好就周代礼乐的总体把握，来看乐对《诗》的影响。

周人重视乐，首先表现于把诗、乐统一起来，共同为政治目的服务。这是周人因循并发展了殷人以乐娱神的作用。《国语·周语上》："邵公曰：'故天子听政，使公卿至于列士献诗，瞽献曲，史献书，师箴，瞍赋，蒙诵，百工谏，庶人传语，近臣尽规，亲戚补察，瞽史教诲。'"瞽指乐师，曲指乐曲，即是说由乐师献乐曲；蒙主弦歌，即是说由蒙弦歌、讽诵。乐曲也好，弦歌也好，它们共同服务于"天子听政"。邵公是周厉王时代人，这应该是他对西周全盛时代的回忆。《乐记·王制》说："乐正崇四术，立四教，顺先王诗、书、礼、乐以造士。春秋教以礼乐，冬夏教以诗书。"乐正为乐官之长，掌国子之教，所谓的"四术""四教"，即指"诗书礼乐"，礼乐同诗书一样重要。

我们举几个周人用乐的例子，《国语·周语上》：

> 惠王三年，边伯、石遫、芮国出王而立子颓。王处于郑三年。王子颓饮三大夫酒，子国为客，乐及徧儛。

周惠王三年为鲁庄公十九年（前 675 年），边伯、石遫、芮国是周的三个大夫，他们合伙赶跑了惠王而立其子颓为周王。子颓宴请三大夫，子国（即芮国）为上客，于是"乐及徧儛"。据韦昭的注，"徧儛"，为六代之乐，包括黄帝之乐曰《云门》，尧之乐曰《咸池》，舜之乐曰《箫韶》，禹之乐曰《大夏》，殷之乐曰《大濩》，周之乐曰《大武》。《左传·庄公二十年》也有类似的记载，其实就是一回事。杜预也认为"徧儛"是六代之乐。我们设想，王子颓为了报答拥立之恩，竟动用了六代之乐，这明显是一种僭越行为，所以《国语》和《左传》都作了记载，但也能看出对乐舞的重视。

《左传·庄公二十一年》：

> 二十一年春，……郑伯享王于阙西辟，乐备。……原伯曰："郑伯效尤，其将有咎。"五月，郑厉公卒。

这件事其实紧接上件事而来，子颓立为王，周惠王逃到郑国，于是郑伯（厉公）攻打王城，杀子颓及五大夫，归政于惠王，并享宴惠王。所谓"乐备"，据杜预注："备六代之乐"，也就是"徧儛"。本应该在很郑重的场合下演奏，王子颓给三大夫演奏，已经很不合时宜了，而郑厉公在平乱之后又来演奏，所以原伯就批评他也像王子颓一样，不会有什么好下场的。果不其然，没过几个月，郑厉公就一命呜呼了。由此，我们可看出，即便在"礼崩乐坏"的春秋时代，人们仍然重视乐舞，并维护乐舞的尊严地位。

《左传·宣公十四年》：

> 冬，公孙归父会齐侯于谷。见晏桓子，与之言鲁乐。桓子告高宣子曰："子家（归父字子家）其亡乎？怀于鲁矣。怀必贪，贪必谋人。谋人，人亦谋己。一国谋之，何以不亡？"

先交代这件事的始末：公元前595年的冬季，鲁国大夫公孙归父在谷地与齐侯（顷公）相会，齐国的晏桓子（晏婴的父亲）、高宣子相从。公孙归父和晏桓子谈起了鲁乐。于是晏桓子就对高宣子说：子家快亡了吧，他老是想着鲁国，老是想得到就贪，贪就要打别人的主意，打别人的主意别人也会想法对付自己，这样下去，怎能不灭亡呢？果不出所料，又过了四年，公孙归父因鲁国内乱而逃到齐国。这里，公孙归父一讲到鲁乐，晏桓子马上就想到是要得到鲁国，鲁乐实际就是鲁国的象征，乐在人们心中的地位就可想而知了。

《左传·成公二年》：

> 新筑人仲叔于奚救孙桓子，桓子是以免。既，卫人赏

之以邑，辞。请曲县、繁缨以朝，许之。仲尼闻之曰：
"惜也！不如多与之邑。惟器与名，不可以假人，君之所
司也。名以出信，信以守器，器以藏礼，礼以行义，义以
生利，利以平民，政之大节也。若以假人，与人政也。政
亡，则国家从之，弗可止也已。"

这里讲的是一次战争后的事情。齐侵鲁，在卫地的新筑发
生了战事。新筑人仲孙于奚救了鲁国大夫孙桓子的命。事情过
后，卫君赏给仲孙于奚城邑，仲孙于奚不同意，要求"曲县"，
要求"繁缨以朝"，卫君答应了。"曲县"是怎么回事呢？这
就涉及周代的礼乐了。按《周礼》的规定，天子用乐"宫
县"，诸侯用乐"轩县"，卿大夫"判县"，士"特县"。"县"
即"悬"，"宫县"即四面皆悬挂乐器；"轩县"即是"曲
县"，去其一面为"轩悬"；去其两面为"判县"；去其三面为
"特县"。这里，仲孙于奚要求"曲县"，是以卿大夫的身份要
求诸侯之乐，当然受到孔老夫子很严厉的批评了。由此，我们
可以看到周代礼乐严格的等级制度在人们心中的地位。

《左传·襄公十一年》：

> 郑人赂晋侯（悼公）歌钟二肆，及其镈磬，女乐二
> 八。晋侯以乐之半赐魏绛，……辞曰："……夫乐以安德，
> 义以处之，礼以行之，信以守之，仁以厉之，而后可以殿
> 邦国，同福禄，来远人，所谓乐也。"

这件事说的是：晋侯帮助郑国解除了楚国入侵的威胁，所
以郑人送礼物给晋侯，其中有歌钟三十二枚，女乐一十六人。
晋侯拿出其中的一半给有功的魏绛。魏绛不收，且讲了一大通
道理。这件事有两点值得重视，一是统治者重视乐，礼品中除

了战车兵甲，尚有歌钟、女乐。二是魏绛的对话，它道出了一种新的观念，即"乐"不但在于金石之声，而更在于仁德，所以他强调以乐和其心，以义处其位，以礼行教令，以信守所行，以仁厉其俗，这才是真正的"和乐"。这是在"礼崩乐坏"之际才出现的一种观念和认识。

我们再举些例证来看各种社交、礼仪活动中对乐的应用和重视，就更可以看出周人特别是上层贵族中乐的地位和作用。所引材料均为《周礼》《仪礼》《礼记》，虽有后人增饰的成分，但绝不会是杜撰，总体上说是可信的。

周代的学校对礼乐是非常重视的。按照规定，要"以乐德教国子：中、和、祗、庸、孝、友。以乐语教国子：兴、道、讽、诵、言、语。以乐舞教国子：舞《云门》、《大卷》、《大咸》、《大韶》、《大夏》、《大濩》、《大武》"。（《周礼·大司乐》）这里包括了乐的全部内容，"乐德"指乐的内涵，"乐语"指乐的一些技巧，而"乐舞"指教授的具体内容了。按郑玄的注，所谓"云门"种种，是周代保存下来的六代乐章（详见前文）。在贵族的学校里，因年龄的不同，学习的内容也不完全相同。年初少时，由乐师教"国子小舞"，到十三岁"舞《勺》"，成童"舞《象》"，二十"舞《大夏》"。（《周礼·乐师》及郑玄注）而且，无论是世子或者学士，对礼乐的学习，必须按照一定的时序进展，"凡学，世子及学士必时。春夏学干戈，秋冬学羽钥，皆于乐序"。"干戈"指"万舞"一类的乐舞，动作应该是很强烈的；"羽钥"，象征文治的乐舞，动作应该是很舒缓、很优美的（见《礼记·文王世子》）。学校的教育还强调自我研习，"大学之教也，时教必有正业，退息必有居学：不学操缦，不能安弦，不学博依，不能安诗，不学杂服，不能安礼，不兴其艺，不能乐学"。据郑玄注："操缦，杂弄"，那么，"不学操缦，不能安弦"的意思是说，不学好摆弄乐器的技巧，就不能弹奏好乐器。"博依，广譬喻也"，那么，"不学博依，不能安诗"的意思是说，不懂得诗的比兴，就不懂得礼乐中用诗的意义。"杂服"，指行礼的各种规定，不懂得行礼的各种规定，当然就不能完成礼仪。"兴其艺"，就是"喜其艺"，"艺"指礼、乐、射、御、书、数等六艺，不喜欢"六艺"，当然也就不能"安学"，也就什么也学不好了（见《礼记·学记》）。这里，把礼乐的学习讲得非常详细。不仅可以看出对礼乐的重视，而且，还可以看出诗、礼、乐、舞之间不可分的关系。

周人用乐的场合实在太多了，燕礼、射礼、乡饮酒礼、各种祭礼，无一不动用礼乐。

祭祀礼：

> 凡乐事，大祭祀。宿县，遂以声展之。王出入，则令奏《王夏》；尸出入，则令奏《肆夏》；牲出入，则令奏《昭夏》。帅国子而舞。（《周礼·大司乐》）

这里讲的是庄重的祭祀祖庙的活动。凡是这样的活动，必须有乐舞。具体说，头一天，就要把乐器悬挂好，并试一试其音声若何，这就是"宿县，遂以声展之"。到祭祀的那一天，周王出和入庙门，都要奏《王夏》；代替受祭者的"尸"和作为祭品的牲出和入庙门，都要奏《肆夏》和《昭夏》。奏乐的时候，都要率领国子以舞。

> 季夏六月，以禘礼祀周公于大庙。……升歌《清庙》，下管《象》，朱干玉戚，冕而舞《大武》。皮弁素积，裼而舞《大夏》。《昧》，东夷之乐也。《任》，南蛮之乐也。纳夷蛮之乐于大庙，言广鲁于天下也。（《礼记·明堂位》）

117

这里讲在鲁国的太庙里祭祀周公的情景。禘礼，是大的祭礼。祭祀时，在堂上歌唱《清庙》诗，在堂下用管竹吹奏《象》乐，祭者拿红色的盾、玉饰的斧，头戴衮冕而舞《大武》，又身着皮弁之服而舞《大夏》。然后又奏起了东夷之乐《昧》，奏起了南蛮之乐《任》，在太庙里奏蛮夷之乐，说明周公也像周天子一样，能昭示天下。这里，《清庙》诗为歌颂周文王之诗；《象》为周公所作之乐；《大武》为歌颂周武王之乐舞；《大夏》为夏禹之乐舞。总之，鲁王祭祀周公，乐舞的场面热烈而又宏大。

射礼：

> 凡射，王以《驺虞》为节，诸侯以《狸首》为节，大夫以《采蘋》为节，士以《采蘩》为节。(《周礼·乐师》)
> 凡射，王奏《驺虞》，诸侯奏《狸首》，卿大夫奏《采蘋》，士奏《采蘩》。(《周礼·磬师》)

《周礼》的这两处记载的意思是一样的，是对射礼所奏之乐的严格规定。郑玄注："《驺虞》、《采蘋》、《采蘩》，皆乐章名，在《国风·召南》。惟《狸首》在《乐记》。"今《诗经·国风·召南》有《驺虞》一篇，而无《采蘋》《采蘩》的篇名。

这一类的例子毋庸再多举了，周人心目中的礼乐观念，周人在实际生活中礼乐的作用，我们就都看得很清楚了。有了这些感性的认识，再来看后人对礼乐重要的总结论述，就知道他们确有所本。比如，《乐记》："子曰：'礼也者，理也；乐也者，节也；君子无礼不动，无节不作。'不能诗，于礼缪；不能乐，于礼素；薄于德，于礼虚。""缪"，误也，不能正确诵诗，礼节就会发生错误。"素"，质也，不能作乐，礼就没有文饰，就成了枯燥的条文规定。郑玄解释说："歌诗所以通礼意也，作乐所以同成礼文也，崇德所以宴礼行也。"《史记·乐书》（卷二十四）："诗，言其志也；歌，咏其声也；舞，动其容也：三者本乎心，然后乐气从之。"这就是说，诗、歌、舞、乐，四位一体，共同为政治服务。《汉书·礼乐志》（卷二十二）："乐以治内而为同，礼以修外而为异；同和亲，异则畏敬；和亲则无怨，畏敬则不争。揖让而天下治者，礼乐之谓也。"这就把礼和乐各自的功用都讲得很清楚了。乐起一种陶冶性情的作用，潜移默化的作用，在愉快之中习以为常，不自觉地接受统治阶级的思想。周人重视礼，也重视乐，礼乐文化是周人文化的最重要的特征，其根本原因，《汉书·礼乐志》都讲清楚了。

三

乐和《诗》究竟是怎样联系在一起的？这是研究礼乐文化与《诗经》的关系回避不了的问题。研究这个问题很困难，理由很简单，文字读本的《诗经》保留了下来，作为"声部"的乐没能保留下来。《四库全书总目题要》推测说："大抵乐之纲目具于《礼》，其歌词具于《诗》，其铿锵鼓舞则传在伶官，汉初制氏所记盖其遗谱，非别有一经为圣人手定也。"[1]这是说，什么场合用什么乐，在《礼》中有规定，今传下来的《诗经》是乐的歌词，至于节拍、声调属于真正音乐的部分，只在伶官的传授之中，并无一定的记音谱系，汉初的制氏还能记下它们的"铿锵鼓舞"，但已"不能言其义"了（见《汉书·礼乐志》）。这种推测是有一定道理的。我们就根据现有的一些材料，来研究一下《诗》和乐的联系。

《诗》如何入乐，顾颉刚先生在《古史辨》中说："民谣

---

① 《四库全书总目》卷三十八，中华书局 1965 年版，第 320 页。

的作者随着心中要说的话说去，并不希望他的作品入乐，乐工替他谱了乐章，原意也只是希望贵族听了，得到一点民众的味儿，并没有专门的应用，但贵族听得长久了，自然也会把它使用了。""《诗经》有一大部分是为奏乐而创作的乐歌，一小部分是由徒歌变成的乐歌。"① 顾先生的推断大体合理。举例如下。

《左传·昭公二十一年》：

> 天子省风以作乐。

《大戴礼记·小辨》：

> 子曰："……天子学乐辨风，制礼以作乐。"

这两条材料告诉我们，周天子确实重视乐；天子作乐和民间的风谣有着一定的联系。天子重乐，天子又重风，那么，一部分风谣最终由乐工加工入乐，就在情理之中了。

《乐记》曰：

> 乐师辨乎声诗，故北面而献弦。郑玄注："辨尤别也，正也。弦谓古琴瑟也。"

这里讲的不正是乐师为诗配乐的情景吗？"声诗"指未配乐的诗，先对徒诗审查以分别对待，个别的甚至要做些修改，待诗定下来以后，就可以鼓琴鼓瑟来最后定下其乐章了。

---

① 顾颉刚：《论诗经所录皆为乐歌》，《古史辨第三册（下编）》，上海古籍出版社 1982 年版，第 625 页。

诗经考索

《史记·乐书》曰：

> 先王恶其乱，故制雅颂之声以道之，使其声足以乐而不流，使其文足以纶而不息，使其曲直繁省廉肉节奏，足以感动人之善心而已矣，不使放心邪气得接焉，是先王立乐之方也。

我觉得这里讲到了《雅》《颂》乐歌制作的标准。它讲到了诗乐合一的三个方面的内容："声"，应该指的是无乐的徒歌的诗；"文"，郑玄注："篇辞也。"非常明确，是指诗的文字，也即我们常说的文学读本，"纶而不息"，是说纂集起来能长久流传；那么，"曲直、繁省、廉肉、节奏"，郑玄注："繁省廉肉，声之洪杀也。"意思也非常明确，是指音乐方面的内容了。诗的声（古籍中常见的声诗，也即诵诗）、文（文学读本）、以及乐，按照一定的要求完整地统一在一起了。

现存《诗经》也有许多线索，帮助我们认识诗和乐的关系。学者们在这方面做了大量的工作。比如《周颂》中的几首诗和乐舞之间的关系，王国维先生最先作了考察，他认为《大武》乐章分为六成，舞诗的篇名依次是《武宿夜》（即《昊天有成命》）、《武》、《酌》、《桓》、《赉》、《般》。[1] 高亨先生也认为分六章，其舞诗的篇目依次是：《我将》《武》《赉》《般》《酌》《桓》。[2] 杨向奎先生认为六章的舞诗依次是：《武》《时迈》《赉》《酌》《般》《桓》。[3] 而阴法鲁先生则认为六章舞诗

---

[1]　王国维：《周大武乐章考》，《观堂集林》第一册，中华书局 1991 年版，第 104 页。

[2]　高亨：《诗经今注》，上海古籍出版社 1980 年版，第 481 页。

[3]　杨向奎：《宗周社会与礼乐文明》，人民出版社 1992 年版，第 356 页。

依次是：《酌》、《武》、《赍》、《般》、缺、《桓》。①

　　他们的结论不尽相同，主要原因是他们所依据的资料和对诗意的理解不同，但前辈学者都注意到诗和乐舞内在的、不可分离的联系。据《礼记·明堂位》记载，周公于"六年，朝诸侯于明堂，制礼作乐"，当是周成王六年。这个记载是否非常可靠，可以有不同的意见，但周公与周朝的礼乐有非常密切的关系，是可以肯定的。郑玄在注《仪礼·乡饮酒礼》时说："昔周之兴也，周公制礼作乐，采时世之诗以为乐歌，所以通情相风切也。"《诗经》中相当一部分乐歌就是这样产生的。

　　由以上看，周朝早期的乐舞，应该和诗的内容是统一的，即是说，用乐、用舞，同时也考虑到诗的内容。这种情况，从汉人对用诗乐的注释中，也能找到证明。

　　《仪礼·乡饮酒礼》："工歌《鹿鸣》、《四牡》、《皇皇者华》。"《仪礼·燕礼》中有同样的记载。郑玄注曰："三者皆《小雅》篇名也。《鹿鸣》，君与臣，下及四方之宾燕，讲道修政之乐歌也，此采其'己有旨酒，以召嘉宾，嘉宾既来，示我以善道'。又乐嘉宾有孔昭之明，德可则效也。《四牡》，君劳使臣之来乐歌也，此采其勤苦王事，念将父母，怀归伤悲，忠孝之至以劳宾也。《皇皇者华》，君遣使臣之乐歌也，此采其更是劳苦，自以为不及，欲咨谋于贤知而自光明也。"

　　这里，郑玄把诗义和用乐的目的紧密联系在一起了，而且由诗义决定用乐的目的。行乡饮酒礼之所以奏《鹿鸣》，因为《鹿鸣》的诗义为"宴群臣嘉宾"（《毛诗序》），而且就有"我有旨酒，以燕乐嘉宾之心""示我周行，德音孔昭"的诗句，当然用于宴乐嘉宾是很合适的。行乡饮酒礼时之所以奏《四牡》，是因为《四牡》的诗义为"劳使臣之来"（《毛诗

　　① 阴法鲁：《〈诗经〉中的舞蹈形象》，《舞蹈论丛》1982 年第 4 期。

序》），而且就有"王事靡盬，我心伤悲"，"岂不怀归，将毋来谂"的诗句，用于宴乐嘉宾也是合适的。行乡饮酒礼时之所以奏《皇皇者华》，是因为《皇皇者华》的诗义为"君遣使臣也"（《毛诗序》），诗中有"于彼原隰，駪駪征夫"，"每怀靡及，周爰咨谋"的话，所以郑玄就认为，来宾非常劳苦，主人应该向贤智的宾客学习。

检查郑玄对以上三首乐诗的解释，第一首是很合情理的，第二首还勉强说得过去，第三首就很牵强了。我觉得，这不完全是郑玄的杜撰，很可能反映了周人用乐的一些实际情况。

《周礼·春官·大司乐》：

> 大射，王出入，令奏《王夏》。及射，令奏《驺虞》。

《驺虞》为《诗经·召南》的篇名。"大射"为射礼，既是一种礼仪形式，又是一种燕乐形式。当王行射仪的时候，就要奏《驺虞》的乐章。这里，《驺虞》的诗义和用于射礼的乐章义是一样的，因为无论如何，《驺虞》有"彼茁者葭，壹发五豝"的诗句，讲的正是射猎的情景。我们猜测，当周公制礼作乐的时候，为了礼乐的需要，选中了《驺虞》有射义的内容，为其配上乐，并规定用于射礼。我觉得，《诗经》中相当一部分乐章得以入宫廷，得以广泛流传，属于这种情况的可能是很多的。

我们在前面讲了，诗与乐既有相符合的一面，同时又有非常牵强的一面。因为诗特别是风诗，都有自己的内容，都是对一定现实生活的反映，把诗来配上乐，用于特定的场合，诗的内容与乐的内容就不可能完全统一、一致，就会明显带有附会的地方，而且，这种牵强附会从一开始就是如此。举例如下。

《周礼·春官·乐师》：

凡射，王以《驺虞》为节，诸侯以《狸首》为节，大夫以《采蘋》为节，士以《采蘩》为节。

《狸首》是一首遗诗。诗已遗，兹不论。《采蘋》《采蘩》均为《召南》篇名。为什么用于大夫和士行射礼时的乐呢？据郑玄的解释，因为《采蘋》诗中有"于以采蘋，南涧之滨"的诗句，用来说明卿大夫能"循法度"之义；而《采蘩》诗中有"被之僮僮，夙夜在公"的句子，用来说明作士"不失职"之义。我们看，这解释多么牵强！比如，我们可以反问一下，士用《采蘋》，大夫用《采蘩》，为什么就一定不行呢？士也须"循法度"，大夫也须"不失职"呀。很显然，当周初制礼作乐的时候，有些诗，专门为服务于某种场合的礼节而谱了曲，自然就和诗义相吻合，比如《鹿鸣》，而更多的情况是有了诗，诗原先就有了乐，于是硬性规定把这诗乐用于某种场合，以制定出等级森严而又非常烦琐的礼乐规定。诗和乐就这样被不完全情愿地联系在一起，诗的幸运和不幸都与此有关。

四

诗和乐的联合，在客观上促进了诗的广泛传播，在传播的同时又对诗义加以歪曲。而这一切，都有一股为王朝服务的无形的力量在起作用。西周王朝后期特别是幽、厉以后，内忧外患，王朝的统治急剧衰败，江河日下，在上层建筑中的突出表现就是礼崩乐坏。具体到诗与乐，它们的联系逐渐解体，最终出现了诗存而乐亡的局面。

诗与乐的结合经历了很长一段时间；诗与乐的分离，也同样经历了一段很长的时间。其间的详细情景虽然已不可知，但仍然能寻出一些历史的痕迹来。

《左传·襄公二十九年》记载：

诗经考索

（前 544 年）吴公子季札来聘……请观于周乐。使工为之歌《周南》、《召南》，曰："美哉！始基之矣，犹未也。然勤而不怨矣。"为之歌《邶》、《鄘》、《卫》，曰："美哉，渊乎！忧而不困者也。吾闻卫康叔、武公之德如是，是其《卫风》乎？"为之歌《王》，曰："美哉！思而不惧，其周之东乎？"为之歌《郑》，曰："美哉！其细已甚，民弗堪也，是其先亡乎！"为之歌《齐》，曰："美哉，泱泱乎，大风也哉！表东海者，其大公乎？国未可量也。"为之歌《豳》，曰："美哉，荡乎！乐而不淫，其周公之东乎？"为之歌《秦》，曰："此之谓夏声。夫能夏则大，大之至也，其周之旧乎？"为之歌《魏》，曰："美哉，沨沨乎！大而婉，险而易行，以德辅此，则明主也。"为之歌《唐》，曰："思深哉！其有陶唐氏之遗民乎？不然，何忧之远也。非令德之后，谁能若是？"为之歌《陈》，曰："国无主，其能久乎？"自《郐》以下无讥焉。为之歌《小雅》，曰："美哉！思而不贰，怨而不言，其周德之衰乎？犹有先王之遗民焉。"为之歌《大雅》，曰："广哉，熙熙乎！曲而有直体，其文王之德乎？"为之歌《颂》，曰："至矣哉！直而不倨，曲而不屈；迩而不逼，远而不携；迁而不淫，复而不厌；哀而不愁，乐而不荒；用而不匮，广而不宣；施而不费，取而不贪；处而不底，行而不流。五声和，八风平；节有度，守有序。盛德之所同也。"

从这一大段记载，可以看出鲁国乐工所歌，基本是今本《诗经》的面貌，而且，诗和乐是紧密联系在一起的，既包含歌诗的内容，也包含着乐的形式。从季札的评论看，也包含着诗和乐两个方面，这只要对照一下《诗序》，就再清楚不过了。

当然，我们也必须注意到，季札的时代，"礼崩乐坏"的局面已经不可收拾，季札到鲁国观乐，正说明各诸侯国的礼乐已经散亡殆尽，唯鲁为周公之后，尚保存有周代之乐，季札的观乐在当时来说已经是非常幸运的事了。

这期间还有一件值得重视的事，这就是孔子说的"吾自卫反于鲁，然后乐正，雅颂各得其所"（《论语·子罕》）。孔子返鲁在鲁襄公十一年（前484年），这时距季札的观乐，又过去了六十多年，也可能是孔子无法看到鲁国宫廷保存的周乐，也可能是鲁国宫廷的周乐业已散亡，所以孔老夫子对诗与乐的联系做了一番认真的整理工作，而整理的重点恰恰在音乐方面。

孔夫子整理之后的相当长的时期，诗乐的散亡情况我们已不能详知。尚能够说明一些问题的，在《大戴礼记·投壶》中有一条材料：

> 凡雅二十六篇。其八篇可歌，歌《鹿鸣》、《狸首》、《鹊巢》、《采蘩》、《采蘋》、《伐檀》、《白驹》、《驺虞》；八篇废，不可歌；七篇《商》、《齐》，可歌也；三篇间歌。《史辟》、《史义》、《史见》、《史童》、《史谤》、《史宾》、《拾声》、《睿挟》。

这段记述有不可解处，《史辟》《史义》等，不知所云。《齐》可能指《齐风》，而《商》，或指《商颂》，或指《陈风》。但也有可以肯定的，它讲到了有雅乐二十六篇，而且就是这二十六篇中，已有八篇不能歌，究其不能歌的原因，或诗亡，或乐亡，或诗乐都未亡，但已经不能连在一起了。《大戴礼记》是汉初的典籍，这种情况，符合汉初以前诗乐流传的实际。

《汉书·礼乐志》（卷二二）中也有一段关于诗乐流传情

况的材料，说："汉兴，乐家有制氏，以雅乐声律世世在大乐官，但能记其铿锵鼓舞，而不能言其义。"

我觉得这反映出周代雅乐流传到汉初的情况，制氏世世为太乐官，而且懂得雅乐的声律，所以能记录下其铿锵鼓舞的节奏，但是雅乐和诗的联系，已经失传很久了，虽然知道其节奏，但已经不能和相应的诗联系在一起并派上用场了。

古籍中有许多记载"礼崩乐坏"的情景。《论语·微子》："大师挚适齐，亚饭干适楚，三饭缭适蔡，四饭缺适秦，鼓方叔入于河，播鼗武入于汉，少师阳、击磬襄入于海。"这里讲乐师作鸟兽散，太师挚逃到了齐国，负责二饭的乐师干逃到楚国，负责三饭的乐师缭逃到蔡国，负责四饭的乐师缺逃到秦国，打鼓的方叔入居黄河之滨，摇小鼓的武入居汉水之涯，少师阳和击磬的襄入居海边。再比如，鲁国季氏"八佾舞于庭"（《论语·八佾》）；"齐人馈女乐，季桓子受之，三日不朝，孔子行"（《乐书·论语训义》），都是"礼崩乐坏"的结果。

我们再来看一个很典型的例子，《左传·庄公二十八年》：

> 楚令尹子元欲蛊文夫人，为馆于其宫侧而振《万》焉。夫人闻之，泣曰："先君以是舞也，习戎备也。今令尹不寻诸仇雠，而于未亡人之侧，不亦异乎？"

这件事的原委还应从庄公十九年说起，这年的春天，巴人入侵楚，楚文王抵御，为巴人所败。返国时，守门人鬻拳不开城门，结果文王生病而死。文王死后九年，楚国令尹子元（文王之弟）想调戏文王夫人，于是在王宫的旁边筑馆舍，并在里面演奏《万》舞。文王夫人听说后，哭着说："先君演奏这个乐舞，是用来演习备战的。现在令尹不用于仇敌而用于未亡人的旁边，不也是奇怪吗？"《万》舞应该是很雄壮的武舞，《诗·

邶风·简兮》："简兮简兮，方将万舞。日之方中，在庭上处。""硕人俣俣，公庭万舞。有力如虎，执辔如组。"描写的就是宫廷中举行这种大型乐舞的情景。可是，楚令尹却用它来勾引寡嫂，周代礼乐真可谓斯文扫地了。

"礼崩乐坏"，诗乐的分离，除了政治的原因外，从诗乐本身考察，也带有必然的因素。乐的政治功能和乐的娱乐功能，一开始就处于对立和矛盾之中。周代的礼乐所强调的是乐的政治功能，而在实际上，又无法抵抗乐的娱乐功能，所以在政治的力量尚能起作用的时候，乐可以扮演侍从的角色；当政治的力量削弱乃至丧失之后，乐就顽固地要回归到自身。这种变化表现在两方面：一方面如前所说，雅乐的大量流失，即是说一部分被强制用来为政治服务的与诗相配的乐不再演奏了，久而久之，就自然泯灭了；另一方面，是新乐代替雅乐，新乐给人耳目一新的感觉，冲击力很大，不可避免地抢占了曾经是雅乐占领的阵地。

《史记·乐书》（亦见《乐记》）有一段颇富传奇色彩的记载：

> 卫灵公之时，将之晋，至于濮水之上舍。夜半时闻鼓琴声，问左右，皆对曰"不闻"。乃召师涓曰："吾闻鼓琴音，问左右，皆不闻。其状似鬼神，为我听而写之。"师涓曰："诺。"因端坐援琴，听而写之。明日，曰："臣得之矣，然未习也，请宿习之。"灵公曰："可。"因复宿。明日，报曰："习矣。"即去之晋，见晋平公。平公置酒于施惠之台。酒酣，灵公曰："今者来，闻新声，请奏之。"平公曰："可。"即令师涓坐师旷旁，援琴鼓之。未终，师旷抚而止之曰："此亡国之声也，不可遂。"平公曰："何道出？"师旷曰："师延所作也。与纣为靡靡之

诗经考索

乐，武王伐纣，师延东走，自投濮水之中，故闻此声必于濮水之上，先闻此声者国削。"平公曰："寡人所好者音也，愿遂闻之。"师涓鼓而终之。

抛开其神秘的色彩，这里演奏的不就是桑间濮上之音吗？这就是春秋中后期出现的新声。从晋平公的态度可以看出上层统治者喜欢新声而厌倦雅乐。如果确实有这件事的话，当在公元前534至前532年的两三年之间，已经是春秋后期了。

我们再来看发生在战国时的事情。《史记·乐书》：

> 魏文侯问于子夏曰："吾端冕而听古乐，则唯恐卧，听郑卫之音则不知倦。敢问古乐之如彼，何也？新乐之如此，何也？"

魏文侯是非常好古的一个人，他听新乐不知疲倦，而听古乐则昏昏欲睡，很诚恳地说出了新乐和古乐给人感观的不同，新乐之战胜古乐，诗和乐的必然分离，就不难理解了。

在周代以前，我们民族已经有了很深远的乐舞传统，乐舞和诗的结合，是周代礼乐文化的一种特殊产物，它们的结合是出于王朝政治的需要，而且经历了很长的一段时间。诗与乐的结合，一部分是自然的，如《颂》诗、《雅》诗的部分诗篇，而另一部分，一开始就存在内里的不和谐的因素，所以，当政治的外在力量削弱时，诗和乐不可避免地分离了。虽然自孔子后的儒家学派力求挽救它们的分离，但谁也没有回天之力，在他们的惊呼、哀叹中，乐终于未能与诗共存。诗与乐的关系从分到合，又从合到分，几乎贯穿有周一代。就其对诗的命运看，有利有弊。它使诗（包括风、雅、颂）都登上了庙堂，无疑扩大了诗的地位，扩大了诗的影响，使之得以广泛流传，但同时，它又对诗义加以歪曲，使之蒙尘达两千多年。我们应该注意到，不仅是汉人说诗歪曲诗义，而且，当诗与乐结合的时候，就已经开始歪曲它们了。

诗经考索

考索7 周人"敬德"思想与《诗经》

　　《诗》《书》《礼》《乐》《易》《春秋》等先秦文化典籍，受到后代统治者的极度重视，这与以孔子为代表的儒家推崇有很大关系。我们再深入思考一步，孔老夫子为什么要推崇它们呢？他说："《诗》可以兴，可以观，可以群，可以怨，迩之事父，远之事君，多识于鸟兽草木之名。"（《论语·阳货》）把《诗》提到事父事君的崇高的地位。我想，孔子选《诗》来担当如此重大的任务，这与《诗》的内容密不可分。《诗》具有潜在的可以生发的为后代所用的思想。因此，从大的政治文化背景出发，来深入研究《诗》的内容的形成，无论对于《诗》的研究，还是对于研究《诗》对后代文化的影响，都是非常必要的。

　　作为一定历史发展阶段观念形态的《诗》的形成，必然受到一定的政治、经济、文化各种因素的影响，这种影响是交互起作用的，其中的思想文化思潮的影响，占据重要的方面。相对于近现当代来说，古代文化思潮对古代作家的影响就更难于把握，特别是先秦阶段，研究起来困难就更大一些。比如，我们研究周代文化思潮对《诗》的影响，与《诗》同时代的文化资料很有限，而且真伪难辨；《诗》的时间跨度为五百余年，而许多作品难于确定具体时代，这些都给研究带来了很多难处。我做这项工作的思路是：尽量把文化思潮的背景画得大一些，虽然与具体的诗篇不好一一对应，但模糊的不确定性往往含有必然因素；对于《诗》中的作品，我基本想集中在周初和厉、幽之间，这样可以突出地看到某些带根本性的问题。

一

《周易》意蕴的博大精深，为越来越多的人所认同。《周易》是中华文化发展史上的一座里程碑。《周易》的产生时代虽然仍有争议，但其古经部分为殷周之交的思想，已经为广大学者所赞同。高亨先生在《周易杂论》中说："卦爻辞中诫临与咸临相结合的政治主张——即实行宽和政策又采用刑杀手段的政治主张，值得我们特别注意。《左传》载有孔子的一种政治论，'政宽则民慢，慢则纠之以猛；猛则民残，残则施之以宽。宽以济猛，猛以济宽，政是以和'。（昭公二十年）诫临与咸临相结合，便是宽猛相济、恩威并用的统治方法。"[1] 杨向奎先生认为宗周时代的社会思潮是"中庸之道"，或者叫作"圣王之道"。[2] 这些认识都是很有见地的。

我们来研究《尚书》中的《周书》和《国语》中的《周语》中有关周初的思想材料。我们这里讲的周初，主要指文王、武王、周公、成王，以及康王的时代，这是一段上升时期，政治剧烈变动，意识形态的思想也剧烈变化。这个时代形成的思想，对有周一代甚至整个中国历史都有作用。

对周初的思想，学术界有很深刻的见解。郭沫若先生认为"德"是周初有别于殷商的新思想。他说："德字照字面上看

---

① 高亨：《周易杂论》，齐鲁书社 1988 年版，第 21 页。
② 杨向奎：《宗周社会与礼乐文明》，人民出版社 1992 年版，第 214、328 页。

诗经考索

来是从值（古'直'字）从心，意思是把心思放端正，便是《大学》上所说的'欲修其身者，先正其心'。但从《周书》和周彝看来，德字不仅包括着主观方面的修养，同时连客观方面的规范——后人所谓'礼'——都是包括着的。"又说："以天道为愚民的政策，以德正为操持这政策的机柄，这的确是周人所发明出来的新的思想。"[1]

杨向奎先生不甚同意郭说，他认为"礼"的来源很早，起源于原始社会。广义的"礼"，社会制度、风俗习惯无所不包；狭义的"礼"，主要包括两方面：第一，礼物交换；第二，人们交往中的礼仪行为。这都不是由德的规范行为所派生的，相反，正好是礼的规范行为派生出德的思想体系。[2]

我认为，郭沫若先生发现了西周初思想界极重要的变化，但在德与礼的关系表述上，有不准确处；杨先生指出礼早于德的产生是正确的，但我们又必须看到，德比礼后起，但它对礼的影响很大。当礼充实有德的内容，那么，这时的礼，既不是物品交换的方式，也不仅只是礼节仪式，而是带有实质内容的对社会的某种规定。无论如何，郭沫若先生对周初"敬德"思想的概括是准确的。让我们来看一看文献中的记载。

殷人心目中有一个万能的主宰，这就是"天"，或者叫"上帝"；周人心目中也有一个万能的主宰，也叫"天"，或者叫"上帝"。但仔细分析起来，殷、周人对"天"的理解并不完全一致。殷人心目中的"天"完全是某种意志的化身，完全应该按照"天"的规定来办事；周人心目中的"天"也有意志，但"天"对人也有选择，敬德就可以得到"天"的认可和帮助，不敬德就会受到"天"的惩处；至于"怨天"则主

---

① 郭沫若：《郭沫若全集·历史编（一）》，人民出版社 1982 年版，第 336—337 页。
② 杨向奎：《宗周社会与礼乐文明》，人民出版社 1992 年版，第 214、328 页。

要是东周以后的思想了。

《盘庚》（上中下）（《尚书》）三篇是很珍贵的商代文献资料，盘庚劝其臣民迁都说了这样一些话："先王有服，恪谨天命，兹犹不常宁。"（是说：按照先王的制度，必须恭敬地顺从天的命令，因此他们不敢永久居住在一个地方）"肆上帝将复我高祖之德，乱越我家。"（是说：上帝将恢复我高祖成汤的大业，把我们的国家治理好）盘庚请出至高无上的上帝，来说服他的臣民们听从他的迁都计划。其实，不仅《盘庚》三篇，我们只要稍稍关注一下殷人的卜辞，就可以明白殷人把上帝的主宰看得多么重要。

周承殷，也请来了上帝，但这是只福佑周人的上帝。在宗周人看来，不是什么人上帝都福佑，只有有德的人才能得到上帝的福佑。而且"天命"也不是永久不变的。这些都与殷人的思想相比有了变化。

《周书·康诰》是周公对康叔的训戒词。周公平定三监以及武庚发动的叛乱后，把其弟康叔分封到殷地，以统治殷余民，康叔临上任前，周公对他说了一番话。周公说："惟乃丕显考文王，克明德慎罚，不敢侮鳏寡，庸庸，祗祗，威威，显民，用肇造我区夏，越我一二邦，以修我西土。惟是怙冒闻于上帝，帝休，天乃大命文王殪戎殷，诞受厥命越厥邦厥民。"（《尚书》）（是说：文王能够崇尚德教而谨慎地使用刑罚，不敢欺侮那些无依无靠的人，任用那些应当受到任用的人，尊敬那些应当受到尊敬的人，镇压那些应当受到镇压的人，并且让庶民了解他的这种治国之道，因而缔造了我们小小的周。影响逐渐扩大，从我们一两个小国，逐渐扩大到天下的三分之二，这些地方连同我们的本土都治理得很好。因此，这些大功被上帝知道了，上帝非常高兴，就命令文王灭掉殷，代替殷接受上帝的大命，来统治它的国家和臣民）周公说得很清楚，是文王的重德感动了上帝，上帝才命令文王灭殷。

周人的天命观还表现在"天命靡常"上。《周书·康诰》："惟命不于常，汝念哉！"（《尚书》）（是说：要想到天的大命是没有一定的，要好好地考虑呀）在《君奭》中，周公对召公说："天难谌，乃其坠命，弗克经历，嗣前人恭明德。"（《尚书》）（是说：天命是难于相信的，如果不能永远地继承前人的美德，就会失去上天所赐予的大命）在《召诰》中，周公讲得更明白，说："王其德之用，祈天永命。"（《尚书》）（是说：王只有根据道德行事，才能祈求天命的久长）"欲王以小民，受天永命。"（《尚书》）（是说：希望王以小民的安乐使上天高兴，以便能从上天那里接受永久的大命）宋朝人陈栎总结《召诰》的内容时说："言天命不可恃，祖宗不可恃，惟敬德庶可凝固天命。"（《书经传说汇纂》）我们由此可以看出殷人和周人重天的区别了。

宗周人把敬德和保民的思想看作一回事，所以政治家们十分看重民的作用。这是周敬德思想的一个重要方面。

殷人对奴隶是非常残酷的，动辄杀殉，而且数量极大。不是说周人对奴隶不残酷，一直到周惠王时代（春秋前期）还有杀殉的记录。但毕竟周人和殷人相比，更多的发现了奴隶作为人的价值。

西周人一开始就迥然不同于殷，周武王的誓师伐殷，就打着吊民伐罪的旗号。《尚书·牧誓》记载了武王的一段话："今商王受，惟妇言是用，……乃惟四方之多罪，逋逃，是崇是长，是信是使，是以为大夫卿士，俾暴虐于百姓，以奸宄于商邑。"（是说：商王纣只听信妇人的话，重用四方逃亡的罪人，使他们残暴地对待百姓，在商的国都任意犯法作乱）在《梓材》里，周公说："无胥戕，无胥虐，至于敬寡，至于属妇，合由以容。"（《尚书》）（是说：不要互相戕害，不要互相虐待，对于无夫无妻的老人要尊敬，对于微贱的妇人也要爱护，他们犯了罪都要加以宽恕）又说："肆王惟德用。……欲至于万年，惟王子子孙孙永得民。"（是说：王要推行德政。……要想使我们的统治保持万年，就必须使王子子孙孙永远治理好殷民）

周人重民的思想在金文中也有反映。康王二十三年的《大盂鼎》言："在武王嗣文作邦，辟厥匿，匄有四方，畯正厥民。"又言："粤我其遹相先王，受民受疆土。"郭沫若先生认为这些都和《周书》的观念很接近，表示民与土地是天所授予王室的财产，所谓"皇天付中国民越（与）厥疆土于先王"。[①]

周人重民的原因，和周人总结夏、商（特别是商）的灭亡有关。殷商灭亡的原因有不同的意见，有的认为是纣王崇信褒姒，严酷统治，加深了国内的阶级矛盾；另一种意见认为，征伐淮夷，大伤元气，结果武王伐商时，纣王只好临时调用几万犯人来御敌，结果战场倒戈，导致了商的灭亡。我觉得，无论如何，纣的统治是失去了民心。在《尚书·酒诰》中，周公总结了这段历史的经验教训："古人有言曰：'人，无于水监，当于民监。'今惟殷坠厥命，我其可不大监，抚于时。"（古人说过：不要把水当作镜子，而应当把臣民当作镜子。现在殷商已经丧失了上帝降他的大命，我哪敢不根据殷商灭亡的史实认真地总结经验教训呢？）很清楚，周公懂得商纣失民心进而失天下的道理。

周对待殷民也采取了怀柔的政策。周武王的牧野之战，并未从根本上摧毁殷的势力，虽然形式上周夺取了政权，但殷民旧族的势力仍然很大。在这种形势下，究竟采取什么样的国策更有利于新兴的政权，周的统治者煞费苦心，他们最终还是选

① 郭沫若：《十批判书·古代研究的自我批判》，东方出版社1996年版，第41页。

取了"敬德""和民"的政策。《说苑·贵德》记述了一个很生动的故事，能反映出当时一些本质的情况：

> 武王克殷，召太公而问曰："将奈其士众何？"太公对曰："臣闻爱其人者，兼屋上之乌；憎其人者，恶其余胥。咸刘厥敌，使靡有余，何如？"王曰："不可。"太公出，邵公入。王曰："为之奈何？"邵公对曰："有罪者杀之，无罪者活之，何如？"王曰："不可。"邵公出，周公入。王曰："为之奈何？"周公曰："各使居其宅，田其田，无变旧新，唯仁是亲。百姓有过，在予一人。"武王曰："广大乎！平天下矣！"

在当时的情况下，太公的建议，邵公的建议，周公的建议，都有道理，但最后还是采纳了周公的怀柔政策，让殷人居住在他们原来居住的地方，让他们耕种原来的土地，并且不变更他们的生活方式和习惯。从客观情况来说是不得已而为之，从主观方面来说，这也是周人敬德思想的一种表现。当然，周公的怀柔政策未能从根本上解决殷人问题，紧接着不久，就发生了"三监"和殷六族的叛乱，于是才有周公的东征。但周初所制定的敬德思想和政策，却形成周文化重要的内容并长久地发挥作用。

我还注意到厉王以后的一些政治家，在世积乱离时代提出的政治追求或者是对国王的批评，很可以看到周初敬德思想的影响之大。周厉王时代的芮良夫说："夫王人者，将导利而布之上下者也，使神人百物无不得其极，犹日怵惕，惧怨之来也。"（《周语上》）惠王时的内史过说："国之将兴，其君齐明、衷正、精洁、惠和、……神飨而民听，民神无怨。"（《周语上》）周灵王时的太子晋批评灵王说："上不象天，而下不仪地，中不和民，而方不顺时，不共神祈，而蔑弃五则。是以人夷其宗庙，而或焚其彝器，子孙为隶，下夷于民，而亦未观夫前哲令德之则。"（《周语上》）我们看到，周人尊崇的是以敬德为基本内容的神民、天人和谐的政治理想，虽然带有尊天敬祖的性质，但也具有进步的民主色彩。

二

上一节已经讲到，"敬德"思想是周人政治思想中最重要的内容。我觉得《诗》在内容方面，受到"敬德"思想很深的影响。而且我还认为，《诗》不仅是周人"敬德"思想的一般反映，还代表和体现了周人文化的最高水平，是周代文明的象征。

我们从《诗》反映的周人对天的认识讲起。

《诗》中"天"字总共出现了 166 次，但表现出诗人对"天"的态度并不一致。大致来说可以分作两个阶段，厉、幽王之前为一个阶段，厉、幽王之后为一个阶段。西周初期的诗，主要歌颂周天子受命于天："维天之命，於穆不已，於乎不显，文王之德之纯！"（《周颂·维天之命》）"昊天有成命，二后受之。成王不敢康，夙夜基命宥密。"（《周颂·昊天有成命》）"时迈其邦，昊天其子之。"（《周颂·时迈》）"绥万邦，娄丰年，天命匪解。"（《周颂·桓》）"宜民宜人，受禄于天。"（《大雅·假乐》）

我们知道，殷也认为自己得到天的帮助，周人为了说明天帮助自己而不帮助殷人，就提出了"天命无亲，惟德是辅"的思想。《大雅·文王》："穆穆文王，於缉熙敬止。假哉天命，有商孙子。商之孙子，其丽不亿。上帝既命，侯于周服。"这种思想在《大雅·皇矣》中表现得最为明显："皇矣上帝，临下有赫。监临四方，求民之莫。……乃眷西顾，此维与宅。"

诗经考案

是说上天看到殷已经不能代它行使统治了，所以它就干脆找到了文王。《大雅·小明》也说："嗟尔君子，无恒安息。靖恭尔位，好是正直。神之听之，介尔景福。"

厉王、幽王之时，由于王朝政治的颓败，周人的心理也发生了急剧变化，先是怨天："浩浩昊天，不骏其德。降丧饥馑，斩伐四国。"（《小雅·雨无正》）"昊天不佣，降此鞠讻。昊天不惠，降此大戾。"（《小雅·节南山》）紧接着又发展到对天的否定："下民之孽，匪降自天。尊沓背憎，职竞由人。"（《小雅·十月之交》）

由上可知，周人对天的认识过程是：天命建周；天福佑有德之周；怨天；最终认识到祸非降自天而是咎由自取。这些认识的获得，经历了几百年的时间，经历了多少次王朝的盛衰。这种认识的获得，也是周人敬德思想的结晶。

周人敬德思想，还表现在《诗》中许多具体生活方面以及人们的各种关系之中。

殷商的灭亡，对周初统治者来说，是一件很大的事情。以殷为鉴，总结殷灭亡的教训，来加强新政权的统治，在很长一段时间是周人关注的问题。他们说："殷之未丧师，克配上帝。宜鉴于殷，骏命不易。"（《大雅·文王》）殷原来是受到上帝支持的，但天命不终，最终还是被推翻了。那么，殷灭亡的主要教训是什么呢？一是强横暴虐，聚敛剥削，"曾是强御，曾是掊克"；二是不守道德，咆哮中国，众叛亲离，"焭然于中国，敛怨以为德"，"尔德不明，以无陪无卿"；三是沉湎于酒，日夜作乐，"式号式呼，俾昼作夜"；四是不遵旧章，"殷不用旧，大命以倾"。（《大雅·荡》）周人谴责殷纣的主要依据，就是不行仁德，虽然上天也曾福佑，但最终还是灭亡了。

和对殷纣的谴责相比，周人歌颂周文王、成王、周公，主要歌颂他们秉受天命，重人敬德。比如《大雅·皇矣》："皇矣上帝，临下有赫。监观四方，求民之莫。"《毛序》："美周也，修德莫若文王。"是说文王遵从天命，修盛德于人世之间。《大雅·灵台》："庶民攻之，不日成之。经始勿亟，庶民子来。"《毛序》："文王受命，民始附也。"是说庶民拥戴文王，自觉为文王服务。《大雅·思齐》："不闻亦式，不谏亦入。肆成人有德，小子有造。"《毛序》："文王所以圣也。"《郑笺》："言非但天性，德有所由成。"是说文王行德政，虚心听取臣民意见，即使从别处听到，也都采用，未成年的人也加以造就。《大雅·假乐》："假乐君子，显显令德。宜民宜人，受禄于天。"《毛序》："嘉成王也。"是说快乐的君子，有光明的美德，臣民各得其所，受到天的福佑。

历史证明，中国任何朝代的统治都经历了一个荣辱盛衰的过程，这似乎成了一个规律，一个永远冲不破的怪圈。其实，这种"规律"在殷周就形成了。周人说："殷鉴不远，在夏后之世。"（《大雅·荡》）意思是，夏朝的灭亡是殷朝的一面镜子。又说："宜鉴于殷，骏命不易。"（《大雅·文王》）是说，应该以殷的灭亡为鉴戒，天命是不定的。但是，周的统治者们并没有做到这一点。到厉、幽时代，殷末的许多事情又重演了。诗人用"高岸为谷，深谷为陵"，"百川沸腾，山冢崒崩"（《小雅·十月之交》）来形容那个动荡不安、天怒人怨的时代。这时候，诗人们又以"敬德"的思想作为武器来批评当政者。《大雅·民劳》："民亦劳止，汔可小息"，"民亦劳止，汔可小愒"，"民亦劳止，汔可小安"，意思都是说，人民已经很疲劳了，应该让他们稍稍喘一口气了。诗的每一章都以"民亦劳止"开头，足见诗人对人民痛苦生活的同情和对统治者的耳提面命。诗人还提到要"敬慎威仪，以近有德"，"无纵诡随，以谨丑厉"，要统治者注意礼节，接近有德之人，不要搞狡诈欺骗，警惕那些邪恶之人。

周人的重德，当然不可能脱离开他们所处的时代，他们不可能对宗法专制制度提出什么批评，他们不可能怀疑专制制度的合理性，因此，以重德为武器的批评，就不可能不集中在统治者个人品质方面。女色亡国论在《诗》中已经提出了，《大雅·瞻卬》："哲夫成城，哲妇倾城。""懿厥哲妇，为枭为鸱。妇有长舌，维厉之阶。乱匪降自天，生自妇人。""哲妇"就是指的褒姒，褒姒巧言获宠致乱，终于导致了王朝的灭亡。《诗》对谗言误国也表示了深恶痛绝。专制制度使君王周围谗慝小人的存在带有一定的必然性。正人君子希望以德治国，而小人则造谣生事，使国君拒谏饰非。因此，《诗》中对谗言误国的揭露占有一定的比重。《小雅·青蝇》："岂弟君子，无信谗言"，"谗言罔极，交乱四国"，"谗人罔极，构我二人"，这应是深受谗言之害的人写的一首诗，但诗的本事已经不可考了。《小雅·巷伯》为寺人孟子作的一首诗，寺人即宦官，从诗的语言看，感情极其愤激，"彼谮人者，亦已大甚"，所以要"取彼谮人，投畀豺虎。豺虎不食，投畀有北。有北不受，投畀有昊"，表现出对花言巧语、拨弄是非、造谣生事的人的深恶痛绝的感情。《诗》也涉及对统治者听信谗言的批判。《小雅·巧言》："蛇蛇硕言，出自口矣。巧言如簧，颜之厚矣。"又说："乱之又生，君子信谗。"旧说以为讽刺周幽王，是可信的。《小雅·小弁》："君子信谗，如或酬之。"是说君子听信谗言，好像有人向他献酒，欣然接受。这也是对周幽王的批判。

　　《诗》产生的时代，是我国宗法奴隶制度形成的时代，这个制度的许多最基本的形式，为后来封建制所承袭。因此，《诗》中所体现出来的许多思想以及所涉及的许多关系，就带有原型的意义。我们把以上重德重民等的内容和屈原的作品对比，就会发现，战国后期屈原所思考的许多问题，不也是五百年前诗人们已经注意到的问题吗？当然，这些问题是在新的历史条件下在新的人们之间演出新的故事时发生的，但在实质上，问题的许多方面则是一致的。

三

历史告诉我们，殷周的时代，在广阔华夏大地上就生活着以殷部族为主的众多的部族，比如，有徐、奄、淮、楚、猃狁、戎狄等，他们后来构成了中华民族的主体。毋庸讳言，这些部族一开始就既和睦相处，又充满了激烈的战争。《诗》中有不少篇章反映了部族之间的战争。对于部族与部族之间的关系，以及部族之间的战争，春秋后期的孔子提出了"尊王攘夷大一统"的原则，而且对后世产生了很大的影响，既有积极的方面，又有消极的方面。我们要研究的是，在孔子之前，《诗》中所反映的周人的战争观念。

《小雅·采薇》，有作于周文王、懿王、宣王、夷王的不同说法。我认为作于宣、夷王之时的可能更大一些。诗反映的是周和北方猃狁的战争。诗人既写了"忧心烈烈，载饥载渴"，久戍未归的痛苦心情，同时对战争又有清醒的认识。"岂不日戒，猃狁孔棘"，正是猃狁的进犯，才使自己蒙受如此深重的苦难。从深层看，它反映出诗人爱国与忧家的矛盾；对战争的态度既厌恶，同时又深深地理解。它就是这样极其真实、极其深刻地反映出人们对战争的态度。

《小雅·出车》是歌颂大将南仲奉命伐猃狁，胜利而归的一首诗。古文说以为是文王时的诗，今文说以为是宣王时的诗。作于宣王时较为可信。诗人深感战争带给自己的不幸，"忧心悄悄，仆夫况瘁"，"岂不怀归，畏此简书"；诗人又为能战胜敌人而由衷地高兴，"春日迟迟，卉木萋萋。仓庚喈喈，采蘩祈祈。执讯获丑，薄言还归。赫赫南仲，猃狁于夷！"前人评曰："此真还乡景物也。"（《诗经原始》）我们还注意到，

"赫赫南仲，玁狁于襄"，"襄"，借为"攘"，排除的意思。玁狁来入侵，将其排除在外，所以下文又言"赫赫南仲，薄伐西戎"。这些又都透露出周人和玁狁的这场战争，也是由玁狁的进犯引起的。诗人在表现思乡之情的同时，也表现出对战争的深深的理解。

《小雅·六月》可以肯定是宣王时代歌颂尹吉甫伐玁狁的诗篇。朱熹《诗集传》："成康既没，周室浸衰，八世而厉王胡暴虐，国人逐之，出居于彘。玁狁内侵，逼进京邑。王崩，子宣王静即位，命尹吉甫率师伐之，有功而归。诗人作歌以序其事如此。"诗中说："玁狁孔炽，我是用急。王于出征，以匡王国"，"侵镐及方，至于泾阳"，可见是玁狁突然地入侵，王朝自卫应战。诗又说："薄伐玁狁，至于大原。"大原在何处有争议（顾炎武《日知录》以为是今之平凉；顾颉刚以为在今山西西南部），就周王"料民于大原"（《国语·周语》）来看，当在周人境内无疑。周人的大军讨伐进犯的玁狁，仅至于自己的国土大原而止，而不再乘胜追击，并歌颂这种做法是"文武吉甫，万邦为宪"，这是很值得注意的战争观念。

除了北方玁狁之外，周的东方也不平静。周初分封，周公分封于鲁，但并没能完全控制东方，徐夷和淮夷一直不屈服。《尚书·费誓》中载伯禽就国后，受到徐夷、淮夷的进攻并遭包围，后来成王派三军来救，才击退夷兵。到穆王时，徐夷强大，称偃王，穆王不得已而承认其为东方霸主。宣王时，屡次对徐夷、淮夷用兵。《大雅》的《江汉》和《常武》就反映出这段史实。

《江汉》可以肯定是召虎平定淮夷，归告成功之作。郭沫若《两周金文辞大系考释·召伯虎殷》有详细考释。郭文指出："据《兮甲盘》，王命兮甲征治淮夷之委积，'有敢不用命，即井㦸伐'之语。盖征治之结果，淮夷终不听命，故终至扑伐之也。"① 据此我们知道，宣王对淮夷的用兵，是在宣抚不果后不得已而为之的。诗中说"江汉浮浮，武夫滔滔。匪安匪游，淮夷来求"，自然是表现出讨伐淮夷的高亢士气和必胜的决心。又说"四方既平，王国庶定。时靡有争，王心载宁"，表示出对没有战争、安定和平生活的向往。又说"明明天子，令闻不已。矢其文德，洽此四国"，则表现出周王要宣德于四方的最终目的。

《常武》与《江汉》不尽相同，主要描述了王师平定徐夷的军威。

通过以上分析，我们认为，在对待周围部族的关系上，在对待战争的态度上，周人的准则是：以自我为中心，要求周围部族共同拥戴，建立起大一统的宗法制国家。周人并不笼统地反对战争，说周人普遍有厌战情绪，并不符合实际。我觉得，周人对战争有认同，这不仅表现在"王于兴师，修我戈矛"（《秦风·无衣》）的同仇敌忾，而且也表现在"伯兮朅兮，邦之桀兮。伯也执殳，为王前驱"（《卫风·伯兮》）的自豪，以及《雅》诗中大量对王师威武雄壮的歌颂和战胜敌人的喜悦上。周人有厌战的一面，因为战争毕竟给人们带来极大的苦难，但又有认同，因为他们所从事的战争毕竟又有保家卫国的成分。这就是周人复杂的战争观。此外，值得我们特别注意的是周人的"慎战"思想，《诗》中表现出周人不穷兵黩武，我认为，这正是周人"敬德"思想在处理部族关系以及战争问题上的最突出的表现。

《诗》既是它所产生时代政治经济文化的一种必然的反映，同时，又逐渐变成文化思想的载体，它的影响远远超过了

---

① 郭沫若：《两周金文辞大系考释·召伯虎殷》，《郭沫若全集·考古编》第八卷，科学出版社 2017 年版，第 145 页。

诗经考索

文化的范畴，而更具有政治道德伦理的意义。我认为，它处处表现出的"敬德"思想，属于中华文化的优秀传统，对中国历史发展起到了极重要的影响。

（原载《河北师范学院学报》1996 年第 3 期，并收入《第二届诗经国际学术研讨会论文集》）

考索 8　周代宗法制度与《诗经》

一

　　王国维先生分析殷周制度不同时说："故夏商间政治与文物之变革，不似殷周间之剧烈矣。殷周间之大变革，自其表言之，不过一姓一家之兴亡与都邑之移转。自其里言之，则旧制度废而新制度兴，旧文化废而新文化兴。""周人制度之大异于商者，一曰立子立嫡之制，由是而生宗法及丧服之制，并由是而有封建子弟之制，君天子臣诸侯之制；二曰庙数之制；三曰同姓不婚之制。此数者，皆周之所以纲纪天下，其旨则在纳上下于道德，而合天子诸侯卿大夫士庶民以成一道德之团体。"①顾颉刚还对此制度初始的情景做过详细描写，说："我们推想，这也许是在客观要求下的一个新发展的家长制。在先，周太王不传太伯，虞仲不传王季，文王不传伯夷考或伯夷考的儿子而传给次子武王，可见周人本没有什么所谓'嫡长继承制'，和商代的前期、中期一样。可是到了周公东征以后，周王的产业空前的庞大，如果不确立一个法定的继承者，便很难保持王族内部的长期团结，倘使因此而引起争夺的纠纷，周的政权就不

---

① 王国维：《观堂集林》第二册，中华书局 1991 年版，第 453 页。

能稳固，环伺的殷人又将乘机而动。周公看到商朝自康丁以下已四世传子，王室比较安定，所以就自动地把王位让给武王长子，使得周王的位子永远有一个比较固定的继承者，周王的产业不致为了争夺继承权而突然垮台。"① 我们可以肯定地说，自周公开始，周代的宗法制度就已经完成了。

周代的宗法制社会是奴隶社会的宗法制，还是封建社会的宗法制，目前学术界意见尚不能统一。郭沫若先生持春秋战国之交封建说，那么周代主要还是奴隶社会的宗法制度；范文澜先生持西周封建说，那么周代应是封建制宗法制度。杨向奎先生在宗法制的形式上又提出氏族问题，说："一个多民族的国家，各个民族不必都是沿奴隶社会、封建社会这样发展下去，即以商周论，商是奴隶社会，而当周没有灭商以前，他们建立的国家是由氏族社会基础上建立起来的城邦（City-state），武王东征时的'虎贲三千人，甲士四万五千人'都是公民集体的常备兵，还没有脱离这种集体的部队。在政治上也是由氏族演变成宗族的大宗成员共同执政的'共和'。……宗族执政，宗法即国法，是西周灭殷前的政治结构，所以我们称之曰'宗周'。但这个城邦国家是否有奴隶，是否是奴隶社会，没有确实根据。"② 杨先生主张周在建国之初已经是封建的宗法制。我们同意周代为封建宗法制奴隶社会，并以此作为立论的前提。

宗法制的奴隶社会，说到底是把宗族和国家的关系合在一起。"自西周以来，天子是共主，同时也是同姓诸侯的大宗；诸侯是一国之君，同时也是同族卿大夫的大宗。……我们可以这样说，天子、诸侯、卿大夫、士之间的关系，都是用宗法制

① 顾颉刚：《周公执政称王》，《文史》第 23 辑，中华书局 1984 年版，第 22 页。
② 杨向奎：《宗周社会与礼乐文明》，人民出版社 1992 年版，第 181 页。

考索∞ 周代宗法制度与《诗经》

度来维系着的，他们之间的关系应当看成相对的。那就是说，天子对诸侯与王朝卿士来说是大宗。诸侯对其同族是大宗，对天子则是小宗。诸侯之别子为卿大夫，对诸侯来说是小宗，对其诸弟来说则是大宗。"① 天子、诸侯、卿大夫、士、庶人既是金字塔式的严格的等级规定，又以宗法的大小宗互为关系，从而构成有别于殷商的宗法制奴隶社会。

西周的社会中，周天子处于最高、最核心的地位，"溥天之下，莫非王土"，"率土之滨，莫非王臣"（《诗经·北山》），这应该是最形象的说明了。对周天子的歌颂，对其地位的肯定，就不仅是"颂上"的表现，而且带有强烈的宗族感情。我们经常提到的《生民》《公刘》《绵》《皇矣》《大明》等涉及周民族历史的诗篇，固然是夺取政权后颂祖、祭祖的需要，同时也是宗法制度里加深宗族感情的必要。《周颂》里许多歌颂周王受命于天的诗，"维天之命，於穆不已。於乎不显，文王之德之纯"（《维天之命》）；"昊天有成命，二后受之"（《昊天有成命》）；"时迈其邦，昊天其子之"（《时迈》）；"执竞武王，无竞维烈。不显成康，上帝是皇"（《执竞》），借"天""帝"的意志肯定周继商承祚的必然性，同样带有全部周民族的感情。

过去研究《诗》提出有几篇"爱国"的诗篇，或有爱国的感情，我们将其放到宗法制背景下来考察，将会获得更圆满的结论。如《鄘风·载驰》中的许穆夫人，千里奔丧拯救卫国，说到底是一种强烈的热爱宗族国感情的表现。比如《秦风·无衣》："与子同袍"，"与子同仇"，"与子偕作"，"与子偕行"，显示出来的那种刚毅果敢、同赴国难的气概，也是对于宗法之国热爱的具体表现。《小雅·采薇》表现出的是一种

---

① 赵光贤：《周代社会辨析》，人民出版社1980年版，第105页。

复杂的感情，既有对久戍不归的怨恨，所谓"忧心烈烈，载饥载渴"，"王事靡盬，不遑启处"，但同时又有"彼尔维何，维常之华。彼路斯何，君子之车。戎车既驾，四牡业业。岂敢定居，一月三捷"的诗句，这里流露的就不仅是对战争的厌恶之情，同时还流露出对军队步伍严整的歌颂和战胜敌人的喜悦。这正是宗法制社会的结果。战争的久戍不归，自然带来痛苦，但宗法式的爱国之情，又能清楚认识牺牲的必要。他如《大雅》中，"江汉浮浮，武夫滔滔。匪安匪游，淮夷来求"（《江汉》），"王旅啴啴，如飞如翰，如江如汉，如山之苞，如川之流"（《常武》），对军队威武气势的描写以及对战胜之功的歌颂，虽然涉及周与周边部族的关系，但流露出的同样是强烈的宗族国之情。

周天子与同姓诸侯之间的关系，既是君臣，同时又为兄弟。天子与诸侯之间的关系如何，直接关系到国家的安危。春秋时代，诸侯强大，王室卑弱，结果酿成天下大乱。但《诗》中表现出的还主要是"情同手足"，或者说周天子还十分注重以礼仪的形式来稳固同诸侯的关系。比如，《小雅·湛露》："湛湛露斯，在彼丰草。厌厌夜饮，在宗载考"，可以肯定是天子燕诸侯的乐章。《小雅·楚茨》："诸父兄弟，备言燕私"，也是周王秋冬祭祀祖先后，私宴同姓诸侯的诗。《小雅·頍弁》反复讲"兄弟匪他""兄弟具来""兄弟甥舅"，同样是周王宴乐同姓诸侯的诗。《小雅·角弓》："兄弟昏姻，无胥远矣"，"此令兄弟，绰绰有裕。不令兄弟，交相为愈"，并提出"君子有徽猷，小人与属"，让君子做出团聚的榜样，小人也就会团聚了。《小雅·桑扈》为周天子宴享诸侯之诗，不仅有同姓，而且有异姓，"君子乐胥，万邦之屏"，"之屏之翰，百辟为宪"，宴享的目的，是希望他们成为王朝的屏障，以及诸侯的榜样。《小雅·采菽》叙述周天子举行大典对诸侯赏赐有加，而赏赐的目的"殿天子之邦",和"平平左右,亦是率从",也即帮助天子镇抚四方和让其他侯国都服从王朝。周天子和诸侯特别是同姓诸侯之间的关系是复杂的,既表现为权力利益上的争夺冲突,又利用宗法的联系来体现出感情的温馨,《诗》中一部分诗正反映出这种关系的特点。

二

我经常思考《诗》的基本品格是什么,说它是现实主义,是借外来术语表述的创作方法。从内容来讲,它写的是作为社会的人的生活,而很少把外界自然作为直接的描写对象;从思想来讲,它体现出重德尚贤开明政治的追求;从美学风格来讲,它又体现出和谐中庸的特点。我认为这种种特点的形成,与宗法制社会密切相关。

和古希腊相比,中国的奴隶社会较"早熟",因此当西方哲人还在探寻自然奥秘的时候,我们的祖先已经十分注重人文科学的探究了;当西方浪漫诗人还在津津乐道地敷衍神话传说的时候,我们的史学家已经将大量的神话历史化或用来服务于某种政治说教了。《诗》正是这一文化背景的产物,它强烈的人文色彩,是完全可以理解的。

对周代的尚德精神,郭沫若先生发表过很精辟的见解,他在《先秦天道观之进展(二)》中认为,"敬德"思想是周人独有的,根本的主意是"人定胜天",是要把人的力量济天道之穷。[①] 李泽厚也做过具体分析:"周朝统治者看到了人民反抗的力量,更为自觉地采取了利用原始氏族公社的传统和风习来缓和阶级矛盾,维护奴隶主统治的重大措施,制定了系统的

---

① 郭沫若:《先秦天道观的进展》,《郭沫若全集·历史编(一)》,人民出版社1982年版,第335—336页。

宗族制度，大行'周礼'。……从而创造了灿烂的周代文化。这一文化是为奴隶主阶级统治服务的，但同时又具有原始氏族社会中自然发生的某些民主的和人道的精神。统治阶级不再完全承袭商朝那种极其野蛮的统治方式，思想上也闪射出古代理性主义的曙光，由愚昧地崇拜鬼神，残暴地役使人民，转到提倡'敬天保民'，导致后来把'民'放在'神'之上，认为'民'是'神'之主。"①

我们来看看文献记载：

《周书·洪范》："予攸好德，汝则锡之福。"

《周书·召诰》："惟王其疾敬德，王其德之用，祈天永命。"

《左传·隐公四年》："（众仲）对曰：'臣闻以德和民，不闻以乱。'"

《左传·桓公二年》："臧哀伯谏曰：君人者将昭德塞违，以临照百官，犹惧或失之。故昭令德以示子孙。"

《左传·桓公六年》："（隋）季梁曰：夫民，神之主也。是以圣王先成民而后致力于神。"

《左传·僖公五年》："臣闻之，鬼神非人实亲，惟德是依。故《周书》曰：'皇天无亲，惟德是辅。'"

又曰："黍稷非馨，明德惟馨。"又曰："'民不易物，惟德繄物。'如是，则非德民不和，神不享矣。神所冯依，将在德矣。"

《左传·文公十九年》："季文子曰：先君周公制礼曰：'则以观德，德以处事，事以度功，功以食民。'"

① 李泽厚、刘纲纪：《中国美学史》第1卷，中国社会科学出版社1984年版，第60页。

《说苑·贵德》记述了一个很有意思的故事：周武王克殷后，召太公而问曰："将奈其士众何？"太公对曰："臣闻爱其人者，兼屋上之乌；憎其人者，恶其余胥。咸刘厥敌，使靡有余，何如？"王曰："不可。"太公出，邵公入。王曰："为之奈何？"邵公对曰："有罪者杀之，无罪者活之，何如？"王曰："不可。"邵公出，周公入。王曰："为之奈何？"周公曰："使各居其宅，田其田，无变旧新，唯仁是亲。百姓有过，在予一人。"武王曰："广大乎！平天下矣！"这个故事当然有汉儒美化周公的成分，但也说明了周初实行重德的方针。

《诗》多方面显示出重德重民的民主精神。《伐檀》《硕鼠》是民众对过分剥削的讽刺和反抗，如果说民歌作者的写作是"饥者歌其食，劳者歌其事"，那么，王朝乐官的将其入选配乐，就是重德重民思想的表现了。而且，《诗》中相当一部分类似的看似不合正统要求的诗的编纂，都可以从这里得到解释。《诗》中相当一部分歌颂的诗篇，除了歌颂周王的"顺天承运"外，有的也着眼于施德爱民的品德。比如《召南·甘棠》，诗由思其人爱其树而发，注家多以为召公巡行南国，在甘棠树下听讼，自然要引起人们的怀念和爱戴。比如《大雅·灵台》："经始灵台，经之营之。庶民攻之，不日成之。经始勿亟，庶民子来"，诗人歌颂文王爱民，所以于修台之事，民不召自来，如"子趣父事"。《小雅·鸿雁》："之子于征，劬劳于野。爱及矜人，哀此鳏寡"，赞颂周宣王使离散之民安居乐业。《大雅·假乐》："假乐君子，显显令德。宜民宜人，受禄于天"，"不解于位，民之攸塈"，歌颂周成王安定百姓。

《诗》中的讽刺诗，是士人阶层民主意识的表现，它包括许多宝贵的思想，而尚德重民是其重要内容之一。从这些激烈甚至是愤怒的揭露之中，我们看到了周代的阶级对立，看出了先觉士人们的进步思想。这种士人的忧患意识，成为历史上各

诗经考索

代文人最可宝贵的品格。《小雅·节南山》是大夫家父讽刺周幽王任用师尹而作，"弗躬弗亲，庶民弗信"，"不吊昊天，乱靡有定"，"忧心如醒，谁秉国成，不自为政，卒劳百姓"，表现出对百姓生活的关心。《大雅·民劳》为召厉公谏厉王之作，"式遏寇虐，无俾民忧"，"敬慎威仪，以近有德"，提出了禁止暴虐，安定人民，以及远离奸诈，以近有德之人的可贵主张；《大雅·板》为"凡伯刺厉王"，"上帝板板，下民卒瘅"，"民之方殿屎，则莫我敢葵，丧乱蔑资，曾莫惠我师"，对周厉王时代黎民的痛苦呻吟作了揭露；《大雅·荡》"殷鉴不远，在夏后之世"，提出了统治者应该以殷的灭亡为鉴戒的可贵的思想。

《诗》中的这一部分内容，是尚德重民思想最早的文学上的反映，当我们检查儒家仁政思想对古代文学创作的影响，描述其波澜壮阔的发展长河时，《诗》的源头地位是不能忽略的。《诗》是我们民族最早文化文明的结晶，在诸多方面其中也包括文学对生活的干预上，都具有类型化、模式化的意义，即是说，《诗》在内容上的许多方面、许多关系都规定、影响到后代文学的发展，尚德重民只是其中之一。

三

宗法制度的"宗"字，从"宀"，从"示"。前者象征屋宇，后者则是祖先的象征。《说文》："宗，尊祖庙也。"《国语·晋语》云："宗，本也。"由此我们就能知道，宗祖、家庭对于宗法制度来说是何等重要。昭穆制度是宗法制度在祭礼上的表现，《左传·僖公五年》：（宫之奇）对曰："太伯、虞仲，太王之昭也。太伯不从，是以不嗣。虢仲、虢叔，王季之穆也。"父为昭，子为穆，左为昭，右为穆，依次回环不变，以保证祭统的纯正。至于具体数字，《礼记·王制》："天子七庙：三昭三穆，与太祖之庙而七。诸侯五庙：二昭二穆，与太祖之庙而五。大夫三庙：一昭一穆，与太祖之庙而三。"而"庶人祭于寝"。还规定"庶子不祭，明其宗也。庶子不得为长子"。由此，我们了解到宗法制度下等级关系以及宗法之内区别嫡庶长幼的重要。

《诗》对宗法制度下的家庭关系作了多侧面的展示。诗人对太王、王季、公刘、文王以及"文王子孙"武王、成王的反复歌颂，固然有胜利者的信心所在以及巩固政权的需要，同时，又是强烈的宗族感情的反映。诗中反复讲"子孙绳绳，万民靡不承"（《大雅·荡》）、"惠我无疆，子孙保之"（《周颂·烈文》）、"干禄百福，子孙千亿"（《大雅·假乐》）、"大姒嗣徽音，则百斯男"（《大雅·思齐》）、"旐维旟矣，室家溱溱"（《小雅·无羊》），等等，都是对多子多孙的赞颂和祝福，也是出于对延续宗族需要的必然结果。《小雅·斯干》说："乃生男子，载寝之床，载衣之裳，载弄之璋。其泣喤喤，朱芾斯煌，室家君王。""乃生女子，载寝之地，载衣之裼，载弄之瓦。无非无仪，唯酒食是议，无父母诒罹！"表现出明显的重男轻女的思想倾向。我们联系周代宗法制度，这种现象就完全可以理解了。

宗法社会中家庭的地位是异常突出的，对家庭生活的记述描写就构成了《诗》重要的内容。"鸡栖于埘，日之夕矣，牛羊下来"（《王风·君子于役》）；"果臝之实，亦施于宇。伊威在室，蟏蛸在户"，"鹳鸣于垤，妇叹于室"（《豳风·东山》）；"将仲子兮，无逾我里，无折我树杞"（《郑风·将仲子》），都写出了不同的家庭以及家庭生活。陶渊明田园诗："暧暧远人村，依依墟里烟。狗吠深巷中，鸡鸣桑树巅"，是诗人静穆心境下的田园美景，未必就真实地反映出农村生活，而《诗》中的田园生活显现虽不如陶诗具体，但都异常真实。

维系家庭关系的纽带是真实的感情。宗法制度决定了家庭的重要，家庭地位的突出，因此也就非常重视家庭感情。《诗》对家庭感情的追求是真挚、和谐、美好的。它写夫妻之情是"君子于役，如之何勿思"（《王风·君子于役》），是"愿言思伯，使我心痗"（《王风·伯兮》），是"夏之日，冬之夜，百岁之后，归于其居"，"冬之夜，夏之日，百岁之后，归于其室"（《唐风·葛生》）。再如，丈夫悼念亡妻歌曰：

> 绿兮衣兮，绿衣黄裳。心之忧矣，曷惟其亡！绿兮丝兮，女所治兮。我思古人，俾无訧兮。（《邶风·绿衣》）

思念父母兄弟歌曰：

> 凯风自南，吹彼棘心。棘心夭夭，母氏劬劳。凯风自南，吹彼棘薪。母氏圣善，我无令人。（《邶风·凯风》）
> 陟彼岵兮，瞻望父兮。陟彼屺兮，瞻望母兮。陟彼冈兮，瞻望兄兮。（《魏风·陟岵》）
> 扬之水，不流束楚。终鲜兄弟，维予与女。无信人之言，人实迋女。扬之水，不流束薪。终鲜兄弟，维予二人。无信人之言，人实不信。（《郑风·扬之水》）

诗中流露的对家人的感情是强烈而真挚的。《诗经》有一部分诗是对破坏正常家庭生活的谴责，同样反映出对家庭生活的重视。《邶风·谷风》《卫风·氓》都是弃妇诗，谴责丈夫喜新厌旧给家庭带来的痛苦。还有一部分诗涉及诸侯贵族家庭生活，特别是两性关系，这就是通常所说的揭露统治阶级秽行的诗章。这些诗包括《邶风·新台》和《齐风》之《南山》《敝笱》《载驰》，以及《陈风·株林》等。《新台》写卫宣公在黄河岸边拦娶儿媳；《南山》等写齐襄公与同父异母的妹妹文姜私通；《株林》写陈灵公与大夫之妻夏姬的私情。这些事情都发生在春秋时代的前期，当时人们对这些事究竟如何看呢？这固然涉及道德观念，也可以看出人们对家庭生活的态度。如果对这种性生活方式是赞许的，那么肯定就是对家庭生活的轻视和否定。有的论者就特别强调春秋时代盛行烝、报的风俗，以为这是一定社会发展阶段的婚姻形式，得到了人们的认可。我同意顾颉刚先生的意见，即"烝、报制度的流行，必然远在春秋时代以前，春秋前期只是它的尾声"①。因此，作为一种婚姻制度，在贵族阶层仍然存在，且有一定的广泛性，但同时，这种烝、报又和政治的需要联系在一起，并开始受到一定限度的抵制和人们观念形态上的反对，正是在这种思想意识驱动下，《左传》记述了不少这方面的史实，又委婉表示了不予肯定的态度。而以上所引诗篇，则无一例外地明显表示出讽刺、厌恶的感情。

《诗》云："大邦维屏，大宗维翰。怀德维宁，宗子维城。"（《大雅·板》）我觉得，这很能体现出周朝宗法制度的特点。大国的诸侯，是王朝的屏障；同姓的诸侯，是王朝的栋梁；太子是那坚固的都城；奉行的基本政策是德政。《诗》又云："敬慎威仪，以近有德。"（《大雅·民劳》）"淑慎尔止，不愆于仪。不僭不贼，鲜不为则。投我以桃，报之以李。"（《大雅·抑》）强调的是重礼仪，强调"投桃报李"的道德投入。《诗》重道德、重礼仪、重人际关系的特点，正是后代儒家所反复强调的，周文化和儒家文化的联系，从这里又一次得到了证明。《诗》确实反映出周代几百年各种错综复杂的矛盾，是周代社

---

① 顾颉刚：《由"烝"、"报"等婚姻方式看社会制度的变迁》，《中国现代学术经典·顾颉刚卷》，河北教育出版社1996年版，第647页。

会形象化的历史，但我们又注意到，就总体看，《诗》对这些矛盾展示所体现出的，是对德政理想的追求，是对开明政治的追求，充满一种宗法家族的人情味。毋庸讳言，周代社会充满残酷的斗争，只要看看考古从地下发掘出的人殉，就可以理解那是一种怎样的残酷！但《诗》以代表当时最高、最进步文化水平的价值取向，反映发生在宗法制度下的种种矛盾，这是我们必须注意到的。

（原载《漳州师院学报》1997 年第 1 期）

考索9　论《诗经》的文化品格

　　《诗经》充满人文精神，是周代高度发达的礼乐文明的产物，体现出很高的、富有理想色彩的开明政治主张，渗透着较浓厚的原始民主思想。

　　如何认识自然，如何把握自然，如何在所谓文学作品里表现自然，是我们研究文学文化品格首先注意的问题。认识和把握自然就涉及哲学。一般说，西方的哲学家注意对自然现象做解释，古希腊哲学家分许多学派，但都重视对大自然的探究。中国古代哲学家则重视社会人生。《周易》讲了许多的自然现象，但讲自然现象的目的不是研究，不是认识它们的因果变化，而是用它来象征人事。受到哲学思想的影响，代表东西方最早文学成就的中国的《诗经》和古希腊的神话，在内容方面就表现出不同：当古希腊人仍然依据神话传说，按照众神之主宙斯的意志演绎出种种英雄神的故事的时候，我们的祖先已经把神话历史化、世俗化，认认真真地歌颂祖先和祭祀神灵；当古希腊人竭力歌颂那些独具个性特征的英雄们如何斗智、斗勇、斗法，以及如何与大海作斗争的时候，我们的祖先却以极大的热情关注王朝的兴衰，或给在位的统治者祭起榜样，或敲响警钟。作为不朽的文学作品，无论古希腊的史诗，还是中国的《诗经》，都是展示人类早期生活多彩的画卷，而《诗经》表现的内容，更多一些伦理道德的色彩，更多一些人际关系的展示，更多一些社会价值的评判。仅就人际关系而言，就有君臣、父子、夫妻、兄弟、同僚、亲朋、故旧等；仅就抒发的感情而言，就有依依惜别、长夜之思、新婚燕尔、幽冥永隔、指斥控诉、颂不绝声等。总之，《诗经》表现更多的是活生生的、具体的人际之间的生活。说到《诗经》的价值评判标准，更值得我们注意的是其贯穿到底的"敬德"的思想。在那个时期，就以符合与不符合"德"的要求作为评判是非的标准，应该说是我们民族的骄傲。

周人的"敬德"思想，表现在《诗经》中的许多具体生活方面以及人们的各种关系中。周人从"敬天""颂天"到"怨天"，其准则是"天命无亲，惟德是辅"（《大雅·文王》）。周人总结殷朝灭亡的教训，说"殷鉴不远，在夏后之世"（《大雅·荡》）。厉、幽时代，"高岸为谷，深谷为陵""百川沸腾，山冢崒崩"（《小雅·十月之交》），社会动荡不安。诗人又一次用"敬德"思想作武器，来批评当政者，规劝统治者，说人民已经很疲劳了，应当让他们稍稍喘口气了。《大雅·民劳》"民亦劳止，汔可小息"，就是对统治者的耳提面命。诗中还提到要"敬慎威仪，以近有德"，"无纵诡随，以谨丑厉"，要统治者注意礼节，接近有德之人，不要搞狡诈欺骗，警惕那些邪恶之人。诗中还涉及女色亡国，说"哲夫成城，哲妇倾城"，"乱匪降自天，生自妇人"（《大雅·瞻卬》），"哲妇"指的是褒姒，褒姒巧言获宠致乱，终于导致了王朝的灭亡。正人君子希望以德治国，而小人则造谣生事，使国君拒谏饰非，因此《诗经》中对谗言误国的揭露占有一定的比重，《小雅》的《青蝇》《巷伯》《巧言》《小弁》等都属于这一类型的诗篇。

周人处理与周围部族关系的准则，也体现出以德为本的特点。《小雅·采薇》在内容上有矛盾性，诗人既写了"忧心烈烈，载饥载渴"，久戍未归的痛苦心情，同时对战争又有清醒的认识，"岂不日戒，猃狁孔棘"，正是猃狁的进犯，才使自己蒙受如此深重的灾难。从深层看，它反映出诗人爱国与忧家的矛盾；对战争的态度既厌恶，同时又深深理解。《小雅·六月》可以肯定是宣王时代歌颂尹吉甫伐猃狁的诗篇。诗中说："猃狁孔炽，我是用急。王于出征，以匡王国"，"侵镐及方，至于泾阳"，可见是猃狁突然地入侵，王朝自卫应战。诗又说："薄伐猃狁，至于大原"。就"周王料民于大原"（《国语·周语》）来看，当属周人境内。周人大军讨伐进犯的猃狁，仅至于自己的国土大原而止，而不再乘胜追击，并歌颂这种做法是"文武吉甫，万邦为宪"，这是很值得注意的战争观念。总的来说，在对待战争的态度上，在对待周围部族的关系上，周人的准则是：以自我为中心，要求周围部族共同拥戴，建立起大一统的宗法制国家。周人有厌战的一面，因为战争毕竟给人们带来极大的苦难，但又有认同战争的一面，因为他们所从事的战争毕竟又有保家卫国的成分。这是周人复杂的战争观。此外，值得我们特别注意的是周人的"慎战"的思想，《诗经》中表现出周人反对穷兵黩武，这正是周人"敬德"思想在处理部族关系以及战争问题上最突出的表现。整个文明历史的发展离不开暴力，但是，周人"尚和""尚同"的价值取向，却应该是一种文明、民主的表现。

　　伦理道德如何，也是考察一个民族文明程度的标志。总结周人对伦理道德的认识，可以归纳出如下意见：第一，周人讲文王受命于天，讲"君权神授"，但更强调与天对立的人的作用，因此，重视人际之间的道德关系，就构成了周代思想文化中重要的内容，而且对后代产生了非常重要的影响，世人所称誉的"文明古国""礼仪之邦",其中重要内容就是重视伦理道德；第二，周人的伦理道德观念，首先也是最重要的是从家庭开始的，强调由家庭关系的和谐，自然扩展到整个国家成员间关系的和谐，这与宗法制的社会特征密不可分；第三，周人的伦理道德观念重"和"，但并不重平等，它是一种严格等级下的"和谐"。《诗经》多方面地、形象地展现出人们之间的伦理关系，并集中地体现出作者对伦理道德的价值评判。比如，在周初，对祖先的歌颂，既是民族自信力的表现，同时又带有早期宗法社会部族感情的特点。诗中要求诸侯帮助天子镇抚四方，要求诸侯之间相安无事，共同服从天子的统治。《小雅·采菽》："乐只君子，殿天子之邦。乐只君子，万福攸同。平平左右，亦是率从。"应该说这是周人最理想的政治局面了。《诗经》中讲"孝"、讲兄弟关系的地方，比讲诸侯与天子关系的地方要多得多。而且，《雅》诗中讲兄弟关系，主要是从维护国家安危的角度，《风》诗中主要强调家庭中的亲情，数量远不如《雅》诗多。出现此类现象完全可以理解，因为，在宗法制社会中，兄弟之间既是家族的关系，但同时又是大宗与小宗之间的政治关系，强调兄弟之间的和睦，主要不是出于亲情而是对政治需要的考虑。《诗经》又集中体现出周人重视家庭伦理，思妇诗（如《周南·卷耳》《召南·殷其雷》《卫风·伯兮》《王风·君子于役》《豳风·东山》等）、弃妇诗（如《卫风·氓》《邶风·谷风》《召南·江有汜》等），都是从一个方面对破坏家庭生活的揭露。至于写夫妻感情真挚的诗（如《郑风·女曰鸡鸣》《齐风·鸡鸣》《唐风·葛生》《王风·大车》等），所表现出来的儿女情长，就是今天的读者读后也深深为之感动。

男女两性关系，既是家庭问题，又是社会问题。《诗经》一方面继承了原始婚俗遗存，有充分的对人的自然性要求的首肯和歌颂，绝不像封建社会后期对人的自然性要求的压抑甚至摧残，但又确实有了十分明确的男女之间的伦理道德标准。《诗经》中讲上层统治阶级男女性关系的诗，主要涉及《邶风·新台》《鄘风》的《墙有茨》《鹑之奔奔》以及《齐风》的《南山》、《敝笱》和《载驰》。事情发生在卫国和齐国，都有史实根据，且和原始婚俗的遗存"烝""报"制度有关。据汉人的解释，"上淫曰烝"，"淫季父之妻曰报"。从《左传》的记述看，事件的当事人都对"烝""报"婚俗持否定的态度（《左传》桓公十六年和闵公二年）。《诗经》作者的态度与《左传》完全一致。"燕婉之求，籧篨不鲜"，"燕婉之求，得此戚施"（《邶风·新台》），对卫宣公在黄河边拦娶儿媳妇的做法予以辛辣的讽刺。"鹑之奔奔，雀之强强。人之无良，我以为兄"（《鄘风·鹑之奔奔》），都对卫国宫中的秽乱表示了厌恶之情。《齐风》中对齐襄公秽行也同样是持讽刺和揭露的态度。恩格斯在描写古希腊斯巴达对偶婚时写道："这种对偶婚在许多方面还像群婚。不育子女的婚姻可以解除，国王阿拿克散克德（公元前 560 年）由于妻子不育，另娶了一个，有着两个家庭，大约在同一时期，国王阿里斯东曾有两个妻子不育，便娶了第三个，而把前两个中的一个退掉了。另一方面，几个兄弟可以有一个共同的妻子，一个人如果喜欢自己朋友的妻子，就可以和那个朋友共同享有她，而把自己的妻子交给一个像俾斯麦所说的壮健的'种马'去支配，即使这个家伙本人并不属于公民之列，也认为是合乎体统的事情。"① 几乎是同一历史时期东西方伦理道德上的差异，值得我们深深思索。

《诗经》重人际关系、重道德、重礼仪的特点，正是后

---

① 《马克思恩格斯选集》第 4 卷，人民出版社 1972 年版，第 59 页。

诗经考索

代儒家所反复强调的，周文化与儒家文化的联系，从这里又一次得到了证明。《诗经》确实反映出周代几百年各种错综复杂的矛盾，是周代社会形象化的历史，但我们又注意到，就总体看，《诗经》对这些矛盾展示所体现出的，是对德政理想的追求，是对开明政治的追求，充满一种宗法家族的人情味。

《诗经》之所以体现出代表周代高度文明的人文精神，还是应该从它所产生的时代中寻求答案。和古希腊相比，中国的奴隶社会较"早熟"，因此，原始氏族社会中的许多民主和人道的精神，在后来的宗法制度下，又得到了很好的发展。郭沫若认为"敬德"思想是周人独有的。李泽厚和刘纲纪也做过具体分析："周朝统治者看到了人民反抗的力量，更为自觉地采取了利用原始公社的传统和风习来缓和阶级矛盾，维护奴隶主统治的重大措施，制定了系统的宗族制度，大行'周礼'。……从而创造了周代文化。这一文化是为奴隶主阶级统治服务的，但同时又具有原始氏族社会中自然发生的某些民主的和人道的精神。统治阶级不再完全承袭商朝那种极其野蛮的统治方式，思想上也闪现出古代理性主义的曙光，由愚昧地崇拜鬼神，残暴地役使人民，转到提倡'敬天保民'，导致后来把'民'放在'神'之上，认为'民'是'神'之主。"[1]

《诗经》艺术表现上的品格，体现出含蓄、蕴藉的特点。让我们通过比较来看一些具体的事实。

我们现在一般认为我们有自己的史诗，这就是《诗经》中的《生民》《公刘》《绵》《皇矣》《大明》。然而拿它们和古希腊的史诗相比，在体式、规模上却相差甚远。《伊里亚特》

---

[1] 李泽厚、刘纲纪：《中国美学史》第 1 卷，中国社会科学出版社 1984 年版，第 60 页。

全诗总共 15693 行，《奥德赛》全诗总共 12105 行。而《生民》72 句，《公刘》60 句，《绵》54 句，《皇矣》96 句，《大明》56 句，全部总共 338 句。

古希腊的史诗还具备叙述的多线索、大场面的特点，具备直接表述的特点。郑振铎先生说："荷马史诗的显著的特质，就是他们把一个原始民族的，一个世界的儿童时代的新鲜与朴质，与完美的表白的技术（思想对于媒介物的完全制御）联结在一起。这个联结，如阿诺尔特在他的《论荷马的翻译》一书里所指出的，包含荷马风格的四个特点：迅速、思想的直捷、言辞的明白与壮丽。"① 我认为这个评价是非常正确的。这四个特质，实际体现在两个方面：一是表述的直接性，也即原原本本地、如实地、尽量详细具体地叙述故事的发生发展，叙述人物的言谈举止，而不注重含蓄地去叙事写人。而这后一种恰恰是中国诗歌的特点。二是古希腊史诗的场面是异常壮观的，以至于我们今天读了《伊里亚特》依然可以感受到在小亚细亚西北海岸，一个名叫特洛亚的地方，进行了十年争夺战的那种惨烈情景，争战双方千军万马的战斗场面，以及视死如归的悲壮精神。在中国的史诗中虽也不乏宏大场面的描写，如《大明》写武王灭商："殷商之旅，其会如林"，"牧野洋洋，檀车煌煌，驷騵彭彭。维师尚父，时维鹰扬。凉彼武王，肆伐大商，会朝清明。"但在表现的含蓄上，场面壮丽、宏大的程度上，都有很大差异。

我们再来看诗歌中的人物，古希腊史诗既然以叙事为主，人物的性格便得到充分展现，塑造出不同性格的人物形象。比如阿喀琉斯性格暴躁，凶猛可畏，是蛮勇的典型；赫克托耳，既英勇善战，又足智多谋，是一位非常成熟的首领。《诗经》

① 郑振铎：《文学大纲》，上海书店出版社 1986 年版，第 52 页。

诗经考索

中也有写到青年贵族武勇的诗，比如《郑风》的《大叔于田》，第一章写出大叔的御术高超，以及空手搏虎的雄豪武勇；第二章写大叔驱车逐兽，善射善御；最后一章以轻松的笔调写射猎的收场，显示大叔的从容自得，"描摹尤妙"，"蔚似雕画"，写诗的手法，诗的韵味，都与上举古希腊史诗不同。虽然没有详尽细致的描写，但更能想象到勇士的精神风貌。

我们再来看对景物的描写。《诗经》对景物的描写很简单，如《周南·关雎》中的"关关雎鸠，在河之洲"，《周南·桃夭》中的"桃之夭夭，灼灼其华"，《邶风·谷风》中的"习习谷风，以阴以雨"等，可以看作是对景物的描写，属于比兴式的；另外，像《小雅·采薇》中的"昔我往矣，杨柳依依。今我来思，雨雪霏霏"，已经脱离了比兴，属于叙述和描写式的了。然而即便如此，它与古希腊的《伊里亚特》和《奥德赛》，乃至古印度的《梨俱吠陀》中直接描写自然景物的诗句相比，仍有很大的不同，其风格不是清新、质朴，而是浓缩、含蓄。

这究竟是怎么一回事，其中深层的原因是什么？

文学必然是人们对外部世界感应、认识和表现的过程，只是文学有自己独特的表现方法而已。而且，文学的表现方法、特征，又与不同民族独特的认识方式有着很大的关系。之所以出现以上表现上的不同，从认识论上看，《诗经》的文化品格带有我们民族重中庸、和谐的特点。

中国古代认识论，在如何把握和反映外部世界的方式上，和西方认识论相比，存在明显的差别。中国传统认识方式有理性思辨成分，但总的说来，理性思辨不如直接的体验更发达一些。这些特点，研究古代认识论的专家都注意到了。已故著名学者金岳霖说："中国哲学的特点之一，是可以称为逻辑和认识论的意识不发达。……中国哲学家没有一种发达的认识意识和逻辑意识，所以在表达思想时显得芜杂不连贯，这种情况会使习惯于系统思维的人得到哲学上料想不到的不确定感。"①

汪建也说："尤其引起我们注意的是《易传·系辞》中所概括的观物—取象—比类—体道的方法。所谓'取象'，就是通过仰观俯察，近取远取等方式，对天地万物的物象进行多角度多层次反复观察和感受，'拟诸形容'，概括提炼为意象"，"这种取象以体道的方法，显然不可能运用分解的抽象方法，而必须把对象作为活动着的整体，作为相互关联的生化整体的一个部分，运用凝练、浓缩'简易'方法和相互比较的比类方法才能实现"。② 中国认识论重形象思维影响到中国文学特别是诗歌的重要特点，这就是重意境而轻写实。中国诗歌以含蓄胜的原因也正在于此。

当我们的先民按照已经习以为常的直观、取象、顿悟的认识特点，去把握、认识以至于去表现某种事物的时候，那种带有整体性的，伴随形象而出现的、简洁凝练性质的思维方式，就会不自觉地发挥作用。《诗经》中的一部分（主要指"国风"）诗篇形成意境的途径有两种：一是比兴式的，二是描写和叙述式的。即使构不成意境的诗篇也受到这种表现形式的影响。当然，我这里所讲的诗的意境，尚处在缺乏理论自觉的萌芽状态。

比兴在《诗经》中学问最大，对后代诗歌创作影响也最深。它不仅是一种创作方法，同时更重要的是诗歌创作原则。从本质上说，正是比兴沟通了主体的人和客观外界的联系。物与我、心与目相互触发而又融为一体。这种物、我双会的创作结果，正创造了我们后代所谓的"意境"。举两个例子：

① 金岳霖：《中国哲学》，《哲学研究》1985 年第 9 期。
② 汪建：《试论中国古代传统思维方式》，《哲学研究》1987 年第 2 期。

诗经考索

燕燕于飞，差池其羽。之子于归，远送于野。瞻望弗及，泣涕如雨。（《邶风·燕燕》）

桃之夭夭，灼灼其华。之子于归，宜其室家。（《周南·桃夭》）

《燕燕》的作者，由外界的"燕燕于飞，差池其羽"，引发出送人远归的伤悲。在诗中，"燕燕于飞，差池其羽"已经不等于是纯粹客观的描写，而送别之情也已经不是单纯的主观宣泄，它们在诗中实现并达到情境统一，物我双会，构成了一首有意境的好诗。《桃夭》虽然简单，但也是以比兴的方法写的好诗。诗人触桃花而起兴，同时又以桃花来寄托情感，在诗中，"桃之夭夭，灼灼其华"已经不等于是纯粹客观的描写，而"之子于归，宜其室家"的颂赞之情，也已经不是单纯的主观宣泄，它们在诗中也实现并达到情、境统一，物、我双会。

《诗经》中还有一类诗用叙述和描写的方式，通过凝聚于诗中的物我双会的事和物，构成某种意境，来表现某种事件和表达某些特定的思想感情。如：

君子于役，不知其期。曷至哉！鸡栖于埘，日之夕矣，羊牛下来。君子于役，如之何勿思！（《王风·君子于役》）

溱与洧，方涣涣兮。士与女，方秉蕑兮。女曰观乎，士曰既且。且往观乎，洧之外，洵吁且乐。维士与女，伊其相谑，赠之以勺药。（《郑风·溱洧》）

《君子于役》有事件的叙述，有景物的描写。对事件叙述的本身就是在抒情；对外界景物的描写也是在抒情；无论是叙述，还是描写，都染上了作者浓重的感情色彩，而且做到了主观的情和客观的事、境的和谐统一。《溱洧》中的景物比《君子于役》少，更多一些叙述和描写，而且出现了人物对话。"溱与洧，方涣涣兮"的景物描写，当它一旦出现在诗篇中的时候，就已经不是纯自然的景物了，它已经蕴含着诗人的莫可言状的欢快之情；其后叙述的男女赠答，就更不是纯客观的，它叙述的本身就饱含作者的感情。而当感情化了的自然景物，和作者借以抒情的事的叙述统一的时候，一篇有意境的好诗就这样产生了。

　　和西方以及古印度的诗的叙述、描写相比较，《诗经》的叙述和描写创造的意境，是中国式的思维方式、中国式的认识论的产物。这是中国式的叙述和描写，这是带有直观、顿悟和"具象"性质的叙述和描写。虽然是叙述、描写，但同样具备含蓄、凝练、重意境的特点。

　　对《诗经》文化品格、艺术形式的考察，我们不能不注意到其井然有序的特点。《诗经》在章数和句数的排列上表现出如下特征：其章数为一章的诗，数量还比较大，但它们都集中在《周颂》和《商颂》当中。其二章、三章、四章的诗歌数量最多，它们分别占《诗经》总数的 12.7%、34.7% 和 13.1%。我们再来看句数，无论二章、三章、四章的诗歌，都是以四句的首数为多，其次是六句的，再次是八句的。这就告诉我们，《诗经》的创作，不自觉地遵循一定的规律，这就是对称和平衡，既有变化又井然有序。如果我们可以把 106 首占到总数34.7% 的三章四句的诗看作《诗经》正格的话，那么，这种格式体现出既富于变化，错落有致，又在变化中始终保持对称和平衡。至于《诗经》的韵律，大多数隔句用韵，也同样是在整齐有序的前提下而富于变化。

　　《诗经》这种表现形式与中国早期的认识论同样有密切的关系。以《老子》和《周易》为代表的辩证法具备自己的特点，其主要表现在：第一，讲对立，同时又讲互补；讲有别，同时也讲有序；其着眼点，是整体的稳定和谐。第二，着眼整体的完善和连续的物极必反，生生不息的圆圈运动观。第三，和上述辩证法观念相一致形成的是以"应变"为目标的"全体""用中"的思维格式。"执两用中""允执其中"的观念，在以后儒家学说中，得到了最充分的表现。与之相反，西方的辩证法更强调流动、变化和突破。比如，赫拉克利特说："太阳……每天都是新的。""人不能两次踏入同一条河流，它散开又聚拢，汇合又流走，接近又分离。"① 中西方这种思维方式的差别，也间接地表现为艺术形式的差别。

《诗经》的品格，是由中国政治思想、伦理道德以及思维方式所决定的。它是人类同一发展阶段高度文明的表现，体现出和谐、含蓄、对称、统一的审美追求。

《诗经》的文化品格，对后代诗歌有定位作用。很长时间，中国的诗歌几乎都是政治伦理诗，即使出现了山水诗以后，政治伦理诗也占绝大部分。家国之思、君臣之义、尚贤使能、民胞物与、夫妻恩爱、兄爱弟敬等诸如此类的政治社会内容，同样是古典诗歌创作的主流。至于《诗经》中忠谏精神，耳提面命的殷殷之情，我们在后代诗人身上，同样看到了影响。在艺术上，重意境、重含蓄，追求对称、平衡、和谐的风格，成为后代诗人追求的目标和普遍欣赏心理。

《诗经》扎根于中国历史文化深层的土壤里，是中国宗法制社会定形期高度礼乐文明的产物，其形成的文化品格，在后代宗法制社会长时间的延续过程中，具有一种不可替代的原型意义。

（原载《文史哲》1997 年第 4 期）

---

① 苗力田主编：《古希腊哲学》，中国人民大学出版社 1989 年版，第 29、40 页。

考索 10 《诗经》中反映的周代伦理道德

一

"伦理学"是近代专门的一门学问,主要研究人类社会中的伦理意识现象(例如道德价值、道德情操、道德质量、道德思想等)和受伦理意识支配的伦理意识现象(例如道德判断、道德选择、道德修养等)。①中国伦理学应该说是非常发达的。具体到周代,"伦理学"的概念当然不存在,但"伦理观念"不仅存在,而且异常发达,成为中国"伦理学"的滥觞。特别是春秋战国时代的儒家的"伦理观念",构成了几千年封建伦理道德观念的骨架,几经损益,已经进入中华民族深层心理结构之中。

孔子的时代已经是"礼崩乐坏"的周代的季世,对丧失的周礼,孔子非常眷恋,对恢复周礼汲汲以求。而调整整个社会人际关系是孔子为恢复周礼所做努力中的非常重要的一个方面。而这正是属于伦理观念的问题。正如许多学者所强调指出的,"仁"的发现和提倡是孔子对中国思想史最大的贡献。孔子说:"克己复礼为仁。"(《论语·颜渊》)就把作为社会人的

---

① 黄建中:《比较伦理学》,"国立"编译局 1974 年版,第 2 页。

一切都和政治的"礼"联系在一起。而且，在孔子所提出的"仁"的学说中，含有"爱"的内容，并以此作为达到这种政治目的的手段。在社会人群的关系中，首先也是最基本的是家庭中成员之间的关系，所以孔子的"爱"要从孝敬父母开始，《论语》中有许多地方都讲到孝、悌，如"弟子入则孝，出则弟"（《学而》）；"事父母，能竭其力"（《学而》）；"父母在，不远游，游则有方"（《里仁》）；"父母之年，不可不知也。一则以喜，一则以惧"（《里仁》）；"子生三年，然后免于父母之怀。夫三年之丧，天下之通丧也"（《阳货》）。"孝"是服从父母，"弟（悌）"是弟弟服从兄长。孔子讲"孝悌"还不完全同于我们今天家庭中的父母兄弟关系，因为，周代为宗法制社会，无论天子、诸侯、大夫等，宗的嫡长子乃国家、诸侯、邑当然的继承人，能够做到"孝悌"，就自然能维护国家的安定了。所以孔子反复强调"其为人也孝弟，而好犯上者，鲜矣"（《论语·学而》）；"孝慈，则忠"（《论语·为政》）；"出则事公卿，入则事父兄"（《论语·子罕》）。孔子讲"孝悌"和恢复周礼紧密联系在一起，"这样，既把整套'礼'的血缘实质规定为'孝悌'，又把'孝悌'建筑在日常亲子之爱上，这就把'礼'以及'仪'从外在的规范约束解说成人心的内在要求，把原来的僵硬的强制规定，提升为生活的自觉理念，把一种宗教性神秘性的东西变而为人情日用之常，从而使伦理规范与心理欲求溶为一体"。①

孟子的"伦理观念"是对孔子的直接继承，但又有发展，他继承了孔子"仁"的思想，从而进一步发展成为系统的"仁政"思想；他又为"仁"的思想找到了理论根据，即人皆

---

① 李泽厚：《孔子再评价》，《中国古代思想史论》，安徽文艺出版社1994年版，第24—25页。

有行"仁"之心，叫作"恻隐之心"或"不忍人之心"。他说："恻隐之心，仁之端也；羞恶之心，义之端也；辞让之心，礼之端也；是非之心，智之端也。"（《孟子·公孙丑下》）这是人和禽兽最重要的区别。基于这样的认识，他提出了"老吾老以及人之老，幼吾幼以及人之幼"（《孟子·梁惠王上》），"以不忍人之心，行不忍人之政"（《孟子·公孙丑下》），做到制民之产，不违农时，使人皆"仰足以事父母，俯足以畜妻子，乐岁终身饱，凶年免于死亡"（《孟子·梁惠王上》），"老者衣帛食肉，黎民不饥不寒"（《孟子·梁惠王上》），若此，就可以统一天下。

孔、孟的"伦理"思想到汉代被神学迷信化，以董仲舒为代表的儒家系统化为"君为臣纲，父为子纲，夫为妻纲"①，又把"仁、义、礼、智、信"列为"五常之道"（见董仲舒《举贤良对策》）②，从此，以"三纲""五常"为核心内容的伦理道德观念，整整统治了中国几千年的封建社会。毛泽东主席在发动和领导中国革命的时候，就把神权、君权、族权、夫权比作套在中国人民特别是农民脖子上的四条绳索，可见其对中国社会发展影响之深。批判地对待这份遗产，仍然是面临新世纪人们的巨大任务。这当然是应另外研究的问题了。

春秋前期（孔孟之前）以及西周人的伦理道德观念是怎样的呢？就所掌握的不完全的材料看，他们的伦理道德观念已经很丰富了，而且已经显露出伦理道德与政治紧密结合在一起的特点：显示出以亲亲、尊尊为伦理道德主要内容的特点。

比如周襄王（春秋前期）时的富辰提出应"尊贵、明贤、庸勋、长老、爱亲、礼新、亲旧"的主张。其中固然包括了任

---

① 班固撰，陈立疏证：《白虎通疏证》，中华书局1994年版，第373页。
② 班固：《汉书·董仲舒传》卷五十六，中华书局1962年标点本，第2505页。

贤能、亲故旧，同时强调亲亲、尊上。周定王（春秋前期）时的卿士单朝说："为臣必臣，为君必君。宽肃宣惠，君也；敬恪恭位，臣也。"规定君臣之间的名分，已包括孔子讲的"君君臣臣"的内容了。（均见《国语·周语上》）

《尚书·康诰》是西周初年周公对康叔的训戒辞，说："子弗祗服厥父事，大伤厥考心。于父不能字厥子，乃疾厥子。于弟弗念天显，乃弗克恭厥兄；兄亦不念鞠子哀，大不友于弟"，要"刑兹无赦"。这大意是说，做儿子的不恭敬地按照父亲的要求做事，就会使父亲大为伤心，于是做父亲的就不疼爱儿子，反而讨厌他的儿子了。做弟弟的不去考虑上帝的权威，这样的人就不会恭敬地对待兄长。做兄长不能顾及小弟痛苦，对小弟的态度很不友好。对所有这样的恶人，要严加刑罚而不要稍加宽恕。这里批评的是不孝、不恭、不慈、不友的做法，而提倡的是孝悌的品德。

再比如，周初似乎没有提出"忠"的说法，这与汉代以后忠于一家一姓的观念很不一样。但在重视人、重视德的同时，又特别强调对整个部族的尽职尽责。《尚书·君奭》是周公对召公奭的训戒辞，强调守业的艰难和希望与召公和衷共济把新兴的国家治理好的愿望。其实，《尚书》中许多周初的诰、命体中所体现出的既是对武王、成王同时也是对姬周整个部族的忠诚的思想。

到春秋末期，忠的观念已经非常明显了。以《论语》为例，提到"忠"的地方有十余处，"主忠信"（《子罕》），"孝慈，则忠"（《为政》），"臣事君以忠"（《八佾》），"夫子之道，忠恕而已矣"（《里仁》），"居处忠，执事敬，与人忠"（《子路》）等，从这些论述看，"忠"既作为人们一般交往中的道德准则，而更主要的是强调，"忠"是臣下百姓与君（包括天子、诸侯）之间伦理道德的最高标准。

总结周代对伦理道德的认识，可归纳出如下意见：（1）周人讲文王受命于天，讲"君权神授"，但更强调与天对立的人的作用，因此，重视人际之间的道德关系，就构成周代思想文化的一个重要特点，而且对后代产生了非常重要的影响，世人所称誉的"文明古国""礼仪之邦"，重视伦理道德就是其中的重要内容；（2）周人的伦理道德观念，首先也是最重要的是从家庭开始的，强调由家庭成员关系的和谐，自然扩展到整个国家成员间关系的和谐，这与宗法制的社会特征密不可分；（3）周人的伦理道德观念重"和"，但并不重平等，它是一种严格等级下的"和谐"，孟子讲的"老吾老以及人之老，幼吾幼以及人之幼"，以及所谓的"五亩之宅"的规定固然带有更多的理想色彩，但那也是在"自经界始"即恢复奴隶社会井田制的前提下来实现的；（4）周代所反映出的伦理道德观念的确以后代所谓的儒家的道德观念为主，但同时又表现出多元特点，比如，有后代所谓道家的、墨家的道德观念等。需要指出的是，所谓道家的伦理道德观念，是道家主张较多地体认属于人的自然本性的一些追求。老子讲绝圣弃智，绝仁弃义；庄子讲心斋坐忘，独与天地精神往来，用自然来摆脱道德的束缚。我们固然应看到其虚妄的一面，但又要看到其属于原始民主意识的追求，其中不乏合理的因素。

二

《诗》是自西周初年至春秋中叶五百余年周人生活的生动画卷。《诗》描绘出此间周代各色人等错综复杂的人际关系。《诗》非常集中地体现出作者伦理道德的价值评判。

透过《周颂》的典庄古雅，我们还是看到了周人对祖先由衷的赞美。他们歌颂文王的受天命，歌颂武王弘大文王之业，终于灭殷。我们又注意到，周人歌颂文、武创基开业，同时也是歌颂自己的部族，如"假哉皇考，绥予孝子。宣哲维人，文武维后。燕及皇天，克昌厥后"（《周颂·雍》），歌颂文、武能保佑孝子、人臣以及子子孙孙世代昌盛。《周颂·载芟》说："为酒为醴，烝畀祖妣，以洽百礼。有飶其香，邦家之光。"这是对祖先的祭祀，也是对国家的歌颂。在周初，周人对祖先的歌颂，一方面是民族自信力的表现；另一方面，又带有早期宗法社会部族感情的特点。

《小雅·采菽》涉及天子和诸侯之间的关系。诸侯来朝，天子赏赐，"乐只君子，殿天子之邦。乐只君子，万福攸同。平平左右，亦是率从"，要求诸侯（君子）帮助天子镇抚四方，要求诸侯之间（左右）相安无事，共同服从天子的统治。应该说这是周人最理想的政治局面了。如果用"忠"的道德观念来衡量，那么也可以说是诸侯对其共主——周天子的忠诚了。

《诗》中还有几首诗反映出周人共同的部族感情。《鄘风·载驰》中的许穆夫人，"闵其宗国颠覆，自伤不能救也"；《王风·黍离》则是周大夫对于宗周的灭亡，表示出深深的惋惜和无可奈何的心情。

《诗》中讲"孝"、讲兄弟关系的地方，比讲诸侯与周天子关系的地方要多得多。而且发现，同样是讲兄弟关系，表现出的思想似乎并不一致，《雅》诗讲兄弟关系更多的是从维护国家安危的角度，而且数量比较多；《风》诗中主要是强调家庭中的亲情，数量不如《雅》诗多。

如前所述，宗法社会中，兄弟之间既是家族的关系，但同时又是大宗与小宗之间的社会政治的关系。歌颂、强调兄弟之间的和睦，主要不是出于亲情而是对政治需求的考虑了。《小雅·常棣》："凡今之人，莫如兄弟"，"脊令在原，兄弟急难"，"兄弟阋于墙，外御其侮"。《小雅·伐木》："以速诸父"，"以速诸舅"，"兄弟无远"。《郑笺》："兄弟，父之党，母之党。"这里，实际上讲到了叔伯兄弟，也讲到了母家的兄弟，由此就可以看到宗族关系对于国家政权的重要性。他如《扬之水》慨叹"终鲜兄弟，维予与女"，"终鲜兄弟，维予二人"。《杕杜》慨叹"岂无他人，不如我同父"，"岂无他人，不如我同姓"，发出的都是重视兄弟的呼声，透露出兄弟关系的政治意义。

就《诗经》总体看，家庭观念在周人心目中已经相当稳固。由夫妻男女构成家庭的最基本关系（这种关系容后详细论述），其次就是父母兄弟的关系了。周代的家庭成员中，父母兄弟已经具备一定的统治、支配地位。"亦有兄弟，不可以据"（《邶风·柏舟》）；"女子有行，远父母兄弟"（《卫风·竹竿》）；"兄弟不知，咥其笑矣"（《卫风·氓》）；"父母之言，亦可畏也"，"诸兄之言，亦可畏也"（《郑风·将仲子》），凡此等等，俨然把父母兄弟当作了家庭的代称。《邶风·凯风》："有子七人，母氏劳苦"，"有子七人，莫慰母心"，干脆就是一首孝子诗。《魏风·陟岵》："陟彼岵兮，瞻望父兮"，"陟彼屺兮，瞻望母兮"，"陟彼冈兮，瞻望兄兮"，用铺陈叙述的手法，表现出行役者对家庭的思念。

《诗经》还有一首反映流浪乞儿生活的诗《王风·葛藟》，曰："终远兄弟，谓他人父。谓他人父，亦莫我顾"，"终远兄弟，谓他人母。谓他人母，亦莫我有"，从相反的角度，表现出人们对家庭温暖的渴求。

许多研究中国历史的学者，都注意到了中国早期宗法制农业社会的特点。宗法制必然看重宗族间的关系，而以农业生产为主的群居生活，又必然促进形成并注重家庭内伦理关系，《诗经》所反映出的相对稳定的家庭关系，正是这样特定社会历史的产物。

诗经考索

三

家庭中的夫妻关系如何，是维护家庭稳固的最重要的因素。因此我们就必须把研究的视角扩展到研究《诗经》时代的男女关系的问题。这个问题在学界的认识其实并不一致，比如有的论者就看重原始婚俗遗存，强调男女双方性自由的方面。我的看法是，《诗经》一方面继承了原始婚俗遗存，有充分的对人的自然性要求的首肯和歌颂，绝不像封建社会后期对人的自然性要求的压抑甚至摧残，但又确实有了十分明显的确定的男女之间的伦理道德标准。

《诗经》中有相当一部分诗反映周代的兵役徭役生活，其中不少是写"思妇"对远方"行人"的思念，成为后代思妇辞的滥觞。如"采采卷耳，不盈顷筐。嗟我怀人，置彼周行"（《周南·卷耳》）；"振振君子，归哉归哉"（《召南·殷其雷》）；"自伯之东，首如飞蓬。岂无膏沐，谁适为容"（《卫风·伯兮》）；"君子于役，不知其期，……如之何勿思"（《王风·君子于役》），如此等等，固然是从破坏正常婚姻家庭的角度来反映周代兵役、徭役制度的不合理，但也同时看出了婚姻家庭中女子的笃于爱和深于情。《豳风·东山》中"鹳鸣于垤，妇叹于室。洒扫穹窒，我征聿至"，是一名久戍未归的兵士的室家之思，因而越发显得珍贵。

弃妇已经是《诗经》时代的普遍性问题了。《卫风·氓》和《邶风·谷风》可以确定无疑为弃妇所作；此外，《召南·江有汜》有"不我以，其后也悔"，"不我与，其后也处"，"不我过，其啸也歌"的诗句，方玉润认为是"商妇为夫所弃"之辞。[①]《小雅·谷风》说"将安将乐，女转弃予"，"将安将乐，

---

① 方玉润：《诗经原始》，中华书局 1986 年版，第 112 页。

弃予如遗","忘我大德，思我小怨"，汉代时就有人把它视作弃妇诗（见《后汉书·阴皇后传》)。《卫风·氓》的男主人公是位商人，有"抱布贸丝"为证；《江有汜》也是"商妇为夫所弃"之辞。由此看来，商人重利忘义，所来有自矣。这类弃妇诗还告诉我们，稳固的家庭，已经成为人们追求的目标；对破坏家庭的行径，则进行谴责和讽刺。同时我们也看到，在男性为主导的社会中，妇女的从属地位。

重视家庭的伦理道德，还从夫妻间感情的真挚方面反映出来。"女曰鸡鸣，士曰昧旦"，"宜言饮酒，与子偕老。琴瑟在御，莫不静好"（《郑风·女曰鸡鸣》)；"虫飞薨薨，甘与子同梦"（《齐风·鸡鸣》)，都是写的正常家庭中的夫妻生活，表现出他们对幸福和美满家庭生活的追求。《唐风·葛生》是我国现存最早的一首悼亡诗，斯人已去，幽冥阻隔，留给他（或她）的只有无尽的伤感，"夏之日，冬之夜，百岁之后，归于其居。冬之夜，夏之日，百岁之后，归于其室"，只能在难耐的寂寞中来打发时日，等待与亲人能同穴而居的那一天的到来。所谓"谷则异室，死则同穴，谓予不信，有如曒日"（《王风·大车》)，表现的也是同样的感情。

四

周代上层统治阶级有比较随便的两性间的性爱关系，以前我们都认为反映出统治阶级的荒淫无耻。最近几年有的研究者认为是原始婚俗遗存的产物，具有一定的合理性。究竟怎样分析才符合实际？这些诗涉及《邶风·新台》《鄘风》的《墙有茨》《鹑之奔奔》以及《齐风》的《南山》、《敝笱》和《载驱》等，它们都有史实的根据，而且确实与原始婚俗遗存的"烝""报"制度有关。

所谓"烝""报"制度，据汉人的解释，"上淫曰烝"（《邶风·雄雉》孔颖达《正义》引服虔说），"淫季父之妻曰报"
（《邶风·雄雉》孔颖达《正义》引汉律）。童书业先生说：
"春秋时贵族家庭犹保存有甚浓重之家长制色彩，故男女关系
较为通融，平辈间、上下辈间皆可发生婚姻关系，而最突出者
为子承生母以外之诸母与弟之接嫂：此均家长制大家庭之特
色。有关史料，如《史记·鲁世家》惠公、仲子条，桓十六年
《传》卫宣公烝于夷姜及夺子妇宣姜条，闵二年成风事成季条，
庄二十八年晋献公烝于齐姜条，闵二年《传》昭伯烝于宣姜
条，僖十五年《传》晋侯烝于贾君条，僖二十三年《传》晋
文公婚怀嬴条，文十六年《传》襄夫人欲通公子鲍条，文十八
年《传》敬嬴私事襄仲条，宣三年《传》郑文公报郑子之妃
条，成二年《传》黑要烝于夏姬条，昭十九年《传》楚平王
夺子妇条，哀十一年《传》太叔遗室孔姞条，而《公羊传》
亦保存叔术妻嫂故事（昭三十一年）。"①

我们仅举出卫和齐发生的事做些分析。

《左传·桓公十六年》载："初，卫宣公烝于夷姜，生急
子，属诸右公子。为之娶于齐，而美，公娶之，生寿及朔，属
诸左公子。夷姜缢。"这里讲的故事是：夷姜本来是卫庄公的
妻子，卫庄公死后，卫宣公即位就娶了庶母夷姜作妻子，所以
《传》中说"卫宣公烝于夷姜"。宣公和夷姜生了急子后，想
让急子继承王位，将他交于右公子辅导。急子成年后，宣公聘
齐君之女宣姜予之为妻。宣公见宣姜貌美，竟夺之为己妻。宣
姜生了两个儿子：寿和朔。宣公又欲立寿为太子，将寿交予左
公子辅导。夷姜含恨自杀。

《左传·闵公二年》继续记载卫君的私生活说："初，惠
公继位也少，齐人使昭伯烝于宣姜。不可，强之，生齐子、戴

---

① 童书业：《春秋左传研究》，上海人民出版社 1980 年版，第 347—348 页。

公、文公、宋桓夫人、许穆夫人。"这是说：卫宣公、急子和寿都先后死去，朔继位，是为卫惠公。昭伯是卫惠公之子、急子之弟公子顽。齐人指齐僖公，宣姜之父。宣姜本应是急子之妻，昭伯的嫂子，现在变成庶母。齐僖公要昭伯娶这位由嫂子变为庶母的宣姜为妻，昭伯不肯。当然最终还是被迫同意，结果生了三男两女。

当时人究竟怎样看这件事，从《左传》记述本身能看出一点端倪。首先，夷姜的"自缢"，就不能说对这种婚姻予以正常的肯定；其次，昭伯的最初不肯，只是在齐强大的政治压力下同意罢了，也可以透露出当事人对这种婚姻的憎恶。

《诗经》对这件事的态度与《左传》作者完全一致。"燕婉之求，籧篨不鲜"，"燕婉之求，得此戚施"（《邶风·新台》），对卫宣公在黄河边拦娶儿媳的做法予以辛辣的讽刺。"墙有茨，不可扫也。中冓之言，不可道也。所可道也，言之丑也"（《鄘风·墙有茨》），"鹑之奔奔，雀之强强。人之无良，我以为兄"（《鄘风·鹑之奔奔》），都对卫国宫中的秽乱表示了厌恶之情。

齐襄公与其妹文姜的风流事也屡见诸史籍。《春秋》和《左传》都记载了鲁桓公三年"公子翚如齐逆女"，亦即文姜嫁鲁桓公之事。而至桓公六年，又都记"九月丁卯，子同生"。子同，即桓公之子鲁庄公。杜预注："指公子庄公也。十二公唯子同是适（嫡）夫人之长子，备用太子之礼，故书之于策。"清马骕《左传事纬》注："文姜至齐三年而生子同，明乎非齐侯之子也。故《经》、《传》谨而志之。"我觉得马骕的说法或更符合实际，齐襄公和文姜的事情很可能在当时的齐鲁两国风传得沸沸扬扬。《经》《传》如此记述可谓煞费苦心。再看《左传·桓公十八年》的记载：

十八年春，公将有行，遂与姜氏如齐。申繻曰："女有家，男有室，无相渎也，谓之有礼。易此必败。"

杜预注："女安夫之家，夫安妻之室，违此则为渎。今公将姜氏如齐，故知其当政乱。"从申繻的进谏看，起码说明对齐襄公与文姜过去的淫乱是知道的，对有家室的人再行淫乱是反对的，对鲁桓公此行的危险是有一定预见的，只可惜不幸而言中了，桓公就死在此次鲁国之行。

再比如，《左传》作者于庄公二年、三年、七年一而再、再而三地记载齐襄公和文姜的相会，恐怕作者也有深意在。《传》："二年冬，夫人姜氏会齐侯于禚，书奸也。"杜预注："文姜前与公俱如齐，后惧而出奔，至此始与齐好。会非夫人之事，显然书之。《传》曰书奸，奸在夫人。文姜比年出会，其义皆同。"《传》："七年春，文姜会齐侯于防，齐志也。"杜预注："文姜数与齐侯会，至齐地则奸发夫人，至鲁地则齐侯之志，故《传》略举二端以言之。"杜预看出了《左传》作者以记事表现观点的高明的做法，这样记述，文姜与襄公谁是淫乱的主动者就清楚了，谁也不能推卸罪责了。作者的褒贬态度是明显的。

我们再来看《齐风·南山》："南山崔崔，雄狐绥绥。鲁道有荡，齐子由归。既曰归止，曷又怀止？"是以南山之狐喻指荒淫之齐襄公，指斥其妹文姜，为什么既出嫁还要来齐呢？《齐风·敝笱》中的"齐子归止，其从如云"，"其从如雨"，"其从如水"，写文姜宾从之盛多，招摇过市，其讽刺之意自在言外。而将齐子——文姜的恣情尽性、逍遥自在之情态描绘得淋漓尽致，其讽刺意味甚浓。

《诗》中对齐、卫上层统治者两性关系的描述，表现出诗人们对统治者"乱伦"行为的厌恶和讽刺，体现出了当时人们的道德伦理观念。而且我们还注意到，正如顾颉刚先生所言，"烝、报制度的流行，必然远在春秋时代以前，春秋前期只是它的尾声"。①"烝""报"作为一种原始婚俗的遗存，作为曾经非常流行的婚姻制度，在贵族阶层婚姻生活中还仍然存在，且具有一定的广泛性，但同时，它又和政治需要联系在一起，并开始受到一定限度的抵制和人们观念形态上的反对。所以无论《左传》或《诗经》，所流露出的厌恶之情是一致的。

重视家庭的伦理道德，很自然地衍生出多子多寿的伦理观念。多子除了是自己生命的延续外，又是宗法制社会出于巩固宗族利益的功利要求。所谓"乐只君子，遐不眉寿"（《小雅·南山有台》），"君子万年，福禄绥之"（《小雅·鸳鸯》），"大姒徽音，则百斯男"（《大雅·思齐》），"干禄百福，子孙千亿"（《大雅·假乐》）等，生子到百，子孙有千亿，虽然是夸张理想，但也表现出当时人们对多子多孙的向往和追求。这种伦理道德观念，变成了全民族的一种信仰，对于中华民族的生殖繁衍起到了重要的作用，也从而使中华民族以人口众多而著称于全世界。

五

男女之间的性关系问题，是构成文明社会中最重要的问题之一，同时也是史前社会中的人们虽不能解释但又无法回避的事情。西方基督教创造了亚当和夏娃的故事，中华大地上则有伏羲兄妹成为夫妻繁衍人类的传说。人，有自然属性和社会属性的区别。在从单纯的自然属性向具有社会属性的人的过渡中，经历了极其长久又极其痛苦的复杂过程，但人

---

① 顾颉刚：《由"烝"、"报"等婚姻方式看社会制度的变迁》，《中国现代学术经典·顾颉刚卷》，河北教育出版社1996年版，第647页。

诗经考索

类还是从类人猿进化到具有社会性的人类，人类最终能够运用战争的、法制的、伦理的、道德的等各种手段来限制、规定、调整人类之间的关系，并在一定的秩序之中，来满足人们各方面的要求，其中也包括自然的比如性欲的要求。具体到中国的《诗经》时代，一方面伦理道德的观念已经开始确立，"乱伦"开始受到观念上的谴责，"取妻如之何，匪媒不得"（《齐风·南山》），但又必须看到，《诗经》时代是离古未远的时代，两性关系中属于自然欲求的一面，在《诗》中又有突出的表现。《诗》中有许多"隐语"在传达着远古洪荒年月的信息，表现着周代伦理道德观念中两性关系开放自由的一面。比如，在近代的学者中，闻一多先生最早发表了非常具有启发性的意见。《柏舟》闻注曰："泛，漂流貌。柏舟，柏木刳成的舟。……仪、特，皆配偶也。（'特'似乎又含有男性配偶之意，因为雄兽曰特）……诗中大意说，那河中泛舟的少年，我愿以此身许配给他，至死不变节，无奈他不相信我哟！"《蜉蝣》闻注曰："……忧字本训心动，诗中的忧往往指性的冲动所引起的一种烦躁不安的心理状态，与现在忧字的涵义迥乎不同。处、息、说，都有住宿之意。这三句等于说'来同我住宿罢！'这样坦直、粗率的态度，完全暴露了这等诗歌的原始性。"《考盘》闻注曰："两性间用对唱的方式互通款曲，是近代边区民族间还流行着的风俗。同样风俗之存在于《诗经》时代，则可由《陈风·东门之池》篇得到证明。'晤言''晤歌'见于《东门之池》，也见于本篇，《东门之池》是情诗，本篇想也是一样。"《汝坟》闻注曰："朝饥是性的饥饿。鱼，象征廋语，此处喻男。"《有杕之杜》闻注曰："饮食是性交的象征廋语。始二句是唱歌人给对方的一个暗号，报导自己在什么地方，以下便说出正意思来。古人说牡曰棠，牝曰杜，果然如是，杜又是象征女子自己的暗话。"《东门之枌》闻注曰："男对女说'我看你像一个花嘟噜一样，你定能给我一把花椒子'，意思是说你将来定能替我生许多子息。"① 当代的许多《诗经》研究学者也都注意到这类问题，指出像《郑风·野有蔓草》中的"邂逅相遇，与子偕藏"；《陈风·衡门》中的"泌之洋洋，可以乐饥"，"岂其食鱼，必河之鲂？岂其取妻，必齐之姜？"；《株林》中的"乘我乘驹，朝食于株"；《曹风·候人》中的"彼其之子，不遂其媾"和"婉兮娈兮，季女斯饥"；等等，都表现出对性的渴望。②

《诗经》里反映出一定的原始氏族阶段人类民主自由的思想。除了上述两性关系外，他们还追求一种脱离社会现实、回避地位差别、泯灭生死、及时享乐人生的态度。《唐风·山有枢》："山有枢，隰有榆。子有衣裳，弗曳弗娄。子有车马，弗驰弗驱。宛其死矣，他人是愉！"这应是贵族统治者及时行乐之辞。《邶风·隰有苌楚》："隰有苌楚，猗傩其枝。夭之沃沃，乐子之无知"，以及"乐子之无家"，"乐子之无室"，这实际上是托物言志，借咏草木的无知、无家、无室之乐，而反衬出有知、有家、有室之苦，表现出脱离现实的思想。《唐风·蟋蟀》："蟋蟀在堂，岁聿其莫。今我不乐，日月其除"，"今我不乐，日月其迈"，"今我不乐，日月其慆"，作者流露出因时光易逝而应及时行乐的思想。当然，周代后期特别是春秋以降，频仍的兼并战争以及激烈的阶级斗争，使一部分曾经地位显赫的人们降到了平民的地位，他们从切身的遭遇感受到生活的痛苦，这是或追求享乐，或追求隐逸、安宁思想产生的直接原因。我们再联系《论语》中楚狂、接舆的"凤兮"之

① 闻一多：《风诗类钞》，《闻一多全集》（四），生活·读书·新知三联书店 1982 年版，第 11—27 页。

② 叶舒宪：《诗经的文化阐释》，湖北人民出版社 1994 年版，第 547 页。

歌，联系《孟子》中的"沧浪"之歌，就可以看出企图摆脱现实的束缚，回归到一种"自然"的人生，业已成为人们追求的目标。从某种意义上说，《诗经》所表现出的以后代所谓儒家伦理道德标准为主，同时又具有多元伦理的特征，就是由这个离古未远的时代所决定的。

说到这里，又使我想到一个热门话题。在中国文化史上，儒道两家采取了对现实完全不相同的态度，所形成的儒道互补格局，影响到中国近三千年社会思想的发展以及民族性格。儒道都有其各自产生的历史背景和文化土壤，追溯它们的成因可以作专门研究。我要说的是，《诗经》里诗人们大声疾呼、耳提面命，表现出的正是后代儒家所谓的干世精神，但同时又表现出后代所谓道家的解脱现世的思想，尽管它占的比重很轻，但还是显示出了当时人们迥然不同的生活态度。这对于认识《诗经》的文化意义，是非常重要的。

（原载《文史知识》1997 年第 7 期，限于字数发表时有删节，此为全文）

考索 11　周代地域文化与《国风》的风格

一

《诗经》的十五国风，为分布在周代 15 个地区的 160 首诗歌。这 160 首诗歌，应该是经过了后人的一道加工。郭沫若先生就曾说："音韵的一律就在今天都很难办到，南北东西各有各的方言。音韵有时相差甚远。但在《诗经》里却呈现着一个统一性，这正说明《诗经》是经过一道加工。"① 但是，采编诗的人的加工，并未能完全泯灭各地风诗的特色。

春秋时代，诗和乐还密不可分，春秋时人对乐的不同风格的议论，我认为诗也应该包括在内。吴国公子季札到鲁国观乐是在鲁襄公二十九年（前 678 年），距最晚的诗产生的年代仅几十年，这可视为最早对《风》诗的认识。《左传·襄公二十九年》记载：

> 请观于周乐。使工为之歌《周南》、《召南》，曰："美哉！始基之矣，犹未也。然勤而不怨矣。"为之歌《邶》、《鄘》、《卫》，曰："美哉，渊乎！忧而不困者也。吾闻卫

① 郭沫若：《奴隶制时代·简单地谈谈诗经》，新文艺出版社 1952 年版，第 148 页。

康叔、武公之德如是，是其《卫风》乎?"为之歌《王》，曰："美哉! 思而不惧，其周之东乎?"为之歌《郑》，曰："美哉! 其细已甚，民弗堪也，是其先亡乎?"为之歌《齐》，曰："美哉，泱泱乎，大风也哉! 表东海者，其大公乎? 国未可量也。"为之歌《豳》，曰："美哉，荡乎! 乐而不淫，其周公之东乎?"为之歌《秦》，曰："此之谓夏声。夫能夏则大，大之至也，其周之旧乎?"为之歌《魏》，曰："美哉，沨沨乎! 大而婉，险而易行，以德辅此，则明主也。"为之歌《唐》，曰："思深哉! 其有陶唐氏之遗民乎? 不然，何忧之远也? 非令德之后，谁能若是?"为之歌《陈》，曰："国无主，其能久乎?"

　　季札的评论，既涉及音乐的特点，又涉及诗的内容，董治安先生认为："吴季札评论中所谓'美哉'、'泱泱乎'、'荡乎'、'沨沨乎'等，均为对乐曲而发; 其所谓'忧而不困者也'、'其细已甚，民弗堪也'、'大而婉，险而易行，以德辅此，则明主也'等，就是针对卫风、郑风、魏风等诗篇的内容发表意见了。"[1] 我认为这是很正确的意见。而且，我还觉得，在对乐的评论中，其实也包括对诗的评论，因为乐与诗是二而一、一而二的艺术品，在《诗》形成的时代，诗不能离开乐，就像乐不能离开诗一样。诗的内容和乐的形式总是应该完美地统一在一起的。

　　春秋后期以及整个战国时代，引《诗》明理，赋《诗》断章，所以对《诗》真正的意蕴倒不是很看重。到汉代，无论《毛诗》或者三家诗，都把探索《诗》的遗闻奥义视为己任。也许是受这种风气的影响，习《齐诗》的班固作《汉书·地

---

① 董治安:《先秦文献与先秦文学》，齐鲁书社 1994 年版，第 24 页。

理志》，在以《诗》证地望的同时，较集中地谈到了《诗》产生地的风俗以及在《诗》中表现，涉及地理文化与《国风》内容以至于风格特色问题。比如说："故秦地于《禹贡》时跨雍、梁二州，诗风兼秦、豳两国。……其民有先王遗风，好稼穑，务本业，故豳诗言农桑衣食之本甚备。……迫近戎狄，修习战备，高上气力，以射猎为先。"这涉及《秦风》《豳风》的内容和特点。比如说："河东地平易，有盐铁之饶，本唐尧所居，……其民有先王遗教，君子深思，小人俭陋。"则涉及唐、魏之风的内容和特点。又比如，说"临淄名营丘，故《齐诗》曰：'子之营兮，遭我乎猺之间兮。'又曰：'俟我于著乎而。'此亦其舒缓之体也"。这涉及《齐风》的内容和风格特点。这是《诗经》风格学的起点，又是研究《国风》风格的重要依据。

学术研究具有继承性，班固的许多论述受到了季札观乐的启发，所以在许多地方引用了季札的话。到东汉后期的郑玄作《诗谱》，又不同程度地受到班固的启发和影响。关于《诗谱》的贡献，我已有专文论及，这里着重看其对《诗》地域文化特色的认识。比如《唐谱》云："昔尧之末，洪水九年，下民其咨，万国不粒。于时杀礼以救艰厄，其流乃被于今。当周公、召公共和之时，成侯曾孙僖侯甚啬爱物，俭不中礼，国人闵之，唐之变风始作。"这与班氏《汉书·地理志》讲的"君子深思，小人俭陋"其实是一个意思。再比如，《陈谱》云："太姬无子，好巫筮，祷祈鬼神歌舞之乐，民俗化而为之。"这与《汉书·地理志》讲的"妇人（指太姬）尊贵，好祭祀，用史巫，故其俗巫鬼"，也是一个意思。《诗谱》对《国风》产生地的地理文化认识没有超出《汉书·地理志》，但它确实也注意到这方面的问题。

汉代以后，出现了不少有关《诗》地理学方面的著作，最

诗经考索

有名的有宋代王应麟的《诗地理考》等，它们专门研究《诗》的地理方位，于民风民俗较少涉及。明清时代，有的论者论及《诗》的艺术成就时，涉及一些风格特点，我们将放到以后的具体论述中。还需说明，十五国风应该都有各自不同的风格特点，但在实际上，有的确实又不明显，所以，我们就集中地谈谈《周南》和《召南》、《豳风》和《秦风》以及《齐风》的风格。

二

对《周南》《召南》的认识分歧很大。《毛序》认为："王者之风，故系之周公。'南'，言化自北而南也。"这当然是从封建说教来解诗。郑玄于《周南召南谱》中认为周、召是周公旦、召公奭的采地。南宋王质《诗总闻》则提出"南，乐歌名也"。我觉得，郑玄联系史实定周、召为地域名是正确的；王氏释"南"为乐歌名也是正确的。因为，《大雅·烝民》："吉甫作诵，穆如清风。"《大雅·崧高》："吉甫作诵，其诗孔硕，其风肆好。"由此，"风"是一种地方乐调，十五国风，是十五个地区的乐调，既然其他十三国风皆以乐调相区别，那么"周南"就自然指的是周地的乐歌，"召南"就自然指的是召地乐歌。周、召之地望，王先谦《诗三家义集疏》引鲁诗说："古之周南，即今之洛阳。"又曰："洛阳而谓周南者，自陕以东，皆周南之地也。"王氏认为："周南之西与周都接，以陕为界；其东北与召南接，以汝南郡汝阴县为界；其东南与陈接；东与楚接。"其大体方位北界起于黄河，而南界已到江汉流域。

至于"二南"诗的产生时代，毛、郑均认为是文王时诗，崔述《读风偶识》以为"非但文王时诗，而亦不尽系成、康时诗矣"。当今研究者众说纷纭。愚意，"二南"的产生不会在周文王时代，因为《周颂》诗的文学成就和"二南"相差甚远，即使《易经》中的歌谣，与"二南"也不是一个水平，因此可以肯定是文王以后的作品。但"二南"又整体体现出一种祥和之气，故也不大像厉、幽以后的作品，大致是西周中期的作品。

"二南"总共 25 首诗，从内容来看，大致包括爱情、婚姻、祭祀、祝颂等几个方面。而最能体现南国轻柔、清新风格特点的，是其中的爱情和婚姻诗。《关雎》写贵族青年对爱情的追求，《汉广》写江汉流域青年男女的游乐生活，《摽有梅》《野有死麕》写女子对男子的追求，《桃夭》歌颂美满婚姻，《汝坟》《草虫》《殷其雷》《卷耳》写离别的思念等，都有含蓄不尽、气韵悠长的特点。同样写爱情婚姻，我们读《郑风》中的"风雨凄凄，鸡鸣喈喈。既见君子，云胡不夷"（《风雨》）；"子惠思我，褰裳涉溱。子不思我，岂无他人。狂童之狂也且"（《褰裳》）；"将仲子兮，无逾我里，无折我树杞。岂敢爱之？畏我父母"（《将仲子》）等诗句，与读"二南"完全是两种感受。聂石樵先生就指出《郑风》"很少表现缠绵哀伤的情绪，而呈现着明快、爽朗和刚健的格调"[1]，这是很有见地的看法。其与"二南"的含蓄蕴藉的表情特点形成差别。

我们来看几首诗。《周南·芣苢》："采采芣苢，薄言采之。采采芣苢，薄言有之。"以至于"掇之""捋之""袺之""襭之"，把青年妇女劳动的欢乐淋漓尽致地表现出来了。方玉润《诗经原始》指出："读者试平心静气，涵咏此诗，恍听田家少女，三三五五，于平原绣野、风和日丽中，群歌互答，余音袅袅，若远若近，忽断忽续，不知其情之何以移，而神之

① 聂石樵：《先秦两汉文学史稿》，北京师范大学出版社 1994 年版，第 154 页。

何以旷，则此诗可不必细绎，而自得其妙焉。"清牛运震《诗志》说它"轻倩流逸"。都体会出其轻柔明丽的特点。清邓翔《诗经绎参》指出其为"《乐府》'鱼戏莲叶'所本"。《乐府》诗有《江南》："江南可采莲，莲叶何田田。鱼戏莲叶间。鱼戏莲叶东，鱼戏莲叶西，鱼戏莲叶南，鱼戏莲叶北。"《江南》诗为汉乐府的精品，其欢快和清新随着诗的节奏自然流露出来。《芣苢》和《江南》尽管时间的跨度可能有几百年，但其作为南方诗歌的神韵却是共同的。

《召南·摽有梅》："摽有梅，其实七兮。求我庶士，迨其吉兮。摽有梅，其实三兮。求我庶士，迨其今兮。摽有梅，顷筐塈之。求我庶士，迨其谓之。"我觉得这是一首女子急切求婚的诗，表现出青春健康的感情。陈子展先生说："读南北朝乐府，《地驱歌乐辞》：'驱羊入谷，白羊在前。老女不嫁，蹋地呼天。'又《折杨柳枝歌》：'门前一株枣，岁岁不知老。阿婆不嫁女，那得孙儿抱？''问女何所思，问女何所忆，阿婆许嫁女，今年无消息！'因谓此与《摽有梅》一诗大较相似。其所不同者，一风格婉约，一风格豪放；一反映上古奴隶社会南方农村妇女之风貌，一反映中古封建社会北方牧场妇女之风貌。"[1] 此深知诗之论也。

《周南·汉广》："南有乔木，不可休息。汉有游女，不可求思。汉之广矣，不可泳思。江之永矣，不可方思。……"它是一首汉水流域青年男子追求青年女子的情歌。据《鲁诗》说其间还有一个美丽的神话传说故事："江妃二女者，不知何所人也。出游于江汉之湄，逢郑交甫。见而悦之，不知其神人也。谓其仆曰：'我欲下请其佩。'仆曰：'此间之人，皆习于辞。不得，恐罹侮焉。'交甫不听，遂下与之言曰：'二女劳

---

① 陈子展：《诗经直解》上册，复旦大学出版社 1983 年版，第 56 页。

矣!'二女曰:'客子有劳,妾何劳之有?'交甫曰:'桔是柚也,我盛之以筥,令附汉水将流而下,我遵其傍,采其芝而茹之,以知吾为不逊也,愿请子之佩。'二女曰:'桔是柚也,我盛之以筥,令附汉水将流而下,我遵其傍,采其芝而茹之。'遂手解佩与交甫。交甫悦,受而怀之中当心。趋去数十步,视佩,空怀无佩。顾二女,忽然不见。"(《列仙传》)闻一多先生用钱穆"汉水即古之湘水"说,以为汉之二女即湘之二妃,所谓娥皇、女英。[1]"二南"的诗相当一部分产生于古代楚地,楚地江汉河流交错,草树葱郁茂密,人多崇信神祇,好奇想,其多神话传说是完全可以理解的。《汉广》诗在实际上沟通了"二南"和《楚辞》之间的联系。清牛运震《诗志》说:"意思无多,而风神特远,气体平夷而声调若仙,《湘君》、《洛神》此为滥觞矣。"李长之先生说:"这首诗产生在楚地,情调又飘渺而缠绵,说明是屈原那样的诗篇的先驱。"[2]陆侃如先生说"二南"是从《诗经》时代转到《楚辞》时代的媒介,并用诗一般的语言描绘了"二南"产生地。他说:"黄河流域一带景物萧瑟,山不秀,水不明,花木虫鸟之迹几绝。长江流域则不然。有嵩高衡岳的大山,有汝汉江湘的长流,有方九百里的云梦泽,有坼吴、楚浮乾坤的洞庭湖。鹤唳猿啸,水流花放,无一非文学的绝好资料。如星、如雷、如露,一切自然界的现象,'二南'中大都说及。"[3]我们联系这个无比绚丽的背景来体味"二南"中的诗篇,其清新、轻柔、明丽的特点,就会感受得更深切了。

---

① 闻一多:《诗经新义》,《闻一多全集》(二),生活·读书·新知三联书店1982年版,第153页。

② 李长之:《诗译试译》,古典文学出版社1956年版,第6页。

③ 陆侃如:《"二南"研究》,《陆侃如古典文学论文集》,上海古籍出版社1987年版,第130页。

三

如果说"二南"是我国最早的南方诗歌的话，那么《豳风》和《秦风》就是我国古代最早的西部诗歌了。班固看出了二者的联系，指出"秦地"是"诗风兼秦豳两国"（《汉书·地理志》）。

豳地在古雍州岐山之北，是一片平坦的原野。地望当今陕西旬邑县一带。据载：虞、夏之际，弃（周始祖）为后稷而封于邰。到夏朝末年，弃的儿子不窋失其官守，而自窜戎狄之间。不窋生鞠陶，鞠陶生公刘，公刘继承后稷之业，立国于豳谷。传十世到太王季徙居岐山之阳。太王的孙子文王受天命，而武王夺纣的天下建立了周朝。

《豳风》总共 7 首诗。《七月》，毛诗以为周公作，不可信。实乃周初人追忆先祖稼穑之难。《鸱鸮》，旧注以为周公所作，或是。它借禽言向成王表明自己救乱的衷心。《东山》和《破斧》是反映周公东征，平定殷王武庚和管、蔡叛乱的诗。其余三首，《伐柯》为成王迎周公而作，《九罭》为东人欲留周公而作，《狼跋》或以为颂公孙或以为刺公孙，遽难定论，但可以肯定和周公的后人是有关系的。七首诗的产生时代在《国风》中是最早的。诗的内容大都与王业兴衰有关，没有《国风》常见的轻松欢快的情调。这也说明它们的时代较早。其中最能体现《豳风》风格的是《七月》。

《七月》向我们展示了周部族一年四季的生活，而春耕夏耘、秋收冬藏的农桑生活，构成了他们生活的主体。他们就是这样岁岁月月、世世代代地跋涉在黄土地上。如果说古希腊人主要是在城邦里，主要是航海经商创造了古代欧洲的文明，那么华夏族的主要组成部分的周部族，则主要在黄土地上，男耕女织，休养生息，创造了古老的华夏文明。读《七月》诗，我们似乎看到了整个华夏民族几千年来农业生活的缩影。

《七月》诗中的不平和不满的情绪是明显的。"女心伤悲，殆及公子同归"，"嗟我妇子，曰为改岁，入此室处"，"采荼薪樗，食我农夫"，都是从先民痛苦生活的切身感受中得出来的。但诗中又有"为此春酒，以介寿眉"，"朋酒斯飨，曰杀羔羊。跻彼公堂，称彼兕觥，万寿无疆"，显示出一族人年终祝享，和乐融洽的另外一面的生活。这与西周是宗法制社会有密切关系，也由此显示出周民族厚重务实的性格。

《七月》诗的艺术成就前人颇为推许。清牛运震《诗志》说："此诗以编纪月令为章法，以蚕衣农食为节目，以预备储蓄为筋骨，以上下交相忠爱为血脉，以男女室家之情为渲染，以谷蔬虫鸟之属为点缀，平平常常，痴痴钝钝，自然、充悦、和厚、点则、古雅，此一诗而备三体，又一诗中而藏无数小诗，真纯大结构也。"清陈继揆《读诗臆评》："通诗八十八句，一句一事，如化工之范物，如列星之丽天。读后但觉其醇古渊永，而不见繁重琐碎之迹。"这些描述，体味出《七月》即事感物、叙述自然的特点。使我们感到，中国西部黄土地上产生出的最古老的诗歌，扑面而来的是古朴、质实、厚重的风格特点。

《秦风》也是我国古代西部最早的诗歌。

据载，古秦国的原址在犬戎，地望当今陕西兴平东南。相传秦的先祖非子曾事周孝王，以养马有功准许在秦地建邑。周平王东迁时，秦襄公以护送平王有功，列为诸侯，于是占有周西都畿内八百里地。秦改建都于雍（今陕西凤翔）。秦自此强大起来，统治区已经包括了陕西中部和甘肃的东南部。而这正是《秦风》产生的地域。

《秦风》最早的诗产生在秦襄公时代，当周幽王之时，最晚的诗在秦穆公时代，已经是春秋前期，它们都是东周末至春秋时期的作品。

《秦风》总共 10 首诗。《车邻》当为秦公燕宾客之诗。《蒹葭》是对理想之人的追求。《终南》是对君子的赞美，或以为是襄公始受命为侯，诗人美之。《黄鸟》为悼三良殉葬之作。《晨风》为弃妇怨恨旧夫之作。《渭阳》为秦穆公送舅氏重耳之作。《权舆》刺秦君不以礼。这七首诗中，《蒹葭》的飘逸，《晨风》的凄怆，《黄鸟》的悲怆，各成风格。另外还有三首：《小戎》《无衣》《驷驖》，则代表了《秦风》尚武慷慨悲壮的风格。

《小戎》曰"小戎俴收，五楘梁辀"，"四牡孔阜，六辔在手"，"俴驷孔群，厹矛鋈镎"，写出车甲之盛，是何等的气魄。《无衣》曰"岂曰无衣，与子同袍。王于兴师，修我戈矛，与子同仇"，以及"与子偕作"，"与子偕行"的誓言，表示出秦人在大敌当前之时，同仇敌忾，踊跃从军，齐心协力，杀敌御侮的决心和气概。钟惺曾评它"有吞六国气象"，他看出了秦人无论军民都英勇善战的一面。《驷驖》的"驷驖孔阜，六辔在手。公之媚子，从公于狩"，则写出秦贵族狩猎之盛况，同样显示出秦人尚武的精神品格。

班固已经总结了秦地民风是，"迫近戎狄，修习战备，高上气力，以射猎为先"。(《汉书·地理志》)而实际历史也确实如此。就从周宣王起，戎狄侵周，宣王命非子曾孙秦仲为大夫，逐西戎，为西戎所杀。秦仲的孙子世父，为打破戎狄的包围，结果被掳掠而去。秦文公（襄公子）十六年，又以兵伐西戎，西戎败走，秦方地至岐山。文公之后，秦传六代至穆公，穆公重用由余，攻伐戎王，"益国十二，开地千里"，终于称霸西戎。另外，穆公时代，还与晋国发生了两次大的战争，其中的一次就是秦晋崤之战，以秦大败而告终。秦的地理环境以及战争的历史，对于决定《秦风》雄壮慷慨的风格，具有决定意义。

　　祖国西部文化，更多一些凝重，因为它们有久远的历史积淀；祖国西部的民风，更多一些厚重质朴，因为他们经历了更多的艰难生活的磨炼。祖国西部文化曾经是民族文化之源，也是祖国文化宝库，在今天苍凉激扬的《信天游》里，在高亢悲壮的秦腔里，沟通了某些历史与现实的信息。

四

　　《诗经·齐风》是东部的诗歌。

　　据史载，太公姜尚因辅佐武王灭殷有功，周公时封于齐地。齐本为大国，到春秋齐桓公时，发展成"五霸"之一。春秋时齐国的疆域，《管子·小匡》篇有记载，其地"南至于岱阴，北至于海，东至于纪隋，地方三百六十里"。其大体方位，南至泰山之北，北至渤海湾，东至临淄以东，西至济水，方圆数百里。这也就是《齐风》的产生地。

　　《齐风》中《南山》《敝笱》《载驱》《猗嗟》是东周的作品，其他的诗时代无可考。学者多以为也是东周的作品。

　　《齐风》今存十一篇。大致分三方面内容。《南山》《敝笱》《载驱》《猗嗟》是关于齐襄公与其同父异母妹文姜淫乱的诗。《鸡鸣》《著》《东方之日》《东方未明》《甫田》是反映齐国婚姻恋爱生活的诗。《还》《卢令》是两首狩猎诗。

　　首先，《齐风》体现出气韵悠长的风格特点。班固提出《齐风》有"舒展之体"（《汉书·地理志》）。我们涵咏"子之还兮，遭我乎峱之间兮。并驱从两肩兮，揖我谓我儇兮"（《还》）；"俟我乎著乎而，充耳以素乎而，尚之以琼华乎而"（《著》），确实感受到在语言表达上有某些共同的特点。比如，它们都多用虚词、语气词；都突破《诗》基本为四言的格式，而变为杂言诗；都是直述其事铺陈的写法，而不用比兴。朱守亮《诗经评释》评《还》诗，说："兽走马逐，车驰人奔；飞扬豪俊，控弦鸣镝；口语嘈杂，声势喧腾。《郑风·大叔于田》之后，又一田猎杰作也。"① 而《著》诗则以白描胜，写来如闻其声。它们都是从舒缓语气铺陈的描写中，体会出丰富的视觉形象。至于《著》诗，每句都有虚词，含讽不露，情韵悠长，余音缭绕，别具神态，有一种优游不迫之美。体现出舒缓悠游的风格特点。除《还》《著》外，还有《东方之日》《甫田》《猗嗟》等篇，也多用虚词，如《甫田》最后一章："婉兮娈兮，总角丱兮。未及见兮，突而弁兮。"通章以"兮"字收尾，而《猗嗟》则三章都以"兮"字收尾。

有的论者从齐地乐调对《诗》的影响方面来考察《齐风》舒缓的原因，说："《齐风》的诗歌既有舒缓的特点，那么可以推断齐地的乐调一定也具有类似的特点。曹植五言诗《野地有黄雀行》云：'秦筝何慷慨，齐瑟和且柔'，便是证明。此外，刘向《说苑·善说》中所描绘的战国时期音乐家子周鼓琴的情况，也证实了这一点，该文说：'雍门子周引琴而鼓之，徐动宫徵，微挥羽角，切终而成曲。'"② 雍门子周是和孟尝君谈话后鼓琴的，自然也可看作齐地的音调。我认为这种分析是有道理的。但我觉得还可从更深层上来分析认识。《汉书·地理志》说："太公……乃劝女工之业，通鱼盐之利，而人物辐凑。后十四世，桓公用管仲，设轻重以富国，合诸侯成伯功，身在陪臣而取三归。故其俗弥侈，织作冰纨绮绣纯丽之物，号为冠带衣履天下。"又说："初太公治齐，修道术，尊贤知，赏有功，故至今其土多经术，矜功名，舒缓阔达而足智。其失夸奢朋党，言与行缪，虚诈不情，急之则离散，缓之则放纵。"

① 朱守亮：《诗经评释》，台湾学生书局 1984 年版，第 275 页。
② 张启成：《齐风的舒缓之体》，《临沂师专学报》1984 年第 4 期。

《汉书·地理志》提供的非常广阔的齐地经济、风俗、民情的材料，对于我们认识所谓"齐气"特点的"舒缓之体"提供了非常有价值的根据。自太公特别是桓公以来的经济富有、民风尚侈，潜移默化所铸成的齐地民众舒缓阔达的性情，对音乐，对包括《齐风》在内的诗歌，以至于对其他艺术形式，都可能产生重大影响。

《齐风》还具有开放壮美的风格特点。齐、鲁相比较，鲁受周文化影响较大，而齐相对偏远，且长时间夷夏杂处，特别是太公又采取了"因其俗"的治国方略，因此人们的许多观念和受周文化熏陶的鲁国不同。婚姻恋爱观念的相对开放就是其中重要的表现。当然，我们这里说的开放不是诗人讽刺的齐襄公、文姜兄妹之间的偷情，这种对偶婚制的遗俗虽然在齐国仍然存在，但作为道德观念，已经受到人们的谴责。我们这里所指的开放是指《鸡鸣》《著》《东方之日》《甫田》等反映男女真实相爱的内容。《著》从一女子眼中写出在她家正等待她的一名男子的装束仪态，流露出何等欣喜自足的神情，再加以"舒缓体"的表达方式，诗中的人物不仅活灵活现，而且余韵袅袅，涵咏不尽。《甫田》也以一女子口吻写出，那位经年不见，好似突然长大的男孩，正是他朝思暮想的心上人。曾是苦苦追求，而今蓦然相会，那乍惊乍喜之情自然地溢于言表。《鸡鸣》写一对有身份的男女黎明之时床笫之上的对话，男子固然贪恋情爱，女子又何尝不是情意融融？诗曰："鸡既鸣矣，朝既盈矣。匪鸡之鸣，苍蝇之声。"（一章）"东方明矣，朝既昌矣。匪东方之明，月出之光。"（二章）"虫飞薨薨，甘与子同梦。会且归矣，无庶予子憎。"（三章）"会且归矣，无庶予子憎"，大可不必当作女子认真的话，如此理解，其娇憨之态可掬。至于《东方之日》，则更大胆更直接地披露出齐地青年男女的爱情生活。诗的主人公是一位男子，他说："东方之日兮，彼姝者子，在我室兮。在我室兮，履我即兮。"这位漂亮的女子直接到他家来，幽会谑浪，其大胆程度可以和《郑风·将仲子》相媲美。四首诗展现的女主人公都多情善怀，大胆追求爱情，数代之后仍使读者想见其风姿绰约。爱情生活是人类生活中的重要方面，《齐风》中有关这类健康爱情生活的描写，表现出齐国青年男女对美好幸福生活的追求，也是对美好青春的歌颂，永远给人以健康向上的审美愉悦。

《齐风》开放的品格不仅表现在爱情生活的妩媚轻柔，同时还表现在狩猎诗的阳刚之美。我们读"并驱从两肩兮，揖我谓我儇兮"，"并驱从两牡兮，揖我谓我好兮"，"并驱从两狼兮，揖我谓我臧兮"时，真想象得到猎场上兽走马逐，控弦鸣镝，风驰电掣，势不可挡的景象。《卢令》诗云："卢令令，其人美且仁。"（一章）"卢重环，其人美且鬈。"（二章）"卢重锅，其人美且偲。"（三章）由猎犬写到人，写出猎犬的装饰美，又写出猎人的风采，这简直就像一幅素描画，它虽然没有猎场上的烟尘滚滚，风嘶马鸣，但那种勇武之状同样给人以力量的感受。齐人性格的粗放，齐人风俗中的尚武精神，在这两首宝贵的诗中得到了表现。

如果拿《齐风》与《周南》《召南》相比，它没有后者受山水灵气熏陶出来的轻秀妩媚；和《豳风》《秦风》相比，它又不像后者那样扎根于黄土高原深层文化土壤里所显示出来的厚重质朴；它既不像《郑》《卫》风俗浇薄，也不像《陈风》受商文化影响那样酣歌恒舞。商、周、夷、狄文化的多元性，造成了《齐风》风格的多侧面表现，但其主导方面是受本土风俗文化影响所形成的开放壮美的格调。

中华文化的内聚力、统一性，使中华民族几千年来始终保持统一的局面，中间虽有分裂割据，但时间都没有维持很久。中华文化又具有地域性与民族性，使得中华文化多姿多彩，而且多元性文化的相互吸收，成为中华文化发展的动力。这种地域性、民族性文化的差异，即使在今天也表现得很明显。我们要说明的是在《诗经》的时代，这种差异就已经存在了，《国风》里的歌唱，传达出不尽相同的风格。

（原载《山东大学学报》1998 年第 1 期）

诗经考索

考索 12 从汉代诗歌迭音词的运用看《诗经》的影响

接受美学重视语言的接受现象，这既可以看出词语本身的问题，也可以看出政治文化等方面的问题。将所有汉代的文本进行检查，总结出《诗经》词语在汉代使用的情况，这是很难做到的。但又为了说明一定的问题，所以，我做了一点简化处理，即将汉代诗歌中所用迭音词，与《诗经》中的迭音词作对比，这也能看出《诗经》对汉代文学创作的影响。

汉代诗歌使用迭音词的情况，给我们提供了许多的思考。

《诗》在汉代上升到"经"的地位，受到文人的重视是可想而知的。除了政治上的影响之外，在文学包括诗歌的创作上就会自觉地向《诗》学习。《诗》的现实精神，温柔敦厚的诗教，都影响到汉代诗歌的创作。特别是在使用的词语上，其自觉学习的痕迹应更明显。汉代诗歌使用的迭音词共 216 个次（含重复，依据逯钦立《先秦汉魏晋南北朝诗》），其中用《诗》的原诗句、用《诗》中词的原义和用《诗》原词引申义的，总共 112 个次，占到了全部汉诗迭音词的 42.5%，这是一个何等可观的比例数字！而在这 112 个次当中，又有 13 个次使用了《诗》的原诗句和基本使用了《诗》的原诗句。

我们来看汉诗基本使用原诗句的例证。韦孟《讽谏诗》：

"穆穆天子，临尔下土。"而《周颂·臣工之什·雍》曰："天子穆穆。"韦玄成《戒子孙诗》："明明天子，俊德烈烈。"而《大雅·荡之什·江汉》曰："明明天子，令闻不已。"《安世房中乐》："冯冯翼翼，承天之则。"而《大雅·生民之什·卷阿》曰："有冯有翼。""有冯有翼"即"冯冯翼翼"。梁鸿《适友诗》："鸟鸣嘤嘤兮友之期。"而《小雅·鹿鸣之什·伐木》曰："鸟鸣嘤嘤。"同样基本用原诗句的还有《思琴操》："深谷鸟鸣兮嘤嘤。"张衡《歌》："浩浩阳春发，杨柳何依依。"这自然是用《小雅·鹿鸣之什·采薇》中的"杨柳依依"的句子。《长歌行》："黄鸟飞相追，咬咬弄音声。"《秦风·黄鸟》："交交黄鸟。""交交"犹"咬咬"，这里虽不是用的《诗》的原诗句，但是由原诗句演化而成的。《琴曲歌辞·陬操》："黄河洋洋，攸攸之鱼。"《思亲操》："河水洋洋兮清泠。"都是由《卫风·硕人》"河水洋洋"而来。《古诗十九首·青青河边草》："娥娥红粉妆，纤纤出素手。""纤纤"在《诗》中作"掺掺"，犹"纤纤"，形容手纤细柔美，《魏风·葛屦》："掺掺女手。"汉诗的诗句正是由《诗》的诗句演化而成的。

　　检查汉代诗歌使用迭音词的问题，我们发现，文人创作的使用率要比民间创作的使用率高得多。韦孟有《讽谏诗》《在邹诗》，共用迭音词15个次，其中用《诗》义的有9个次，如"兢兢元王""犬马谳谳""嗟嗟我王""穆穆天子""赫赫天子""祈祈我徒"等。而乐府民歌相对要少得多，拿含民歌比较多的《乐府古辞》中《鼓吹曲辞》和《相和歌辞》看，总共用迭音词10个次，《鼓吹曲辞》2个次，《相和歌辞》8个次，且其中许多的迭音词已不是用《诗》的原义或引申义，而是活生生的、极富表现力的新的语言了。如："莲叶何田田"（《江南》）、"怆怆履霜"（《孤儿行》）、"竹竿何袅袅，鱼尾何筷筷"（《白头吟》），其中的"田田""恰恰"是何等的形象！应该说，乐府民歌是经过了文人的搜集和整理，所以文人的加工是不可避免的，一部分乐府民歌中的迭音词用了《诗》义或引申义是可以理解的。如果我们再来和民歌、民谣相比，上述的情况就会更加清楚。在《杂歌谣辞》中，那么多的民歌、民谣，真正在迭音词的使用上，用到《诗》义的只有4首，如《巴郡人为吴资歌》："习习晨风动，澍雨润禾苗。"《桓帝初天下童谣》："小麦青青大麦枯。"《桓帝末京都童谣》："茅田一顷中有井，四方纤纤不可整。"《献帝初京都童谣》："千里草，何青青。"而大量的活的词汇都是人民创造的，如《桓帝末京都童谣》："白盖小车何延延。"《寿春乡里为召训语》："德行恂恂，召伯春。"《京兆乡里为冯豹语》："道德彬彬，冯仲文。"这些都告诉我们，汉诗作家对《诗》的接受，有一个群体问题，汉代士人（博士、博士弟子员）是汉代经学的主体，当然也是《诗经》的主要接受者。而广大民众，《诗经》对他们远得很，尽管《诗》中相当一部分诗歌曾经也是和他们一样身份的人创作的里巷歌谣，但到汉代就经典化，请进了神圣的殿堂。我们注意到，一方面，汉语词汇发展的继承性和延续性是不可避免的，但在另一方面，人民在实际生活中创造了大量词汇，是丰富汉语词汇的重要途径。

把汉诗中接受《诗》的迭音词，和接受《骚》的迭音词作个对比，我们会发现，《骚》的影响微乎其微。汉诗中直接用到《楚辞》迭音词的数量很少很少。《安世房中乐》的"杳杳冥冥"与《山鬼》中"杳冥冥兮羌昼晦"中的"杳冥冥"义相近；《艳歌行》"石见何累累"，"累累"当同"磊磊"，《山鬼》："石磊磊兮葛蔓蔓。"又，《古诗十九首·青青陵上柏》："磊磊涧中石。""磊磊"亦取义上述《楚辞》。除此之外，很少出自《楚辞》的迭音词了。我们都知道，鲁迅先生

《汉文学史纲要》专列"汉宫之楚声"一章，很看重汉代与楚辞一脉相承的楚歌。我过去写的文章中也充分认识到并肯定了《楚辞》对汉代诗歌的影响。上述两种现象如何能统一起来呢？我觉得这两种现象都是客观存在的，又都符合实际。汉代接受《楚辞》的影响而写作楚歌，也有一个接受群体的问题。首先，这个群体相对于接受《诗经》影响的群体来说，范围要小得多；其次，有一个地域性特点的问题；再次，更多的作家，其接受《楚辞》的影响，主要表现在从事辞赋的创作；最后，这个群体接受《楚辞》的影响从事楚歌的创作，于汉代的初、中、晚期的发展呈渐趋衰微的趋向，虽然它确实保持了有汉一代都有楚歌的创作。另外，《楚辞》对汉代诗歌创作的影响的确主要不在语言上。因此，就汉代整个诗歌和辞赋的创作而言，辞赋受《楚辞》的影响更大一些，而诗歌受《诗经》的影响更大一些。我觉得，这个结论基本上符合汉代文学创作的实际。

汉代诗歌创作对于《诗》有个接受史的问题，从对《诗》迭音词的接受看，也能反映出这个接受史中的某些问题。汉代文人诗歌创作客观上有两个序列，一是骚体诗，一是由四言、五言沿《诗经》发展的道路。由于是楚人取得的天下，所以在汉代特别是汉初，对《楚辞》有一种血缘上的认同感，所以也就很自然地接受了它，可以说在早期的诗歌创作中，很少有刻意地对《楚辞》的模仿，或许正因为此，汉代的骚体诗，一般说都写得很好，如汉初的刘邦、刘彻就更是高手。而由四言、五言沿《诗经》发展的汉代的诗歌，可以清楚地看出有一个发展过程。韦孟写有《讽谏诗》和《在邹诗》，它们都是四言诗，特别是《讽谏诗》寓讽于颂，很有一点《大雅》的味道。《在邹诗》有了一点抒情的内容。特别在语言上，明显向《诗经》学习，这两首诗中的迭音词，所用词义与《诗经》迭音词词义基本相同的就有："肃肃我祖""兢兢元王""犬马悠

诗经考索

悠""嗟嗟我王""明明群司""赫赫天子""祈祈我徒"，其中的"肃肃""嗟嗟""赫赫"还用了两次。韦孟是汉景帝时人，应该说比较早；韦玄成是宣、元时代人，做了很大的官，也是邹鲁之人。他写的《自劾诗》和《戒子孙诗》也是四言。其中的"肃肃楚傅""绎绎六辔""威仪济济""天子穆穆""赫赫显爵""明明天子，俊德烈烈"等句中的迭音词，都是用《诗经》的词义。模仿《诗经》的路子也很明显。西汉肯定还有一些人写过诗，比如刘向，我们今天能看到的只是一些残句。在汉代文人诗的写作中，班固值得重视。他写了骚体的诗，又写了五言的《咏史》，在五言诗的发展上有一定地位。在《咏史》中出现了用《诗》作典故的现象。《诗品》说："孟坚才流，而老于掌故。观其咏史，有感叹之词。"用经典的《诗》作感叹之词的材料，透露出《诗》地位的微妙变化，也透露出在汉代诗歌发展中所受到《诗经》的影响。更晚一些的张衡《同声歌》也值得重视，从某种意义上说，《同声歌》使我们看到了《诗》和骚在汉代诗歌的结合，所以比起班固的《咏史》诗更为重要。它是五言，按《乐府解题》说：它是以男女之事，来喻君子之事君。因张衡思想的相对解放，因诗歌内容所决定，所以《同声歌》没有了以前五言诗学习《诗经》那种庄严和肃穆，更多一些生活气息，更多一些贴近人生的实际感情，它在形式上以男女喻君臣，都得益于《楚辞》。汉末文人的诗歌创作，如秦嘉的《赠妇诗三首》、蔡琰的《悲愤诗》，以至于被称为"一字千金"的《古诗十九首》，都是沿着这一条路子发展下来的，既有《诗经》的影响，又有《楚辞》的影响，所以汉诗才取得如此高的成就。

《诗经》中的语言原本有雅言的成分，也有俗语的成分。比如，它的《雅》《颂》部分本来就属于雅言；它的《国风》部分本来应该属于俗语。但是，它经过了乐官的整理，无论在内容上、在词语上，都经过了严格的雅化的过程。更经过儒家提倡、经典化，在内容上，它成为人们行为的准则；其雅化了的语言，成了后代语言的规范。正是这个原因，汉诗中出现了大量《诗》的迭音词，也正是这个原因，加之要表现更丰富的现实的内容，所以《诗》中迭音词的词义有了发展和变化。如《大雅·荡之什·烝民》："八鸾锵锵。""锵锵"用来表现铃声响亮。而汉代歌谣《京师为杨政语》："说经锵锵杨子行。"这里的"锵锵"表现读经的声音响亮，虽然都是用来表现声音，但声音的内容变化了。如《邶风·北门》："忧心殷殷。""殷殷"一词，表现心忧伤的样子。《郊祀歌·景星》："四兴迭代八风生，殷殷钟声羽钥鸣。"《汉书》师古注曰："殷殷，声盛也。"《郊祀歌·赤蛟》："灵殷殷，烂扬光。"《汉书》师古注曰："殷殷，盛也。烂，光也。"词义发展的痕迹，是由多义发展演化为盛大之义。又如《小雅·南有嘉鱼之什·车攻》："萧萧马鸣。""萧萧"，马长嘶声。汉诗中有几处用到"萧萧"。《古歌》："秋风萧萧愁杀人。"《古诗十九首·驱车上东门》："白杨何萧萧，松柏夹广路。"《古诗十九首·去者日以疏》："白杨多悲风，萧萧愁杀人。""萧萧"由马长嘶声引申发展为风吹木声。杜甫的诗"马鸣风萧萧"，多悲壮之义，既有马鸣声，又有风动木声，词义的发展，大大丰富了诗的表现力。再比如《小雅·鹿鸣之什·四牡》："翩翩者鵻。""翩翩"一词《诗》中凡四见，有二义，其一义为鸟飞的样子；其另一义为与"谝谝"相通，作花言巧语讲，如《小雅·节南山之什·巷伯》："缉缉翩翩。"我们来看汉诗中的用法，《艳歌行》："翩翩堂前燕，冬藏夏来见"；蔡琰《悲愤诗》："翩翩吹我衣，肃肃入我耳"；蔡邕《歌》："练予心兮津太清"，"翩翩而独征"；《妇病行》："不知泪下一何翩翩"。我们仔细比较，《艳歌行》中的"翩翩"，表现的是燕飞的样子；《悲愤诗》中的"翾翾"，表现风吹衣飘动的样子，都还接近"飞"义。而蔡邕"翾翾而独征"，由飞义引申为急速义；"泪下一何翾翾"，又由飞义引申为多义。这里虽然是举几个例子，但《诗》对汉代词汇的丰富和发展的影响，是不言而喻的。

历史的发展是曲折和复杂的，文学史的发展也是曲折和复杂的。《诗》影响到汉代文学的创作，影响到汉代诗歌的创作。作为一个流动的汉代文学史的发展长河，我们仅从一个角度，来透视它复杂发展过程中的一个方面。

（原载《人文述林》第 3 辑，山东大学出版社 1999 年版）

考索 13　上博《诗论》的论《诗》特点与《毛序》的作期

一

上博楚简《诗论》，基本可以肯定为公元前278年以前一段时间孔门弟子论《诗》的观点。① 研究已经能解读或基本能解读的《诗论》29 支竹简简文的内容，与所涉及的52 篇诗的《毛序》的序义，我们发现二者论诗的特点有明显不同。其一，是《诗论》中有一部分简文论诗，有强调诗的政治性的倾向，其表现为从诗义出发，归纳出属于一般性的该篇诗的政治内容，而《毛序》将这一般性的政治内容，作具体化、历史化的解释。其二，《诗论》中另一部分简文论诗，其主要用意并不在于强调诗的政治意义，它更多的是就诗本身体味出所蕴含的某种共通的道理，而《毛序》则将这某种共通性的道理，作具体化、历史化的解释。而无论哪一种表现，《毛序》的具体化、历史化解诗的结果，都大大地强化了《诗》的政治性。

---

① 马承源《上博馆藏楚竹书（一）·孔子诗论》："竹简乃是楚国迁都以前贵族墓中的随葬品。"《史记·楚世家》："二十一年（公元前278年），……楚襄王兵败，遂不复战，东北保于陈城。"

先看《诗论》论诗的第一个特点。① 举例如下。

简文 8 是对《小雅》中一组诗的评论，为了便于比较，我们分而述之。

简文曰："《十月》善谝言。"这是对《小雅·十月之交》的评论，所谓"谝言"，即"诽谤"之言。《十月之交》多诽谤之言，是简文对该诗内容的归纳和总结。而《毛序》具体解为"大夫刺幽王"。

简文曰："《雨无正》、《节南山》皆言上之衰也。王公耻之。"这是对《小雅·雨无正》和《节南山》的评论，所谓"上之衰，王公耻之"，是简文对上述两诗政治内容的归纳和总结。而《毛序》解《雨无正》是"大夫刺幽王也。雨自上下者也，众多如雨，而非所以为政也"；解《节南山》则是"家父刺幽王也"。

简文曰："《小旻》多疑，疑言不中志者也。"这是对《小雅·小旻》的评论。廖名春解"中志"为"忠心"，简文意思是说，"人臣对君上的倒行逆施多有怀疑，因而离心离德。"而《毛序》则具体化为"大夫刺幽王也"。

简文曰："《小宛》，其言不恶，小有仁焉。"这是对《小雅·小宛》的评论。简文评《小宛》虽"其言不恶"，但也只是"小有仁焉"，是从政治角度说诗，并且与《毛序》释为"刺"义有联系。而《毛序》具体化为"大夫刺幽王"。

简文曰："《小弁》、《巧言》，则言谗人之害也。"这是对《小雅·小弁》和《巧言》的评论。简文所说"言谗人之害"，是从政治内容上评论《小弁》和《巧言》，而《毛序》一律解

① 文中所引简文，均据马承源主编《上博馆藏楚竹书（一）·孔子论诗》，上海古籍出版社 2001 年版，并参考廖名春《上海博物馆藏诗论简校释》，《中国哲学史》2002 年第 1 期。

释为"刺"义，并具体化为"《小弁》，刺幽王也。太子之傅作焉"，"《巧言》，刺幽王也。大夫伤于谗，故作是诗也"。

简文 8 是对《小雅》一组诗的评论，其着眼点在对诗篇政治内容方面的归总，但并没有涉及具体的历史事实。这与《毛序》的评诗倾向呈现出明显的差异。这种不同倾向的评诗，还表现在简 27 中：

简文曰："孔子曰：《蟋蟀》，知难。"《唐风·蟋蟀》："今我不乐，日月其除。无已大康，职思其居。"《郑笺》："今不自乐，日月且过去，不复暇为之，谓十二月当复命农计耦耕事。"又云："君虽当自乐，亦无甚大乐，欲其用礼为节也。又当主思于所居之事，谓国中政令。"据此，诗意说，时不我待，应"命农计耦耕之事"；"君亦当自乐"，但又须"以礼为节"，顾及"国中政令"，故简文说"知难"。简文是从诗意本身出发，仍然强调其政治方面的意义来评诗。而《毛序》则具体化为"刺晋僖公也"，并详细说僖公"俭不中礼，故作是诗以闵之，欲其及时以礼自娱乐也。此晋也而谓之唐，本其风俗，忧深思远，俭而用礼，乃有尧之遗风焉"。

简文曰："孔子曰：……《螽斯》，君子。"因《周南·螽斯》反复称颂"宜尔子孙，振振兮""宜尔子孙，揖揖兮""宜尔子孙，蛰蛰兮"，皆为颂子孙众多之义，颂人子孙众多，当然为"君子"。简文是从诗义出发，也注意到政治意义，因为多子多孙是封建宗法社会中带有根本意义的事情。而《毛序》则更政治化，"《螽斯》，后妃子孙众多也。言若螽斯不妒忌，则子孙众多也"。本来是赞颂属于普通人的"君子"，而一下子变成了"后妃之德"。

我们都知道，孔子重视诗教，其中一个重要内容是"兴""观""群""怨"，重视诗能"事父""事君"的社会政治作用和教化作用。《诗论》从政治角度讲诗，其根源就在这里。

我们又看到,《诗论》的解诗,其着眼点虽重在对诗篇作政治内容方面的归总,但并没有涉及具体的历史事实。出现这种解诗特点的原因,应该从春秋时代对《诗》的作用以及价值认识方面考察。我们又都知道,春秋时代的赋诗言志,对《诗》义的认识有一定的模糊性,追求言外之意,而不斤斤计较其本事究竟是什么,而《诗论》的论诗恰恰具有这种特点,从而与《毛序》的说诗呈现出明显的不同。这对于我们确定《毛序》的作期提供了极重要的参照。

我们再来看《诗论》论诗的第二个特点。这类简文的论《诗》,其着眼点并不在政治方面,其做法是通过体味诗意而强调诗所蕴含的某种道理。而简文所强调的这某种道理,又恰恰给《毛序》具体化、历史化、政治化的解诗提供了很大的方便。举例如下。

简文曰:"《菁菁者莪》,则以人益也。"(简9)因为《小雅·菁菁者莪》有"既见君子,乐且有仪""既见君子,我心则喜""既见君子,锡我百朋""既见君子,我心则休",这应该是具体的"以人益也"。即是说,因见君子而有"益"。从诗句之中得出"以人益"的结论,是很直接的。而《毛序》具体指为"乐育材也。君子长育人材,则天下喜乐之矣"。这就将"因见君子而益"与"育材"、"天下喜乐"联系起来了。如果再联系《郑笺》:"乐育材者,歌乐人君,教学国人。秀士选士俊士造士进士,养之以渐至于官之",那么,《郑笺》就把诗义俨然说成了"人君"的"造士"选官的制度了。这中间有从简文的一般意义(即因见君子而"益"),到《毛序》具体化为"君子育材",再到《郑笺》更具体化为由"乐育材者"到"人君"、"造士"、选官制度的明显的演进痕迹。

简文曰:"《绿衣》之思。"(简10)"《绿衣》之忧,思古人也。"(简16)这是对《邶风·绿衣》的评论。"思古

考索 13　上博《诗论》的论《诗》特点与《毛序》的作期

人"，应读为"思故人"。因为诗句有"心之忧矣，曷维其亡"，又云："我思古人，俾无尤兮""我思古人，实获我心"，说的是因故人的亡故而忧愁。简文只强调了"思"，强调了"忧"，很准确。至于所思、所忧为何人，并未作说明。而《毛序》则解为"卫庄姜伤己也。妾上僭，夫人失位而作是诗也"。《左传·隐公三年》："卫庄公娶于齐东宫得臣之妹，曰庄姜，美而无子，卫人所为赋《硕人》。"这应该是《序》义的依据。简文总结出一个一般性的道理，而《毛序》却凿实到一个具体的历史事实上。

简文曰："《燕燕》之情。"（简10）"［《燕燕》］……情爱也。"（简11）"《燕燕》之情，以其笃也。"（简16）简文对《邶风·燕燕》的评论，体现出《燕燕》一诗强烈的抒情特点，很符合诗篇的实际，也代表了简文对诗言情特点的认识水平。但简文只讲到重情，而《毛序》由"重情"的道理加以引申，具体化、历史化为"卫庄姜送归妾也"。

简文曰："因'木瓜'之报，以俞其捐者也。"（简18）"［《木瓜》得］币帛之不可去也，民性固然，其离志必有以俞也，其言有所载而后纳，或前之而后交，人不可觯也。"（简20）

简18，马承源说：诗句有"投我以木瓜，报之以琼琚。匪报也，永以为好也"。下文有"报之以琼瑶""报之以琼玖"等句。"是说投之者薄、报之者厚。""俞"，"按辞义当读作'愉'，即厚报以愉薄投者"。此解为是。

简20，马承源说："币帛""是由《木瓜》诗中'琼琚'和'琼玖'等所报赠玉器引申出来的礼品的称谓。""俞"，通"逾"。大意为若废去礼赠的习俗，这个使人们离志的事情太过分了。廖名春说："有所载"，指币帛。"前之"，指"交"前以币帛为赘。"觯"，从周凤五说"读为干"，《公羊传·定公四年》："以干阖闾。"《注》："不待礼见曰干。"并说："简文盖由《木瓜》之朋友赠答而论及币帛苞苴之礼不可废也。此与《毛传》、《孔丛子·记义》引孔子说同。"①

简文对《卫风·木瓜》的评论，是从《木瓜》诗表现的道理，推延到一般人事交往之情理，所以说"民性固然"，又进一步引申出"苞苴之礼行"，并指出这种礼俗之不可缺。而《毛序》则具体化到一个政治事件上，说"《木瓜》，美齐桓公也。卫国有狄人之败，出处于漕，齐桓公救而封之，遣车马器服焉。卫人思之，欲厚报之而作是诗也"。

简文曰："《墙有茨》，慎密而不知言。"（简28）简文"不知言"之"知"，当读为"之"。《小雅·采薇》"莫知我哀"。《盐铁论·备胡》引"知"作"之"。"不知言"，即"不之言"。因《鄘风·墙有茨》所言之事"慎密"，而不言之。简文所说"慎密而不言之"属于一般的情理，而《毛序》具体化、政治化为"卫人刺其上也。公子顽通乎君母，国人疾之而不可道也"。

以上所举《诗论》的论诗，与《毛序》对比有明显不同者：一部分简文与《毛序》的解诗虽然都有政治倾向性，但《毛序》有一个联系史实、更加具体、更强调政治性的过程，而其中另一部分简文的解诗，本身看不出政治倾向性，只是总结出诗所蕴含的一般性的情理，而《毛序》却由此引申，将诗义具体化、历史化、政治化。造成简文与《毛序》论诗既有联系，又具有明显不同特点的原因，应该从《诗》接受史的角度来考察，而这种考察则对于确定《毛序》的作期大有裨益。

---

① 《毛传》："孔子曰：吾于《木瓜》，见苞苴之礼行。"说与《孔丛子·记义》同。又《贾子新书·礼》篇引由余曰："苞苴时有，筐篚时至，则群臣附。《诗》曰'投我以木瓜，报之以琼琚。匪报也，永以为好也。'上投之少，则下以躯偿矣，弗敢报也，愿长以为好。古之蓄其下者，其报施如此。"

二

　　董治安先生详细考察《左传》《国语》，认为《诗》在春秋流传有如下特点："一种是断章取义，即根据个人引诗或赋诗的需要，只截取一首诗的某章或某句，用其字面含义；至于全诗主题和本义，完全不予理会。""又一种是用其比附、象征义，即不仅根据本人一时的需要解诗，而且其说解大都取其一点随意发挥，因而距离原诗本题、本事更远。"① 徐复观研究《韩诗外传》则总结出从春秋末的孔子，经战国后期的荀子，到汉初韩婴接受《诗》的特点。他说："（孔子）'兴于诗'的兴，乃由《诗》所蕴蓄之感情的感发，而将《诗》由原有的意味，引申成为象征性的意味。象征性的意味，是由原有的意味，扩散浮升而成为另一精神境界。此时《诗》的意味，便较原有的意味为广为高为灵活，可自由进入到领受者的精神领域，而与其当下的情景相应。尽管当下的情景与《诗》中的情景，有很大的距离。此时《诗》已突破了字句训诂的拘束，反射出领受者的心情，以代替了由训诂而来的意味。"② 以上二说总结了从春秋时代到汉代初年占主导倾向的《诗》学观念。由上节所述可知，《诗论》的论诗倾向已不同于春秋时代《诗》学的观念；《毛序》的论诗与春秋时代多用《诗》的比附象征义距离就更远了。

　　春秋以降的战国时代，孔门一派的论《诗》，以及孟子一派的论《诗》观念的变化，是最值得我们注意的。上博楚简《诗论》的价值之一，就是大大丰富了我们对战国时代孔门论

《诗》观念的认识。由以上所引《诗论》与《毛序》的比较所显现，孔门一派的论《诗》，既注重诗篇的一般性的政治内容，也重视诗篇所体现出的某种共通的道理，但却与《毛序》解诗重视史实、更加具体、更强调政治性的特点不同。

　　既然《毛序》虽与孔门一派论《诗》有内在联系，但《毛序》与《诗论》论诗倾向又有明显不同，不可能是同一个时期的产物，那么，有没有可能是稍晚于《诗论》的孟子一派的儒家所为呢?① 孟子一派的《诗》学观念是什么? 与孔门一派的《诗》学观念相比又有什么变化? 这对于确定《毛序》的写作时代有重要意义。

　　孟子一派的论《诗》观念，主要是从《孟子》一书所体现出来的。《孟子》一书引诗、解诗、论诗主要涉及的诗篇有:《周颂·我将》，《鲁颂·閟宫》(2 次)，《大雅》有《灵台》、《既醉》、《皇矣》、《公刘》、《绵》(2 次)、《文王有声》、《文王》(5 次)、《假乐》、《板》、《荡》、《桑柔》(2 次)、《云汉》、《下武》、《烝民》，《小雅》的《巧言》、《正月》、《大田》、《车攻》、《北山》、《大东》、《小弁》，《邶风》的《凯风》、《柏舟》，《魏风·伐檀》，《豳风》的《鸱鸮》、《七月》。这二十八处的引《诗》绝大多数是引《诗》明理。如《梁惠王上》中为辩论"人有不忍人之心"，梁惠王引:"《诗》云:'他人有心，予忖度之。'夫子之谓也。"(《小雅·巧言》) 如《公孙丑下》中为说明"以德服人者，中心悦而诚服之，如七十子之服孔子也"，"《诗》云:'自西自东，自南自北，无思不服。'此

————————

　　① 按时代而言，孟子卒于公元前 289 年，《史记》载孟子"退而序诗书，述仲尼之意，作《孟子》七篇"，那么，孟子论《诗》及孟子一派的《诗》学传授则在公元前 289 年前后及战国中后期。而上博《诗论》是公元前 278 年以前孔门一派论《诗》的成果，二者在时代上有重合之处。如果将《诗论》观点推论为有半个世纪以上的流传阶段，《诗论》则可视为战国中前期孔门一派的《诗》学观，则二者在时代上又前后相承。

之谓也"。(《大雅·文王有声》)如《公孙丑下》中为说明"祸福无不自己求之者","《诗》云:'永言配命,自求多福。'……此之谓也"。(《大雅·文王》)如《离娄上》中为说明"徒善不足以为政,徒法不足以自行","《诗》云:'不愆不忘,率由旧章。'"(《大雅·假乐》)如《离娄上》中为说明"苟不志于仁,终身忧辱,以陷于死亡","《诗》云:'其何能淑,载胥及溺。'此之谓也。"(《大雅·桑柔》)如《尽心下》中为说谗言惑众,"士憎此多口","《诗》云:'忧心悄悄,愠于群小。'孔子也。'肆不殄厥愠,亦不殒厥问。'文王也。"(《邶风·柏舟》《大雅·绵》)类似的例子还有很多。就此而言,与春秋时代的引《诗》明理没有差别。

从《孟子》一书中用《诗》,还发现与孔子论《诗》方法上的直接联系。如:"孟子曰:贵德而尊士,贤者在位,能者在职,国家闲暇,及是时,明其政刑。虽大国,必畏之矣。《诗》云:'迨天之未阴雨,彻彼桑土,绸缪牖户。今此下民,或敢侮予?'孔子曰:'为此诗者,其知道乎!'能治其国家,谁能侮之?"赵岐注:"言此鸱鸮小鸟,犹尚知及天未阴雨,而取桑根之皮以缠绵牖户;人君能治国家,谁能侮之?刺邠君曾不如此鸟,孔子善之,故谓此诗知道也。"(《公孙丑下》)又如:"孟子曰:仁义礼智,非由外铄我也,我固有之也,弗思耳矣。故曰:'求则得之,舍则失之。'或相倍蓰而无算者,不能尽其才者也。《诗》云:'天生烝民,有物有则。民之秉彝,好是懿德。'孔子曰:'为此诗者,其知道乎!'故有物必有则;民之秉彝也,故好是懿德。"赵岐注:"言天生烝民,有物则有所法则,人法天也。民则秉夷(彝),夷(彝),常也,常好美德。孔子谓之知道,故曰人皆有是善者也。"(《告子上》)两处都明确提出孔子对《诗》的评论为"知道",也就是说,孟子继承了孔子对《诗》义抽象、象征用于教化的思想并付诸实践。从这里更可以看出孟子《诗》学观念与孔子《诗》学观念的继承性、一致性。

孟子《诗》学观念与孔子比又有变化。其一，从历史的观点论述《诗》的兴亡，所谓"王者之迹息而《诗》亡，《诗》亡而《春秋》作"（《离娄下》）。其二，将诗的内容与作者以及历史背景相联系，所谓"颂其诗，读其书，不知其人可乎？是以论其世也。是尚友也"。（《万章下》）而在实践上，在强调教化的前提下，对诗义的理解的确有注意历史背景、寻觅诗旨的倾向，正如有的学者指出的，"《万章上》谓《小雅·北山》曰：'是诗也……劳于王事而不得养其父母之谓也。'此与《北山序》'役使不均，己劳于从事，而不得养其父母焉'之说合"；"《梁惠王上》引《大雅·灵台》第一、二章曰：'文王以民力为台为沼，而民欢乐之，谓其台曰灵台，谓其沼曰灵沼，乐其有麋鹿鱼鳖。'此与《灵台序》'文王受命，而民乐其有灵德以及鸟兽昆虫焉'之说合"；"《告子上》引《大雅·既醉》'既醉以酒，既饱以德'曰：'言饱乎仁义也，所以不愿人之膏粱之味也；令闻广德施于身，所以不愿人之文绣也。'此与《既醉序》'醉酒饱德，人有士君子之行焉'之说合"。① 凡此等等，都说明孟子《诗》学已经出现新的观念，在《诗》学史上有重要意义，但在总体倾向特别是解《诗》的实践上，仍然是强调《诗》的抽象义、象征义以用于教化，更多的是引《诗》义说事、明理。统观《孟子》所体现的总的《诗》学观和用《诗》实践，与《毛序》庞大的《诗》学系统，特别是重视以史实解诗的做法，还有很大的距离。

考索 13　上博《诗论》的论《诗》特点与《毛序》的作期

---

　① 刘毓庆：《〈诗序〉与孟子》，《第五届诗经国际学术研讨会论文集》，学苑出版社 2002 年版，第 102 页。

217

由战国至汉初，《诗》学观念又有一个变化。《汉书·艺文志》言，汉初的鲁、齐、韩传《诗》，"咸非其本义，与不得已，鲁最为近之"。所谓的"咸非其本义"，所谓"鲁最为近之"，说明汉初人对《诗》的接受，与先秦人对《诗》的接受，在观念上有了很大的变化，已不再满足自春秋以来几百年来流行的用《诗》的象征义的做法，而要追求其"本义"，而在追求中将《诗》具体化为历史，并大大强化了其政治教化意义。《三家诗》论《诗》观念的变化，有助于认识《毛序》产生的历史背景。

将《毛序》放到自春秋至汉初《诗》的接受史上考察，上述《诗论》论诗之所以具备那样的特点，以及与《毛序》相比有明显不同的原因就可以解释了。《诗论》解诗重象征义、引申义的做法，仍然带有春秋赋诗言志的影响，而重视诗的政治教化，又是孔子《诗》学观直接影响的结果。而《毛序》的那种尽量具体、详细、历史化、政治化的解诗的做法，在《诗论》所产生的战国中前期是不可能产生的，当然在子夏的时代更是不可能产生的。不仅如此，就是孟子一派虽然提出了"知人论世"说，且在实践上也有联系历史背景论《诗》的做法，但从《孟子》一书用《诗》的总体倾向看，也不具备完成《毛序》的条件。《毛序》的形成，应该是经历了一个很长的历史过程，最早可上溯到"国史"编《诗》时对其做出属于礼乐仪式上的规定，经由春秋"赋诗断章"多用象征意义阶段，到孔子、孔门弟子论《诗》既重象征抽象的道理又重政治教化，到孟子一派开始联系史实论《诗》，再到秦汉间沿袭并强化孔门一派重政治教化的《诗》学观，沿袭并强化孟子一派联系史实、注意诗旨的《诗》学观，从而更加追求诗的本事化和政治化。《诗》作为周代的一部典籍，本来就蕴含有丰富的"人文"内容，不过，在春秋以前的时期，更多的是强调其"礼乐"的价值，春

诗经考索

秋以后，特别是由于以孔子为代表的儒家思想的形成，当然也由于孔子编《诗》"雅颂各得其所"的实践，《诗》则成为阐发儒家思想的载体，此时《诗》的价值，已不是主要在"礼乐"方面，而在于对《诗》义作合乎儒家思想的阐释了。而至秦汉年间形成的《毛序》则总其成，它通过联系史实说《诗》，将《诗》的政治化达到了极至。从这个意义上说，《毛序》是从西周"史官"编诗以来，经由春秋、战国而至秦汉之间，经长期累积、最后方由秦汉之间人编纂而成的体现儒家思想的一部经典。

三

为了支持上述意见，我又做了另外一番宏观的调查。众所周知，《诗》每一篇序首句是独立的，称为"首序"，其后的内容称"续序"。我把 305 篇诗有无"首序""续序"的情况作了详细统计，结果如下。

《国风》：有"首序"而没有"续序"的共 6 篇，占《国风》160 篇总数的 3.75%；占《诗经》305 篇总数的 1.97%。有"首序"也有"续序"的共 154 篇，占《国风》总数 160 篇的 96.25%；占《诗经》总数 305 篇的 50.49%。

二《雅》：有"首序"而没有"续序"的共 34 篇，占二《雅》总数 105 篇的 32.38%；占《诗经》总数 305 篇的 11.15%。而有"首序"也有"续序"的共 71 篇，占《二雅》总数 105 篇的 67.62%；占《诗经》总数 305 篇的 23.28%。

《颂》：有"首序"而没有"续序"的共 32 篇，占《颂》总数 40 篇的 80%；占《诗经》总数 305 篇的 10.49%。有"首序"也有"续序"的共 8 篇，占《颂》总数 40 篇的 20%；占《诗经》总数 305 篇的 2.62%。兹列表如下：

风雅颂类别	有无首续序之别	篇数数	占同类百分比（%）	占《诗经》总数百分比（%）
风	有首序而无续序	6	3.75	1.97
	有首序也有续序	154	96.25	50.49
雅	有首序而无续序	34	32.38	11.15
	有首序也有续序	71	67.62	23.28
颂	有首序而无续序	32	80	10.49
	有首序也有续序	8	20	2.62

上述数字说明：第一，有"首序"而没有"续序"的，主要集中在《颂》之中，而《国风》中这种情况为最少。就《颂》《雅》《风》的顺序看，"续序"明显呈现逐步增多的趋势。这种现象如何解释？联系上述简文与《序》的对比研究，"续序"正是具体化、历史化、政治化论《诗》的具体体现。"首序"与"续序"的不同，固然在于"首序"笼统，"续序"具体，另外还有相当一部分"首序"，是讲诗的典礼的、仪式的作用，而这种情况又主要在《颂》和《雅》中。当《毛序》最后写成的时候，秦汉间人对于这样的典礼、仪式已经不甚了了，所以就采取了一仍原旧，而不加发挥，因而形成只有"首序"而没有"续序"的现象。这从另一方面支持了《序》是经过长期累积，而最终由秦汉间人编纂而成的观点。

关于《毛序》的作者，有不下十几种说法。笔者认为，秦汉间人大毛公（亨）为《毛序》的最终编纂者。[①] 所编纂的内容，当然包含有"国史"编诗对其礼乐作用的规定，当然包含

---

① 郑玄《诗谱》曰："鲁人大毛公为诂（故）训传于其家，河间献王得而献之，以小毛公为博士。""小毛公的时代，可由河间献王的年代推定，当为汉初人，约略与申公、辕固、韩婴同年辈；则大毛公当为秦汉间人，约略与浮丘伯同年辈。"参见徐复观《中国经学的基础》，台湾学生书局1982年版，第160页。

有自"国史"编诗以来，经由春秋至战国儒家论诗、说诗的见解，也应该包含有编纂者自己的见解。今所见《毛序》，则总体体现出编纂者身处乱世，通过探究、联系诗的本事，强调政治教化，而又以"美刺"为基本批评标准的《诗》学观。①

（原载《山东大学学报》2004 年第 5 期）

---

① 参见本书《〈毛传〉与〈毛序〉的同异比较，并论及〈毛序〉的作者》。

考索 14 《毛传》与《毛序》的同异比较，并论及《毛序》的作者

一

《毛序》作者问题，是《诗》学史长期众说纷纭的问题，也是研究的难点问题。我通过对上博《诗论》与《毛序》的对比研究，认为从先秦至汉初的《诗》学观念有明显的承继痕迹和呈现出阶段性：春秋时代"赋诗断章"多用《诗》的象征意义；孔子、孔门弟子论《诗》既重象征抽象的道理，又重政治教化作用；孟子一派注重联系史实寻觅《诗》旨；再到汉初沿袭并强化孔门一派重政治教化的《诗》学观，沿袭并强化孟子一派联系史实、寻觅诗旨的《诗》学观，从而更加追求诗的本事化和政治化。《诗》作为周代的一部典籍，本来就蕴含着丰富的"人文"内容，春秋以前，更多的是强调其"礼乐"价值，春秋以后，《诗》则成为阐发儒家思想的载体。《毛序》就是从西周"史官"编诗以来，经由春秋、战国而至秦汉之间，经长期累积，最后方由秦汉之间人编纂而成的体现儒家思想的一部经典。所编纂的内容，当然包含有"国史"编诗对其礼乐作用的规定，当然包含有自"国史"编诗以来，经由春

秋、战国至秦汉间儒家论诗、说诗的见解，也应该包含有编纂者自己的见解。今所见《毛序》，则总体体现出编纂者身处乱世，通过探究、联系诗的本事，强调政治教化，而又以"美刺"为基本批评标准的《诗》学观。

在确定了《毛序》产生的时代后，通过《毛传》与《毛序》的同异比较，并联系唐前有关《毛诗》的资料，则对确定《毛序》的作者有很大裨益。

二

通检《毛传》对诗义的解释（多在每首诗的首句《传》中）与《毛序》相比较，在体例上有相互联系的特点。首先，《序》解诗方式有类《毛传》者。如：《大雅·召旻》，《序》："凡伯刺幽王大坏也。旻，闵也，闵天下无如召公之臣也。"①《周颂·丝衣》，《序》："绎，宾尸也。高子曰：'灵星之尸也。'"前者训释字义，后者引孟子弟子之说，有类似《毛传》传诗的体例。其次，对同一篇诗义的解说，或《传》详而《序》略，或《传》略而《序》详，存在互为照应、互为发明的关系。

《传》详而《序》略者：如《周南·关雎》，《序》："后妃之德也。风之始也，所以风天下而正夫妇也。故用之乡人焉，用之邦国焉。"而《传》："后妃说乐君子之德，无不和谐，又不淫其色，慎固幽深，若关雎之有别焉，然后可以风化天下。夫妇有别则父子亲，父子亲则君臣敬，君臣敬则朝廷正，朝廷正则王化成。"如《邶风·二子乘舟》，《序》："思伋、寿也。卫宣公之二子争相为死，国人伤而思之，作是诗

---

① 本文所引《毛传》和《毛序》文字，均据王先谦撰《诗三家义集疏》，中华书局 1987 年版。

也。"而《传》:"二子,伋、寿也。宣公为伋娶于齐女,而美,公夺之,生寿及朔。朔与其母愬伋于公,公令伋之齐,使贼先待于隘而杀之。寿知之,以告伋,使去之。伋曰:'君命也,不可以逃。'寿窃其节而先往,贼杀之。伋至,曰:'君命杀我,寿有何罪?'贼又杀之。国人伤其涉危遂往,如乘舟而无所薄,泛泛然迅疾而不碍也。"如《小雅·白驹》,《序》:"大夫刺宣王也。"而《传》:"宣王之末,不能用贤,贤者有乘白驹而去者。"如《小雅·鼓钟》,《序》:"刺幽王也。"而《传》:"幽王用乐不与德比,会诸侯于淮上,鼓其淫乐以示诸侯,贤者为之忧伤。"如《大雅·绵》,《序》:"文王之兴,本由太王也。"而《传》:"古公处豳,狄人侵之,事之以皮币,不得免焉;事之以犬马,不得免焉;事之以珠玉,不得免焉。乃属其耆老而告之曰:'狄人之所欲,吾土地。吾闻之,君子不以其所养人者害人,二三子何患无君!'去之,逾梁山,邑乎岐山之下。豳人曰:'仁人之君,不可失也。'从之如归市,陶其土而复之,陶其壤而穴之。"凡此等等,皆此类也。

《传》略而《序》详者:如《召南·江有汜》,《序》:"美媵也。勤而无怨,嫡能悔过也。文王之时,江沱之间,有嫡不以其媵备数,媵遇劳而无怨,嫡亦自悔也。"而《传》:"嫡能自悔也。"如《卫风·淇奥》,《序》:"美武公之德也。有文章,又能听其规谏,以礼自防,故能入相于周,美而作是诗也。"而《传》:"武公质美德盛,有康叔之余烈。"如《唐风·山有枢》,《序》:"刺晋昭公也。不能修道以正其国,有财不能用,有钟鼓不能以自乐,有朝廷不能洒扫,政荒民散,将以危亡,四邻谋取其国家而不知,国人作诗以刺焉。"而《传》:"国君有财货而不能用,如山隰不能自用其财。"如《小雅·鹿鸣》,《序》:"燕群臣嘉宾也。既饮食之,又实币帛筐篚,以将其厚意，然后忠臣嘉宾得尽其心矣。"而《传》："以兴嘉乐宾客，当有诚恳相招呼以成礼也。"如《小雅·车攻》，《序》："宣王复古也。宣王能内修政事，外攘夷狄，复文武之境上，修车马，备器械，复会诸侯于东都，因田猎而选车徒焉。"而《传》："言诸侯来会也。"凡此等等，皆此类也。统而观之，《传》《序》解诗，《传》详而《序》略者，远不如《传》略而《序》详的数量为多。

三

通检《毛传》与《毛序》解诗，在内容上《传》与《序》相同或基本相同的，有83篇之多，《传》对《序》义或概括之，或解说之，或引申之，兹也举例如次。

《传》概括《序》义者。所谓概括《序》义，是说《传》对《序》的解诗，用一两句概括性很强的语言说明之，起到强化《序》义的作用。如《邶风·简兮》，《序》："刺不用贤也。卫之贤者，仕于伶官，皆可以承事王者也。"而《传》："乃宜在王室。"如《鄘风·相鼠》，《序》："刺无礼也。卫文公能正其群臣，而刺在位，承先君之化，无礼仪也。"而《传》："无礼仪者虽居尊位，犹为暗昧之行。"如《郑风·出其东门》，《序》："闵乱也。公子五争，兵革不息，男女相弃，民人思保其室家焉。"而《传》："思不存乎相救急。"如《邶风·匏风》，《序》："思周道也。国小政乱，忧及祸难，而思周道焉。"而《传》："下国之乱，周道灭也。"如《小雅·何草不黄》，《序》："下国刺幽王也。四夷交侵，中国背叛，用兵不息，视民如禽兽。君子忧之，故作是诗也。"而《传》："言万民无不从役。"凡此等等，皆此类也。

《传》解说《序》义者。所谓解说《序》义，是说或《序》未言明之而《传》言明之，或《传》就《序》义而结合诗意、诗境细说之。如《邶风·新台》,《序》:"刺卫宣公也。纳伋之妻,作新台于河上而要之,国人恶之而作是诗也。"而《传》:"水所以洁污秽,反于河上而为淫昏之行。"如《卫风·氓》,《序》:"刺时也。宣公之时,礼义消亡,淫风大行,男女无别,遂相奔诱。华落色衰,复相弃背,或乃困而自悔,丧其妃耦,故序其事以风焉。美反正,刺淫泆也。"而《传》:"言其有一心乎君子,故有悔。"如《郑风·叔于田》,《序》:"刺庄公也。叔处于京,缮甲治兵,以出于田,国人说而归之。"而《传》:"叔,大叔段也。田,取禽也。"如《大雅·生民》,《序》:"尊祖也。后稷生于姜嫄,文武之功起于后稷,故推以配天焉。"而《传》:"生民,本后稷也。姜,姓也。后稷之母,配高辛氏帝焉。"如《周颂·振鹭》,《序》:"二王之后来助祭也。"而《传》:"客,二王之后。"如《周颂·敬之》,《序》:"群臣进戒王也。"而《传》:"小子,嗣王也。"凡此等等,皆此类也。

《传》引申解《序》义者。所谓引申解《序》义,是说《传》虽也是就《序》义解诗,但涉及与《序》义相关联的另外层面上的一些内容。如《召南·草虫》,《序》:"大夫妻能以礼自防也。"而《传》:"卿大夫之妻待礼而行,随从君子。"如《邶风·日月》,《序》:"卫庄姜伤己也。遭州吁之难,伤己不见答于先君,以至困穷之诗也。"而《传》:"尽妇道,犹不得报。"如《邶风·匏有苦叶》,《序》:"刺宣公也。公与夫人并为淫乱。"而《传》:"卫夫人有淫泆之志,授人以色,假人以辞,不顾礼仪之难,至使宣公有淫昏之行。"如《邶风·终风》,《序》:"卫庄姜伤己也。遭州吁之暴,见侮慢而不能正也。"而《传》:"人无子道以来事己,己亦不得以母道往加之。"如《小雅·頍弁》,《序》:"诸公刺幽王也。暴戾无亲,不能燕乐同姓,亲睦九族,孤危将亡,故作是诗也。"而

诗经考索

《传》：“喻诸公非自有尊，托王之尊。奕奕然无所薄也。”凡此等等，皆此类也。以上三类，以《传》解说《序》义者数量为最多。

　　统观《传》《序》解诗，我们还发现另外一个特点，即是《传》与《序》相同的部分，相当多是与“小序”（又称“续序”，即每一篇《序》文第一句之后的文字）相同，甚至有些字句都相同。兹也举例如次：如《周南·麟之趾》，《序》：“关雎之应。关雎之化行，则天下无犯非礼，虽衰世之公子，皆信厚如麟趾之时也。”而《传》：“兴也。趾，足也。麟信而应礼，以足至者也。振振，信厚也。”如《召南·采蘩》，《序》：“夫人不失职也。夫人可以奉祭祀，则不失职矣。”而《传》：“公侯夫人执蘩菜以助祭，神飨德与信，不求备焉。”如《邶风·击鼓》，《序》：“怨州吁也。卫州吁用兵暴乱，是公孙文仲将而平陈与宋，人怨其勇而无礼也。”而《传》：“孙子仲，谓公孙子仲也，平陈与宋。”如《王风·黍离》，《序》：“闵宗周也。周大夫行役至于宗周，过故宗庙，宫室尽为禾黍，闵周室之颠覆，彷徨不忍去而作是诗也。”而《传》：“诗人自述离离见穟之穗，故历道其所更见。”如《唐风·山有枢》，《序》：“刺晋昭公也。不能修道以正其国，有财不能用，有钟鼓不能以自乐，有朝廷不能洒扫，政荒民散，将以危亡，四邻谋取其国家而不知，国人作诗以刺焉。”而《传》：“国君有财货而不能用，如山隰不能自用其财。”如《唐风·扬之水》，《序》：“刺晋昭公也。昭公分国以封沃，沃盛强，昭公微弱，国将叛而归沃焉。”而《传》：“闻曲沃有善政命，不敢以告人。”如《小雅·菁菁者莪》，《序》：“乐有材也。君子长育人材，则天下喜乐之矣。”而《传》：“君子能长育人材，如阿之长莪菁菁然。”如《小雅·巷伯》，《序》：“刺幽王也。寺人伤于谗，故作是诗也。”而《传》：“寺人而曰孟子者，罪已定矣，而将践刑，作此诗也。"

我们再把上述《传》与《序》相同或基本相同的 83 篇诗，作一总的统计，其中《国风》54 篇，占《国风》总数160 篇的 33.75%；占《诗经》总数 305 篇的 17.7%。《雅》26 篇，占《雅》诗总数 105 篇的 24.76%；占《诗经》总数305 篇的 8.52%。而《颂》为 3 篇，占《颂》诗总数 40 篇的 7.5%；占《诗经》总数 305 篇的 0.98%。兹列表如下：

《诗经》之《传》与《序》内容相同或基本相同数字统计表

风雅颂 类别	《传》与《序》类 相同的篇数	占同类诗篇数的百分比 （%）	占《诗经》总数的百分比 （%）
风	54	33.75	17.7
雅	26	24.76	8.52
颂	3	7.5	0.98

四

通检《毛传》与《毛序》，其内容明显不同者有 3 篇：《邶风·静女》，《序》："刺时也。卫君无道，夫人无德。"而《传》："女德贞静而有法度，乃可说也。既有静德，又有美色，又能遗我以古人之法，可以配人君也。"《序》为刺义，而《传》为美义。《郑风·山有扶苏》，《序》："刺忽也。所美非美然。"而《传》："狡童，昭公也。"《序》义"狡童"应为郑昭公忽"所美非美"之人，而《传》解为"昭公"。《陈风·宛丘》，《序》："刺幽公也。淫荒昏乱，游荡无度焉。"而《传》："子，大夫也。"《序》言所刺为"幽公"，而《传》解为"大夫"。

此外，除上述 86 篇诗外的其他诗篇，出于解《诗》体例的需要，《传》主要为训诂字词，不在比较之内。

上述同异比较，以及数字统计，反映出：（1）《传》与《序》相同的诗篇，多集中在《国风》中，其不同的三首也在《国风》之中。再看《雅》，《小雅》有20篇《序》与《传》相同；《大雅》仅有6篇；《颂》仅有3篇。这说明《传》的解诗，《传》对《序》的参与程度，是按颂、雅、风的顺序逐渐增多的趋势发展的。这既与春秋时代赋诗、引诗随时间发展所用《国风》数量逐渐增多的趋势相一致，也与《上博馆藏楚竹书（一）·孔子诗论》论诗，按颂、雅、风的顺序，简文与《序》相异数量增多的趋势相一致。这许多资料所反映出的现象，从另一角度，证明了《序》是经累积而成的可能性。这里特别要强调的是：（2）《传》与《序》在解诗的体例上有相互联系的特点；《传》与《序》在对诗的内容的解释上，有相互照应、相互发明的关系；《传》对《序》的解释既呈现《传》详《序》略、《传》略《序》详的状况，又表现为或概括之、或解说之、或引申之的具体而又不同的方面，这一切都表明，《传》与《序》存在内在的联系，而且可以进一步肯定《序》产生在前，而《传》产生在后。（3）《传》与《序》基本相同的诗篇有83篇之多，且《传》与《序》的相同部分，相当多是与"小序"（又称"续序"）相同，甚至是有些字句都相同。由此，我们就必须要思考《传》的作者与《序》的作者之间的关系问题了。

五

关于《毛诗》的材料，《史记》没有记载。现有有关《毛诗》的材料有：

（1）《汉书》在《儒林传》载："毛公，赵人也。治《诗》，为河间献王博士，授同国贯长卿。长卿授解延年。延年为阿武令，授徐敖。敖授九江陈侠，为王莽讲学大夫。由是言《毛诗》者，本之徐敖。"①

（2）在《艺文志》除载录"《毛诗》二十九卷。《毛诗故训传》三十卷"外，又曰："汉兴，鲁申公为《诗训故》，而齐辕固、燕韩生皆为之《传》。或取《春秋》，采杂说，咸非其本义，与不得已，鲁最为近之。三家皆列于学官。又有毛公之学，自谓子夏所传，而河间献王好之，未得立。"②

此两条材料出于《汉书》，也可视为刘向、刘歆的观点。

下面三条相关《毛诗》的材料应该都是出自郑玄的系统：

（1）郑玄对所谓逸诗《序》："《南陔》，孝子相戒以养也。《白华》，孝子之洁白也。《华黍》，时和岁丰，宜黍稷也"的《笺》释，曰："其义则与众篇之义合编，故存。至毛公为《诂训传》，乃分众篇之义，各置于其篇端。"③

（2）郑玄《诗谱》："鲁人大毛公为《故训传》于其家，河间献王得而献之，以小毛公为博士。"④

（3）晋陆玑《毛诗草木鸟兽虫鱼疏》："荀卿授鲁国毛亨，亨作《诂训传》以授赵国毛苌；时人谓亨为大毛公，苌为小毛公。"

东晋初年袁宏《后汉纪·孝章皇帝纪》下卷提出新的说法："毛诗者，出于鲁人毛苌，自谓子夏所传，河间献王好之。"

南朝宋范晔《后汉书·儒林列传》下又提出了新的说法：

（1）"赵人毛苌传《诗》，是为《毛诗》，未得立。"

（2）"卫宏字敬仲，东海人也。……初，九江谢曼卿善《毛诗》，乃为其训。宏从曼卿受学，因作《毛诗序》，善得

① 班固：《汉书·儒林传》卷八十八，中华书局1962年标点本，第3614页。
② 班固：《汉书·艺文志》卷三十，中华书局1962年标点本，第1708页。
③ 孔颖达：《毛诗正义》卷九之四，中华书局1980年版。
④ 郑玄：《诗谱》，见《通德遗书所见录》；又，王先谦：《诗地理考》六引"诗谱曰"同，台湾影印文渊阁《四库全书》本。

《风》《雅》之旨，于今传于世。"

（3）"中兴后，郑众、贾逵传《毛诗》，后马融作《毛诗传》，郑玄作《毛诗笺》。"

《隋书·经籍志》中有关《毛诗》的资料：

（1）"《毛诗》二十卷，汉河间太傅毛苌传，郑氏笺。"

（2）"《毛诗序义》二卷，宋通直郎雷次宗撰。梁有《毛诗义》一卷，雷次宗撰；《毛诗序注》一卷，宋交州刺史阮珍之撰；《毛诗序义》七卷，孙畅之撰。亡。"

（3）"《毛诗集小序》一卷，刘炫注。"

唐代有三方面材料：

（1）陆德明《经典释文》："旧说云：起此至'用之邦国焉'，名《关雎》序，谓之《小序》，自'风，风也'讫末，名为《大序》。沈重云：案郑玄《诗谱》意，《大序》是子夏作，《小序》是子夏、毛公合作，卜商意有不尽，毛更足成之。或云《小序》是东海卫敬仲所作。"①

（2）孔颖达《毛诗正义》："汉初为传训者，皆与经别行。《三传》之文，不与经连，故石经书《公羊传》皆无经文。《艺文志》云：'《毛诗》经二十九卷，《毛诗故训传》三十卷'，是毛为《故训》亦与经别也。……其《毛诗》经二十九卷，不知并何卷也。"②

（3）《史记》三家注多引《毛诗》资料，称"《毛传》""《毛苌云》""《诗传》"；《文选》李善注多引《毛诗》资料，称"《毛苌曰》"；《后汉书》章怀太子注也多引《毛诗》资料，称"《毛苌注》""《毛苌诗传》""《毛苌传毛诗》"，经复核，上述各注所引，皆系今所见《毛传》的内容。也就是说，

---

① 孔颖达：《毛诗正义》卷一之一引，中华书局 1980 年版。
② 孔颖达：《毛诗正义》卷一之一引，中华书局 1980 年版。

唐人有一种共识，今存《毛传》为毛苌所作。

　　以上基本包括了唐以前有关《毛诗》的记述资料。其中除卫宏作《毛诗序》已不被学术界认可；马融作《毛诗传》与今所谓《毛传》不是一个系统的问题，不予讨论外，可得出如下认识：（1）西汉的司马迁于《三家诗》记述甚详，而不及《毛诗》，这应与《三家诗》为今文列于学官而《毛诗》为古文流传于民间有关。（2）刘向、刘歆父子遍校秘府藏书作《别录》《七略》，班固据而成《汉书·艺文志》，虽较《史记》不同著录了《毛诗》，但与对《三家诗》的记述相比，仍显得简略得多。于传授者只记赵人小毛公而不及鲁人大毛公，且"又有毛公之学，自谓子夏所传"，显系不肯定之辞。连小毛公的名字"毛苌"还是《后汉书》第一次提到的。出现这种现象的原因，就不能不与汉代经学的今古文之争相联系了，因为刘歆在哀帝时就欲争《毛诗》等四种典籍立于学官，在实际上于汉平帝时《毛诗》等四种典籍都已列于学官了。班固虽然习《齐诗》，但作为一个严肃的历史学家，也不会有意舍弃刘向、刘歆有关《毛诗》的详细记述（如果有的话）。所以合理的理解是，在刘向、刘歆之时，关于《毛诗》的详细情况就出现了模糊性。模糊的原因不外乎两种：一是没有大毛公（亨）这个人，如有的研究者所主张，所谓的《毛诗》就是毛苌一个人所为。① 另一原因是，《毛诗》的系统中，因为涉及两个"毛公"，出现了复杂而又不宜厘清的问题，诸如授受关系、《毛诗故训传》的真正作者等，所以自刘向父子以至班固，都采取了一种比较含混的说法。我觉得后一种是合理的解释。正因为这种含混的说法，至东晋初年的袁宏作《后汉纪》，甚至把毛苌当

────────────

① 参见曹建国、张玖青《论上博简〈孔子诗论〉与〈毛诗序〉阐释差异——兼论〈毛诗序〉的作者》，《安徽警官职业学院学报》2003 年第 3 期。

作了"鲁人"。(3)郑玄虽习《韩诗》,但笺《诗》以宗毛为主,必然对《毛诗》下过一番潜研之功,所以《诗谱》《郑笺》所记述的有关《毛诗》的资料是可信的。郑玄虽然没有讲"毛公"的名字,只是称"大毛公"和"小毛公",也没有讲大、小毛公的授受关系,只是讲"鲁人大毛公为《故训传》于其家,河间献王得而献之,以小毛公为博士",但是,他的讲法与《汉书·儒林传》的讲法有重合之处,即《毛诗》得以成立,得以流传,与"好古"的河间献王有关,这又从另一方面反映出郑玄有关《毛诗》记述的可靠性。(4)隋代以前,已有《序》《传》分列的两个系统的《毛诗》本子流传:一个系统是"《毛诗》二十卷",明确标明为"河间太傅毛苌传,郑氏笺";另一个系统是专辑"毛诗序"并为之作注的本子,有《毛诗序义》二卷(宋通直郎雷次宗撰)、《毛诗序注》一卷(宋交州刺史阮珍之撰)、《毛诗序义》七卷(孙畅之撰,亡)、《毛诗集小序》一卷(刘炫注)。《隋书》所记反映的南北朝时《毛诗》传本的情况,应该是由来有自,与《汉书·艺文志》对毛诗的著录相一致(说详后)。(5)陆玑《毛诗草木鸟兽虫鱼疏》:"荀卿授鲁国毛亨,亨作《诂训传》以授赵国毛苌;时人谓亨为大毛公,苌为小毛公。"是力图要把毛诗一直含混不清的问题讲清楚,第一次提出了大、小毛公之别,第一次提出了大毛公名"亨",并讲明传授系统。(6)唐代人著述则都将《毛传》归之于毛苌所作。总之,就今天只能见到的上述资料前后联系起来看,我觉得,郑玄有关《毛诗》有分寸的资料记载,是值得我们充分重视的,以此为基点,联系其他记载,可能对确定《毛序》《毛传》的作者有所帮助。

六

先辨析郑玄"鲁人大毛公为《故训传》于其家"的"故

训传"的理解问题。

《汉书·艺文志》载:"《毛诗故训传》三十卷。"颜师古注曰:"故者,通其指义也。它皆类此。今流俗《毛诗》改故训传为诂字,失真耳。"这是一条非常重要的提示。西汉《诗》的传授中,"故"自为"故","传"自为"传",如《汉志》所记,既有"《齐后氏故》二十卷",又有"《齐后氏传》三十九卷";既有"《齐孙氏故》二十七卷",又有"《齐孙氏传》二十八卷";既有"《鲁故》二十五卷",又有"《鲁说》二十八卷"。此外,《汉书·儒林传》:"申公独以《诗》经为训故以教,亡传(师古注:'口说其指,不为所说之传。'),疑者则阙弗传。"足见,汉人所谓的"故训"与"传"肯定不同。那么,其所指究竟是什么?马瑞辰《毛诗传笺通释》曰:"《说文》:诂训,故言也。盖诂训第就经文所言者而诠释之,传则并经文所未言者而引申之,此诂训与传之别也。诂训本为故言,由今通古,皆曰诂训,亦曰训诂。"马氏引《说文》"诂训,故言也",愈证汉人心目中的"故"与"传"之不同。所谓的"故训"(也即后人改为的"诂训""训诂"),实即指颜师古所说的"通其指义""口说其指"的"指",也就是马瑞辰所说的"就经文所言而诠释之","以今通古",这也就是我们今天所指的《毛传》。而"传",因"并经文所未言者而引申之",涉及对诗内容的解释,实际上也就是我们今天所指的《毛序》。再反观《汉书·儒林传》"申公独以《诗》经为训故以教,亡传(zhuàn),疑者则阙弗传",可知汉初《诗》的传授,既有"以今通古""通其指义"的"故训",也应有"经文所未言者而引申之"的"传"(zhuàn),《鲁诗》因只有"故训",而无"传"(zhuàn),所以"疑者则阙弗传(chuán)"的事情就发生了。

明白了汉人心目中"故训"与"传"的区别,再来看《汉志》对《诗》的著录:"《诗经》二十八卷,鲁、齐、韩三家。"王先谦《汉书补注》："此三家全经，并以《序》冠其篇首，故皆二十八卷。"①"《毛诗》二十九卷。"《汉书补注》："此盖《序》别为一卷，故合全经为二十九卷。"这个"《毛诗》二十九卷"的本子，是经文（二十八卷）与《序》（一卷）合编的一个本子。"《毛诗故训传》三十卷。"《汉书补注》："古经传皆别行，毛作诗传，取二十八卷之经，析邶、鄘、卫风为三卷，故为三十卷也。"这个本子则是不包括经文的一个本子，因经文"析邶、鄘、卫为三卷"多出二卷，又因《序》仍置于篇首，所以正好是三十卷。王氏的这个说法，能从郑玄的说法中得到部分印证，即"毛公为《诂（故）训传》，乃分众篇之意，各置于其篇端"。如果王氏的这个说法不误，那么，大毛公所为的"故训传"，实际上就有了两个本子：一个是将《序》（汉人称"传"）别为一卷的含经文的本子；另一个是将《序》（汉人称"传"）置于篇端、将"传"（汉人称"故训"）分为三十卷，而不包括经文的一个本子。二十九卷本突出的是《序》（汉人称"传"）；三十卷本子则为《序》（汉人称"传"）、《传》（汉人称"故训"）合为一起的本子。至班固写《艺文志》，汉代这两个本子都在流传。从上引《隋书·经籍志》所载南北朝时《毛诗》的流传看，汉代《传》《序》分列为两个系统，对后代治《毛诗》者一直都有影响。

既然今所谓的《序》和《传》都是大毛公（亨）所"为"②，那么，小毛公（苌）又做了些什么？资料有缺，准确的判断很难做到了。但是，考察上述有关《毛诗》资料的系统，又透露

---

① 王先谦：《汉书补注》卷三十，中华书局1983年版，第869页。
② 关于大毛公的时代，可由《诗谱》"鲁人大毛公为《故训传》于其家，河间献王得而献之，以小毛公为博士"推知。小毛公为河间献王博士，当为汉初人，约略与申公、辕固、韩婴同年辈；则大毛公当为秦汉间人，约略与浮丘伯同年辈。参见徐复观《中国经学的基础》，台湾学生书局1982年版，第160页。

出许多信息。

信息 1：汉代流传的《毛诗》的两个本子，一个重《序》，一个重《传》，在客观上为《序》《传》的分立提供了条件，也为其作者的分立说提供了条件。

信息 2：联系郑玄的说法，如："其义则与众篇之义合编，故存。至毛公为《训（故）诂传》，乃分众篇之义，各置于其篇端。""案郑玄《诗谱》意，《大序》是子夏作，《小序》是子夏、毛公合作，卜商意有未尽，毛更足成之。"[①] 郑玄时已认为《序》为大毛公（亨）所作。

信息 3：小毛公（苌）在《毛诗》系统中有重要地位，《汉书·儒林传》："毛公，赵人也。治《诗》，为河间献王博士。"并详细讲了小毛公（苌）治《诗》的传授系统。

信息 4：《隋书·经籍志》已明指《毛诗》为"毛苌传"，张守节、李善等人作注引《毛苌注》，说明起码自南北朝起已明确把《传》的"著作权"归之于小毛公（苌）；这固然受到陆玑和范晔的影响，应该也是受到自郑玄以来言《序》为大毛公作又不言及小毛公（苌）的影响。

信息 5：通过《毛序》与《毛传》的比较，在内容上绝大部分相同，但也有明显不同者。不同者除前述三例外，《后汉书·孔融列传》"冤如巷伯"，李注引《毛苌注》："巷伯，内小臣也。掌王后之命于宫中，故谓之巷伯。伯被谗将刑，寺人孟子而作是诗，以刺幽王也。"[②] 此解与《序》"刺幽王也。寺人伤于谗，故作是诗也"不同。与今《毛传》"寺人而曰孟子者，罪已定矣，而将践刑，作此诗也"也不同，今《毛传》

---

① 孔颖达：《毛诗正义》卷一之一引《经典释文》中引"沈重云"，中华书局1980年版。

② 范晔：《后汉书·孔融列传》卷七十，中华书局1965年标点本，第2268页。

说"将刑"的是孟子，而《后汉书》注所引《毛苌注》，则说"将刑"的是巷伯。

将上述信息联系起来，我们有理由认为："鲁人大毛公为《故训传》于其家"，是说大毛公于鲁地的家中为"故训传"，其人未必就到了属于赵地的河间国；"河间献王得（书）而献之"后，《毛诗》在河间国发展，"以小毛公为博士"。小毛公既面对大毛公所作的《序》（汉人称"传"），也面对大毛公所作的《传》（汉人称"故训"），从这个意义上说，《序》《传》都应该经过了小毛公（苌）之手，但是，由于《序》的相对独立（由前述汉代两个流传本子可知），又由于起码至南北朝时即以为《传》为小毛公（苌）所作，所以推论小毛公（苌）授《诗》时，主要对《传》作了最后的加工、厘定工作，流传至今的《毛传》，是经小毛公（苌）加工、厘定后的本子，是符合情理的。这样，上述所分析的《传》与《序》基本相同，又存在种种内在联系的状况，就容易解释了；在基本相同的前提下，而又有些许差异的现象也就容易解释了。

对郑玄《诗谱》中的话与陆玑的话，还必须作一个辨析。郑玄讲的是"为"，而陆玑讲的是"作"。所谓"为"，当然包含有"作"之义，"故训传"的"故训"（即"毛传"）部分即为大毛公所作，为小毛公（苌）最后所厘定。但"为"比"作"所指实的范围又要宽泛得多。鲁人大毛公所"为"的"故训传"的"传"（即"序"）的内容，就不是大毛公所作，他所做的是"编纂而成"的工作。所谓"编纂而成"，是说大毛公将"国史"编《诗》时所作属于礼乐仪式上的规定，将自孔子以来孔门一派既重象征抽象的道理，又重政治教化的《诗》说，将孟子一派开始联系史实寻觅《诗》旨的《诗》说，将秦汉间人受孔、孟派影响，从而更加追求诗的本事化和政治化的《诗》说，当然也包括大毛公（亨）自己的见解，统统纳入代表自己《诗》学体系的《毛序》之中，使之成为以《诗》为载体体现儒家思想的一部经典。

要之，我认为，《毛序》的形成经历了一个很长的历史过程，它是由累积而成的通过论《诗》体现儒家思想的一部经典。通过《毛传》与《毛序》的对比，结合唐前《诗》学的相关资料，郑玄所说"大毛公（亨）为《故训传》"，实包括两个部分，《毛序》是大毛公（亨）对上述儒家《诗》说的"总其成"，当然也包括他自己的解《诗》意见；《毛传》虽也为大毛公（亨）所作，但经过了小毛公（苌）最后加工、厘定，小毛公苌在《毛诗》的传授中起到了重要作用。

*《毛传》与《毛序》内容相同或基本相同的篇目计83篇，为：《周南》之《关雎》《葛覃》《麟之趾》；《召南》之《采蘩》《草虫》《摽有梅》《江有汜》；《邶风》之《燕燕》《日月》《终风》《击鼓》《匏有苦叶》《式微》《旄丘》《简兮》《新台》《二子乘舟》；《鄘风》之《定之方中》《蝃蝀》《相鼠》《载驰》；《卫风》之《淇奥》《氓》《竹竿》《芄兰》《有狐》；《王风》之《黍离》《扬之水》《采葛》《丘中有麻》；《郑风》之《叔于田》《大叔于田》《子衿》《出其东门》；《齐风》之《鸡鸣》《东方未明》《南山》《卢令》《载驰》；《唐风》之《山有枢》《扬之水》《绸缪》《羔裘》；《秦风》之《蒹葭》《终南》《黄鸟》《晨风》；《陈风》之《东门之枌》《株林》；《桧风》之《素冠》《匪风》；《曹风》之《下泉》；《豳风》之《鸱鸮》《破斧》；《小雅》之《鹿鸣》《皇皇者华》《常棣》《菁菁者莪》《采芑》《车攻》《吉日》《白驹》《正月》《十月之交》《小弁》《巷伯》《谷

风》《北山》《无将大车》《鼓钟》《鸳鸯》《頍弁》《采
菽》《何草不黄》；《大雅》之《文王》《绵》《棫朴》《下
武》《生民》《公刘》；《颂》之《振鹭》《敬之》《有駜》。

（原载《西华师范大学学报》2003年第5期）

考索 15 从《左传》与《史记》称《诗》引《诗》的对比研究,看《毛序》的作期

一

《毛序》的写作时代和作者问题,是《诗经》学中的重要问题,也是自古以来《诗经》学中争论最多的问题之一。围绕《毛序》作者、作期的不同意见至少有十几种之多。其中最为代表性的意见有四种:孔子弟子子夏所作、孟子学派所作、毛公与毛苌所作、卫宏所作。他们分别所处的时代为:春秋末、战国中、秦汉之交至西汉初年、东汉前期。应该说上述观点都有文献的根据,而反对者的意见也不能说都不成立。于是,有关《毛诗序》的作期问题,形成了长期争论而最终也不能统一的局面。

笔者在接触了大量的相关《毛序》的资料之后,特别是详细研读了《上博楚竹书·孔子论诗》的竹简之后,认为对《毛序》的研究,是否可拓展一些思路:如鉴于先秦两汉(特别是先秦)的许多典籍如《论语》《庄子》《墨子》《左传》等,都有陆续编集而成的现象,鉴于先秦两汉(特别是先秦)著作权的概念并不明显的情况,将《毛序》的成书设想为有一个编集过程,将其放到《毛诗》流传的系统中,考察其作者和

作期；又如，《毛序》毫无异议是体现儒家思想观念的一部文献，既然面对如此繁多，又如此矛盾的相关《毛序》的记载，从《毛序》所表述的思想观念入手，与春秋末至汉初的思想观念的发展变化相比较，这对于确定《毛序》的作期，无疑是很有帮助的；再如，对于一部承载众多文化、思想的文献而言，确定其写作时代比认定作者更为重要，且确定了写作时代，对认定作者又必然有很大的帮助。

正是基于上述认识，笔者选取了四个"坐标"分别与《毛序》所体现出的思想观念进行了比较研究，这四个"坐标"是：春秋时代的"赋诗断章"、上博楚简《孔子论诗》、孟子论诗，以及毛亨、毛苌所作之《毛传》。所得出的基本意见为："从先秦至汉初的《诗》学观念有明显的承继痕迹和呈现出阶段性：春秋时代'赋诗断章'多用诗的象征意义；孔子、孔门弟子论《诗》，既重象征抽象的道理、又重政治教化作用；孟子一派注重联系史实寻觅《诗》旨；再到汉初沿袭并强化孔门一派重政治教化的《诗》学观，沿袭并强化孟子一派联系史实、寻觅《诗》旨的《诗》学观，从而更加追求《诗》的本事化和政治化。""所谓'编纂而成'，是说大毛公将'国史'编《诗》时所作属于礼乐仪式上的规定，将自孔子以来孔门一派既重象征的道理、又重政治教化的'诗说'，将孟子一派开始联系史实寻觅《诗》旨的《诗》说，将秦汉间人受孔、孟派影响，从而更加追求《诗》的本事化和政治化的《诗》说，当然也包括大、小毛公自己的见解，统统纳入代表自己《诗》学体系的《毛序》之中，使之成为以《诗》为载体体现儒家思想的一部经典。"①

---

① 参见本书《上博〈诗论〉的论诗特点与〈毛序〉的作期》《从〈汉书〉称〈诗〉论定〈毛诗序〉基本完成于〈史记〉之前》《关于〈毛诗序〉作期和作者的若干思考》诸文。

十分明显，笔者的结论是，起码在汉初《毛序》已经基本完成了。这就遇到一个问题，即如何看待卫宏作《毛序》的问题。《后汉书·儒林列传》言之凿凿："卫宏，字敬仲，东海人也。……初，九江谢曼卿善《毛诗》，乃为其训。宏从曼卿受学，因作《毛诗序》，善得《风》《雅》之旨，于今传于世。"[①] 也正因为此，所以后世多有人从之。最近读到一篇《论〈毛诗序〉非一人一时所作》的文章，其思考问题的视野是很值得赞赏的，但其结论"《毛诗序》中涉及《左传》与《史记》的诗序，不可能是毛亨、毛苌所作，西汉偏晚的徐敖、陈侠、东汉时期的谢曼卿、卫宏等，当是《毛诗序》不断充实完善重要人物"。[②] 这个结论得出的前提，是《左传》为刘歆所伪造，《左传》许多史实根据《史记》。这涉及《左传》的真伪、成书时代等问题。笔者认为，目前学术界占主导倾向的意见，即《左传》是先秦的、可资信赖的一部重要的典籍，而不是汉代刘歆伪造的观点，应该得到承认。如杨伯峻《〈左传〉成书年代论述》[③]，胡念贻《〈左传〉的真伪和写作时代的考辨》[④]，赵光贤《〈左传〉编纂考》[⑤]。这篇短文不可能再详细讨论这个问题。但无论如何，该文的结论还是很清楚的，即《毛序》不可能在汉初就完成或基本完成，应该是西汉偏晚或东汉时代的产物。既然《毛序》根据了《史记》中的史实，那么，其完成就应该是汉宣帝或宣帝以后的时代，因为《史记》直到汉宣帝时才公布于众。文章对我思考该问题有很大的

① 范晔:《后汉书·儒林列传》卷七十九下，中华书局 1965 年标点本，第 2575 页。
② 张启成:《论〈毛诗序〉非一人一时所作》，《贵州文史丛刊》2003 年第 3 期。
③ 杨伯峻:《〈左传〉成书年代论述》，《文史》第六辑，中华书局 1979 年版。
④ 胡念贻:《〈左传〉的真伪和写作时代的考辨》，《文史》第十辑，中华书局 1981 年版。
⑤ 赵光贤:《〈左传〉编纂考》，《中国历史文献研究集刊》第一集，湖南人民出版社 1980 年版;《中国历史文献集刊》第二集，岳麓书社 1982 年版。

启发，也即考察《毛序》只根据前面所立的四个"坐标"还很不够，《史记》中称《诗》涉及《诗》内容方面的资料，应该而且必须进入我们的研究视野。后汉卫宏作《毛诗序》的意见，也应该充分重视。

二

《毛序》论《诗》有几种固定的类型，如直接说明诗义，和联系史实论《诗》就是其中两种重要的类型。直接说明《诗》义的一类，在《史记》的称《诗》、引《诗》中没有反映，而在《左传》的称《诗》、引《诗》中，却能看出《左传》所用诗义与《毛序》说诗义之间的联系。这对考察《毛序》与《左传》的关系是至为主要的。

（1）《左传·襄公十五年》："君子谓楚于是乎能官人。官人，国之急也。能官人，则民无觊心。《诗》云：'嗟我怀人，置彼周行。'"① 所引为《周南·卷耳》之诗句。该诗《毛序》曰："后妃之志也。又当辅佐君子求贤审官，知臣下之勤劳，内有进贤之志，而无险诐私谒之心，朝夕思念，至于忧勤也。"②《左传》说"能官人"，而《毛序》说"求贤审官"，二者意义相近，其有内在意义上的联系是清楚的。

（2）《左传·文公七年》："（宋）昭公将去群公子，乐豫曰：'不可。公族，公室之枝叶也，若去之，则本根无所庇荫矣。《葛藟》犹能庇荫其本根，故君子以为比，况国君乎？此谚所谓庇焉而纵寻斧焉者也。必不可，君其图之。'"《葛藟》见《王风》，其《毛序》曰："王族刺平王也。周室道衰，弃

① 杜预：《春秋左传集解》，上海人民出版社 1977 年版。后凡引《左传》皆据此书。
② 孔颖达：《毛诗注疏》，中华书局 1978 年版。后凡引《毛序》皆据此书。

其九族焉。"《葛藟》诗云:"绵绵葛藟,在河之浒。终远兄弟,谓他人父。谓他人父,亦莫我顾。"《左传》所谓"君子以为比",是取诗义"葛藟尚庇荫其本根,而兄弟却不能相亲"。而《毛序》由"兄弟不能相亲",引申出"弃其九族"。也能看出其内在意义上的联系。此外,春秋中前期的乐豫明确说《葛藟》是一首歌谣民谚,证明了今人《诗经》一部分诗采集民歌而成的结论,也具有《诗经》学史料的价值,这当然是另外的问题了。

(3)《左传·襄公二十九年》:"吴公子季札来聘,请观于周乐。为之歌《唐》,曰:'思深哉!其有陶唐氏之遗民乎?不然,何忧之远也。非令德之后,谁能若是?'"《唐风·蟋蟀》的《毛序》曰:"刺晋僖公也。俭不中礼,故作是诗以闵之,欲其及时以礼自虞乐也。此晋也,而谓之唐,本其风俗忧深思远,俭而用礼,乃有尧之遗风焉。"《左传》载吴季札对《唐风》的评价是"有陶唐氏之遗民","何忧之远",而《毛序》则说"其风俗忧深思远",其中存在的内容上的联系也很明显。

(4)《左传·襄公二十七年》:"伯有赋《鹑之奔奔》,赵孟曰:'床笫之言不逾阈,况在野乎?非使人所得闻也。'"《鹑之奔奔》见《鄘风》,其《毛序》曰:"刺卫宣姜也。卫人以为宣姜鹑鹊之不若也。"联系杜注:"卫人刺其君淫乱,鹑鹊之不若也","此诗刺淫乱,故云床笫之言"。可见,伯有虽为赋诗,但所取诗刺淫乱之义无疑,同样可以看出《左传》所用诗义,与《毛序》义,存在有内在的意义上的联系。

诚然,《左传》的称《诗》、引《诗》,是基于特殊场合下的产物,不可能是对《诗》义的直接说明,但通过与《毛序》的比较,仍能发现其在内容上、文辞上有因果的关系。这些材料证明,《毛序》的作者不可能没有见过《左传》。

三

　　《毛序》的确有联系史实论《诗》的特点。所以围绕《毛序》论《诗》所联系史实的出处，即是说，究竟是根据的《左传》还是根据的《史记》，对确定《毛序》完成的时代，应该具有非常重要的价值。若《毛序》在汉初已经完成或基本完成，那么其论《诗》所联系的史实，应主要根据《左传》，当然也还有其他的典籍；若《毛序》完成于西汉偏晚或东汉时代，那么，其论《诗》所联系的史实，应该主要根据《史记》了。

　　笔者通过对《毛序》（集中在《国风》）联系史实论《诗》内容的考察，发现有一部分《毛序》所联系的史实，不见于《史记》而仅见于《左传》；另一部分《毛序》所联系的史实，既见于《左传》，也见于《史记》。故分而述之。

　　（一）仅见于《左传》而不见于《史记》者

　　（1）《左传·成公二年》载：楚共王即位，要发动一次对鲁国的战争，派巫臣到齐国，告诉出兵的日期。可是这个巫臣"尽室以行"，即把家室财产都带上了。这时有个叫申叔跪的人要到郢都，路遇巫臣，说："异哉！夫子有三军之惧，又有《桑中》之喜，宜将窃妻以逃者也。"所谓"有三军之惧"，指对将要发生的战争有忧惧之心，而所谓"《桑中》之喜"，是指"窃妻以逃也"。《桑中》见《鄘风》，其《毛序》曰："刺奔也。卫之宫室淫乱，男女相奔，至于世族在位，相窃妻妾，期于幽远，政散民流而不可止。"《左传》说"窃妻以逃"；《毛序》说"相窃妻妾，期于幽远"，内容上有内在的联系。

　　（2）《左传·闵公二年》："郑人恶高克，使师师次于河上，久而弗召，师溃而归。高克奔陈，郑人为之赋《清人》。"《清人》见于《郑风》，其《毛序》曰："刺文公也。高克好利而不顾其君，文公恶而欲远之，不能，使高克将兵而御敌于竟。陈其师旅，翱翔河上，久而不召，众散而归，高克奔陈。公子素恶高克进之不以礼，文公退之不以道，危国亡师之本，故作是诗也。"有关《清人》的史实，《史记》无载，而《左传》记载了事情的始末。《毛序》所联系史实，与《左传》同。

（3）《左传·闵公二年》："初，（卫）惠公之即位也少，齐人使昭伯烝于宣姜。不可，强之。生齐子、戴公、文公、宋桓夫人、许穆夫人。"《毛序》的作者结合这段史实来解释《卫风·墙有茨》，其《毛序》曰："卫人刺其上也。公子顽通乎君母，国人疾之，而不可道也。"昭伯，也即公子顽，为惠公庶兄，宣公之子。事情的原委是，卫宣公死，其子朔在齐国人的帮助下立为惠公。可是惠公年少，考虑到齐国在卫国的长远利益，所以齐国人强迫惠公的庶兄昭伯也即公子顽与宣公之妻宣姜发生性关系，昭伯开始不同意，但最后还是同意了，结果生了齐子、戴公、文公、宋桓夫人、许穆夫人。这是卫国宫廷中的一段秽事，此事在《史记·卫康叔世家》中没有记载，而《毛序》联系《左传》所记，用于解释《卫风·墙有茨》。如果说《毛序》的作者没有见过《左传》而仅根据《史记》，这种现象就很难以解释。

（二）既见于《左传》，又见于《史记》者

该类情况比上述一类情况要复杂得多。上类诸例，既然《毛序》说《诗》用以联系的史实于《史记》中无载，而在《左传》中有载，当然就能很直接地证明《毛序》的史实取自《左传》，当然也就是在《史记》之前，《毛序》已经基本完成的证明。而该类情况的复杂在于，《毛序》所用以联系说《诗》的史实，既见于《左传》又见于《史记》，如何判断其是依据的《左传》而不是依据的《史记》呢？办法还是有的，这就是特别要注意《毛序》所用的史实，用《毛序》所用的史实与《左传》《史记》所记载的史实进行仔细比照，来看《毛序》的写作究竟是根据的《左传》，还是根据的《史记》。其比照、考证虽然烦琐，但有利于加深对问题的认识。

（1）《毛序》解说《卫风·定之方中》，联系了一段卫国遭外侵国家动乱的史实，曰："《定之方中》，美卫文公也。卫为狄人所灭，东徙渡河，野处漕邑，齐桓公攘戎狄而封之。文公徙居楚丘，始建城市而营公室，得其时制，百姓说之，国家殷富焉。"《毛序》讲到了卫国遭狄人进攻而国灭，先是在漕邑立国，后又在齐桓公的帮助下，在楚丘复国，并建立宫室。并认为诗为美卫文公而作。这段概括性很强的史实，在《左传·闵公二年》有详细记述。如：闵公二年，"及狄人战于荧泽，卫师败绩，遂灭卫"；"狄入卫，遂从之，又败诸河"；"宋桓公逆诸河，宵济，……立戴公以庐于曹"；"齐桓公使公子无亏帅车三百乘、甲士三千人以戍曹"；"僖（公）之二年，封卫于楚丘"。《毛序》所说史实的过节与《左传》完全相同。至于《序》以为美卫文公而作，当与同样为《闵公二年》所记"卫文公大布之衣，大帛之冠，务材训农，通商惠工，敬教劝学，授方任能"有关。

关于《毛序》所涉及的这段史实，《史记·卫康叔世家》也有记述，但其记述的重点在卫君世次的变化，至于《毛序》所涉及的事件，有的就不见了。《毛序》所言"东徙渡河，野处漕邑"，在《左传》中为"宋桓公逆诸河，宵济，……立戴公以庐于曹"，而《史记》载："懿公之立也，百姓大臣皆不服。自懿公父惠公朔之谗杀太子伋代立至于懿公，常欲败之，卒灭惠公之后而更立黔牟之弟昭伯顽之子申为君，是为戴公。"① 这段记载很明显地没有了《左传》"宋桓公逆诸河，宵济，……立戴

① 司马迁：《史记》，中华书局 1975 年标点本。后凡引《史记》皆据此书。

公以庐于曹"的情节；也没有《毛序》"东徙渡河，野处于漕"的情节；而且，立戴公者成了卫的"百姓大臣"。这样比较之后，如果不存偏见的话，《定之方中》的《毛序》应该是依据《左传》的史实写成的，而不可能是未见《左传》而仅依据《史记》写成的。

（2）春秋时代，齐襄公与鲁桓公夫人文姜淫乱之事，在齐、鲁两国上下都产生了较大的反响。《诗·齐风》有四首诗的《毛序》直接讲这件事：

《南山》诗《毛序》曰：

> 刺襄公也。鸟兽之行，淫乎其妹，大夫遇是恶，作诗而去之。

《蔽笱》诗《毛序》曰：

> 刺文姜也。齐人恶鲁桓公微弱，不能防闲文姜，使至淫乱，为二国患焉。

《载驱》诗《毛序》曰：

> 齐人刺襄公也。无礼义，故盛其车服，疾驱于通道大都，与文姜淫，播其恶于万民焉。

《猗嗟》诗《毛序》曰：

> 刺鲁庄公也。齐人伤鲁庄公有威仪技艺，然而不能以防闲其母，失子之道，人以为齐侯之子焉。

关于齐襄公与文姜的淫乱史实，《左传》与《史记》都有记载。我们先看《史记》的记载。

《鲁周公世家》：

（桓公）三年，使挥迎妇于齐为夫人。

（桓公）十八年春，公将有行，遂与夫人如齐。申繻谏止，公不听，遂如齐。齐襄公通桓公夫人。公怒夫人，夫人以告齐侯。夏四月丙子，齐襄公享公，公醉，使公子彭生抱鲁桓公，因命彭生折其胁，公死于车。鲁人告于齐曰："寡君畏君之威，不敢宁居，来修好礼。礼成而不反，无所归咎，请得彭生以除丑于诸侯。"齐人杀彭生以说鲁。

《齐太公世家》：

（襄公）四年，鲁桓公与夫人如齐。齐襄公故尝私通鲁夫人。鲁夫人者，襄公女弟也，自釐公时嫁为鲁桓公妇，及桓公来而襄公复通焉。鲁桓公知之，怒夫人，夫人以告齐襄公。齐襄公与鲁君饮，醉之，使力士彭生抱上鲁君车，因而拉杀鲁桓公，桓公下车则死矣。鲁人以为让，而齐襄公杀彭生以谢鲁。

我们再来看《春秋》和《左传》的记载。

《左传·桓公三年》：

会于嬴，成昏于齐也。

秋，公子翚如齐逆女，修先君之好。故曰"公子"。齐侯送姜氏于欢，非礼也。凡公女，嫁于敌国，姊妹上卿送之，以礼于先君；公子，则下卿送之。于大国，虽公子，亦上卿送之。于天子，则诸卿皆行，公不自送。于小国，则上大夫送之。

《左传·桓公十八年》：

春，公将有行，遂与姜氏如齐。申繻曰："女有家，男有室，无相渎也，谓之有礼，易此必败。"公会齐侯于泺，遂及文姜如齐。齐侯通焉。公谪之。以告。夏四月，丙子，享公。使公子彭生乘公，公薨于车。鲁人告于齐曰："寡君畏君之威，不敢宁居，来修旧好。礼成而不反，无所归咎，恶于诸侯。请以彭生除之。"齐人杀彭生。

《春秋经·庄公元年》：

三月，夫人孙于齐。（杜注：夫人，庄公母也。鲁人责之，故出奔。内讳奔，谓之孙，犹孙让而去。）

《春秋经·庄公二年》：

冬，十有二月，夫人姜氏会齐侯于禚。（杜注：禚，齐地。）

《左传·庄公二年》：

冬，夫人姜氏会齐侯于禚，书奸也。（杜注：文姜前与公俱如齐，后惧而出奔，至此始与齐好会。会非夫人之事，显然书之。《传》曰"书奸"，奸在夫人。文姜比年出会，其义皆同。）

《春秋经·庄公五年》：

夏，夫人姜氏如齐师。（杜注：无《传》，书奸。）

《春秋经·庄公七年》：

春，夫人姜氏会齐侯于防。（杜注：防，鲁地。）

《春秋经·庄公七年》：

冬，夫人姜氏会齐侯于谷。（杜注：无《传》。谷，齐地。）

《左传·庄公七年》：

春，文姜会齐侯于防。齐志也。（杜注：文姜数与齐侯会，至齐地则奸发夫人，至鲁地则齐侯之志。故《传》略举二端以言之。）

将上述原始材料原原本本地称引，实在是不得已的事情。因为不如此，所要说明的问题就不能凸显出来。在详细地阅读了上述资料后，我们会发现，是的，《毛序》所涉及的有关齐襄公与文姜淫乱的事情，在《史记》和《春秋》、《左传》中的确都有记载，但是又发现，其详略程度大大不同。《史记》是概括的记述，而《春秋》《左传》按事件发生的时间顺序详细记述，事件发生的时间、地点、经过，都清清楚楚。许多具体事件，如在鲁桓公被杀之后，作为鲁桓公夫人的文姜，先是出奔到齐国，后来，三番五次地与齐襄公或在齐地、或在鲁地幽会，其时间有七年之久，其次数有四次之多。我们还注意到，《毛序》联系这段史实用以解释《齐风》的《南山》《敝笱》《载驰》《猗嗟》，通通释为"刺诗"，或"刺齐襄"，或"刺文姜"，或"刺鲁庄"。对这件事批评、厌恶的感情，不能说《史记》就没有，但只要稍作对比，就会发现，不要说以"微言大义""春秋笔法"为特点的《春秋》反复记载此事所表露的批评、厌恶情绪是明显的，就是《左传》，如先在《庄公二年》记载：冬，文姜主动到齐地的禚，与齐襄公相会，并明确表示是"书奸也"。这所谓的"奸"，当然是"奸自夫人"。这当然与《毛序》所谓的"刺文姜"有关系了。又如，《左传》于《庄公七年》记载：春，齐襄公主动与文姜在鲁地的"防"相会，并明确表示是"齐志也"，也就是说这是出于齐襄公的意愿。这当然与《毛序》所谓"刺襄公"有关系了。特别值得注意的是，《猗嗟》诗的《毛序》说是"刺鲁庄公也。齐人伤鲁庄公有威仪技艺，然而不能以防闲其母，失子之道，人以为齐侯之子焉"。所谓的鲁庄公"不能以防闲其母"，当然是指鲁桓公死后，文姜与齐襄公的多次恣意幽会，可是这样的史实仅见于《左传》，而在《史记》中没有记载。通过以上详细比较，我们还能说《毛序》是根据《史记》记述的历史，而不是根据《左传》记述的历史而写作的吗？

四

《论〈毛诗序〉非一人一时所作》集中举出了《唐风》的《毛序》，认为其写作是根据了《史记·卫康叔世家》。笔者仔细案覆了这些资料，发现情况并非如此简单，也得不出《唐风》的《毛序》是"比附《晋世家》而来"的结论。

（1）《椒聊》的《毛序》曰："刺晋昭公也。君子见沃之盛强，能修其政，知其蕃衍盛大，子孙将有晋国矣。"

而《晋世家》曰："昭侯元年，封文侯弟成师于曲沃。曲沃邑大于翼。翼，晋君都邑也。成师封曲沃，号为桓叔。靖侯庶孙栾宾相桓叔。桓叔是时年五十八矣，好德，晋国之众皆附焉。君子曰：'晋之乱其在曲沃矣。末大于本而得民心，不乱何待！'"

论者认为《毛序》和《晋世家》都提到了"君子"，当然应该是《毛序》比附《晋世家》很有力的证据。

可是，这件事在《左传·桓公二年》有更详细的记载："惠（指鲁惠公）之二十四年，晋始乱，故封桓叔于曲沃，靖侯之孙栾宾傅之。（杜注：桓叔之高祖父，言得贵宠公孙为傅相。）师服曰：'吾闻国家之立也，本大而末小，是以能固。故天子建国，诸侯立家，卿置侧室，大夫有贰宗，士有隶子弟，庶人工商各有分亲，皆有等衰。是以民服事其上而下无觊觎。今晋，甸侯也，而建国。本既弱矣，其能久乎？'"

仔细比较，就会发现，《晋世家》与《左传》所记皆为晋昭侯封桓叔于曲沃，形成"末大于本"，使晋危殆的史实。《晋世家》所谓的"君子"，正是《左传》中的"师服"，而"师服"为晋国的一位大臣。既然《晋世家》在叙写该段史实时，可以称"师服"为"君子"，那么，《毛序》出于体例的需要，将"师服"称为"君子"又为何不可能呢？所以，仅从《晋世家》和《毛序》都用了"君子"二字，并不能得出《毛序》不是据《左传》而是由"《史记》比附而来"的结论。

（2）论者又举出了《唐风·无衣》的《毛序》与《晋世家》对比，《无衣》的《毛序》曰："美晋武公也。武公始并晋国，其大夫为之请命乎天子之使，而作是诗也。"

而《晋世家》曰："曲沃武公伐晋侯缗，灭之，尽以其宝器赂献于周釐王。釐王命曲沃武公为晋君，列为诸侯，于是尽并晋地而有之。"

于是得结论，"可见《毛序》此条亦是由附会《晋世家》而来"。

仔细阅读上述资料，《毛序》所谓"其大夫为之请命乎天子之使"的这位"天子的使者"，在《晋世家》中并没有着落。可是在《左传》的相关记述中，却能发现事件的原委。如下所示。

《左传·桓公八年》："八年春，灭翼。""冬，王命虢仲立晋哀侯之弟缗于晋。"这是说，曲沃的武公伐晋都城翼灭晋，可是周桓王并不承认，反而派王的卿士虢公林父（即虢仲）立哀侯的弟弟缗为晋侯。

《左传·庄公十六年》："（周釐）王使虢公命曲沃伯以一军为晋侯。"这是说，在经过了二十六年之后（鲁桓公共十八年），晋武公在实际上并有晋国之后，周釐王在不得已的情况下，将晋武公由伯升为侯，等于正式承认了其作为晋国国君的地位。但只把它作为一个小国，所以只封一军的武装。派去封晋武公为侯的这个人，是王的卿士"虢公"，也就是上次"立晋哀侯之弟缗于晋"的那位"虢仲"，也就是《毛序》所说的那位"天子之使"。

《左传·庄公十八年》："十八年春，虢公、晋侯朝王，王飨醴，命之宥，皆赐玉五珏，马三匹。非礼也。"这是说，虢公受周釐王之命，封晋武公为晋侯两年后，作为王的使者，与晋侯一同到洛邑朝见周釐王，王举行了"飨礼"，又在饮宴时赐给虢公和晋侯各色物品。按礼的规定，作为侯和作为卿的赏赐应该是不同的，所以说是"非礼也"。

由上引《左传》所记史实看，《毛序》所谓的"天子之使"，当然就是既是周桓王、又是周釐王的卿士虢仲（又称虢公），《毛序》所言"其大夫为之请命乎天子之使"的时间，正是虢公作为王的使者前去封晋武公为侯时所发生的事情。这些具体的、细微的事件过节，在《晋世家》中没有任何反映，而于《左传》却有详细的记述。又怎能说《毛序》是"附会《晋世家》而来"的呢？

（3）论者在谈到《唐风》之《毛序》比附《晋世家》而成时，还举出了又一证据。《鸨羽》的《毛序》曰："昭公之后，大乱五世。"《郑笺》曰："大乱五世者，昭公、孝侯、鄂侯、哀侯、小子侯。"论者认为："郑注非，据《晋世家》载，大乱五世者，当指孝侯、鄂侯、哀侯、小子侯与晋侯缗。'大乱五世'，《左传》记载不全，唯《晋世家》记载清晰，故此是《毛序》比附《晋世家》又一证据。"

这里涉及晋国春秋初期旷日持久的大乱的史实。这场大乱经历了晋昭公（即昭侯）、孝侯、鄂侯、哀侯、小子侯和缗侯。这在《晋世家》中的确有"清晰"的记载。问题在于晋国的这段动乱，在《左传》有没有记载；问题还在于所谓的"大乱五世"，究竟包括还是不包括晋昭公（即晋昭侯）。论者的意见是不包括晋昭公，而应该包括晋缗侯。先看《左传》有关晋国这段动乱的记载。

《左传·桓公二年》：

> （鲁）惠之三十年，晋潘父弑昭侯而纳桓叔，不克，晋人立孝侯。（鲁）惠之四十五年，曲沃庄伯伐翼，弑孝侯，翼人立其弟鄂侯。鄂侯生哀侯。哀侯侵陉庭之田。陉庭南鄙启曲沃伐翼。

《左传·桓公三年》：

> 三年春，曲沃武公伐翼，次于陉庭。韩万御戎，梁弘为右，逐翼侯于汾隰，骖绝而止。夜获之，及栾共叔。

《左传·桓公七年》：

> 冬，曲沃伯诱小子侯，杀之。

《左传·桓公八年》：

> 八年春灭翼；冬，王命虢仲立晋哀侯之弟缗于晋。

《左传·庄公十六年》：

> 王使虢公命曲沃伯以一军为晋侯。

《左传》记述的史实是：鲁惠公三十年，晋国的大夫潘父杀死晋昭侯，打算立桓叔而没有成功，晋人立孝侯。鲁惠公四十五年，封于曲沃的桓叔之子庄伯又伐晋国都城翼，杀死孝侯，结果晋人立孝侯之弟为鄂侯，后又立鄂侯之子为哀侯。哀侯侵占陉庭，于是引发了第二年曲沃武公（庄伯之子，桓叔之孙）攻打翼城的事情，其结果翼侯（即哀侯）被俘虏。又过了四年，曲沃伯武公诱杀小子侯。第二年，晋伯武公灭晋，但周桓王不同意他为侯，所以又立哀侯之弟缗为晋侯。直到鲁庄公十六年，在经过了二十六年之后，周釐王才正式封曲沃伯武公为晋侯。

《左传》记述了晋国长达六十二年的这场动乱，经历了晋国的昭侯、孝侯、鄂侯、哀侯和小子侯五代国君。正是基于此，所以《毛序》解《椒聊》说"昭公之后，大乱五世"。换言之，《毛序》所谓"大乱五世"，在《左传》中都有记载。正是基于此，历代对"五世"的解释，都认为是"昭侯、孝侯、鄂侯、哀侯和小子侯"，《郑笺》是如此，《孔疏》也是如此。

这次动乱包不包括动乱之始的"昭侯",涉及对古文常用到的"之后"一词的理解问题。古人对"某某之后"的理解，都是包括"某某"在内的。我们就举《诗经》的例子：《毛诗谱·郑谱》："桓公从之言，然之后三年，幽王为犬戎所杀，桓公死之。"《孔疏》："问史伯在九年，至十一年而幽王被杀，是言'然之后三年也'。"又如《毛诗谱·小大雅谱》："《大雅·民劳》、《小雅·六月》之后，皆谓之变雅，美恶各以其时，亦显善惩过正之刺也。"《毛序》："《民劳》，召公刺厉王也。"《释文》："从此至《桑柔》五篇，是厉王变《大雅》。"《毛序》："《六月》，宣王北伐也。"《释文》："从此至《无羊》十四篇，是宣王之变《小雅》。"无论是《孔疏》，也无论是《释文》，凡讲"某某之后"，都是把"某某"包括在内的。这样看来，对《椒聊》的《毛序》所言"昭公之后，大乱五世"，一定要把"昭公"排除在外，是否太牵强了。

论者的眼光是很敏锐的。《唐风·蟋蟀》的《毛序》曰："刺晋僖公也。俭不中礼，故作是诗以闵之。"其中提到的"晋僖公"即西周共和之时（前 840 年）即位的"晋僖侯"。《左传》的记事从东周平王时的鲁隐公元年（前 722 年）年开始，当然不可能记述"晋僖侯"的事迹。《左传·桓公六年》鲁国的大夫申缟在对话中提到过"晋以僖侯废司徒"，是说僖侯名司徒，所以晋国废除了司徒的官名，仅此而已。而且，在今本《竹书纪年》《世本》中，也不见僖侯的记载。那么，既然如此，就肯定《毛序》是依据《史记》了。其实，事情远没有如此简单。卫宏《汉官旧仪》："司马迁父谈为太史，迁年十三，使乘传行天下，求古诸侯之史记。"《史记·天官书》："余观史记，考行事。"《自序》："紬史记石室金匮之书。"都讲到写《史记》时所参考的"史记"，这里所说的

"史记"实则为各诸侯国的史书。司马迁写《史记》借鉴、参考各诸侯国的"史记"是肯定的。① 既然司马迁尚能见到各诸侯国的"史记",那么,汉初的《毛序》的作者也能见到,是一点也不奇怪的。因此,也就不能说一定是东汉的卫宏根据《史记·晋世家》的记载而作《毛序》了。

仔细检索论者提供的数据,唯独这最后一条,存在着两种可能性:即《毛序》或者根据司马迁的《史记》而写成,或者根据流传至汉初的各诸侯国的"史记"而写成。即便仅只一条资料,也应该值得重视。笔者在考察了上述《史记》的相关称《诗》、引《诗》的资料后,又全面考察了《汉书》中的称《诗》、引《诗》的资料,通过对《汉书·艺文志》称《诗》的研究,的确发现,东汉卫宏与《毛序》的最终形成和流传,有重要关系,撰成《从〈汉书·艺文志〉称〈诗〉,看西汉〈诗经〉传本》一文②,但综合现有有关《毛诗》的资料,我仍然认为秦末和汉初,是《毛序》基本形成的时期,而毛亨、毛苌是形成《毛序》的重要人物。

（原载《河北师范大学学报》2005 年第 5 期）

诗经考索

---

① 详见赵生群《〈史记〉文献学丛稿》,江苏古籍出版社 2000 年版,第 135 页。
② 发表于《衡水学院学报》2012 年第 5 期。

考索 16 从《汉书》称《诗》,论定《毛诗序》 基本完成于《史记》之前

——兼答张启成先生的《商榷》

我写过一篇题为《从〈左传〉与〈史记〉称〈诗〉引〈诗〉的对比研究,看〈毛序〉的作期》的文章(以下简称《作期》),通过对《左传》《史记》中大量相关《诗》的资料的考索对比,认为"《毛序》不可能依据《史记》而写成,《毛序》的基本完成,不会晚至西汉偏晚和东汉时期"。针对我在上文中对张启成先生《论〈毛诗序〉非一人一时所作》某些观点和材料所提出的不同意见,张先生写了《再论〈毛序〉之作期晚于〈史记〉——兼与王洲明同志商榷》(载《河北师范大学学报》2006 年第 3 期)。我认为这是很好的事情。因为在"商榷"中可以发现更多的材料,在"商榷"中可以使讨论的问题更加深入。

《毛诗序》的基本完成是在《史记》之前还是在《史记》之后,这应该是我与张启成先生的最主要分歧点,张先生主张在《史记》之后,具体说在"西汉偏晚"和"东汉时期",而我则认为应该在《史记》之前,秦末汉初的毛公时代是《毛序》基本完成时期。对张启成先生与我"商榷"的一些具体

意见的答复，我拟放在后面再讲；先来研究《汉书》中相关称《诗》的资料，看《毛诗》（当然包括《毛诗序》）在西汉的传本和流传情况。

一

《汉书·艺文志》（卷三十）[①] 对《三家诗》的著录：

> 《诗经》二十八卷，鲁、齐、韩三家。
>
> 《鲁故》二十五卷。《鲁说》二十八卷。
>
> 《齐后氏故》二十卷。《齐孙氏故》二十七卷。《齐后氏传》三十九卷。《齐孙氏传》二十八卷。《齐杂记》十八卷。
>
> 《韩故》三十六卷。《韩内传》四卷。《韩外传》六卷。《韩说》四十一卷。

由上述著录可知，《三家诗》在西汉的传授中，"故"自为"故"，"传"自为"传"，所以《齐诗》才有《齐后氏故》《齐后氏传》之别，才有《齐孙氏故》《齐孙氏传》之别。所以《鲁诗》《韩诗》才有《鲁故》《韩故》《韩内传》之传本。此外，还有"说""记"等形式，所以才有了《鲁说》《韩说》《齐杂记》之类的传本。足见，在汉人心目中，"故"与"传"肯定为两种不同的解经方式。

而《毛诗》系统，则将"故"与"传"合为一起，《汉书·艺文志》对《毛诗》的著录是：

> 《毛诗》二十九卷。

---

① 班固：《汉书》卷三十，中华书局 1962 年标点本。后凡引《汉书》，皆据此书。

《毛诗故训传》三十卷。

这究竟是怎么一回事？

《艺文志》："毛诗故训传三十卷。"颜师古在为"《鲁故》二十五卷"所作注曰："故者，通其指义也。它皆类此。今流俗《毛诗》改'故训传'为'诂'字，失真耳。"这是一条非常重要的提示。只不过他仍把"故训传"视为一体，而没有注意"故"与"传"的区别。问题还在于，颜师古强调"故"与"诂"的不同，认为"故"的含义是"通其指义"，这里的所谓"指义"，指的是《诗》义，也即《诗》的内容，其实这个见解也不正确。但所提出的"故"与"诂"的不同，提醒了我们从"故训"和"传"两种不同的解《诗》方式，来探索和研究西汉《诗》的传本问题。

马瑞辰《毛诗传笺通释》曰："《说文》：诂训，故言也。……盖'诂训'第就经文所言者而诠释之，'传'则并经文所未言者而引申之，此'诂训'与'传'之别也。……盖'诂训'本为故言，由今通古，皆曰'诂训'，亦曰'训诂'。"[1] 马氏引《说文》"诂训，故言也"，证明汉人心目中"故训"与"诂训"同义，也愈加证明汉人心目中的"故训"与"传"之不同。所谓的"故训"（也即后人改为的"诂训""训诂"），就是《说文》所谓"故言也"，也就是马瑞辰所说的"就经义所言者而诠释之"，"由今通古"。就《毛诗》而言，也就是我们今天见到的《毛传》。而"传"，因"并经文所未言者而引申之"，涉及对《诗》经文内容的解说，就《毛诗》而言，实际上也就是我们今天所指的《毛诗序》。

段玉裁《说文解字注》对"诂"的解释与马瑞辰不尽同，

_____

① 马瑞辰：《毛诗传笺通释》卷四百十六，《皇清经解续编》本。

曰："训故言者，说释故言以教人，是之谓诂。分之则如《尔雅》析故、训、言为三。三而实一也。汉人传注多称故者，故即诂也。《毛诗》云《故训传》者，故训犹故言也，谓取故言为传也。取故言为传，是亦诂也。"（言部）① 段玉裁认为"故训"和"传"皆可称为"诂"，这是对汉人注解《经》文活动总的概括。不同于马瑞辰的"故训"与"传"分而言之，但他所说的"汉人传注多称故者"，他解释《毛诗》的"故训传"为"故训犹故言也，谓取故言为传也"，却符合汉人注解《经》文的实际。所谓"取故言"，就是马瑞辰所言"就经义所言者而诠释之"；所谓"为传"，就是马瑞辰所言"并经文所未言而引申之"。

明白了"故"和"传"的区别，以及其各自的含义，再来看《艺文志》对三家诗的载录。其中的《鲁故》二十五卷，应该是与经文别行的属于今所谓《传（zhuàn）》性质的对《鲁诗》文辞的解释。其中的《齐后氏故》《齐孙氏故》，应该是与经文别行的属于今所谓《传（zhuàn）》性质的对《齐诗》文辞的解释。而《齐后氏传》《齐孙氏传》则应该是与经文别行的属于今所谓《序》性质的对《齐诗》内容上的解说。其中的《韩故》，应该是与经文别行的属于今所谓《传（zhuàn）》性质的对《韩诗》文辞的解释。而《韩内传》，应该是与经文别行的属于今所谓《序》性质的对《韩诗》内容上的解说。

由《三家诗》"故""传"其各具有不同的含义的区分，我们就可以来探索《毛诗》在西汉的传本情况了。

先看《毛诗》二十九卷的本子。《三家诗》皆为二十八卷；唯独《毛诗》为二十九卷，《毛诗》比《三家诗》多出一卷的内容是什么？

---

① 段玉裁：《说文解字注》，上海古籍出版社 1981 年版，第 92 页。

王先谦《汉书补注》曰："此盖《序》别为一卷，故合全经为二十九卷。"① 王氏的这个说法有文献的根据。

《毛诗序》单列一卷的说法由郑玄而来。郑玄为《南陔》等三首逸诗的《序》所作《笺》释曰："其义则与众篇之义合编，故存。至毛公为《诂（故）训传》，乃分众篇之义，各置于其篇端。"② 这也就是说，汉代《毛诗》的流传，有一个称名为"《毛诗》二十九卷"的本子，这个本子包括有《毛诗序》为单独的一卷，另包括《诗》的经文二十八卷。请注意，这个本子应该是"毛公为《诂（故）训传》，乃分众篇之义，各置于其篇端"之前，就存在的属于《毛诗》系统的一个传本。

《毛诗故训传》三十卷本，又包含哪些内容呢？

王先谦《汉书补注》（卷三十）曰："古经、传皆别行，毛作《诗》传，取二十八卷之经，析邶、鄘、卫风为三卷，故为三十卷也。"

王先谦认为，《毛诗》的这个本子则是不包括经文的一个本子，因为他首先就说"古经、传皆别行"。而且，王的这个说法，有唐代孔颖达所见石经为证（见《毛诗正义》卷一之一疏文）。正式称名为"《毛诗故训传》"的三十卷的构成，包括有"故训"（后人谓之"传"）的内容，而"故训"（后人谓之"传"）的部分，因为将《卫风》析为邶、鄘、卫三卷，多出两卷，所以正好三十卷。这三十卷的构成，还包含有"传"（后人谓之"序"），而"传"（后人谓之"序"）的内容已置于各篇的篇端了。

这样看来，在班固之前，汉代《毛诗》有两个本子流传：

① 王先谦：《汉书补注》，中华书局 1983 年版，第 869 页。
② 孔颖达：《毛诗正义》卷九之四，《十三经注疏》，中华书局 1980 年版。

一个是将《序》（汉人称为"传"）别为一卷的含经文称名为"《毛诗》二十九卷"本，这个本子在"毛公为《诂（故）训传》"之前已经存在；另一个是将《序》（汉人称"传"）置于每篇的篇端、将《传》（汉人称"故训"）分为三十卷而不包括经文、称名为"《毛诗故训传》三十卷"本。而这个三十卷本，应该正是毛公"为《诂（故）训传》"时所完成的一个本子。二十九卷本突出的是《序》（汉人称"传"）；三十卷本则为《序》（汉人称"传"）、《传》（汉人称"故训"）合为一体的本子。至班固写《艺文志》时，这两个本子都藏于秘府，并在民间流传。

郑玄讲到"毛公"的资料有两处：一是作《笺》时说的"其义则与众篇之义合编，故存。至毛公为《诂（故）训传》，乃分众篇之义，各置于其篇端"；二是作《诗谱》时所说："鲁人大毛公为《故训传》于其家，河间献王得而献之，以小毛公为博士。"然则，"为故训传"者，当系大毛公亨。正是通过上述《毛诗》在西汉的两个传本的存在，透露出大毛公在完成"故训传"时所做的工作：（1）依照情理，经师对经文的传授，应该既包括文辞训释方面的内容，也包括对诗篇内容解释方面的内容，而这些内容在大毛公之前的传授中应该都已经存在（这从《孔子诗论》、孟子一派说《诗》资料，都可得到证明）。大毛公之前的二十九卷本，只是把属于内容解释的"序"（汉人谓之"传"）的内容单独列为一卷，而对属于文辞训释方面的《传》（汉人谓之"故训"）的内容，则并未加以整理、补充。（2）郑玄称大毛公"为《故训传》"，其中的"为"字值得重视，"为"不等于"作"，既然明确提出"故训传"的名称，根据前面的辨析，其所"为"的内容，包括"传"（后人谓之"序"）的部分，也包括"故训"（后人谓之"传"）的部分。他对"传"（后人谓之"序"）最直接的工作

诗经考索

是"分众篇之义，各置于其篇端"。除此之外，无论对于"传"（后人谓之"序"），也无论对于"故训"（后人谓之"传"），都有补充、加工、创新。

对于西汉《毛诗》传本的情况列表如下：

西汉《毛诗》传本情况表

传本形式	编纂者	是否有"序"（汉人谓之"传"）	是否有"传"（汉人谓"故训"）	是否含经文
《毛诗》29卷本	不知何人（或大毛公初传本）	有"序"文（单独为1卷）	无	含经文
《毛诗故训传》30卷本	大毛公	有"序"文（分置各篇端）	有"传"文（析邶、鄘、卫为3卷）	不含经文

正是经过上述一系列的考证辨析，我认为：郑玄《诗谱》所谓"鲁人大毛公为《故训传》于其家"所做的工作，正是后人谓之的《毛诗序》以及《毛传》形成的关键环节。换句话说，大毛公是《毛诗序》，也包括《毛传》形成的最重要的人物，而其"为其家"的时间，也正是《毛诗序》形成的最重要的时期。

大毛公的历史资料实在是太匮乏了。根据郑玄《诗谱》"鲁人大毛公为《诂（故）训传》于其家，河间献王得而献之，以小毛公为博士"的说法，我们知道他原为鲁人。根据《经典释文》引三国人徐整所云"帛妙子授河间人大毛公，大毛公为《诗故训传》于家，以授赵人小毛公，小毛公为河间献王博士"[1]，他很可能因躲避战乱或其他原因，由鲁迁徙到河间，并定居下来。他的名字由陆玑《毛诗草木鸟兽虫鱼疏》知道名亨。而他生活的时代可由小毛公衮为汉初河间献王博士推

---

① 陆德明：《经典释文》卷一，台湾影印文渊阁《四库全书》本。

知，小毛公约略与申公、辕固、韩婴同年辈；则大毛公当为秦汉间人，约略与浮丘伯同年辈。① 另据大毛公授《诗》给小毛公，小毛公为河间献王博士的记载，小毛公对大毛公所集录编纂的《毛传》和《毛序》，都做了补充、加工、厘定的工作。总之，我认为毛公（含大、小毛公）所处的秦末汉初，正是《毛诗序》基本形成的时期。

以上详细考证了《毛诗》（包括《毛序》）在西汉的传本情况，从传本情况看，大毛公亨是《毛序》的主要完成者，而小毛公苌做了补充、加工、厘定的工作，《毛序》的基本完成时代在秦末汉初。

我还想作进一步说明，《汉书·艺文志》基本取材于刘向、刘歆父子的《别录》《七略》，也就是说，在西汉元、成帝时代前，以上所论《毛诗》传本的情况就已经存在了。而在西汉《史记》流传的情况又如何呢？《汉书·司马迁传》："迁死之后，其书稍出。宣帝时，迁外孙平通侯杨恽祖述其书，遂宣布焉。"由此可知，杨恽宣布之前，《史记》已有部分传出，"其书稍出"说的就是这种情况；至汉宣帝时，由于杨恽的公布，《史记》遂行于世。但需要指出的是，《史记》传出伊始，流传范围很小，"至西汉末年，达官显贵，亦难得一见"，成帝时东平王刘宇来朝求《太史公书》，就很能说明《史记》在当时流传之不广。而且，"直到东汉初年，这种形势依然没有改变"。② 西汉的元、成帝时代之前已有《毛诗》（包括《毛序》）传本存在，而《史记》自武帝末至东汉初，其流传的范围极其有限，面对上述两方面的事实，说《毛序》是根据《史记》

---

① 关于大毛公的时代，可参考徐复观《中国经学的基础》，台湾学生书局1982年版，第160页。

② 参见张玉春《〈史记〉版本研究》，商务印书馆2001年版，第11—12页。

而写成，"《毛序》作期晚于《史记》"，这种意见究竟有多大的可信度呢？

而且，《史记》的引《诗》，文字的征引有用《毛诗》者。解《诗》也有合于《毛诗》者。如《孔子世家》："故曰《关雎》之乱以为风始，《鹿鸣》为小雅始，《文王》为大雅始，《清庙》为颂始。"《外戚世家》："《诗》始《关雎》，……夫妇之际，人道之大伦也。"显然与《毛诗序》的"《关雎》，后妃之德也，风之始也"，以及提出《诗》有"四始"之说相通相符。① 虽然传统认为司马迁《诗》学倾向属于鲁诗学派，但上述用《毛诗》说也是不争的事实。联系《汉书·艺文志》"又有毛公之学，……河间献王好之，未得立"。《儒林传》"毛公，赵人也，治《诗》，为河间献王博士"的记载，河间献王约与武帝同时，那么，司马迁之世《毛诗》（包括《毛序》）已经流传，应该说是不无根据的。司马迁作《史记》时借鉴了《毛诗》的一些说法，这从另一方面说明在司马迁作《史记》之前，《毛序》已经存在了。

而且，我还发现《汉书》中有两条称《诗》资料，能证明《毛序》在西汉昭、元帝时代已经流传。

《汉书·赵尹韩张两王传》（卷七十六）：汉元帝时，东平王因是元帝至亲，"骄奢不奉法度"，"及（王）尊视事，奉玺书至庭中，王未及出受诏，尊持玺书归舍，食已乃还。致诏后，谒见王，太傅在前说《相鼠》之诗，尊曰：'毋持布鼓过雷门！'王怒，起入后宫。尊亦直出就舍"。

这里记载了一个很有趣的西汉人用《诗》的故事。因东平王不尊奉法度，汉元帝命王尊前去传达他的诏书。王尊到了东

<hr />

① 参见董治安《〈史记〉称〈诗〉平议》，《两汉文献与两汉文学》，上海古籍出版社 2005 年版，第 172 页。

平王的庭中，东平王没有马上出来接诏，王尊也不稍等就带着诏书住进馆舍，吃完饭后再回来宣诏。等宣诏等事项办完后，东平王的傅相当着王尊的面讲说《诗经》的《相鼠》。用意是说，王尊无礼仪，亦当与鼠相同。可是王尊回答得也很巧妙，"毋持布鼓过雷门"。"雷门"，即会稽城门，上面有一大鼓，越人击此鼓时，鼓声可达洛阳。而用布做鼓，根本就没有声音。那意思是说，不用拿《诗经》吓唬我，一点用处也没有。说完后不欢而散。

《鄘风·相鼠》的《毛序》曰："刺无礼也。卫文公能正其群臣，而刺在位承先君之化无礼仪也。"东平王的傅相所用《相鼠》诗义，与该诗的《毛序》"刺无礼也"正相同。

而《诗三家义集疏》引《白虎通·谏诤篇》文："妻得谏夫者，夫妇一体，荣辱共之。《诗》曰：'相鼠有体，人而无礼！人而无礼，胡不遄死！'此妻谏夫之诗也。"认为此为鲁诗说。鲁诗的"妻谏夫"之义，与《毛序》的"刺无礼"之义迥异。东平王的傅相所用诗义恰与《毛序》相同，这不正说明西汉元帝时代《毛诗序》的存在吗？

关于《毛诗序》和《毛传》的关系问题，《毛序》在前而《毛传》在后，这已为学界共识。在考察《汉书》称《诗》资料中，我发现一条与《毛传》有关系的资料。

《汉书·王贡两龚鲍传》（卷七十二）：汉昭帝时，王吉上疏谏曰："臣闻古者师日行三十里，吉行五十里。《诗》云：'匪风发兮，匪车揭兮，顾瞻周道，中心怛兮。'说曰：是非古之风也，发发者；是非古之车也，揭揭者。盖伤之也。今者大王幸方与（县名），曾不半日而驰二百里，百姓颇废耕桑，治道牵马，臣愚以为民不可数变也。"《邶风·匪风》的《毛序》曰："思周道也。国小政乱，忧及祸乱，而思周道焉。"

王吉引《匪风》的四句诗后，又引"说曰"对该四句诗的解释"是非古之风也，发发者；是非古之车也，揭揭者，盖伤之也"。而所谓"说曰"的这个解释，与《毛传》"发发飘风，非有道之风；偈偈疾驱，非有道之车"，"怛，伤也。下国之乱，周道灭也"，无论意思、句式都是相同的。据《郑笺》："周道，周之政令。"《毛诗序》所谓"思周道也"，也即"思周之政令也"。《毛传》与《毛诗序》对该诗的解释相同。那么，王吉引所谓"说曰"应该就是《毛传》的话了。王吉能见到《毛传》，而《毛传》又在《毛诗序》之后，那么，在王吉之前，《毛序》应该是已经存在了。王吉生活于西汉昭帝时代，西汉中前期有作为私学的《毛诗》的流传，不是又可以得到证明了吗？

无论是《汉志》所透露出的《毛诗》（包括《毛序》）传本的情况，《史记》有用《毛序》说《诗》的内容，还是《汉书》所载西汉昭、元帝时代有用《毛序》《毛传》说《诗》的资料，都证明《毛序》的基本完成期不可能在"西汉偏晚""东汉时期"，不可能是"晚于《史记》"。

二

拙文《作期》为了证明"《毛序》不可能依据《史记》而写成，《毛序》的基本完成，不会晚至西汉偏晚和东汉时期"的观点，提出了三个方面的证据，即：（1）与《毛序》所论《诗》义相同者，仅见于《左传》而不见于《史记》；（2）《毛序》说《诗》所用史实，有一部分也仅见于《左传》而不见于《史记》；（3）《毛序》说诗所用史实，一部分虽既见于《左传》又见于《史记》，但《左传》所述史实，远比《史记》翔实，甚至《毛序》说《诗》所用史实的关键情节，于《史记》中无见。对于第一和第二方面的证据，张启成先生没有提出与我商榷；对于第三方面证据中的内容，有的如《鄘风·定之方中》《齐风·南山》等四首反映齐襄公、文姜淫乱，所用史实为《左传》而非《史记》等证据，张先生也没有提出与我商榷。张先生与我商榷的，是他提出的补充清人的意见的几条证据，而我又提出了不同看法。现就相关问题答复如下。

张先生说"证据在精而不在多"，又说"以字数多少确定影响力，这是很不足据的"。而我恰恰认为，只有从《左传》与《史记》所载史实不同的细微末节中，才能发现并确定《毛序》的写作究竟是依据的《左传》，还是依据的《史记》。如《唐风·无衣》的《毛序》："美晋武公也。武公始并晋国，其大夫为之请命乎天子之使，而作是诗也。"我是通过阅读《左传》和《史记》所记与此相关的史实，找出了这个所谓的"天子之使"是周（釐）王的一位卿士名"虢仲"的人，"《毛序》所言其大夫为请命乎天子之使的时间，正是虢公（即虢仲）作为王的使者前去封晋武公为侯时所发生的事情"。而《史记·晋世家》对这些具体的细微末节没有任何反映。如果《毛序》是依据《史记》写成，这位"天子之使"就是《毛序》作者凭空杜撰出的人物了，而正因为《左传》有如此详细的记载，所以我认为《毛序》是根据《左传》而不是根据《史记》。这些论述本来是非常明确的，可是张先生在"商榷"中回避了问题的实质，把问题转到对"请命"成功原因的分析，认为"关键在于釐王的贪婪"，而批评我的"晋武公在实际上并有晋国之后周釐王在不得已的情况下，将晋武公由伯升为侯"的说法，为"有美化周君之嫌"。读张先生大作至此，不由得有颇多感慨。张先生回避论题实质，在学术性的讨论文章之中出现如此上纲上线的文字，我不知道再该说些什么了。

张先生与我商榷的另一条资料是关于《唐风·鸨羽序》的问题。《序》曰："昭公之后，五世大乱。"我认为五世是：

晋昭公、孝侯、鄂侯、哀侯、小子侯。赞同郑玄和孔颖达的说法，而郑、孔依据的是《左传》。而张先生认为不包括昭公，而应该包括缗侯。我举证了"某某年之后"，包括"某某年"；张先生举证了"某某年之后"不包括"某某年"，这涉及语言表义的历史发展问题，当然还可以继续探讨。不过，我读了张文下面的话倒更倾向于郑、孔意见。张文曰："对照《毛诗·唐风序》与《晋世家》的君世先后次序，可谓完全一致，滴水不漏。若说'大乱五世'包括昭公在内，那么'缗侯'便无着落，晋国君世的次序便不完整，故只有不包括昭公在内，晋国君世次序才是完整的。"这段论述追求的是让《毛序》体现出晋国世次的完整性，其出发点是《史记》，而不就是《毛序》的实际情况。

张先生为了证明秦末汉初的毛亨、毛苌不可能是《毛序》的基本完成者，"《毛序》之作期晚于《史记》"，还讲了一大段关于汉初经学史的基础知识，"自秦始皇的焚书坑儒起，加楚、汉相争的战火绵延不断，很多经典著作流失殆尽，经文帝、景帝到汉武帝独尊儒术，很多典籍，如《诗经》、《尚书》、《左传》等才被整理成书，并得以流传，《毛序》的早期作者正处于西汉初期百废待兴的时期，当时很多典籍尚未发现，如《古文尚书》与《左传》等"。这段议论看似很有道理，但深入到经学史的深层，却未必如此简单了。

先看《左传》是否"尚未发现"的问题。

陆贾《新语·辩惑篇》：有"嘉乐不野合，牺象之荐不下堂"诸语，与《左传·哀十年》"且牺象不出门，嘉乐不野合"意义相同，并且都是齐鲁夹谷之会中孔丘所说。

《汉书·文帝纪》："二年十一月癸卯晦，日有食之，诏曰：'朕闻之，天生民，为之置君以养治之。'""天生民"句即用《左传·襄公十四年》"天生民而立之君，使司牧之，勿使失性”句意。

按：陆贾曾劝谏刘邦“马上得天下，焉能马上治天下”，为秦末汉初人无疑。文帝二年为公元前178年，离汉立国不足30年，当为汉初也无疑。

《汉书·儒林传》：“汉兴，北平侯张苍及梁太傅贾谊、京兆尹张敞、太中大夫刘公子皆修《左氏春秋》。谊为《左氏传》训诂，授赵人贯公，为河间献王博士……”

《经典释文序录》：“左丘明作《传》以授曾申，申传卫人吴起，起传其子期，期传楚人铎椒，椒传赵人虞卿，卿传同郡荀卿名况，况传武威张苍，苍传洛阳贾谊……”

按：张苍系荀卿学生，秦时即为御史，刘邦称汉王后归汉，高后八年（前180年）为御史大夫，孝文四年（前176年）为丞相。贾谊于孝文元年（前179年）被荐举入京为博士。尽管对张苍与贾谊有无师承关系有人怀疑（见徐复观《中国经学的基础》），但在汉文帝初年，《左传》已经整理成书，并被多人传习，贾谊还作了《〈左氏传〉训诂》，的确是不争的事实。而不是“尚未发现”，等武帝独尊儒术后“才被整理成书”的。

再说《古文尚书》。

《汉书·景十三王传》：“河间献王德以孝景前二年（前155年）立，修学好古，实事求是。从民得善书，必为好写与之，留其真，加金帛赐以招之。由是四方道术之人不远千里，或有先祖旧书，多奉以奏献王者，故得书多，与汉朝等。……献王所得书皆古文先秦旧书，《周官》、《尚书》、《礼》、《礼记》、《孟子》、《老子》之属，皆经传说记，七十子之徒所论。其学举六艺，立《毛氏诗》、《左氏春秋》博士。修礼乐，被服儒术，造次必于儒者。山东诸儒，多从而游。"

河间献王刘德搜求的众多先秦旧书中有《古文尚书》。刘德自立为王至死共 26 年（前 155 至前 130 年），其中的 15 年在汉景帝时期，另 11 年在汉武帝时期。汉武帝建元元年（前 140 年）罢黜百家，建元五年（前 136 年）立五经博士。从这个时间表看，河间献王刘德所得先秦旧书（包括《古文尚书》），未必就一定是汉武帝"罢黜百家，独尊儒术"之后，"才被整理成书"的。

而更进一步，我认为《毛序》的主要完成者即毛公（特别是小毛公），曾经见到过刘德搜集的《左传》，也应该见到过刘德搜集的《古文尚书》。如下所示。

《春秋序》孔颖达《疏》引《汉书·儒林传》："汉兴，北平侯张苍及梁太傅贾谊、京兆尹张敞、太中大夫刘公子皆修《左氏传》。谊为《左氏传》训诂，授赵人贯公，公传子长卿，长卿传清河张禹，禹授尹更始……"

与上引述《儒林传》相比，贾谊传授系统中，更明确了谊传授给贯公后，贯公又传授给其子贯长卿，然后是贯长卿再以次下传。

而《汉书·儒林传》又载："毛公，赵人也。治《诗》，为河间献王博士，授同国贯长卿。长卿授解延年。延年为阿武令，授徐敖。……"

郑玄《诗谱》："鲁人大毛公为《诂（故）训传》于其家，河间献王得而献之，以小毛公为博士。"

据上述文献记载可知，在赵地河间国的宫廷中，就在汉初时期，既有小毛公为《毛诗》博士，又有贯公为《左氏传》博士，而小毛公又将《毛诗》传授给贯公之子贯长卿。由此可知，贯长卿既学属于古文的《毛诗》，又学属于古文的《左氏传》。贯公、贯长卿、小毛公同为赵人，同在河间献王宫中，活动于同一时期，又同为古文典籍的研究传授者，小毛公在研究传授《毛诗》时，能见不到属于古文的《左氏传》吗？所以我说毛公（特别是小毛公）见到过《左传》。

至于《古文尚书》，既然同为刘德所搜集到宫中的众古文典籍之一，应该为围绕在刘德周围的这些喜好古文典籍的众"学者"所见到。刘德搜求于民间的《古文尚书》传授系统史载有缺，至于其与今传本《尚书》的关系已经不能详考了。

与《古文尚书》有关的还有《豳风·鸱鸮》的《毛序》史实来源的问题。张先生认为《鸱鸮》的《毛序》"周公救乱也。成王未知周公之志，公乃为诗以遗王，名之曰《鸱鸮》"，是根据的孔安国所传《古文尚书·金縢篇》，孔安国是司马迁的师长，故司马迁有幸得见《古文尚书·金縢篇》，又因"在整个西汉时期今文派占据上风，古文经学的流传甚少，因而《毛诗》派后学从《鲁世家》中得到相关资料的可能性很大"。如果我理解不误的话，这是说因司马迁师承孔安国，所以也必然将《古文尚书·金縢篇》的古文说写入《鲁世家》，所以《毛诗》派后学很大可能是用了《鲁世家》中的属于古文派的资料。事实果真如此吗？

《史记·鲁周公世家》："周公恐天下闻武王崩而畔，周公乃践阼代成王摄行政当国。管叔及其群弟流言于国曰，……周公乃告太公望、召公奭曰，……于是卒相成王，而使其子伯禽代就封于鲁。……管、蔡、武庚果率淮夷而反。周公乃奉成王命，兴师东伐，作《大诰》。遂诛管叔，杀武庚，放蔡叔。"然后是"东土以集，周公归报成王，乃为诗贻王，命之曰《鸱鸮》"。这段记述中有一重要情节即"兴师东伐"，而《伪古文尚书》（十三经本）作"周公居东二年，则罪人斯得"。《伪孔传》的解释是"周公既告二公，遂东征之，二年之中，罪人此得"。《伪孔传》的解释与《史记》完全相符。《史记》所记的这个史实是今文说呢还是古文说呢？我们来看郑玄的说法，《尚书·金縢篇》《孔疏》引"郑玄以为武王崩，因公为冢宰，三年服终，将欲授政，管蔡流言，即避居东都"。《诗·豳谱》《疏》引郑注："居东者，出处东国待罪，以须君之察也。"两处说法相同。马融注曰："辟，谓所居东都。"（《金縢篇·释文》引）马、郑均为古文经学大家，其解说应为古文说无疑，而其所主张的周公"避居东都"，恰与《史记》和《伪孔传》的"兴师东征"相左。由此可知，《史记》的这段记述恰恰是今文说而非古文说。其实，《史记》中用今文《尚书》的证据还有许多，一定因司马迁曾受学于孔安国，就认为《史记》有关《尚书》的资料皆属古文经学派，是把极复杂的问题看得简单了。至于《鸱鸮》的《毛序》"周公救乱也。……"史实的来源，《尚书·金縢篇》今文的说法固然能解释得通，《尚书·金縢篇》"避居东都"是为"救乱"的古文说法，也照样解释得通。唯独不能认定的是《毛诗》后学根据《史记·鲁世家》的记载才完成的这段序文。这诚如张先生所言，"在整个西汉时期今文派占据上风"。

我特意提出《左传》和《尚书》的问题，第一是因为张先生反复讲属于古文经的《左传》《古文尚书》流传较晚，《毛诗序》的早期作者不可能看到，所以《毛诗序》之作期必定晚于《史记》。而我的看法是，属于古文经的《左传》早已流传；属于古文经的《古文尚书》也早已流传，属于古文经的《古文尚书》并非只有孔安国一个系统。第二我也想说明，仅从一般经学史的知识出发，是很难深入地、具体地研究经学史上某一专门问题的。

三

《唐风·椒聊》的《毛序》曰："刺晋昭公也。君子见沃之强盛，能修其政，知其蕃衍盛大，子孙将有晋国矣。"我是根据《左传》中"更详细的记载"，找出了《毛序》所谓的"君子"，正是晋国的一位大臣"师服"。且《史记》有约写《左传》的痕迹。又因在《毛序》中有一个不争的事实，是相当多处的是用"君子"一词来概括作诗者，这样的例子有 26 处之多。略举数例：《扬之水·序》："闵无臣也。君子闵忽之无忠臣良士，终以死亡，而作是诗也。"《苕之华·序》："大夫闵时也。幽王之时，西戎东夷交侵中国，师旅并起，因之以饥馑，君子闵周室之将亡，伤己逢之，故作是诗也。"《何草不黄·序》："下国刺幽王也。四夷交侵，中国背叛，用兵不息，视民如禽兽，君子忧之，故作是诗也。"《信南山·序》："刺幽王也。不能修成王之业，疆理天下，以奉禹功，故君子思古焉。"《甫田·序》："刺幽王也。君子伤今而思古焉。"《鱼藻·序》："刺幽王也。言万物失其性，王居镐京，将不能以自乐，故君子思古之武王焉。"如此等等。因此，我认为《毛序》是出于"体例"，将"师服"改写为"君子"。张先生不同意有"体例"之说，至于有无"体例"还可以继续研究，但上述《毛序》于诗作者多称"君子"，应是不争的事实。《商榷》文中又补充说《晋世家》有对"桓叔"的政治评价"好德""得民心"，这与《毛序》的"能修其政"相符合。张先生的这个补充是有说服力的，即是说，《毛序》的写作比附了《晋世家》的政治评价，但是，却不能证明没有依据《左传》。因为，只能从《左传》中才能知道这件事的原委始末，也才能知道这位"君子"姓甚名谁。

其实，我的《作期》文章，并没有"简单化"地看待清人的说法，也没有"简单化"地对待张先生的意见。比如《毛诗序》的作者张先生主卫宏说，在引述了他人的"'于今传于世'，可见曾亲眼看到了卫宏的《诗序》，不同于其他人的推测之辞"后，说"这是公正而客观的评论"。而我在《作期》的文章中，一开始就说："后汉卫宏作《毛诗序》的意见，也应该得到重视。"可见卫宏与《毛诗序》的关系，一直是我长期思考的问题。只不过，我思考的结论与张先生的意见相左。

东汉的卫宏在《毛诗序》的写作中究竟做了些什么工作呢？为了便于讨论问题，兹将有关资料集中引录于下。

《后汉书·儒林列传》：

> 卫宏字敬仲，东海人也。……初，九江谢曼卿善《毛诗》，乃为其训。宏从曼卿受学，因作《毛诗序》，善得《风》《雅》之旨，于今传于世。（卷七十九）

《经典释文》：

> 旧说云：起此至"用之邦国焉"，名《关雎》序，谓之《小序》，自"风，风也"讫末，名为《大序》。沈重云：案郑玄《诗谱》意，《大序》是子夏作，《小序》是子夏、毛公合作，卜商意有不尽，毛更足成之。或云《小序》是东海卫敬仲所作。（《毛诗正义》卷一之一引）

《隋书·经籍志》：

> 后汉有九江谢曼卿善《毛诗》，又为之训，东海卫敬仲受学于曼卿。先儒相承，谓之《毛诗序》子夏所创，毛公及敬仲又加润益。（卷三十二）

思考上述资料，古人对卫宏与《毛诗序》的关系的认识，就已经是犹疑不决。或谓"作"，或谓"或云"，或谓"润益"。其中特别是《后汉书》的记载，正如有的学者所指出的，"这段记载矛盾百出。试想，《序》、《传》如果都出自卫宏之后，那么所谓'宏从受学'的谢曼卿'善《毛诗》'，指的又是什么样的《毛诗》？抽掉《序》、《传》，所谓《毛诗》岂不只剩下一副空架子了吗？"况且，如果确实是卫宏作《毛诗序》，那么，为什么不称"卫诗序"而偏偏称"毛诗序"？所以，"作"的可能性是没有的，而"润益"的可能性是存在的。[①] 从经学史角度考察，东汉中前期，古文经学有一个繁盛时期，正是在这个繁盛时期，古文经学的《毛诗》受到了重视，许多经学大师如郑众、贾逵都传授过《毛诗》，其后马融还为《毛诗》做过注解。而卫宏正是这一次《毛诗》繁盛时期的一位重要人物。

思考上述资料，联系前面对《汉志》所载《毛诗故训传》的研究，我更发现卫宏的时期，是将《毛诗故训传》中的"故训"和"传"有意分称的时期，而卫宏是第一个将《故训传》中"传"的内容以《毛诗序》命名的人。

我们看《后汉书》的这条记载："卫宏字敬仲，东海人也。……初，九江谢曼卿善《毛诗》，<u>乃为其训</u>。宏从曼卿受学，因作《毛诗序》，善得《风》《雅》之旨，于今传于世。"这条资料虽然矛盾百出，但又有值得重视的问题，一是因为这是《诗经》学史上第一次出现《毛诗序》的名称，只是将其归属于卫宏的名下；二是因为此前经常用的"<u>故训传</u>"名称不见了，"<u>故训</u>"的内容谓之为"<u>训</u>"，而"<u>传</u>"的内容谓之为"<u>毛诗序</u>"了。

由此，我们可以得出结论：固然不能否定卫宏在东汉《毛

① 王锡荣：《关于〈毛诗序〉问题的商讨》，《文史》第十辑，中华书局1980年版。

278

诗》兴盛中的作用，也不能否定其对《毛诗序》的内容有"润益"的可能，而更主要的是他第一次将"故训传"中"传"的内容定名为"毛诗序"。后世所谓卫宏"作《毛诗序》"的说法，盖由此而来。

学术乃天下之公器。对上述观点和资料的运用，我希望张先生继续与我"商榷"，也希望海内外方家不吝批评指正。

（原载《河北师范大学学报》2007 年第 3 期）

考索 17　关于《毛诗序》作期和作者的若干思考

　　关于《毛诗序》（以下简称《毛序》）的写作时代和作者问题，众说纷纭。笔者的思考基于两点认识：第一，将《毛序》作为一个整体进行考察；第二，将《毛序》的成书设想为有一个编集过程，将其放到《毛诗》流传的系统中，考察其作期和作者。具体做法是选取四个时间坐标即春秋时代的"赋诗断章"、《孔子诗论》、孟子一派论诗、毛亨和毛苌所作《毛诗故训传》，将前三个时段相关典籍用《诗》以及对《诗》义的理解，与《毛序》所体现出的思想进行对比研究；对《汉书·艺文志》（后简称《汉志》）所载《毛诗故训传》作重新解读，再结合考察其他典籍所载《毛诗》资料，得出了关于《毛序》作期和作者的一些新认识。

　　一

　　周代（春秋及其以前）《诗》在礼乐方面的价值和作用远远大于其文本意义。《仪礼》《礼记》记载了歌《诗》、舞《诗》的仪礼功能，这就很能说明问题。《左传》反映了春秋时代人的《诗》学观，其中有些赋《诗》，反映了一些诗篇的史实，更多的引《诗》赋《诗》，与诗篇文本所表达的意义并没有直接关联。董治安先生详细考察《左传》《国语》用《诗》的记录，认为《诗》在春秋时期的流传有如下特点："一种是断章取义，即根据个人引诗或赋诗的需要，只截取一首诗的某章或某句，用其字面含义；至于全诗主题和本义，完全不予理会。""又一种是用其比附、象征义，即不仅根据本人一时的需要解诗，而且其说解大都取其一点随意发挥，因而距离原诗本题、本事更远。"① 至于《左传》记载有为数不少的涉及《诗》文本史实的内容，与《左传》所体现出的《诗》学观则无关系。这些论断基本符合春秋时代的《诗》学观念。

春秋末年的孔子的"兴、观、群、怨"说、"思无邪"说，开始注重《诗》内容方面的评论，并且注重将《诗》与政治教化相联系。这是将《诗》特别是其文本内容作儒学化阐释的极其重要的一个环节。但是，我们从《论语》中没见到孔子对具体诗篇篇义作直接解释和评论。

孔子之后，其弟子如子夏以及再传弟子的《诗》学观点，以前的文献记载不多，而上博楚简《孔子诗论》的出现，填补了研究《诗》学发展所空缺的一个重要环节，这就是孔子和孟子中间的一个环节。据整理者的意见，上博楚简是公元前 278 年楚国迁都于陈以前的文献，② 那么其中的《孔子诗论》就是公元前 278 年以前孔门一派论《诗》的成果。孟子卒于公元前 289 年，《史记》载孟子"序诗书，述仲尼之意，作《孟子》七篇"，那么，孟子论《诗》及孟子一派的《诗》学传授则在公

---

① 董治安：《先秦文献与先秦文学》，齐鲁书社 1994 年版，第 32 页。
② 马承源《上博馆藏楚竹书（一）·孔子诗论》："竹简乃是楚国迁都以前贵族墓中的随葬品。"上海书店出版社 2002 年版。据《史记·楚世家》："二十一年（前278 年），……楚襄王兵败，遂不复战，东北保于陈城。"

元前 289 年前后。如果将《孔子诗论》中的观点推论为有半个世纪以上的流传阶段，《孔子诗论》则可视为战国中前期孔门一派的《诗》学观，孟子学派的《诗》学思想恰恰与之前后相承。

基于上述认识，我们尝试把《孔子诗论》29 支竹简简文的内容，与所涉及的 52 篇诗的《毛序》的序义，进行对比研究，发现二者论诗的特点有明显不同。一是《孔子诗论》中有一部分简文论诗，非常强调诗的政治性倾向，其表现为从诗义出发，归纳出属于一般性的该篇诗的政治内容，而《毛序》将这一般性的政治内容，做具体化、历史化的解释。二是另一部分简文论诗，并不在于强调诗的政治意义，更多的是阐释诗所蕴含的某种共通的道理，《毛序》则注意将这种共通性的道理，进行具体化、历史化的解释。显然，《毛序》这种具体化、历史化的解诗，目的是强化《诗》的政治性。

先看《孔子诗论》论诗的第一个特点，略举两例如下。

简文 8 曰："《雨无正》、《节南山》皆言上之衰也。王公耻之。"① 这是对《小雅·雨无正》和《小雅·节南山》的评论，所谓"上之衰也，王公耻之"，是对两诗政治内容的归纳和总结。而《毛序》解《雨无正》是"大夫刺幽王也。雨自上下者也，众多如雨，而非所以为政也"；解《节南山》则是"家父刺幽王也"。

简文 8 曰："《小弁》、《巧言》，则言谗人之害也。"这是对《小雅·小弁》和《小雅·巧言》的评论。简文所说"言谗人之害"，是政治内容上的评论，而《毛序》一律解释为"刺"义，并具体化为"《小弁》，刺幽王也。太子之傅作焉"，"《巧

① 所引简文均据马承源《上博馆藏楚竹书（一）·孔子诗论》，上海书店出版社 2002 年版。

言》，刺幽王也。大夫伤于谗，故作是诗也"。①

再看《孔子诗论》论诗的第二个特点。也举两例如下。

简文9曰："《菁菁者莪》，则以人益也。"因为《小雅·菁菁者莪》有"既见君子，乐且有仪""既见君子，我心则喜""既见君子，锡我百朋""既见君子，我心则休"，这应该是具体的"以人益也"。即是说，因见君子而有"益"。从诗句之中得出"以人益"的结论，是很直接的。而《毛序》具体指为"乐育材也。君子长育人材，则天下喜乐之矣"。这就将"因见君子而益"与"育材"联系起来了。这中间有从简文的一般意义（即因见君子而"益"），到《毛序》具体化为"君子育材"的演进痕迹。

简文10曰："《绿衣》之思。"简文16曰："《绿衣》之忧，思古人也。"这是对《邶风·绿衣》的评论。"思古人"，应读为"思故人"。简文只强调了"思""忧"，很准确。至于所思、所忧为何人，并未作说明。而《毛序》则解为"卫庄姜伤己也。妾上僭，夫人失位而作是诗也"。简文阐释的是共通性的道理，而《毛序》却凿实到一个具体的历史事实上。②

我们都知道，孔子诗教的重要内容是"兴、观、群、怨"，重视"事父""事君"的社会政治作用和教化作用。上述《孔子诗论》的两个基本特点，都能从孔子诗教找到根源。我们又看到，《孔子诗论》的解诗，无论是对诗篇政治内容方面的归总，还是阐释共通性的道理，都没有涉及具体的历史事实。这恰恰是受春秋时代赋诗言志，追求言外之意，而不斤斤计较其本事究竟是什么的《诗》学观影响的体现。《孔子诗论》与

---

① 属于此类的尚有：简文8对《十月之交》《小旻》《小宛》的评论；简文27对《蟋蟀》《螽斯》的评论。

② 属于此类的尚有：简文10、11、16对《燕燕》的评论；简文18、20对《木瓜》的评论；简文28对《墙有茨》的评论。

《毛序》所表现出的说诗倾向的明显不同，对我们确定《毛序》的作期，提供了极重要的参考。

《孔子诗论》的作者是谁，已无从考知，但可以确定系孔门一派的论《诗》主张。孔子弟子中以"文学"著称的有子游和子夏，其中特别是子夏，与《诗》的联系更为紧密。《论语》中有孔子对子夏深于《诗》义的赞许，所谓"起予者商也"；《韩诗外传》（卷五）有子夏对《关雎》的评论"大哉《关雎》，乃天地之基也"。子夏毫无异议是自孔子之后《诗》的传授中非常重要的一个人物。但是，从《孔子诗论》所体现出的《诗》学观点，与今传《毛序》对比，其间的差异是非常明显的，战国中前期的《孔子诗论》尚且如此，那么春秋末年的子夏（生于前 507 年），是不大可能写出像现在的《毛序》来的。

二

从古至今都有人主张今《毛诗序》是孟子学派的产物。这一观点有较多文献资料的支持。《史记·孟子荀卿列传》有"退而与万章之徒序《诗》《书》，述仲尼之意，作《孟子》七篇"的记载。

孟子一派的论《诗》观念，主要是从《孟子》一书所体现出来的。《孟子》一书引诗、解诗、论诗主要涉及的诗篇有27 处之多。这 27 处绝大多数是引诗明理。如辩论"人有不忍人之心"，梁惠王引"《诗》云：'他人有心，予忖度之。'夫子之谓也。"（《小雅·巧言》）如为说明"以德服人者，中心悦而诚服之，如七十子之服孔子也"，"《诗》云：'自西自东，自南自北，无思不服。'此之谓也。"（《大雅·文王有声》）为说明"祸福无不自己求之者"，"《诗》云：'永言配命，自求多福。'……此之谓也。"（《大雅·文王》）类似的例子还有很

诗经考索

多。就此而言，与春秋时代的引《诗》明理没有差别。

《孟子》的论《诗》，在思想方法上与《孔子诗论》有直接联系。如《孟子》载："《诗》云'迨天之未阴雨，彻彼桑土，绸缪牖户。今此下民，或敢侮予?'孔子曰:'为此诗者，其知道乎!'能治其国家，谁能侮之?"又载:"'天生烝民，有物有则。民之秉彝，好是懿德。'孔子曰:'为此诗者，其知道乎!'故有物必有则;民之秉彝也，故好是懿德。"两处都明确提出孔子对《诗》的评论为"知道"，也就是说，孟子继承了孔子强调《诗》的抽象义、象征义，以用于教化的思想并付诸实践。由此看出孟子《诗》学观与《孔子诗论》的继承关系。

孟子《诗》学观与《孔子诗论》对比又有变化。其一，从历史发展中论述《诗》的兴亡，所谓"王者之迹息而《诗》亡，《诗》亡而《春秋》作";其二，将诗的内容与作者、历史背景相联系，所谓"诵其诗，读其书，不知其人可乎? 是以论其世也，是尚友也"。而在实践上，在强调教化的前提下，阐释诗义的确有注意历史背景、寻觅诗旨的倾向，正如有的学者指出的，"《万章上》谓《小雅·邶山》曰:'是诗也……劳于王事而不得养其父母之谓也。'此与《邶山序》'役使不均，己劳于从事，而不得养其父母焉'之说合";"《告子上》引《大雅·既醉》'既醉以酒，既饱以德'曰:'言饱乎仁义也，所以不愿人之膏粱之味也;令闻广德施于身，所以不愿人之文绣也。'此与《既醉序》'醉酒饱德，人有士君子之行焉'之说合"。① 凡此等等，都说明孟子《诗》学已经出现新的观念，在《诗》学史上有重要意义。但在总体倾向特别是解《诗》

---

① 刘毓庆:《〈诗序〉与孟子》，《第五届诗经国际学术研讨会论文集》，学苑出版社 2002 年版，第 102 页。

的实践上，仍然是强调《诗》的抽象义、象征义以用于教化，更多的是引《诗》义说事、明理。统观《孟子》所体现的总的《诗》学观和解《诗》实践，与《毛序》庞大的《诗》学系统，特别是重视以史实解诗的做法，还有很大距离。

三

《荀子》主要是引《诗》明理，就"知人论世"的《诗》学观而言，比孟子一派似乎还有一个倒退，兹不论。而秦末汉初的毛公、西汉后期以至东汉卫宏，究竟是在何时、由谁完成《毛诗序》，是我们作为一个系统（即生成链）研究《毛序》遇到的最为复杂的问题。涉及大毛公、小毛公，涉及《毛序》和《毛传》的关系。

先来探索《毛序》与《毛传》的关系。

通检《毛传》释诗义，与《毛序》比较，二者内容互为依存。同一篇诗义的解说，或《传》详而《序》略；或《传》略而《序》详，表现为相互照应、相互发明的关系。

《传》详而《序》略者。如《邶风·二子乘舟·序》："思伋、寿也。卫宣公之二子争相为死，国人伤而思之，作是诗也。"而《传》："二子，伋、寿也。宣公为伋娶于齐女，而美，公夺之，生寿及朔。朔与其母诉伋于公，公令伋之齐，使贼先待于隘而杀之。寿知之，以告伋，使去之。伋曰：'君命也，不可以逃。'寿窃其节而先往，贼杀之。伋至，曰：'君命杀我，寿有何罪？'贼又杀之。国人伤其涉危遂往，如乘舟而无所薄，泛泛然迅疾而不碍也。"其他如《周南·关雎》《小雅·白驹》《小雅·鼓钟》《大雅·绵》等，皆属此类。

《传》略而《序》详者。如《召南·江有汜·序》："美媵也。勤而无怨，嫡能悔过也。文王之时，江沱之间，有嫡不以其媵备数，媵遇劳而无怨，嫡亦自悔也。"而《传》："嫡能自悔也。"其他如《卫风·淇奥》《唐风·山有枢》《小雅·鹿鸣》《小雅·车攻》等，皆属此类。以上二类，《传》详而《序》略者，远不如《传》略而《序》详者数量为多。

通检《传》《序》解诗，我们又发现《传》义与《序》义相同或基本相同的有83篇之多，《传》对《序》义或概括之，或解说之。

所谓概括《序》义，是说《传》对《序》的解诗，用一、两句概括性很强的语言说明之，起到强化《序》义的作用。如《鄘风·相鼠·序》："刺无礼也。卫文公能正其群臣，而刺在位，承先君之化，无礼仪也。"而《传》予以概括、强化，曰："无礼仪者虽居尊位，犹为暗昧之行。"其他如《邶风·简兮》《郑风·出其东门》《邶风·匪风》《小雅·何草不黄》等，皆属此类。

所谓解说《序》义，是说或《序》未言明之而《传》言明之，或《传》就《序》义而结合诗意、诗境细说之。如《邶风·新台·序》："刺卫宣公也。纳伋之妻，作新台于河上而要之，国人恶之而作是诗也。"而《传》明谓："水所以洁污秽，反于河上而为淫昏之行。"其他如《郑风·叔于田》《大雅·生民》《周颂·振鹭》《周颂·敬之》等，皆属此类。以上二类，以《传》解说《序》义者数量为多。

通检《传》《序》解诗，我们还发现《传》与《序》相同的部分，相当多是与"续序"相同，甚至有些字句都相同。如《唐风·山有枢·序》："刺晋昭公也。不能修道以正其国，有财不能用，有钟鼓不能以自乐，有朝廷不能洒扫，政荒民散，将以危亡，四邻谋取其国家而不知，国人作诗以刺焉。"而《传》："国君有财货而不能用，如山隰不能自用其财。"其他如《周南·麟之趾》《召南·采蘩》《邶风·击鼓》《小雅·菁菁者莪》等，皆属此类。

兹将上述《传》义与《序》义相同或基本相同的 83 篇诗，作一总的统计，并列表如下：

《诗经》之《传》与《序》内容相同或基本相同数字统计表

风雅颂类别	《传》与《序》相同的篇数	占同类诗篇数的百分比（%）	占《诗经》总数的百分比（%）
风	54	33.75	17.7
雅	26	24.76	8.52
颂	3	7.5	0.98

上述比较以及数字统计，反映出：（1）《传》与《序》相同的诗篇，多集中在《国风》，为54篇，《雅》26篇，《颂》仅有3篇。这说明，《传》解诗义，《传》对《序》的参与，按《颂》《雅》《风》顺序呈逐渐增多趋势。（2）特别要强调的是：《传》与《序》在解诗的体例上有相互联系的特点；《传》与《序》内容互为依存；《传》对《序》的解释既呈现《传》详《序》略、《传》略《序》详的状况，又表现为或概括之，或解说之具体而又不同的方面。这一切都表明，《传》与《序》有相互照应，相互发明的关系，而且可以进一步肯定《序》产生在前，而《传》产生在后。（3）《传》与《序》的相同部分，多数是与"续序"相同。《毛传》与《毛序》之间实际存在着的关系，要求我们在思考《毛序》作者时，必须与《毛传》的作者一起加以考虑。

四

仅从《毛序》与《毛传》同异的比较研究，是无法得出其作者为何人的结论的。必须详细考察典籍中有关《毛诗》的资料。

（1）《汉书·儒林传》（卷八十八）："毛公，赵人也。治

《诗》，为河间献王博士，授同国贯长卿。……"

（2）《汉书·艺文志》（卷三十）（后简称《汉志》）除载录"《毛诗》二十九卷。《毛诗故训传》三十卷"外，又曰："又有毛公之学，自谓子夏所传，而河间献王好之，未得立。"（亦可视为刘向、刘歆的观点）

下面四条皆出自郑玄的系统。

（3）郑玄为《南陔》等三首逸诗《序》所作《笺》释曰："此三篇者，《乡饮酒》、《燕礼》用焉。曰：'……孔子论《诗》"雅颂各得其所"时，俱在耳。篇第当在于此。遭战国及秦之世而亡之。其义则与众篇之义合编，故存。至毛公为《诂训传》，乃分众篇之义，各置于其篇端云。'"（《毛诗正义》卷九之四引）

（4）郑玄《诗谱》："鲁人大毛公为《故训传》于其家，河间献王得而献之，以小毛公为博士。"①

（5）《经典释文·序录》（卷一）："《毛诗》者出自毛公，河间献王献之。徐整（三国吴人）云：子夏授高行子，高行子授薛仓子，薛仓子授帛妙子，帛妙子授河间人大毛公，毛公为诗故训传于家，以授赵人小毛公，小毛公为河间献王博士。"②

（6）晋陆玑："孔子删诗授卜商，商为之序以授鲁人曾申，申授魏人李克，克授鲁人孟仲子，仲子授根牟子，根牟子授赵人荀卿，荀卿授鲁国毛亨，亨作《诂训传》以授赵国毛苌，时人谓亨为大毛公，苌为小毛公。"③

东晋初年袁宏在《后汉纪·孝章皇帝纪》下提出新的说法。

（7）"毛诗者，出于鲁人毛苌，自谓子夏所传，河间献王

① 孔颖达：《毛诗正义·释文》引。王先谦：《诗地理考》六引文同，台湾影印文渊阁《四库全书》本。
② 陆德明：《经典释文》，《四部丛刊》本。
③ 《陆氏诗疏广要》，陆玑撰，毛晋广要，台湾影印文渊阁《四库全书》本。

好之。"

南朝宋范晔《后汉书·儒林列传》（卷七十九），又提出了新的说法。

（8）"赵人毛苌传《诗》，是为《毛诗》，未得立。"

（9）"卫宏字敬仲，东海人也。……初，九江谢曼卿善《毛诗》，乃为其训。宏从曼卿受学，因作《毛诗序》，善得《风》《雅》之旨，于今传于世。"

（10）"中兴后，郑众、贾逵传《毛诗》，后马融作《毛诗传》，郑玄作《毛诗笺》。"

《隋书·经籍志》（后简称《隋志》）（卷三十二）有关《毛诗》资料如下。

（11）"《毛诗》二十卷，汉河间太傅毛苌传，郑氏笺。"

（12）"《毛诗序义》二卷，宋通直郎雷次宗撰。梁有《毛诗义》一卷，雷次宗撰；《毛诗序注》一卷，宋交州刺史阮珍之撰；《毛诗序义》七卷，孙畅之撰。亡。"

（13）"《毛诗集小序》一卷。刘炫注。"

唐代有两条材料如下。

（14）《经典释文》："沈重云：案郑《诗谱》意，《大序》是子夏作，《小序》是子夏、毛公合作，卜商意有不尽，毛更足成之。或云《小序》是东海卫敬仲所作。"（《毛诗正义》卷一之一引）

（15）《毛诗正义》（卷一之一）："汉初为传训者，皆与经别行。《三传》之文，不与经连，故石经书《公羊传》皆无经文。《艺文志》云：'《毛诗》经二十九卷，《毛诗故训传》三十卷'，是毛为《故训》亦与经别也。……其《毛诗》经二十九卷，不知并何卷也。"

面对如此繁杂的文献资料，我觉得应该确定几条使用原则：第一，至于众说纷纭的传授系统，如（5）、（6）条，可以不予深究，就现有的文献资料要搞清该问题，只能是徒劳无功；第二，就一般意义上讲，时代较早的典籍的记载，应受到关注；第三，与《毛诗》关系密切的人的说法，应受到更多关注；第四，应与经学史联系起来考察。

基于上述原则，可得出如下认识：（1）西汉的司马迁于《三家诗》记述甚详，而不及《毛诗》，这与《三家诗》为今文列于学官而《毛诗》为古文流传于民间有关。（2）刘向、刘歆父子遍校秘府藏书作《别录》《七略》，班固据而成《汉志》，虽著录了《毛诗》，但与《三家诗》相比，于传授者只记赵人小毛公而不及鲁人大毛公，且"又有毛公之学，自谓子夏所传"，显系不肯定之辞。班固虽习《齐诗》，但作为一个严肃的历史学家，也不会有意舍弃刘向、刘歆有关《毛诗》的详细记述。所以合理的理解是，在刘向、刘歆之时，关于《毛诗》的详细情况就出现了模糊性。模糊的原因不外乎两种：一是没有大毛公（亨）这个人，如有研究者就主张《毛诗》就是毛苌一个人所为。二是因为涉及两个"毛公"，出现了复杂而又不易厘清的问题，诸如受授关系、《毛诗故训传》的真正作者等，所以自刘向父子至班固，都采取了比较含混的说法。我觉得后一种较符合实际。正因为这种含混的说法，至东晋初年的袁宏作《后汉纪》，甚至把毛苌当作了"鲁人"。但尽管如此，在西汉王朝秘府中，肯定已有名"毛诗二十九卷"、名"《毛诗故训传》三十卷"的藏本。（3）郑玄虽习《韩诗》，但笺《诗》以宗毛为主，必然对《毛诗》下过一番潜研之功，《诗谱》《郑笺》有关《毛诗》资料是可信的。郑玄虽然没有讲"毛公"的名字，只是称"大毛公"和"小毛公"，也没讲大、小毛公的授受关系，只是讲到"鲁人大毛公为《故训传》于其家，河间献王得而献之，以小毛公为博士"，但是，他的讲法与《汉书·儒林传》的讲法有重合之处，即《毛诗》得

考索17　关于《毛诗序》作期和作者的若干思考

以成立，得以流传，与"好古"的河间献王有关，这又从另一方面反映出郑玄记述的可靠性。（4）隋代以前，已有《序》《传》分列的两个系统的《毛诗》传本：一个系统是"《毛诗》二十卷"，明确标明为"河间太傅毛苌传，郑氏笺"；另一个系统是专辑"毛诗序"并为之作注的本子，有《毛诗序义》二卷等。（5）陆玑所谓"荀卿授鲁国毛亨，亨作《诂训传》以授赵国毛苌；时人谓亨为大毛公，苌为小毛公"，是力图要把《毛诗》一直含混不清的问题讲清楚，第一次提出了大毛公名"亨"，并力图讲明传授系统。（6）由《隋志》著录可知，自南北朝至唐初，则都将《毛传》归之于毛苌所作。

　　总之，上述复杂的资料给我们启发最大的有三点：（1）郑玄的说法："鲁人大毛公为《故训传》于其家，河间献王得而献之，以小毛公为博士。"是他于晚年在综合性研究著作《诗谱》中提出的，且与《汉书》记载相一致，因此有很大的可信度。郑玄为《南陔》等"逸诗"《序》作《笺》释曰"其义则与众篇之义合编，故存。至毛公为《诂训传》，乃分众篇之义，各置于其篇端"。这是我们研究毛公（大毛公亨）与《毛序》最直接的资料。（2）《后汉书·儒林列传》第一次提出了"毛诗序"的名称，且认定为卫宏所作。（3）至南北朝时，《毛诗》系统的《序》与《传》已经分列，而已将《传》的著作权归之于毛苌。

　　问题讨论至此，《毛诗序》的作者依然并不明晰，而汉代以后虽然将《毛传》的作者定为毛苌，事实如何，也需作深入讨论。要弄清楚上述问题，就必须对汉代《毛诗》的传授文本，以及《毛诗故训传》包括哪些内容继续进行考索。

五

《汉志》（卷三十）对《三家诗》的著录：

《诗经》二十八卷，鲁、齐、韩三家。

《鲁故》二十五卷。《鲁说》二十八卷。

《齐后氏故》二十卷。《齐孙氏故》二十七卷。《齐后氏传》三十九卷。

《齐孙氏传》二十八卷。《齐杂记》十八卷。

《韩故》三十六卷。《韩内传》四卷。《韩外传》六卷。《韩说》四十一卷。

由上述著录可知，《三家诗》在西汉的传授中，"故"自为"故"，"传"自为"传"，所以《齐诗》才有《齐后氏故》《齐后氏传》之别，才有《齐孙氏故》《齐孙氏传》之别。所以《鲁诗》《韩诗》才有《鲁故》《韩故》《韩内传》之传本。此外，还有"说""记"等形式，所以才有了《鲁说》《韩说》《齐杂记》之类的传本。足见，在汉人心目中，"故"与"传"肯定为两种不同的解经方式。

而《毛诗》系统，则"故"与"传"合为一体，《汉志》对《毛诗》的著录是：

《毛诗》二十九卷。

《毛诗故训传》三十卷。

这究竟是怎么一回事？

《汉志》："毛诗故训传三十卷。"颜师古注曰："故者，通其指义也。它皆类此。今流俗《毛诗》改'故训传'为'诂'字，失真耳。"这是一条非常重要的提示。只不过他仍把"故训传"视为一体，而没有注意"故"与"传"的区别。问题还在于，颜师古强调"故"与"诂"的不同，认为"故"的含义是"通其指义"，这里的所谓"指义"，指的是《诗》义，也即《诗》的内容，其实这个见解也不正确。但所提出的"故"与"诂"的不同，提醒我们从"故训"和"传"两种不同的解《诗》方式，来探索和研究西汉《诗》的传本问题。

马瑞辰《毛诗传笺通释》曰："《说文》：诂训，故言也。……盖'诂训'第就经文所言者而诠释之，'传'则并经文所未言者而引申之，此'诂训'与'传'之别也。……盖'诂训'本为故言，由今通古，皆曰'诂训'，亦曰'训诂'。"① 马氏引《说文》"诂训，故言也"，证明汉人心目中"故训"与"诂训"同义，也愈加证明汉人心目中的"故训"与"传"之不同。所谓的"故训"（也即后人改为的"诂训""训诂"），就是《说文》所谓"故言也"，也就是马瑞辰所说的"就经义所言者而诠释之"，"由今通古"。就《毛诗》而言，也就是我们今天见到的《毛传》。而"传"，因"并经文所未言者而引申之"，涉及对《诗》经文内容的解说，就《毛诗》而言，实际上也就是我们今天所指的《毛序》。

段玉裁《说文解字注》对"诂"的解释与马瑞辰有所不同，曰："训故言者，说释故言以教人，是之谓诂。分之则如《尔雅》析故、训、言为三。三而实一也。汉人传注多称故者，故即诂也。《毛诗》云'故训传'者，故训犹故言也，谓取故言为传也。取故言为传，是亦诂也。"② 段玉裁认为"故训"和"传"皆可称为"诂"，这是对汉人注解《经》文活动总的概括。不同于马瑞辰的"故训"与"传"分而言之，但他所说的"汉人传注多称故"，他解释《毛诗》的"故训传"为"故训犹故言也，谓取故言为传也"，却符合汉人注解《经》文的实际。所谓"取故言"，就是马瑞辰所言"就经义所言者

---

① 马瑞辰：《毛诗传笺通释》，《皇清经解续编》本（卷四百一十六）。
② 段玉裁：《说文解字注》（言部），上海古籍出版社 1981 年版，第 92 页。

而诠释之"；所谓"为传"，就是马瑞辰所言"并经文所未言者而引申之"。

明白了"故"和"传"的区别，以及其各自的含义，再来看《汉志》对三家诗的载录。其中的《鲁故》二十五卷，应该是与经文别行的属于今所谓《传》性质的对《鲁诗》文辞的解释。其中的《齐后氏故》《齐孙氏故》，应该是与经文别行的属于今所谓《传》性质的对《齐诗》文辞的解释。而《齐后氏传》《齐孙氏传》则应该是与经文别行的属于今所谓《序》性质的对《齐诗》内容上的解说。其中的《韩故》，应该是与经文别行的属于今所谓《传》性质的对《韩诗》文辞的解释。而《韩内传》，应该是与经文别行的属于今所谓《序》性质的对《韩诗》内容上的解说。

由《三家诗》"故""传"其各具有不同的含义的区分，我们来探索《毛诗》在西汉的传本情况。

先看《毛诗》二十九卷本。《三家诗》皆为二十八卷，唯独《毛诗》为二十九卷，《毛诗》比《三家诗》多出一卷的内容是什么？

王先谦《汉书补注》（卷三十）曰："此盖《序》别为一卷，故合全经为二十九卷。"王氏的这个说法有文献的根据。

《毛序》单列一卷的说法由郑玄而来。郑玄为《南陔》等三首逸诗的《序》所作《笺》释曰："其义则与众篇之义合编，故存。至毛公为《诂（故）训传》，乃分众篇之义，各置于其篇端。"这也就是说，汉代《毛诗》的流传，有一个称名为"《毛诗》二十九卷"的本子，这个本子包括有《毛序》为单独的一卷，另包括有《诗》的经文二十八卷。请注意，这个本子应该是"毛公为《诂（故）训传》，乃分众篇之义，各置于其篇端"之前，就存在的一个传本。

《毛诗故训传》三十卷本，又包含哪些内容呢？

王先谦《汉书补注》曰:"古经、传皆别行,毛作《诗》传,取二十八卷之经,析邶、鄘、卫风为三卷,故为三十卷也。"

王氏认为,《毛诗》的这个本子则是不包括经文的一个本子,因为他首先就说"古经、传别行"。而且,王的这个说法,有唐代孔颖达所见石经为证(引文见前)。正式称名为"《毛诗故训传》"的三十卷的构成,包括有"故训"(后人谓之"传")的内容,而"故训"(后人谓之"传")的部分,因为将《卫风》析为邶、鄘、卫三卷,多出两卷,所以正好三十卷。这三十卷的构成,还包含有"传"(后人谓之"序"),而"传"(后人谓之"序")的内容已置于各篇的篇端了。

这样看来,在班固之前,汉代《毛诗》有两个本子流传:一个是将《序》(汉人称为"传")别为一卷的含经文称名为"《毛诗》二十九卷"本,这个本子在"毛公为《诂(故)训传》"之前已经存在;另一个是将《序》(汉人称"传")置于每篇的篇端,将《传》(汉人称"故训")分为三十卷而不包括经文,称名为"《毛诗故训传》三十卷"本。而这个三十卷本,应该正是毛公"为《诂(故)训传》"时所完成的一个本子。二十九卷本突出的是《序》(汉人称"传"),三十卷本则为《序》(汉人称"传")、《传》(汉人称"故训")合为一体的本子。至班固写《汉志》时,这两个本子都藏于秘府,并在民间流传。

郑玄讲到"毛公"的资料有两处:一是作《笺》时说的"其义则与众篇之义合编,故存。至毛公为《诂(故)训传》,乃分众篇之义,各置于其篇端"。二是作《诗谱》时所说:"鲁人大毛公为《故训传》于其家,河间献王得而献之,以小毛公为博士。"然则,"为故训传"者,当系大毛公亨。

正是通过上述《毛诗》在西汉的两个传本的存在,透露出大毛公在完成"故训传"时所做的工作:(1)依照情理,经师对经文的传授，应该既包括文辞训释方面的内容，也应该包括对诗篇内容解释方面的内容，而这些内容在大毛公之前的传授中应该都已经存在（《孔子诗论》、孟子一派说《诗》，可证明）。大毛公之前的二十九卷本，只是把属于内容解释的"序"（汉人谓之"传"）的内容单独列为一卷，而对属于文辞训释方面的《传》（汉人谓之"故训"）的内容，则并未加以整理、补充。（2）郑玄称大毛公"为《故训传》"，其中的"为"字值得重视，"为"不等于"作"，既然明确提出"故训传"的名称，根据前面的辨析，其所"为"的内容，包括对"传"（后人谓之"序"）的部分，也包括"故训"（后人谓之"传"）的部分。他对"传"（后人谓之"序"）最直接的工作是"分众篇之义，各置于其篇端"。除此之外，无论对于"传"（后人谓之"序"），也无论对于"故训"（后人谓之"传"），都有补充、加工、创新。

兹将西汉《毛诗》传本列表如下：

西汉《毛诗》传本列表

传本形式	编纂者	是否有"序"（汉人谓"传"）	是否有"传"（汉人谓"故训"）	是否含经文
《毛诗》29 卷本	不确（或为大毛公授诗之初本）	有"序"文（单独为 1 卷）	无	含经文
《毛诗故训传》30 卷本	大毛公	有"序"文（分置各篇端）	有"传"文（析邶、鄘、卫为 3 卷）	不含经文

正是通过上述一系列的考证辨析，我们认为：郑玄《诗谱》所谓"鲁人大毛公为《故训传》于其家"所做的工作，正是后人谓之的《毛诗序》以及《毛传》形成的关键环节。换句话说，大毛公是形成《毛序》，也包括《毛传》最重要的人物，而"为其家"的时间，也正是形成《毛序》最重要的

时期。

据郑玄《诗谱》，大毛公原为鲁人。据《经典释文》引徐整所谓："河间人大毛公"，他很可能因躲避战乱或其他原因，由鲁迁徙到河间，并定居下来。他的名字由陆玑《毛诗草木鸟兽虫鱼疏》知道名亨。而他生活的时代可由小毛公苌为汉初河间献王博士推知，小毛公约略与申公、辕固、韩婴同年辈，则大毛公当为秦汉间人，约略与浮丘伯同年辈。① 而秦末汉初，正是《毛序》基本形成的时期。

六

接下来研究小毛公苌和《毛诗》的关系，以及东汉卫宏"作《毛诗序》"的问题。

前所列涉及毛苌与《毛诗》关系的资料（详见第四部分）所透露的两方面信息是可信的：（1）大毛公亨曾授《诗》给毛苌，此后毛苌对《毛诗》的传授起到重要作用，如《经典释文》所谓"大毛公为《诗故训传》于家，以授赵人小毛公，小毛公为河间献王博士"；如陆玑所谓"亨作《故训传》以授赵国毛苌，时人谓亨为大毛公，苌为小毛公"等。（2）毛苌与后人谓之的《毛传》有重要关系，如《隋志》所谓"《毛诗》二十卷，汉河间太傅毛苌传，郑氏笺"等。

汉代以后，将《毛传》的著作权归之于毛苌，还有下述资料可作佐证：

《史记》三家注、《文选》李善注、《后汉书》李贤等注都多引《毛诗》资料，称名有"毛苌曰""毛苌云""毛苌注""毛苌诗传""毛苌传""毛传"。兹列表显示其各称引次数：

---

① 关于大毛公的时代可参考徐复观《中国经学的基础》，台湾学生书局 1982 年版，第 160 页。

称名书名	毛苌曰	毛苌云	毛苌注	毛苌诗传	毛苌传	毛传
《史记》注	0	25	0	11	0	14
《文选》注	276	1	1	424	14	1
《后汉书》注	1	0	36	1	2	3

经复核部分注释，所引均系今《毛传》内容。这表明，虽然将《毛诗故训传》中"故训"的内容定名为"毛传"有一个历史过程，但所有资料都指向毛苌对《毛诗故训传》中"故训"内容的最终形成起到了关键作用。再联系前面的考索结果：《传》《序》解诗，大多数属于《传》略而《序》详的状况；大多数为《传》解说《序》义的状况，则毛苌于《毛诗》的传授中，在大毛公所作《故训传》的基础上，主要在"故训"的方面，也即主要在《诗》的文辞训解方面做出了自己的贡献。在作文辞训解时，对"传"也即属于《诗》义内容的部分，也应该有所补充、加工、厘定，从而使得今所见《毛传》与《毛诗序》呈现出"相互照应、相互发明的关系"。

当我们认定《毛诗序》基本成于大毛公享、小毛公有所补充、加工、厘定时，不能不解释《毛序》与《毛传》有个别相抵牾的现象。古人和今人都指出，这种现象集中表现在两首诗上。《郑风·山有扶苏·序》："刺忽也。所美非美然。"而《传》："狡童，昭公也。"《序》义"狡童"应为郑昭公忽"所美"之人，而《传》解为"昭公"。《陈风·宛丘·序》："刺幽公也。淫荒昏乱，游荡无度焉。"而《传》："子，大夫也。"《序》言所刺为"幽公"，而《传》解为"大夫"。清代陈奂《诗毛氏传疏》对《宛丘》做过解释，以为"斥大夫即以刺幽公"。今人王锡荣认为"此篇《传》文中的'子，大夫也'，很可能是'子，幽公也'之讹。郑《笺》解释《传》文说：'子者，斥幽公也。游荡无所不为。'据此，大致可以测知今存的《传》文在流传过程中出现了讹误"。其对《山有扶苏》解释说："《传》注'狡童'为昭公，就很可能是《狡童》篇'彼狡童兮，不与我言兮'两句的《传》文误入于此。两诗同属《郑风》，相距甚近，出现这种情况的可能性不是完全没有的。"① 总之，我们不能因为有个别的相抵牾现象，而无视占三百零五篇绝大多数的《传》和《序》相统一的客观存在，因而否定大毛公亨"为《故训传》"的事实。试想，在《故训传》长期传授过程中，在古代以竹简为书籍形式的情况下，出现上述个别文字错讹的事情，是完全可能发生的。

关于东汉卫宏"作《毛诗序》"最直接资料是《后汉书·儒林列传》载："卫宏字敬仲，东海人也。……初，九江谢曼卿善《毛诗》，乃为其训。宏从曼卿受学，因作《毛诗序》，善得《风》《雅》之旨，于今传于世。"《经典释文》又有"或云《小序》是东海卫敬仲所作"。《隋志》又谓："先儒相承，谓之《毛诗序》子夏所创，毛公及敬仲又加润益。"

上述资料说明，古人意见已经是犹疑不决。或谓"作"，或谓"或云"，或谓"润益"。其中特别是《后汉书》的记载，学者已指出："这段记载矛盾百出。试想，《序》、《传》如果都出自卫宏之后，那么所谓'宏从受学'的谢曼卿'善《毛诗》'，指的又是什么样的《毛诗》？抽掉《序》、《传》，所谓《毛诗》岂不只剩下一副空架子了吗？"所以，"作"的可能性是没有的，而"润益"的可能性是存在的。② 从经学史角度考察，东汉中前期，古文经学有一个繁盛时期，正是在这个繁盛时期，古文经学的《毛诗》受到了重视，许多经学大师如郑

① 王锡荣：《关于〈毛诗序〉作者问题的商讨》，《文史》第十辑，中华书局1980年版，第196—197页。
② 王锡荣：《关于〈毛诗序〉作者问题的商讨》，《文史》第十辑，中华书局1980年版，第196—197页。

诗经考索

众、贾逵都传授过《毛诗》，其后马融还为《毛诗》做过注解。而卫宏正是这一次《毛诗》繁盛时期的一位重要人物。他第一次将《故训传》中"传"的内容，定名为"毛诗序"。后世所谓卫宏"作《毛诗序》"的说法，盖由此而来。

结言之：《毛序》是从先秦至秦末汉初，经过不断累积形成的通过论《诗》体现儒家思想的一部典籍。

从先秦至汉初的《诗》学观念有明显的承继痕迹并呈现出阶段性：春秋时代"赋诗断章"多用诗的象征义；孔子、孔门弟子论《诗》，既重象征的道理、又重政治教化作用，是将《诗》儒教化的定型时期；孟子一派注重联系史实寻觅《诗》旨，是将《诗》儒教化的发展期；再发展到秦末汉初，沿袭并强化孔门一派重政治教化的《诗》学观，沿袭并强化孟子一派联系史实、寻觅《诗》旨的《诗》学观，从而更加追求《诗》的本事化和政治化。

今《毛诗序》的基本完成时期为秦末汉初，基本完成者为鲁人大毛公亨。大毛公亨"为《毛诗诂（故）训传》"，将"乐官"编《诗》时对《诗》义的解说以及属于礼乐仪式上的规定，将自孔子、孔门弟子既重象征的道理、又重政治教化的《诗》说，将孟子一派开始联系史实寻觅《诗》旨的《诗》说，将秦汉间人受孔、孟影响，从而更加追求《诗》的本事化和政治化的《诗》说，当然也包括大毛公自己的见解，统统纳入代表自己《诗》学体系的《毛诗故训传》中"传"的部分，而对"故训"的部分，除将《卫风》分为《邶》《鄘》《卫》三部分外，也应该有所加工和补充。

小毛公苌在《毛诗》的传授中有重要作用，其在毛亨《毛诗故训传》的基础上，主要是对《故训传》中"故训"，也即《诗》的文辞训解方面做出了贡献。对"传"也即属于《诗》篇内容的部分，也应该有所补充、加工、厘定，从而使得今所见《毛传》与《毛序》呈现出"相互照应、相互发明的关系"。

卫宏之前，尚没有"毛诗序"的称谓。卫宏在东汉古文经学兴盛的时期，是古文派《毛诗》传授中的重要人物，不能否定他对《毛诗序》有"润益"的可能，而更重要的，是由他将《毛诗故训传》中"传"的内容，也即属于诗篇内容解释方面的内容，第一次以"毛诗序"的名称固定下来。

（原载《文学遗产》2007 年第 2 期）

考索 18　上博《诗论》与《毛诗序》的研究

　　21世纪初，受上博楚竹书特别是《孔子诗论》研究影响，有关《毛诗序》研究，呈现出繁荣景象。粗略统计，发表相关论文近百篇，且不少专著也有专门论述。由《孔子诗论》引发的对《毛诗序》的研究，究竟涉及哪些重要问题？对《毛诗序》研究的深化起到了怎样的作用？给进一步深化该问题研究，提供了哪些有益借鉴和继续深入的领域、方向？对此做出思考和总结，是一件有意义的工作。

　　一

　　《孔子诗论》与《毛诗序》之关系，是学者们争论的重点问题之一。该问题之所以重要，是因为它直接影响到《诗论》的发现对《毛诗序》的研究究竟有无意义，以及有怎样的意义。

　　概括说，意见可分为三大类：一是认为关系密切，二者有直接联系；二是认为二者属于同一说诗系统，但没有直接联系；三是认为两者说《诗》方式不同，因此性质也不相同。

　　认为有直接关系的，以江林昌为代表。他的基本观点："竹简《诗论》可能是失传了两千年的子夏《诗序》"；"竹简《诗论》可能是《毛诗序》的原始祖本"；"竹简《诗论》的基本观点大多为《毛诗序》所继承"。①

　　姚小鸥等、王小盾等则属于第二类。姚文说："同为论《诗》的文字，《诗论》与《毛诗序》二者所论内容相同，产生时间也相近，渊源上又同属孔门，两者之间必定存在一定的关系。"同时又认为，"但相同的思想和学术渊源并不能完全证明二者的文本关系，因为《诗论》和《毛诗序》之间精神上的差异和一致几乎同样明显"。②王文说，"以压倒多数的明显优势说明《诗论》与《诗序》是属于同一诗说系统"，但又认为，《诗论》与《诗序》相比较，仍有若干首说诗的内容不相同，且都集中在《国风》之中，"这种情况是与先秦时代诗歌社会功能的演变密切相关的"。③台湾程元敏的专著《诗序新考》辟专节论述"《孔子诗论》与《毛诗序》之关系"，认为"《孔子诗论》多关《毛诗序》"。④他非常同意李学勤的观点："现在看《诗论》和《诗序》、《毛传》，在思想观点上虽有承袭，实际距离是非常大的，即以《关雎》等七篇而论，差别即很明显。《诗序》不可能是子夏本人的作品，只能说是由子夏开始的《诗》学系统的产物。但无论《诗序》还是《毛传》，都确实有《诗论》的影子，这对我们认识《诗》学传承，十分重要。"⑤当然，基本属于这一类观点的文章还很多，在认识上也不尽完全一致。李学勤先生的观点，基本上可代表多数人的意见。

---

　　①　江林昌：《上博竹简〈诗论〉的作者及其与今传本〈毛诗序〉的关系》，《文学遗产》2002年第2期。
　　②　姚小鸥、任黎明：《关于〈孔子诗论〉与〈毛诗序〉关系研究的若干问题》，《中州学刊》2005年第3期。
　　③　王小盾、马银琴：《从〈诗论〉与〈诗序〉的关系看〈诗论〉的性质与功能》，《文艺研究》2002年第2期。
　　④　程元敏：《诗序新考》，（台湾）五南图书出版股份有限公司2005年版。
　　⑤　李学勤：《〈诗论〉说〈关雎〉等七篇释义》，《齐鲁学刊》2002年第2期。

彭林的观点代表第三类，认为《诗论》和《诗序》分属两种不同性质。"《诗序》的主旨，是在介绍'言诗之外'的材料，而不在'诗文之中'，这就决定了《诗序》的文字大体不会深入诗的本文……；《孔子诗论》的重心是论述诗的思想内涵，着重在诗的本身。"① 持大致相同观点的还有王泽强，说："《孔子诗论》与《毛诗序》分属不同的说诗体系，前者重情感，后者重思想，尽管在某些观点上有少量相近之处，但差别是明显的，不可等同视之，更不能说后者承接前者而来。"②

三类意见中以第二类为普遍，但无论哪一类都认为，《诗论》发现对深化《毛诗序》研究具有启发性。因为"《孔子诗论》是先秦儒家诗学思想的重要环节，这个环节已缺失两千多年而不为人知，现在终于展现在世人的面前，丰富了先秦儒家的诗学理论，有助于我们进一步了解先秦时代人们对《诗经》的社会功用、艺术特征的认识以及《诗经》在战国时期的传播状况"③。即使认为两者性质不同，"说诗"方式不同，但通过对二者的比较研究，也同样引发人们对《毛诗序》相关问题做更深入的思考。

二

《毛诗序》是《诗经》学史上最复杂、最麻烦的问题，被称作"说经之家第一争诟之端"（《四库全书·诗序》提要）。其中最集中，也最难言明的问题是《毛诗序》的作期和作者问

---

① 彭林：《〈诗序〉、〈诗论〉辨》，山东大学史哲研究院简帛研究网站，http：www.//bamboosilk.org/index.btml.2002-02-10。
② 王泽强：《〈孔子诗论〉的诗学观点及其与〈毛诗序〉的关系》，《西北民族大学学报》2005 年第 5 期。
③ 王泽强：《〈孔子诗论〉的诗学观点及其与〈毛诗序〉的关系》，《西北民族大学学报》2005 年第 5 期。

题。有专家统计，《毛诗序》的作者有 14 说：并分作三类：
（1）作于毛亨之前；（2）古序之后为汉儒申说增补；（3）汉
儒作。① 大家非常希望《孔子诗论》的发现，对于《毛诗序》
作者、作期的研究能有所进展，能得出比较一致的认识。可
是，所得结论，依然是大相径庭。

比如，较早关心《诗论》并与《毛诗序》作对比研究的
江林昌认为，《毛诗序》的作者是子夏。说已见前引。

比如，同样较早关心此问题的姚小鸥等则认为，《毛诗序》
属于孔子儒家思想系统，它的定稿者应该是汉代《毛诗》的开
山祖毛亨。"'毛诗'立派之初必已有序，无序何能自立门派？
而子夏毛公卫宏合作说、秦汉经师说等非一人一时之作说，看
似公允，实则未能厘清《毛诗序》的思想渊源、基本定稿和后
儒发挥等三方面的具体界限。"② 而曹建国、张玖青则认为，
为毛诗"作传和作序的人都是毛苌"。③

比如，一直关心《毛诗序》研究的刘凤泉，认为《毛诗序》
"最终完成"者为东汉卫宏。他说："纵观《毛诗序》形成过程，
众多学者不同程度作出了贡献，而仍不宜说《毛诗序》成于众
人之手，因为整理丰富诗义、总结儒家诗论，组成完整的理论
体系，这绝不是众手参与就可以完成的。所以，卫宏最终完成

---

① 冯浩菲总结《毛诗序》作者有不同之说 14 家：（1）传自子夏；（2）子夏作；
（3）子夏与毛公合作；（4）国史作；（5）诗人作；（6）源于诗人，国史标注，孔子
删正，子夏传之，毛公申说；（7）采诗者所记，后人增益；（8）作于孔子、子夏，汉
儒附益；（9）子夏所创，毛公及卫宏又加润益；（10）周时所作，后人补益；（11）
古序之后为卫宏所补；（12）毛亨作；（13）汉儒附托；（14）卫宏作。见《论〈毛诗
序〉的形成及作者》，载《第三届诗经国际学术研讨会论文集》，（香港）天马图书有
限公司 1988 年版，第 133—137 页。

② 姚小鸥、任黎明：《关于〈孔子诗论〉与〈毛诗序〉关系研究的若干问题》，
《中州学刊》2005 年第 3 期。

③ 曹建国、张玖青：《论上博简〈孔子诗论〉与〈毛诗序〉阐释差异——兼论
〈毛诗序〉的作者》，《安徽警官职业学院学报》2003 年第 3 期。

《毛诗序》，应该得到充分的肯定。"①

比如，本人对孔子《诗论》与《毛诗序》也曾做详细对比研究，基本观点是：《毛序》历史化、政治化的解诗做法，在《诗论》所产生的战国中前期是不可能产生的，当然在子夏的时代更是不可能产生的。"今《毛诗序》的基本完成时期为秦末汉初，基本完成者为鲁人大毛公亨。大毛公亨'为《诂（故）训传》'，将乐官编《诗》时对《诗》义的解说以及属于礼乐仪式上的规定，将孔子、孔门弟子既重象征的道理，又重政治化的《诗》说，将孟子一派开始联系史实寻觅《诗》旨的《诗》说，将秦汉间人受孔、孟影响，从而更加追求《诗》的本事化和政治化的《诗》说，当然也包括大毛公自己的见解，统统纳入代表自己《诗》学体系的《故训传》中"，《毛诗故训传》包括"毛序"和"毛传"两部分内容。"《毛传》与《毛序》有'相互照应，相互发明的'关系"，因此，所谓的"小毛公"毛苌，也应该对《故训传》"有所补充、加工、厘定"。②

以上所列，只不过是纷繁复杂的意见中几种代表性的意见而已。而且，几乎每一种意见都有人提出不同的看法，甚至意见完全相左。给人的印象似乎是，伴随新出土文献所带动起来的《毛诗序》研究愈加深入，反而使问题的研究愈加复杂化。值得我们深思。

三

新材料的发现，使得对《毛诗序》作期和作者的研究出现

---

① 刘凤泉：《也论〈毛诗序〉之作者问题》（上），《广西社会科学》2012年第10期。

② 详见拙文《关于〈毛诗序〉作期和作者的若干思考》，《文学遗产》2007年第2期。本书亦载入。

了更复杂的局面，属于正常现象。因为，新材料的发现，肯定要提供新研究领域和新的研究角度，从事研究工作的人，又都有自己的学术背景、研究思路和方法，因而出现纷繁多样的研究结论，就一点也不奇怪。在承认这种现象的合理性，并充分重视各研究者的具体研究内容的同时，更需关注的是，由具体内容所体现出的新的研究领域和新的切入角度。

非常可喜的是，通过《孔子诗论》与《毛诗序》对比研究，为继续思考《毛诗序》的性质、作用乃至产生时代、作者等问题，提供了新的思考领域和方向。如，王小盾认为"《诗序》的解诗方式，实质上是与周代礼乐制度相契合、相对应的。其中一部分序例以说解诗歌仪式功能为内容，它们直接关联于周代的礼乐仪典；另有一部分序例采用'美□□'、'刺□□'格，它们直接关联于当时的采诗、献诗制度。这表明，同诗文本的结集一样，《诗序》也是周代礼乐制度的直接产物。从性质上讲，它是周王室乐官编诗之时，……对诗歌功能、目的与性质的简要说明。它的产生时代，应当在诗歌被采集、被编辑之时。换言之，它是诗文本结集的伴生物，是在经历了一个漫长的累积过程之后才最终成形的。周代礼乐文化教育的发展经历了由重视乐教（西周前期）向重视德教（东迁以后）的转变，与此相应，《诗序》的内容也呈现出了由重视仪式功能转变为专注于美刺的明显特征"。① 他们还提出了《诗》的"乐教"与"乐语"之教的不同。这就把《毛诗序》的形成放到了《诗》的集结过程中进行考察，放到了周代（分西周、东周）的政治历史背景、礼乐制度中进行考察，这就比就《序》论《序》的视野开阔多了。

---

① 王小盾、马银琴：《从〈诗论〉与〈诗序〉的关系看〈诗论〉的性质与功能》，《文艺研究》2002 年第 2 期。

江林昌同样在较开阔视野中思考《毛诗序》问题。为证明《毛诗序》为子夏所作，他详细考察了春秋末乃至汉代初古文经学的传授渊源、地域等问题，大大地拓展了对该问题的研究领域。主要论题：（1）汉代古文经学源于战国三晋之地；（2）竹简《诗论》可能是子夏传学魏国时所作；（3）由子夏学生吴起的活动推测竹简《诗论》出现于楚国的缘由。① 并将孔子以来《诗经》学流传情况勾勒如图1：

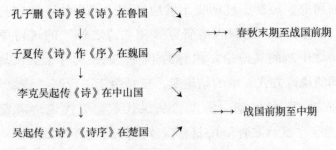

图1 孔子至战国中前期《诗经》流传情况

他的研究，尽量地（只能是尽量地）还原了子夏作《毛诗序》的学术背景。同样能给人以新的启发。

姚小鸥等对《诗论》与《毛诗序》关系的研究，借鉴王国维"乐家"和"诗家"不同的观点，提出了"乐家"传《诗》和"诗家"传《诗》不同之说。他认为，"乐家"的周太师所传重在"乐"，"诗家"传《诗》重在"义"，而孔子是"诗家"传《诗》的第一人。《诗论》和《诗序》虽同为《诗》学传承的产物，但可肯定的是《诗论》在前，而《诗序》则是"汉代诗学门派之一《毛诗》学派所持学术内容的

---

① 江林昌：《由古文经学的渊源再论〈诗论〉与〈毛诗序〉的关系》，《齐鲁学刊》2002 年第 2 期。

组成部分"。① 姚氏的视野同样开阔，他是在由先秦至汉代
《诗》学的传承系统（特别是"乐家"传诗和"诗家"传诗不
同）中，来考察《毛诗序》性质乃至作者、作期的。他的研
究思路与上述王小盾研究思路异曲同工，即从《诗经》与周代
政治文化、礼乐制度变迁的关联中，来考察《毛诗序》，只不
过各有所侧重而已。

　　在大视野中观察《诗论》与《毛诗序》的关系，还有李
会玲的研究。她受彭林所提出的应区别"诗之外"和"诗之
中"② 观点启发，更深入地研究这种"诗之外"的《诗序》，
与"诗之中"的《诗论》内容的不同，以及为什么会出现这
样不同的说诗方式。她的结论是，正是由于不理解"诗之外"
与"诗之中"的区别，所以"从汉代起，历代说诗者都将
《毛诗序》'言诗之外'的材料误读为是在'言诗之内'"。且
认为"以《序》解《诗》，从现有材料看，正是从毛公始"。③
李文最后强调，正是由于这样的"误读"，才造成长时间的
"尊序"和"废序"之争。而从研究《毛诗序》本身的角度
看，该文揭示出了《诗》学史上一个非常关键的环节，即
"以《序》解诗"，且"误读"了《序》的始作俑者毛公，对
《毛诗序》形成所起到的关键作用。

四

　　薛立芳《关于〈毛诗序〉作者的新思考——论毛奇龄对

---

　　① 姚小鸥、任黎明：《关于〈孔子诗论〉与〈毛诗序〉关系研究的若干问题》，
《中州学刊》2005 年第 3 期。

　　② 彭林认为，"《诗序》的主旨，是在介绍'言诗之外'的材料，而不在'诗文
之中'，这就决定了《诗序》的文字大体不会深入诗的本文……；《孔子诗论》的重心
是论述《诗》的思想内容，着重在《诗》的本身"。同前引《〈诗序〉、〈诗论〉辨》。

　　③ 李会玲：《〈孔子诗论〉与〈毛诗序〉说诗方式之比较》，《武汉大学学报》
2003 年第 5 期。

〈诗序〉作者的研究》，提出了《毛诗故训传》的体制问题。
毛奇龄基本观点：（1）明确提出《毛诗序》作者为毛亨，《诗
序》仅是《毛诗故训传》中的一部分，即"故训"；（2）《诗
序》的"故"为《序》的首句，为先秦故旧之说，由毛亨所
记录，而"训"则为首句后续申的内容，是毛亨对"故"所
作的训释，二者合在一起，即今见《诗序》的内容；（3）解
释《序》《传》不合的原因。①

　　本人在研究中也视《毛诗故训传》为一体，② 但没有注意
到毛奇龄说法。薛文给予的重要启示是，如果能从目前存世的
《毛诗》传本（包括石经），来证明毛奇龄提出的《诗序》是
《毛诗故训传》的一部分，《毛诗故训传》确实包含"故训"
（即"序"）和"传"两部分内容，这对认识《毛诗序》的作
期、作者，会有很大裨益。

图 2　唐开成石经拓片

　　① 薛立芳：《关于〈毛诗序〉作者的新思考——论毛奇龄对〈诗序〉作者的研
究》，《兰州学刊》2008 年第 3 期。
　　② 我的观点，《毛诗故训传》中包括《序》和《传》两部分内容，与毛奇龄相
同。但又认为其中的"传"即是后世所谓之的"序"，而其中的"故"，则是后世所
谓"传"的内容。此恰与毛氏相左。是非兹暂不论。详见《从〈汉书·艺文志〉称
〈诗〉看〈诗〉在西汉的传本》，载拙著《诗赋论稿》，山东大学出版社 2006 年版。

第一，如上图2所示为开成石经（又称"唐石经"）拓片，该石经于唐文宗开成二年（公元837年）刻成。这应该是唐太宗时孔颖达奉敕定本的《毛诗》刻石。该片标"齐鸡鸣诂训传第八"，有"鸡鸣，思贤妃也。……"的所谓的《序》，有"鸡既鸣矣……"的"经文"，而没有"传"文。这是我们能见到的最早的《毛诗》石书（原件藏西安博物院）。

第二，《孟蜀石经》又称《蜀石经》《后蜀石经》《西蜀石经》等，刊刻时间开始于五代孟蜀（孟昶）广政七年（公元944年）。此石仅有残片保存于四川博物馆。据载：《毛诗》，双面刻《诗经》，一面是《周颂》10行，包括《酌一章九句》之末句；《桓一章九句》《赉一章六句》之题名。有经文大字51，注文小字144。另一面《鲁颂》10行，包括《駉之什》首章至三章"思无亦"句。共有经文大字59，注文小字110。此石在残石中最大，字亦最多。① 又，《后蜀的石质图书馆——〈孟蜀石经〉》引赵希弁记载："毛诗二十卷，经注146740字（《石刻铺叙》：经41021字，注105719字）。②"从以上载录看，该石经应该即是据唐初所定《五经正义》，至五代时所刻石经，包含《诂训传》的内容（即包括序文、经文、传文），也包括笺文。但可惜原石已不存（又有《宋拓本蜀石经·毛诗》残卷，现藏上海市图书馆，未见）③。

第三，再请看图3、图4（上栏和下栏）。

该两幅图所示，为《南宋刊单疏本毛诗正义》（残本，日

---

① 王家佑、李复华：《孟蜀石经》，《四川文物》1992年第6期。
② 宋廷位：《后蜀的石质图书馆——〈孟蜀石经〉》，《兰台世界》2011年第31期。
③ 阮元：《毛诗注疏校勘记序》对此书有介绍说明，可参考《十三经注疏》，中华书局1980年版。

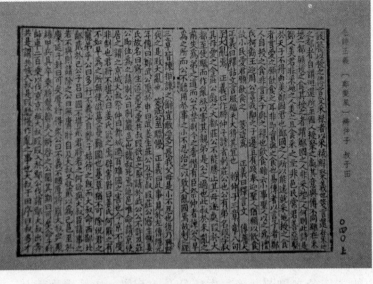

图3　南宋刊单疏本（残本）《毛诗正义》（上栏）

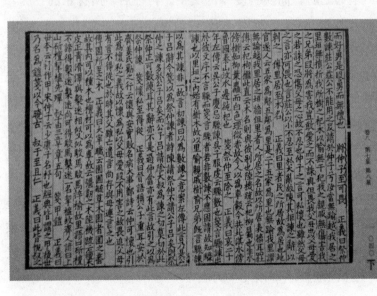

图4　南宋刊单疏本（残本）《毛诗正义》（下栏）

本金泽文库刊本）。① 该印本系"绍兴中就淳化监本所翻雕"，经北宋廷校定。绍兴为南宋高宗年号，具体翻雕时间为公元1131—1162年。单疏本不载经、传、笺文，纯为疏文，故称"单疏"本。从体式上看，凡所需要作"疏"的"序""经""传""笺"文字，皆用"某至某"标示。如对《郑风·将仲子》的《序》作疏，先标出"将仲子三章章八句至大乱焉"，然后标以"正义"二字，然后就是"正义"的具体内容。"三章章八句至大乱焉"，所代指的就是该诗《序》"将仲子，刺庄公也。不胜其母以害其弟。弟叔失道而公弗制。祭仲谏而公弗听。小不忍以致大乱焉"的文字。又如对《笺》作疏，先标出"笺庄公至骄慢"，其所代指的是郑玄为《序》作《笺》中的"庄公之母谓武姜，生庄公及弟叔段。段好勇而无礼。庄公不早为之所，而使骄慢"的文字。再往后，所标示的"传里居至木名"，则又是对《毛传》"里，居也。二十五家为里。杞，木名也"的代指。单疏本是把《毛诗诂训传》当作整体看待的。它还提供了一个重要信息，即孔颖达作《疏》时，已明确认为《毛诗故训传》中的"传"，是属于对"经"文语词方面的解释，从而与属于"序"对诗的内容方面的解释截然分开了。

　　第四，再请看图5、图6。

　　该两幅图所示，为《南宋刊十行本（附释音）毛诗注疏》（日本足利学校影印本一部四册）。该印本约刊行于南宋宁宗嘉泰年间（公元1203年前后），阮元称"为各本注疏之祖"，《十三经注疏》本即以此本为底本。

---

　　① 单疏本《毛诗正义》境内久佚，2012年人民文学出版社影印日本藏南宋刊本。本文所用该书及下述十行本《毛诗注疏》，皆系日本刊本，由山东大学高级儒学研究院杜泽逊教授所提供，谨致谢忱。

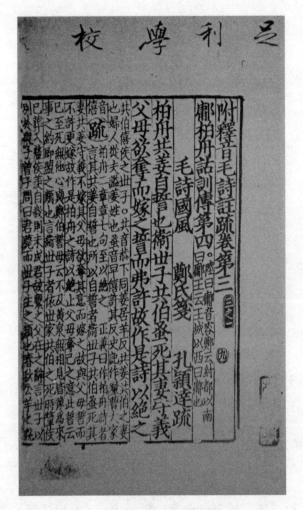

图5　南宋刊十行本

　　兹处举《鄘风》为例说明。图示题"鄘柏舟诂训传第四"，由此可知该本视《毛诗诂训传》为一整体。其内容：有《序》文而无"序"字的标示；有《传》文，却也没有"传"字的标示；有《笺》文，则有"笺"字的标示；有《疏》文，则有"正义"字样的标示。这样的"体式"，能确切地表明：《毛诗诂（故）训传》，实际包括了后人所谓的"故训"（即

图 6　南宋刊十行本

"序"）和"传"两部分内容。阮元说：《毛诗注疏》系统中，
"是以十行本为诸本最古之册"。①　足见其珍贵的文献价值。

　　我着意考察的以上四个《毛诗》的关键性版本，它们依次
是至今所能见历史上最古的《毛诗》版本的样式。通过考察，
再结合文献中相关记载，确实透露出了《毛诗序》作者、作期
的信息。

_____

① 阮元：《重刻宋板注疏总目录》，《十三经注疏》，中华书局 1980 年版。

首先，"唐（开成）石经"本《毛诗》，虽只录《序》文和经文，而不录《传》文，却仍以《故训传》名篇，更能说明问题的，是《南宋刊十行本（附释音）毛诗注疏》，该注本系今所见注疏系列"诸本最古之册"，包括序、经、传、笺、疏，也同样以"故训传"名篇。这从《毛诗》的流传版本角度，确确实实地证明了《毛诗故训传》本为一体之作，《毛诗故训传》本来就包含有《序》和《传》两部分。如果不否定毛亨作《故训传》，那就不应该否定其作《毛诗序》。

其次，今所见最早单疏本《毛诗正义》，对考察了解汉代《毛诗》版本样式，提供了重要实物参考。《汉书·艺文志》："《毛诗》二十九卷。《毛诗故训传》三十卷。"王先谦《汉书补注》（卷三十）："此盖《序》别为一卷。"又曰："古经、传皆别行，毛作《诗》传，取二十八篇之经，析邶、鄘、卫风为三卷，故为三十卷也。"孔颖达也曾说："汉初为传训者，皆与经别行。'三传'之文，不与经连，故石经书《公羊传》皆无经文。"① 过去每读书至此总产生疑问，"别为一卷"，"经、传皆别行"，如何能起到解释作用？乃至看到单疏本《毛诗正义》，疑问瞬间冰释。由宋代仍有单疏本《毛诗正义》流行，为肯定汉代《毛诗》版本样式确实是经、传别行，提供了充分的佐证。② 若然，郑玄为所谓逸诗《南陔》《白华》《华黍》的《序》所作的《笺》文，就不应该怀疑其真实性："此三篇者，

---

① 孔颖达：《毛诗正义·周南关雎诂训传第一》"郑氏笺"疏，《十三经注疏》，中华书局1980年版。

② 至于经与传合刊（即经前传后），［日］岛田翰《古文旧书考》："汉初之经传皆各自别行。故《三传》之文不与经合。《汉志》分载《毛诗》经传，经自为经，注自为注。故讲周氏之《易传》者，则就田何之本；习欧阳、夏侯之《章句》者，则遵伏生之书，未尝彼此混淆也。及刘歆始引左氏传文，附之于《春秋经》之后。而马融之注《周礼》乃云'省学者两读，故具载本文。'尔来，郑玄之注诸经，何晏之于《论语》，莫不皆就正经下注语。盖便学易读之说，汉人唱之于前，魏晋人和之于后，单经单注之本，遂泯于六朝也。"（南宋单疏本《毛诗正义》，［日］金泽文库本）

《乡饮酒》、《燕礼》用焉。……孔子论诗，'雅颂各得其所'，时俱在耳。篇第当在于此。遭战国及秦之世而亡之。其义则与众篇之义合编，故存。至毛公为《故训传》，乃分众篇之义，各置于其篇端。"①

郑玄是《毛诗》传授系统中重要的人物，从上述今能见到的最古版本看，郑氏的话是可信的。联系《诗谱》他所说"鲁人大毛公为《故训传》于其家，河间献王得而献之。以小毛公为博士"，他两处所说的话是能够对得起来的。由此，在考虑《毛诗序》作者和作期时，大毛公亨是应该着重考虑的。

最后，在《诗》学史上，唐初孔颖达奉旨作《毛诗正义》是一件大事，对魏晋南北朝以来的各种《毛诗》说，是一次大清理；对流传的各类《毛诗》著作也是一次大清理。《毛诗正义》发布后，推动了《毛诗》传播，上述《毛诗》开成石经就是明证。李善，唐高宗时人，约显庆中（公元658年）作《文选注》，也早就大量引用了《毛诗》资料。据详细覆检：称《毛诗序》142次；称《子夏序》6次；称《子夏毛诗序》1次、《子夏诗序》1次、称《毛苌诗序》2次。另，引用《毛苌诗传》文字424次、《毛苌传》文字14次。所引用文字，无论《毛序》，也无论《毛传》，都与今所见基本相同。我觉得这很能说明一些问题：（1）从《毛诗》的传播角度看，唐代《毛诗故训传》中"故训"内容，已确切地称为《诗序》或《毛诗序》。（2）虽也有称《毛诗序》作者为毛苌者，但只是偶尔为之。（3）称《毛传》作者为毛苌。（4）李善6次称《子夏序》，皆专指子夏为六篇佚诗（《南陔》、《白华》、《华黍》、《由庚》、《崇丘》、《由仪》）所作之序，如称"子夏序

---

① 孔颖达：《毛诗正义·南陔白华华黍序》"郑玄笺"，《十三经注疏》，中华书局1980年版。

曰：南陔废，则孝友缺矣""子夏序曰：白华废，则廉耻缺矣""子夏序曰：华黍废，则畜积缺矣"等；其对《南陔》的注，既称"子夏序曰：南陔废，则孝友缺矣"，又同时称"毛诗序曰：存其义而亡其辞"。由此可知，李善时似乎还能见到"子夏序"，此姑且不论，但可以肯定的是，从李善特意对"子夏序"和"毛诗序"的区分，说明在唐代人的观念里，子夏的序《诗》与毛亨的"为《故训传》"是明显不同的两件事。总之，李善所代表的唐初普遍认可的关于《毛诗序》《毛传》作者的意见，无论如何是必须受到重视的。

五

我在思考和梳理属于研究内容问题的同时，还想到研究中的一些认识问题。

先秦的古书，许多都有一个逐渐形成过程，甚至有的还不是一个人的著作，而是一个学派的著作，这几乎是一个常识性问题。其实，《毛诗序》也有一个形成过程。不是静止地，而是发展地看待它，有利于研究的深入。

在承认《毛诗序》形成有发展过程的前提下，还必须明确谁主谁次。就其作者而言，代表性的有子夏说、毛亨说、卫宏说。如果主要是由子夏完成，《毛诗序》就基本是先秦文献；如果主要是由毛亨完成，《毛诗序》就基本是秦汉之交乃至西汉初的文献；如果主要是由卫宏完成，那么《毛诗序》就基本是东汉初的文献。这个界定很重要。子夏活动的春秋末战国初至秦汉之交时的毛亨，时间相距约三百年；由毛亨至卫宏，又约二百多年。在如此长时间跨度里，如果不能有一个比较确切的主要完成者和基本时间定位点，那么对《毛诗序》文献价值的认识，就可能会悠忽不定。

求同存异，是学人从事学术研究应该遵循的准则。经过充分论辩，求大同，存小异。所谓"充分论辩"，论辩的"双方""多方"，既要"充分地"展示自己的论据、论点，同时更要"充分地"尊重、思考对方的论据、论点。大家都为"问题"而论辩，就有可能做到积"小同"为"大同"，即使做不到"同"也很正常，学术研究应该充分尊重研究者坚持自己观点的选择。

是否能尊重别人的研究，我很有感触，因为我就"被错误"过。刘凤泉《也论〈毛诗序〉之作者问题（上）——卫宏作〈毛诗序〉辩护》：先用引号引出：王洲明称"《后汉书·儒林列传》第一次提出'毛诗序'的名称，且认定为卫宏所作"。然后引陆玑《毛诗草木鸟兽虫鱼疏》"时九江谢曼卿亦善《毛诗》，乃为其训，东海卫宏从曼卿受学，因作《毛诗序》，得风雅之旨，世祖以为议郎"①，以证明我之失误。其实，刘文似未看懂，或是曲解了我的文章。其所引其实并不是我文章的原文。原文是："从经学史角度考察，东汉中前期，古文经学有一个繁盛时期，古文经的《毛诗》受到重视，许多经学大师如郑众、贾逵都传授过《毛诗》，其后马融还为《毛诗》作过注解，而卫宏是其中的一位重要人物。而更重要是他第一次将'故训传'中的'传'，定名为'毛诗序'。后世所谓卫宏'作《毛诗序》'的说法，盖由此而来。"② 这里表述得很清楚，我是根据《后汉书·儒林列传》的资料，从经学史角度考察，指出是卫宏第一次将"故训传"中的"传"的内容定名为"毛诗序"。卫宏是东汉光武帝时期人，他完全有可能"第一次""定名《毛诗序》"在前，陆玑是三国时吴国人，范

① 刘凤泉：《也论〈毛诗序〉之作者问题（上）——卫宏作〈毛诗序〉辩护》，《广西社会科学》2012 年第 10 期。

② 可参看本书《从〈汉书〉称〈诗〉，论定〈毛诗序〉基本完成于〈史记〉之前》。

诗经考索

晔主要活动在南朝刘宋时代，因此，陆、范才能记述卫宏"因作《毛诗序》"在后。这与刘文把我的观点曲解为"《后汉书·儒林列传》第一次提出'毛诗序'的名称，且为卫宏所作"，完全是两码事。我原文中最后一句话，恰恰是针对陆玑，当然也包括范晔等人所谓"卫宏……作《毛诗序》"而言的。

通过梳理《上博楚竹书·孔子诗论》与《毛诗序》研究，我感到，就对《毛诗序》作期、作者的研究而言，作宏观的包括文化的、思想的、制度的、礼仪的乃至传本样式的等多领域的把握和观照，能给我们许多新的启发。

（原载《衡水师专学报》2015 年第 2 期）

考索 18　上博《诗论》与《毛诗序》的研究

附录一　从学术史角度评论高亨先生的《诗经》研究

　　高亨先生治学遍及经史子集，著有《韩非子集解补正》《吕氏春秋新笺》《荀子新笺》《庄子新笺》《墨子新笺》《墨经校诠》《老子正诂》《老子注释》《商君书注释》《周易古经今注》《周易大传今注》《周易杂论》《诗经选注》《诗经引论》《文字形义学概论》《古字通假会典》《文史述林》等多种学术著作。这些著作，应该说都具有学术"里程碑"的意义。高亨先生是 20 世纪中国学术研究史上的一位大家。

　　高亨先生的子学研究、文字学研究以及经学研究中的《易》学研究，都没有像对《诗经》的研究那样，引起当时以至于现在许多研究者的批评，有的研究者的批评甚至涉及对高亨先生治学品格的怀疑。当时的批评主要针对《诗经引论》①和《诗经选注》② 而发，批评高亨先生"把文艺作品简单地化为历史材料"，"把马克思主义的文艺分析简单化了"③，"对待文学作品，尤其需要从实际出发，不能根据个人主观意图给作

---

①　高亨：《诗经引论》，《文史哲》1956 年第 5 期。
②　高亨：《诗经选注》，五十年代出版社 1956 年版。
③　陈赓、赵齐平：《读"诗经"引论》，《光明日报》（文学遗产版）1956 年 11 月 18 日。

品以主观的解释"①。当然上纲上线的批评也不可免，诸如"庸俗社会学的观点和方法"，"主观、片面的考证和解释"，"资产阶级的学术观点，资产阶级的学术道路"② 等，不一而足。新时期以来，也有几篇文章评论到高亨先生的《诗经》研究，有观点似乎认为，他研究《诗经》的某些失误，是与"配合政治需要"有关。高亨先生的《诗经》研究现象很发人深思，当时的人批评他没把马克思主义的理论运用好，是庸俗社会学，是简单化，而新时期的人又批评他"为配合政治需要"而出现失误。如何正确评论高亨先生的《诗经》成就和特点，如何正确分析他《诗经》研究（包括方法和结论）的某些偏颇，把他的研究放到学术史上应该占怎样的地位，从他的研究又总结出什么经验和教训，这既涉及对高亨先生本人的学术评价，又连同涉及像高亨先生一样的一批由旧社会到新社会老学者的学术品格的评价。这就是本文要说明的问题。

一

高亨先生的《诗经》研究著作，除上述五六十年代《诗经引论》《诗经选注》外，尚有《周代"大武"乐的考释》③、《诗经邶风新解》（上）④、《诗经邶风新解》（下）⑤，1980 年10 月，代表他学术成就的《诗经今注》由上海古籍出版社出版，《文史哲》1980 年第 1 期发表高亨先生《〈诗经〉续考》，前言中特别指出："这个《续考》是前两年写的，原稿是文

---

① 王乃扬：《读高亨先生〈诗经〉引论》，《文史哲》1956 年第 9 期。
② 张可求：《从〈诗经引论〉、〈诗经选注〉来看高亨先生的的学术思想》，《山东大学学报》1959 年第 1 期。
③ 高亨：《周代"大武"乐的考释》，《山东大学学报》1955 年第 2 期。
④ 高亨：《诗经邶风新解》（上），《山东大学学报》1961 年第 2 期。
⑤ 高亨：《诗经邶风新解》（下），《山东大学学报》1961 年第 3 期。

言，如今我年已八十岁，不能再加工，为了便于读者阅读，只是叫一个青年同志改成白话。"这是他留给我们的最后的有关《诗经》研究的成果。

高先生一生治《诗》，一些具体观点的修正变化是有的，但治学的基本路数和方法没有变，即依靠深厚的文字音韵训诂功底和对先秦典章制度的熟稔，从具体的考证入手，既重视属于宏观类的大问题的研究，又十分重视对具体篇章内容的考释，努力走解经的创新之路。

今天的《诗经》研究十分注重宏观的视野，诸如文化人类学、神话学、心理学等从西方引进的方法都在尝试运用。在高亨先生所处的时代里，他是较早注意到"宏观"地研究《诗经》，并取得显著成就的为数不多的几个著名的学者之一。他那个时代所谓"宏观"地研究《诗经》，首先要回答《诗经》究竟是一部什么样的书，包括《诗经》作品的时限、地域、分类、作者、成书、流传，当然也包括作品的内容和思想倾向。这些问题对于今天的研究者来说，或许是常识性问题，但在当时则是需要研究和界定的问题。

写于1955年5月15日，1956年5月由五十年代出版社出版的《诗经选注·自序》中，对《诗经》是一部什么书，高亨先生有个总体的评价："《诗经》在我国文化遗产中占有极重要的位置，它标志着我中华民族当封建社会初期在文学方面的伟大的创造力，并为我国文学现实主义的光辉传统奠定了雄厚的基础。尤其是其中劳动人民的口头创作，更具有高度的人民性与艺术性，很值得珍视。《诗经》也是一部丰富而深刻的社会史料，当时社会的经济、政治、人类生活及阶级斗争种种情况，在这部书里都或多或少地、或详或略地、或本质或现象地有所反映。它既然具有很高的文学价值与史料价值，所以我们要阅读、要研究、要批判地接受。"

诗经考索

这一段概括性很强的话包括了几个重要的命题：从历史分期来说，他同意西周封建说；从《诗经》性质来说，是文学现实主义传统的奠基，又特别强调民歌高度的人民性和艺术性；《诗经》又同时具备丰富社会史料的价值；要批判地继承这一份宝贵的文化遗产。应该说，这是那个时代较早对《诗经》作全面定位定性分析的文字，其后出版的《诗经》研究性或普及性的著作对《诗经》性质的论述，与上述高著精神一致。这样的论析，既打破了汉儒、宋儒经学教化说，也破除了古史辨派的疑古倾向，既全面又辩证，应该说代表了当时最高的学术水平。

《诗经》的收集和编纂是当时学者所关心的另一重要问题。高亨先生《诗经选注·引言》不同意汉人的采诗说，"因为先秦的古书中没有记载过采诗的官和采诗的事，所以周代是否有这种制度，还不能肯定。但汉人所说的诗篇最初都集中在乐官手中，却是事实"。他分析诗的三个来源，其一是王朝领主所作的乐歌，其二是王朝乐官搜集到的乐歌，其三是各诸侯国的乐官献给王朝的乐歌。"通过上述的三个来源，诗歌集中在周王朝乐官的手里（不是所有的诗歌），并逐渐地增加起来，前后经过五百多年的编选，才算完成了这部书的编辑工作。所以我们说的《诗经》是周王朝各个时期的乐官所编辑，并经过孔子重订的。"高亨先生对《诗经》来源、编辑、流传有系统而完整的看法，其中虽然因史料的缺失而有推论的成分，但这推论仍以间接的文献资料和《诗》的内容为依据，具有很大的合理性。半个世纪过去了，在这个问题的研究上，基本上还没有超越高亨先生论述的范围。

对于风、雅、颂的"雅"的解释，有人以乐释之，也有人以地域释之。高亨先生的解释很直接，说："'雅'在这里是借作'夏'字，《小雅》、《大雅》就是《小夏》、《大夏》

（注：梁任公说：雅本字当作'夏'。①）因为西周王畿，周人也称作'夏'，所以《诗经》的编辑者用'夏'字来标西周王畿的诗。现在再申明一下：第一，'雅''夏'古代通用，《墨子》引《诗》'大雅'曾作'大夏'（《天志》下篇），足证古本《诗经》'小雅''大雅'也作'小夏''大夏'。第二，二《雅》是西周王畿的诗，从《左传》、《国语》引用二《雅》有时称做'周诗'，也可以得到证明。第三，周人把西周王畿称做'夏'，见于《尚书》。这个地域的乐调，春秋时人还称做'夏声'，见于《左传》。那么这个地域的诗歌用'夏'字来标题，是合于周人使用词汇的习惯的。第四，诗三百篇都用地域来分编、标题，十五国风的十五国（《王风》的'王'代表东周朝的统治区），《周颂》、《鲁颂》、《商颂》的周、鲁、商，都是代表地域，可见二《雅》的'雅'，也是代表地域。如果不是这样的话，二《雅》是哪个地域的诗歌，就表示不出来。至于'小''大'二字代表什么意义，还不可知。"《文汇报》2000 年 8 月 16 日报道，上博战国竹简孔子论《诗》，就称作"讼""大夏""邦风"，也就是今本《诗经》的"颂""大雅""小雅""国风"。考古发现证明上述论断是正确的。

我还想举出对《周南》《召南》释义为例。对"南"的解释，有释其为地域者②，有释其为乐曲者③，古人的解释就不一致。高亨先生《诗经选注·引言》说："《周南》诗 11 篇，《召南》诗 14 篇，都是南方的作品。西周初期，周公姬旦长住东都洛邑，统治东方诸侯；召公姬奭长住西都镐京，统治西方诸侯，由陕（今河南陕县）分界。这个统治的划分，大概沿袭

---

① 参见梁启超《中国之美文及其历史·附释"四诗"名义》，原文作："风雅之'雅'，其本字当作'夏'。"《饮冰室合集》第十七册，中华书局 2015 年版，第 96 页。
② 参见清人方玉润《诗经原始》卷之一"周南"，中华书局 1986 年版。
③ 参见王质《诗总闻》卷一（上）"释南"，台湾影印文渊阁《四库全书》本。

很久。周南当是在周公统治下的南方地域。召南当是在召公统治下的南方地域。根据二《南》诗，周南北到汝水，南到武汉一带，召南南到武汉以上长江流域的地带。二《南》的地域应该包括当时一些国家，如楚、申、吕、隋等都在其中。"高亨先生的这个解释，既考虑到了"南"的音乐性质，更讲明何以称作"周南""召南"的原因，以及二南的地域。

还必须讲到的是高亨先生对《周颂》"大武"乐章的"宏观性"的研究。王国维先生对《大武》乐的研究有发轫之功，著《大武乐章考》，《大武》乐章篇次顺序为：武宿夜（王氏认为即《周颂·昊天有成命》）、武、酌、桓、赉、般。[1] 高亨先生在此基础上研究该问题，有所"补正"并得出结论："《大武》也称《武》。是一出戏剧性的歌舞，共六场，每场歌诗一章，象征武王统一中国的故事。六章诗都在《诗经·周颂》里面，即《我将》、《武》、《赉》、《般》、《酌》、《桓》6 篇，但今本《诗经》所排列的次序是零乱了。它是西周初期的作品，《左传》说：'武王作《武》'（宣公十二年），《庄子》说：'武王周公作《武》'（《天下篇》），《吕氏春秋》说：'周公作《大武》'（《古乐篇》）。从诗文观察，《我将》、《赉》、《酌》三篇可能是武王所作，《武》、《桓》二篇可能是周公所作，《般》是武王作是周公作看不出来。六篇的总内容是歌颂天命、文王、武王、周公、召公、战士、战功、统一、丰年，空泛的叙事极多，形象的刻画极少，形式近于散文。"并论析六章乐歌的内容以及内容与舞形式上的统一。[2] 将颂诗的研究推进到一个新阶段。

高亨先生是通过考察《诗经》产生时代的历史当然包括

---

① 王国维：《观堂集林·大武乐章考》第一册，中华书局 1959 年版。
② 高亨：《诗经选注》，五十年代出版社 1956 年版；又见《文史述林·周代大武乐考释》，中华书局 1980 年版。

礼乐、典章、制度，再结合《诗》的内容，来论定《诗经》的许多的基本问题的。如果可以借用今天的话来说，他是在广阔的"学术视野"下来观照《诗经》研究的许多的基本问题。高亨先生尊重前人、同辈同行的研究成果，但他又不满足于此，而是力图有所创新，即使同意学界的某一成说，也努力寻找新的证据。所以，他就不避繁难，靠其深厚的国学功底和渊博的古籍知识，穷搜博取，竭泽而渔，于纷繁复杂的历史线索中，尽量梳理原始材料，勾勒所研究问题的发展脉络，尽可能明晰而准确地得出结论。他不尚空谈，不发虚论，于求实中追求创新。我们赞同稳妥、全面地就某些问题得出总结性的意见，这对《诗经》的普及起到重要的作用。我们更应该承认和尊重像高亨先生这样的学者，把错综复杂的学术问题，追本溯源地展现给研究者，并在此基础上，通过自己的艰辛劳动，或大或小、或深或浅、或局部或全面地就所研究的问题提出新的见解的努力。如果就学术研究的贡献来讲，这后一种的努力，就更值得我们尊重。当然，学术研究从本质上说是没有止境的，即使已被大家普遍认可的结论，仍有继续研究和探索的必要，也完全可能得出新的结论，但是高亨先生却在他的时代对于《诗经》的研究做出了不可磨灭的贡献。

二

学术研究的灵魂是学术创新。这是高亨先生一生所遵循的原则和奋斗目标。他的"子学"研究、"易学"研究（其实高亨先生的主要学术成就更在此二方面）、"文字学"研究，当然也包括对《诗经》的研究，都是遵循的这一原则。在1981年10月出版的《诗经今注》中，他对自己毕生遵循的这一原则作了总结："我读古书，从不迷信古人，盲从旧说，而敢于追求真谛，创立新义，力求出言有据，避免游谈无根。"对于

诗经考索

这一原则的本身，恐怕没有人持不同的意见，但对高亨先生根据这一原则所从事的研究实践，特别是《诗经》的研究实践，却遭到不少的非议和批评，特别是与他所处的时代背景相结合，甚至产生出对高亨先生学术品格的怀疑。而我则认为，尽管在具体研究方法和研究的具体问题上不可避免地有失之偏颇之处，但这一原则既是他取得突出成就的原因，又体现出他所取得的学术成就的特色。

"考证"是高亨先生挂在嘴上、写在纸上、念念不忘的做学问的家法。他的考证不像清儒那样烦琐，也绝不像有些人批评的那样"故弄玄虚，宣扬博学"，他是为了追求"真谛"，而借助文字、音韵、训诂，包括古代的典章制度，来尽量"还原"诗篇的本义。且不说这需要深厚的功底和渊博的知识，其对浩如烟海的古籍的爬梳剔除、博采约取，结合诗篇内容的回味体察，甚至是与古人的心神交会，这其中的甘苦真用得上杜甫所说的"文章千古事，得失寸心知"了。我觉得，高亨先生在《诗经》考证上所下的功夫，与他同时代的其他研究者相比是突出的，他的许多研究的结论今人还没有逾越。

祝敏彻先生的文章《几种早期〈诗经〉注文的比较研究》，以例证比较的方式涉及对高先生《诗经》注文的评价。《齐风·猗嗟》："猗嗟昌兮，颀而长兮。"高亨注"昌"为"身体强壮"。"（祝）按：毛传、朱注失之笼统，未明指'盛'（《毛传》：昌，盛也。）具体所说的是什么。从下句'颀而长兮'看，'盛'应当指的是身体或姿态。郑笺、高注比较接近诗句原意。"《小雅·鼓钟》："淑人君子，其德不犹。"高亨注"犹"引《方言》十三解作"诈也"。"其德不犹，言君子之德诚实无欺。""（祝）按：五家（指传、笺、疏、朱、高）之中，……但以高注为最接近诗句原意。高注不盲从旧注，而敢于追求真谛的精神是可贵的。"《豳风·破斧》："周公东征，四国是遒。"传：遒，固也。笺：遒，敛也。朱注：敛而固之也。高注：遒，顺服。遒读为猷，《广雅·释诂》："猷，顺也。""（祝）按：毛传、郑笺对'遒'字的注释都不妥，朱注虽兼采传、笺，也不能使人讲通诗句原意。高注是比较确切的。"[①] 在高亨先生的《诗经》注释中，能"最接近诗意"或"比较确切"地解诗的注释，肯定还不止这些，顺便再举两例。《小雅·雨无正》篇，篇名的考释历来颇多疑惑。高亨先生根据《诗集传》引北宋刘安世读《韩诗》篇首多"雨无其极，伤我稼穑"的一段话，断定《毛诗》首篇脱落"雨无其止，伤我稼穑"二句，止与极古通，而与正因形近致误，《雨无正》当作《雨无止》。再如《小雅·正月》篇"民今之无禄，天夭是椓"中的"天夭"一词，《释文》："夭，灾也。"高亨先生说："《释文》的说法恐怕是错误的。"他考证古书，称"天灾"为"天殃""天祸"等，而没有称为"天夭"的。又引证《周礼·廷氏》《初学记·武部》《庄子·大宗师》《史记·周本纪》《集解》引徐广说等古文旧注，认为"夭"是"妖"的借字，"天夭"即"天妖"，指上天的妖魔，其实是指周朝害百姓的统治贵族。高亨先生这种遍读先秦古籍、竭泽而渔式地对《诗经》词语作考证式的注释方法和所得结论，应该说得到了学界的认可。李泉先生称其"道人未道，使读者耳目一新，深受启迪"[②]；台湾在 90 年代重印《诗经今注》，也正是看重它的学术价值。

　　高亨先生另一类同样是对《诗经》词语的考证，由于涉及对诗篇的内容的理解他又得出了"创新"的结论，在当时乃至

　　① 祝敏彻：《几种早期〈诗经〉注文的比较研究》，《湖北大学学报》（哲学社会科学版）1993 年第 6 期。
　　② 李泉：《力创新义求真谛》，《苏州大学学报》（哲学社会科学版）1982 年第 2 期。

今天，招致了不少的批评和非难。我认为，对这一类问题也应该历史地、辩证地看待，一方面承认他对许多问题的研究结论和研究方法的合理性，另一方面，又承认他在研究中出现的偏颇，并总结其原因和经验教训。

对《魏风·硕鼠》的解释，高注与别的注本就不相同，不是一般地用"农民""讽刺""剥削阶级"来解诗，而说"这首诗正是佃农对地主残酷剥削的控诉"。他结合诗意，深入东周社会的阶级变化中把诗讲到实处，应该说使读者对诗意的理解更为确切。

对《召南·羔羊》"委蛇"一词的解释和由此而得到的对该诗意的不同理解，在当时也遭到了非难和批评。有人根据旧注（毛传、朱传）认为"委蛇"是走路的一种姿态，于是就得出了"是对'退食自公'的卿大夫的颂扬"的结论。① 高亨先生的创新在于把"委蛇"释作"虺蛇"。他引证《庄子·达生篇》的《释文》李颐注，引证《尚书序》《荀子·尧问》《庄子·天下》，证明"委和虺是一音的转变"，于是释《羔羊》诗意为讽刺衙门里的官吏为毒蛇。抓住诗中的关键词语，遍考先秦古籍对该词语的不同诠释，再结合此词语在诗篇特定的语境的运用，从而提炼出该诗的大意，这是高亨先生尊重前人而又不迷信前人，在《诗经》研究中提出许多创新意见的一条基本方法。

受后人诟病最多的是他释《陈风·月出》为月下杀人。需要说明的是高亨先生最终坚持他自己的看法。1980 年他的《诗经今注》出版，其对《月出》的题解是"陈国的统治者，杀害了一位英俊的人物。作者目睹这幕惨剧，唱出这首短歌，

---

① 高亨：《〈读诗经引论〉的商榷》，《光明日报》（文学遗产版）1957 年 2 月 10 日。

来哀悼被害者"。他在临终前不久，还坚持他的考释有充分的根据。《月出》的考证很有代表性。他从诗的第二章"佼人懰兮"的"懰"字考证起，因《经典释文》知古本《诗经》作"刘"，他又用大量证据证明"刘"作杀解；诗的第三章"佼人燎兮"，旧注"燎"为明，他证明先秦古书仅此一处"燎"解作明，可其他都是放火的意思。《诗经》中有五处用"燎"字，除了是烧起的火、焚烧之外，还有一处是指点燃的烛火。总之，燎与火有关。有了对二、三章关键词的考证，回头再看第一章"佼人僚兮"，所以他认为僚借作"缭"，也就是捆绑。基于上述考证，他得出诗篇内容为"月下杀人"说。他在回答别人诘难时最后说："总之，两先生对于'月出'的看法是根据封建社会学者们一贯的旧说。我对于'月出'的看法是根据刘、燎二字的古义，不见得旧说就是正确，管见就是错误。在这里两说并存，未尝不可。两先生尽可不同意我的说法，然而却推不倒我的论据。"① 实事求是地说，我们习惯于接受旧说，把它释为描写月色下美丽的女子并引起作者思慕的恋爱诗是有道理的，因为照此解释确实给我们提供了一幅十分优美的图画。可高先生的释诗却是一幅阴森可怖的月下杀人的情景，其反差是如此之大！同样实事求是地说，高先生的释诗也的确是有根据、合情合理的"又一说"。我们谁都不能否定春秋中叶以前的陈国没有统治者杀人的事实，我们谁都不能肯定杀人一定是在风高月黑天。再退到最后一步，就像高先生自己说的"尽可不同意我的说法，然而却推不倒我的证据"。我想，这最终还是一个学术问题，古人知道"诗无达诂"，我们对于两千多年前诗篇的理解也完全可以仁智并见，谁也不能说追求到了

---

① 高亨：《"读诗经引论"的商榷》，《光明日报》（文学遗产版）1957 年 2 月 10 日。

诗经考索

学术的绝对真理。正是从这个意义上说，我认为高亨先生这一类通过考证获得的对《诗经》创新的解释，大大丰富了我们的学术视野，提供了认识《诗经》的新的视角，同样是对《诗经》的研究的贡献。50 年代有人批评他是"庸俗社会学"自然是受到时代的影响；我们今天还说他是"极为幼稚的失误"，恐怕也不是实事求是之论。

高亨先生治子、治经的基本路数，严格讲是遵循乾、嘉学派的"无一字无出处，无一字无来历"。高亨先生也有自知之明，像当时人批评的那样，对于当时热火朝天的"文学史分期"论争、"批判继承问题"等，他都没有涉足；他是固守在自己熟稔的先秦古籍阵地，仰仗自己文字、训诂、音韵、典章制度等丰厚的知识，主动接受新的时代气息，从事先秦古籍的注解诠释工作的。他的学术成就（包括治《诗》）的取得与这种基本路数和学术追求密切相关，他学术研究（主要指治《诗》）的某些偏颇也与此有关。我们应该分析研究 20 世纪中期这种复杂的学术现象。

三

高亨先生在《诗经》研究上取得了令学界瞩目的学术成就，但毋庸讳言，他的研究方法包括研究结论（主要是对个别诗篇的解释），不无偏颇之处。他的研究方法主要是社会学的批评，社会学的批评，本来是文学研究的一个重要的方法，他的偏颇在于社会学的批评中过多地强调了阶级分析和阶级斗争的成分。如果拿《诗经今注》与《诗经选注》对比，他早期50 年代的这种倾向就更明显。比如，《诗经选注》很重视作者阶级身份的考察，对诗篇的分析很注意下有无进步意义的结语，对周代社会（春秋中期以前）丰富的世态人情注意不够。如对《周南·汉广》的释义，说"作者爱上了庄园主的女儿，而由于阶级的限制，不得相恋与结婚。"虽然后来的解释说"翘翘错薪，言刈其楚"等句是赋而不是兴，作者是劳动者，但仍得不出上述的结论（《诗经今注》已改正此说）。高亨先生这种复杂的《诗经》研究现象，是需要从学术史、方法论意义上认真思考的。

每一个时代有每一个时代的学术，包括《诗经》在内的许多古籍文本常读常新，这是学术史得以延续、我们忝列学者的行列从事某一方面研究的理由。中国大陆五六十年代的学术研究，是从旧社会过来的旧知识分子接受马克思主义思想进行"思想改造"、接受唯物史观（主要又是阶级、阶级分析和阶级斗争学说）的形势下进行的。大的政治形势、接连不断的政治运动，冲击着他们旧的思想体系，接受新的世界观和方法论并用于研究学术，是很自然的事情。当然，他们每人的生活经历、历史背景不同，这种接受和改造也表现出程度的不同。高亨先生虽然是在旧社会成名较早的一名教授，却并非出身于豪富之家，在旧社会也饱尝游离之苦和衣食之难。他对新中国寄托了无限的希望，甚至可以说对政府有一种感恩的心情。所以他用马克思主义的思想观点方法，从事学术（当然包括《诗经》）研究，投入了很大的热情。他顺应时代的潮流，在时代潮流的冲击下努力改造自己的世界观和方法论，也因此在他的学术研究中不可避免地涌入较强的意识形态性。这既是他《诗经》研究的成就、特点，也是出现某些偏颇的主要原因所在。再从他所用的社会学的批评方法来说，"知人论事""知人说诗"是我们传统文论古已有之的，《毛序》的教化说，是解《诗》的极致了。此外，《诗经》诗史不分的文本特点，必然使研究者去考察其所表现的直接的社会的和历史的内容。这些或远或近、或直接或间接的因素，都对高先生的《诗经》研究走出自己的路子，产生了重要影响。我不同意把研究方法和个

诗经考索

别研究结论的偏颇简单地归结成"个人"品格的问题，我赞成通过历史地分析复杂的学术现象，总结学术研究的得失。我在前面已经说过，高先生《诗经》研究成就的取得，他的《诗经》研究形成自己的特色，当然也包括上述的偏颇在内，都与他所处的环境、思想方法由旧而新的追求有关。

毫无疑义，高亨先生所遵循的是马克思主义文艺批评的原理。传统马克思主义视文学为一种意识形态的形式，主要从历史唯物主义的角度，按照"历史的"和"美学的"方法相结合的要求来研究文学，从认识论的角度对文艺反映社会现实的基本情形作出概括和论述。问题在于当今天西方纷繁众多的文艺观点、文学批评方法引进之后，在大大地拓展了我们对文学本质的认识，对我们文学研究也的确起到了一定的推动作用之后，我们应该如何重新看待传统的马克思主义文艺批评的理论和方法。如果我们仔细反思，目前文学研究的方法是否有一种偏颇，这就是对文学作社会学研究的轻视。最近读到黄霖先生一篇文章有段话说："已经有一段时间以来，一些人强调文学研究要回到'文学自身'，特别起劲反对与丑化社会——历史的批评与研究。当然，从文学内部的结构、语言、叙事等着眼去研究作品是必要的，但不要反过来简单而庸俗地否定社会——历史的研究，否定与外部联系起来研究文学。文学是什么，各人有各人的理解，但文学作品中所写的人及人的感情不是抽象的，它永远离不开社会，离不开社会中的一切。过去强调文学与社会的关系，不是不对，而是这方面的研究没有做好；现在的问题不是抛弃它，而是应该加强这方面的研究。"① 我赞成这一说法。现在回到高先生的《诗经》研究，他对《诗经》时、地的论定，他对风、雅、颂诗体的考察，他对《诗经》中

---

① 黄霖：《金瓶梅研究与学风及其他》，《文汇读书周报》2001 年 6 月 23 日。

史诗的考察，他对每一诗篇的内容和有些诗篇艺术特色的解说，使用和贯穿的就是社会学的也可说是历史学的研究方法，其中的确也有偏颇，但他是自觉、主动地接受、运用新的方法从事《诗经》研究。尽管他有的地方没有做好，但放到《诗经》研究史的链条上来看，他比汉儒、宋儒许多"冬烘"式的说教，何啻天壤之别。马克思主义对文学本质的认识，马克思主义所倡导和重视的社会学的文艺批评，仍然是文学批评中一条重要的原理和方法。顺便说及的是，高先生重视研究材料而求其尽、求其全，重视考证而求其细、求其精，对于警示、纠正我们今天古典文学研究领域的"浮泛"学风，不是有着实际的意义吗？

高亨先生《诗经》研究是个别的特殊的现象，但如何正确认识和总结像他这样中国大陆一大批学者的学术研究，分析高亨先生的《诗经》研究又具有普遍意义。世纪之交，20 世纪学术史（包括各专门学科的研究史）的撰写任务已提到了我们的面前，而且在事实上有的学者正在从事这项工作。对 20 世纪复杂的学术现象作简单的肯定和简单的否定都不是科学的态度。最近，季羡林先生在"纪念陈寅恪教授国际学术研讨会"上有一个发言，他在高度评价陈寅恪先生是"一个真正的中国人，一个真正的中国知识分子"后，明确表示"我与金岳霖先生一派，与汤用彤先生一派"，并尖锐地提出"究竟是陈先生正确呢，还是金岳霖、汤用彤和一大批先生正确呢"的问题。季先生让大家研究、考虑。① 说实话这是一个很难回答的问题。我在这里引季先生所提出的这个尖锐问题的用意，是说明研究中国 20 世纪学者的人生道路，研究他们所从事的研究实

① 季羡林：《纪念陈寅恪教授国际学术研讨会发言》，《陈寅恪与二十世纪中国学术》，浙江人民出版社 2000 年版。

践，是既迫切而又有难度的。季先生提出的问题，不仅止是学术史的问题，但又与学术史有关。按我现在的思考，我们是否可以不急于回答正确与不正确的问题，我们十分尊重陈寅恪先生卓然独立，一生追求学术自由的品格和在学术上的突出贡献，我们也承认并尊重像金岳霖、汤用彤、季羡林，当然也包括像高亨等一大批先生所做出的学术努力和在学术上的突出贡献。凡在历史上存在的都是正确的，这当然是错误的结论；凡在历史上存在的都有其必然性（偶然性存在于必然性之中），这应该符合历史的法则。学术史（包括各门学科的研究史）的撰写，既要讲清历史上的存在（包括史的线索、研究对象的学术成就，也包括研究中的偏颇甚至失误），还需要花大力气讲清这种历史存在的必然性。而其中非常值得重视的是对个性特点的分析和研究。

（原载《山东大学学报》2002 年第 1 期）

附录一　从学术史角度评论高亨先生的《诗经》研究

附录二 论董治安先生的《诗经》研究

一

董治安先生的《诗经》研究，基本上是围绕两个方面的问题进行的，一是对《诗经》具体篇章文义的解读阐释和属于文学成就的评价；二是对《诗经》自春秋乃至战国、汉代近千年时间里的编辑、流传、应用、研究情况进行全面梳理，也就是我们经常说的先秦两汉《诗经》学史的研究。

属于第一个方面的研究，大致是在20世纪90年代以前进行的。由参加高亨先生《诗经新解》所完成之"唐风""魏风"的注释，一部分发表于《社会科学战线》编辑部编的《古典文学论丛》（1984年第4期），另一部分作者自己收入到1994年齐鲁书社出版的《先秦文献与先秦文学》里。该书中的《漫谈〈叔于田〉、〈大叔于田〉的夸饰特色》也属于这一类的研究成果。

90年代以后，董先生将兴趣投入《诗经》学史的研究，系统地考察和研究了先秦及汉代《诗经》学史的一系列问题。这方面的成果收入在作者的《先秦文献与先秦文学》及《两汉文献与两汉文学》中。主要有《〈诗经〉绪说》《从〈左传〉、〈国语〉看"三百篇"在春秋时期的流传》《关于战国时期"诗三百"的流传》《战国文献论〈诗〉、引〈诗〉综录》《〈吕氏春秋〉之论〈诗〉引〈诗〉与战国末期〈诗〉学的发展》《两汉〈诗〉的承传与〈诗〉学的演化》《两汉〈诗〉学史札记三则》《以〈诗〉观赋与引〈诗〉入赋》《〈史记〉称〈诗〉平议》《〈史记〉称〈诗〉综录》等文章。应该说,董先生是改革开放后在学术界较早地涉足《诗经》学史领域研究的著名学者之一,上述文章的研究结论对研究思路和研究方法产生了一定的影响,20 世纪 90 年代以后,《诗经》学史的研究受到越来越多的学者(特别是年轻学者)的重视,并有为数众多、成就不菲的学术成果问世。从学术史发展的角度,总结董先生对《诗经》和《诗经》学史的研究,我们能获得许多有益的启示。

二

多少年后,董先生在《我与先秦两汉文史研究》中,深情地回忆起高亨先生当年是如何教他读书和作文的:"高先生反复叮嘱,要我真正'读通'几种典籍,以此作为走向治学之途的第一步。他认为,花些气力把一种典籍读深、读透,有助于提高阅读能力,积累读书经验,把握治学方法;能够进而为研读其他古籍打下基础,创造条件,开辟途径。正是在这个意义上,他要我记住一句老话,叫做'一经通,百经毕'。"又回忆说:"我的专业进修是从选注《诗经》和《庄子》开始的。……高先生布置的作业看似数量不多,而其实要求却很高。如注《诗》,他提醒注意'三家诗'与毛诗的异同,朱熹'集传'同'毛传'、'郑笺'的差异;实际上涉及到若干经学史的内容。"① 董先生关于《诗·唐风》

---

① 董治安:《两汉文献与两汉文学》,上海古籍出版社 2005 年版,第 404—405、415 页。

《魏风》的笺释，实际就是当年在高亨先生指导下所完成的习作，发表时当然又经过审慎细致地加工和修改，其中就包含有高先生审读初稿时所提出的不少意见。董先生看重这一部分成果，饱含着对恩师深深的感激之情和永远的纪念意义，而我看重这一部分成果，是因为它使我真切地看到了学术的薪火相传，感受到了学术精神的生生不息，也更清楚了董先生的学术品格及其渊源所自。

研读董先生对《诗经》的注释，能感受到其科学求真的精神，既不迷信古人，也不盲从今人，而是根据文献资料，实事求是地得出自己的认识。如关于《唐风·葛生》篇义，《毛序》说"刺晋献公也，好攻战，则国人多丧矣"。结合晋国的历史，董先生认为《毛序》"不无一定的根据"，但也仅止"肯定《葛生》是一首悼亡之作"。至于"这个亡者是否死于战事？诗作者是否立意在讽刺晋献公？都无法从诗中找到直接的解答"。而且，究竟是女悼男，还是男悼女？虽然前人有"祭夫哀辞"说（吴汝纶）；有"其词当为嫠妇悼夫之作"说（吴闿生），一并认为是女悼男，而董先生却认为"似不易肯定"。原因是诗中的关键词"予美亡此"的"予美"，明显是对死者之称谓，而在《诗》三百篇中，"美人"一词，有用于男称女者，如《邶风·静女》"非女之为美，美人之贻"；也有用于女谓男者，如《邶风·简兮》"云谁之思，西方美人"。又如，《唐风·椒聊》，《毛序》以为刺晋昭公。董先生认为"非是"。该诗反复用"椒聊"作比歌颂某人子孙繁多，赞美其身材高大、性情忠厚，祝福其家世兴盛。但"颂扬者是谁？作者为何如此颂扬、祝福其人？都无法求得准确的回答"。虽然闻一多先生认为本诗是赞扬的一位妇人（《诗选与校笺·风诗类钞》），虽然余冠英先生亦从其说（《诗经选译》），但董先生认为"寻绎诗文，似尚有可商处"。高亨先生说，诗中的"彼其之子"的"其"借作"綦"，衣服有华彩的样子，因此认为被赞颂者指贵族男子。董先生采用此说，并补充说："三百篇中，《王风·扬之水》、《郑风·羔裘》、《魏风·汾沮洳》、《曹风·候人》等诗中的'彼其之子'，均为称指男子；此外的《诗经》各篇，以及全部先秦古文中，亦未见以'彼其之子'称指女人的例证。"因此以上说法"似尚待考究"。对《唐风·葛生》"予美亡此，谁与？独旦"的解释，也是慎之又慎。吕祖谦《吕氏家塾读诗记》引程氏说："独旦，独处至旦也。"又闻一多说："旦，读为坦。坦，安也。"董先生认为：前者"虽可通而未尽善"；而后者"亦缺少佐证，仅可备一说。按此处'旦'字费解，尚待斟酌"。① 宁可缺疑待考也不做强解，体现的同样是科学的实事求是的治学态度。

通过反复训解关键词语，比较合理地解释出诗义，是董先生解诗的明显特征。"诗无达诂"，向来人们就深知解诗之难。而解释的准确可信则更难。这中间牵涉很多的问题，但其中必须认真对待的首要问题，就是如何正确地、准确地理解诗中的词语特别是关键性词语的问题。董先生在上课时多次强调训诂要避免"孤证"，凡证据要有主证、旁证、附证等不同的层次观念。仍以《唐风·葛生》为例，"谁与独处"，《郑笺》释为"吾谁与居乎？独处家耳"。此解是以"吾"为全句的主语，董先生认为"实未允当"。但肯定其对"与"字的训解，并补充说："'与'谓共、偕，古籍中颇不乏其义，如《周礼·春官·大卜》'三曰与'，郑注：'与，谓所与共事也。'《诗·大雅·小明》'正直是与'，《汉书·

---

① 董治安：《〈诗·唐风〉释义》，《先秦文献与先秦文学》，齐鲁书社1994年版，第89—105页。

淮阳宪王钦传》引此句，颜注：'与，偕也。'古语亦称'共事'、'共处'为'与'，如《诗·召南·江有汜》'不我与'、《邶风·旄丘》'必有与也'，均用此义。"这一大段的训解，《周礼》的郑注最为重要，汉人注经，于时为古，《汉书》的颜注当然也非常重要，再引《诗》中两处"与"字的用法均与此相同，虽作为附证，但是是以《诗》证诗，同样有很强的说服力。在经过这样一番反复的训释后，认为该句诗义应为："于今有谁与他（或她）同在？他（或她）只能孤独自处罢了。"再举《唐风·蟋蟀》的例子。董先生认为：这是一首感时自警的抒情诗。三章内容相似：蟋蟀的鸣声，引起作者时光易逝的感慨，滋生及时行乐的念头；既而又不禁深自警惕，告诫自己不要沉溺于过度的欢乐，要力求做一个良士。诗的最后两句是"好乐无荒，良士休休"。诗末句旧注颇费解。高亨先生训"休休"为"肃肃"。在高先生提供证据的基础上，董先生又补充大量证据证成此说，谓："'休'与'謖'通，《仪礼·士虞礼》'尸謖'，郑注：'古文謖或为休。'又《少牢馈食礼》'祝入，尸謖'，郑注：'謖或作休。'均其证。而'謖'又通作'肃'，《逸周书·王会》'謖慎'，《国语·鲁语》作'肃慎'；《诗·小雅·楚茨》'既齐既謖'，即'既斋既肃'，是其证。可见'休'与'肃'是通假字。《说文》：'肃，持事振敬也。'《尔雅·释训》：'肃肃，恭也。'诗'良士休休'即'良士肃肃'，是说'良士'敬慎诸事，不敢懈怠。"引古籍先证成"休"与"謖"为通假字，又引古籍证成"謖"与"肃"为通假字，则"休"与"肃"亦为通假字，字义相通。如此，"良士休休"则与前"良士瞿瞿"（瞿瞿，为惊惧四顾的样子）、"良士蹶蹶"（蹶蹶，勤勉努力从事的样子）诗意相近，充满自警自诫之意。王念孙说："字之声同声近者，经传往往假借，

342

学者以声求义，破其假借之字，而读其本字，则涣然冰释；如其假借之字而强为之解，则诘鞠为病矣。"① 上述释义应该是通过破解字的通假，而正确读诗很成功的例证了。其实，并非训解通假字如此，凡涉及字词义特别是对释义不同的字词义的训解，大量、反复引证古籍，是董先生训释《诗》义的一个重要特点。

除对《诗》的字词义的训读和内容的解释之外，董先生还很注意《诗》文学上的特点和成就，因为《诗》毕竟是文学的。"诗三百"篇之间艺术性的极不均衡，是不言而喻的；即使是上乘诗篇，对其艺术性的评价也存在准确与否的问题。董先生对诗篇的艺术分析最值得称道的是，能抓准每篇诗最突出的特点，做出有分寸的评价。如《唐风·葛生》的分析，先注意到了场景的"异常具体"，是"通过墓前所见、所思"，真切表现了"至爱夫妻那种咫尺天涯不得相晤之苦"；"又借助对'夏日''冬夜'的孤寂，以及对于'百岁之后'的种种遐想，进一步抒发了诗作者的绵绵情意和无尽悲伤"。② 又如，具体分析《大叔于田》"叔在薮，火烈具举。祖裼暴虎，献公于所"后，说："较多正面、具体的状物叙事，并不排斥文学的夸张与修饰"，"比拟联想、点染铺陈，用直接描写和侧面烘托，依然使所要表现的对象得以强调和突出"，这就注意到了《诗经》（特别是其中的"国风"）"善于用简省的语言、朴素的形式，真实而不假饰笔地再现生活"的同时，"三百篇"中的确也有一部分作品，"在内容上带有一定的理想化倾向，在语言表现上多有夸饰的特征，或以奇笔取胜，或以工于描摹、

① 转引自王念孙《经义述闻·序》。
② 董治安：《〈诗·唐风〉释义》，《先秦文献与先秦文学》，齐鲁书社 1994 年版，第 89—105 页。

富于文采见长"，而这些都是新的时代"向历史借鉴一切有生命力的文学表现手段"的结果，是中国抒情文学的新发展。①董先生的上述论析，是在中国抒情文学发展中，精到而又非常准确地标明了《诗》中许多名篇的文学价值和历史地位。

三

先秦两汉《诗经》学史中的许多问题，古往今来，学派纷争，各自为说。如何使问题的研究更深入，如何使研究的结论更接近历史的真实，是新时期以来《诗》学研究专家普遍面临的问题。在面对这些纷繁复杂的问题时，董先生有明确的学术追求，即在前人研究的基础上，通过过深过细地对文献资料的搜求，将微观分析和宏观把握相结合，梳理出先秦两汉《诗经》学发展的阶段性，以及各阶段的具体表现和学术特征。具体说，把握了所有先秦两汉的与《诗经》学相关的文献资料，涉及《诗》《书》《易》《周礼》《仪礼》《礼记》《春秋》《左传》《国语》《战国策》《论语》《孟子》《庄子》《韩非子》《荀子》《吕氏春秋》《史记》《汉书》《后汉书》《新书》《法言》《说苑》《新序》《列女传》，乃至《说文》、全部汉赋等经史子集各类著作，并注意当前新发现的地下考古资料。这样一番文献资料的清理，为该时段《诗经》学史的研究奠定了可靠的、坚实的基础，也应该说是第一次如此彻底的《诗》学资料清理工作。其属于副产品的成果就有《战国文献论〈诗〉、引〈诗〉综录》《先秦文献所载古乐舞史料综录》《先秦文献所载古乐律史料综录》《〈史记〉称〈诗〉综录》等。在宏观把握方面，是有意识地将《诗》学研究放到整个经学历史发展

---

① 董治安：《漫谈〈叔于田〉、〈大叔于田〉的夸饰特色》，《先秦文献与先秦文学》，齐鲁书社1994年版，第111页。

中，将其作为一个动态发展史加以观照和研究，这就大大地拓宽了研究视野，顾及到了促成《诗》学发展历史的方方面面的因素，因而对《诗》学历史发展的观察就更清晰，也更较为符合实际。

如从大的方面看，董先生将先秦至汉代的《诗》学史分为四个发展阶段，即："一、春秋后期之前，'诗'久已流传较广，且已经过不止一次的整理、编定，出现过相对稳定的传本。这是《诗》学史之第一阶段。二、孔子强调'诗三百'的伦理功能和政治效应，把传《诗》作为主要教学内容之一，推动了'诗三百'之'由诗向经'的演变；战国时代，对于《诗》的不同态度，构成了儒家与道、法等家彼此对立的重要方面之一。这是第二阶段，可视为'准经学史阶段'。三、西汉前期《诗》由儒门之经一变而为王朝之经、天下之经，对社会思想和文化学术方方面面产生了深刻的影响。四、西汉后期以至东汉，经学本身由分化、对立而逐渐相互有所汲取，甚至趋于一定程度的融合。第三、四两个阶段，牵涉到经学的演化，也可视为同一阶段的前后两个时期。"①

董先生的这些论断，是建立在占有充分的资料和缜密论析基础之上的。如，论春秋时期《诗》的流传，由《左传》《国语》大量称引《诗》句看，"可以想见，早在三百篇被最终编成一部诗歌总集以前以及其后一段时间，早在儒家学派创始人出现之前，事实上许多诗篇已在广为流传，深受社会重视，并已产生引人注目的政治和文学的影响"。进一步说，由春秋时期的"赋诗断章"和多运用诗的比附义与象征义来看，该时期的解诗应当是在相当的范围内存在着某种规范性和相对稳定性，"事实上，无论是引诗证事还是赋诗见志，让别人能够体

---

① 董治安：《两汉文献与两汉文学》，上海古籍出版社 2005 年版，第 414—415 页。

察其心曲，领会其深意，双方之间对于一定诗意的理解，就必须首先有个基本的共识。上文所谓对诗义理解和申释的一定随意性，其实也只能是建立在这种'共识'的基础上；否则就会流于信口开河，从而失去活动的意义"。再进一步，据《左》《国》的记载，春秋前期引诗仅两见，无赋诗；进入春秋中期，引诗、赋诗明显大量出现，这说明"诗三百"篇在社会上已愈益广泛地传播。而一般认为《诗经》的编定必然在文公六年（此年秦人"赋《黄鸟》"）之后，而此前累见于记载的引诗、赋诗已多达三十九条。这种现象合理的解释只能是，"'诗三百'并不是在春秋某个时间被一次编定成本后才蓦然传布开去，而是早于此前，久已在可观范围内为人们所传习、所熟悉，因而在事实上已获得相当的流传"。①

再看论战国时期"诗三百"的流传。其论述赋诗现象消失与诗乐分家的关系，论述孔子将《诗》儒学化，论述孔门弟子及其后学、孟子、荀子不尽相同的《诗》学观，其中突出显示的是战国中后期诗学的继续儒学化，以上论述都是具体且深入的。② 特别值得一提的是，注意研究了他人不大注意的庄子、商鞅、韩非子、墨子与《诗》的关系，从与儒家学派对立面的角度审视《诗》的流传。"庄子、商子、韩非子以反对儒学而漠视和排斥'诗三百'，自然带有一定的偏见。而这种偏见产生的本身，却又是对于战国中后期儒家'以诗为经'的一个反动；是从另一个方面反映了'诗三百'的不断儒学化。"论及墨子既"非儒"又较多地正面引诗、言诗。一方面认为墨子本人与孔子有师承联系，说："《淮南子·要略》：'墨者学儒者

① 董治安：《从〈左传〉〈国语〉看"诗三百"在春秋时期的流传》，《先秦文献与先秦文学》，齐鲁书社1994年版，第20—34页。
② 董治安：《关于战国时期"诗三百"的流传》，《先秦文献与先秦文学》，齐鲁书社1994年版，第46—63页。

之业，受孔子之术。'"《墨子·公孟》：子墨子与程子辩，称于孔子。程子曰：'非儒，何故称于孔子也?'子墨子曰：'是亦当而不可易者也。'"①；另一方面认为墨子时代较早，当在战国初年，春秋普遍盛行于上层社会的赋诗、称诗之风，并未完全成为过去，而三百篇"由诗向经"的演化，也仅处于初始阶段，还要经历一段时间过程。"就此而论，墨子'非儒'而并未如庄、商、韩那样绝对化地排斥三百篇，适足表明，战国之初诗的儒学化一时尚未发展到其后那样严重的程度。"这又通过对墨子称诗的考察，透析出了战国初《诗三百》儒学化的情况。此外，还通过对主要儒家著作《论语》《孟子》《周礼》《仪礼》《礼记》所有引诗的考察，发现总共引诗 253 条次，而其中所见逸诗除"笙诗"6 篇外，仅有《貍首》《新宫》及其他两首。"由此可见，战国儒家习诗所用的传本，是有相对稳定性的。"凡此种种新发现，都对《诗》学史的发展面貌的认识起到了具体化、明晰化的作用。

对战国末期《诗》流传情况的索解，也是董先生对《诗经》学研究的贡献。通过对《吕氏春秋》之论诗引诗的剖析，认为："在秦并六国之前的一段时间，人们已在很大程度上接受了儒家'以诗为经'的观念，而各家学术思想正逐渐趋向合流。《吕氏春秋》引诗文字与汉人'四家诗'传本均有较多差异，而与战国其他文献引诗出入不大，很可能有相对稳定的'古本'作依据。作者对于逸诗的征引和推重，说明直到战国之末，儒家之三百篇传本依然未能在其他诸家习诗者那里被定为一尊。"

对于汉代《诗经》学史的研究，同样是在大的社会背景和

---

① 董治安：《关于战国时期"诗三百"的流传》，《先秦文献与先秦文学》，齐鲁书社 1994 年版，第 66 页。

经学史的视野审视下进行的。提出的许多问题让人眼前一亮，并能发人深思。如通过对《史记》称《诗》的考察，认为至汉武帝时期，已经出现了《诗》之官学化的重要倾向。如通过《史记》引《诗》或与毛同，或与毛异而同于三家，或竟用鲁诗，事实上并不主一派，从而发现过去人们所强调的汉人治经"重家法、师法"，"似乎被研究者过于夸大了"。又如，结合司马迁论齐、鲁、韩三家诗"其归一也"观点，从其产生的地域及授受关系上进行分析："《诗》三家的流传，主要在于今泰山南北以及相邻近的燕赵一带。战国之时，这一带恰恰是儒家《诗》教、特别是荀卿传《诗》最为繁盛之地。文献表明，鲁诗始传人申公曾经是荀卿的再传弟子（参见《汉书·楚元王传》），而今存《韩诗外传》又直接引荀卿说《诗》多达40条（参见清人汪中《荀卿子通论》），至于荀卿长期游学于齐、三为稷下祭酒（参见《史记·孟子荀卿列传》），其与齐学的关系更不同于一般。准此，可以推想，齐、鲁、韩三家《诗》学之共同的基本点，主要就源自于战国儒家《诗》教、特别是荀卿的《诗》学。"由此提醒今人对于《诗》三家之间的差别，"只能给予实事求是的估量"。①

至于汉代《诗》学史中的今古文之争，汉代对《诗》文学特征的认识和评价，汉代也包括先秦的许许多多的具体《诗》学史的问题，董先生有不少自己的见解，就不烦再具体细说了。读这些文章，给我最突出的感觉，是深入《诗经》学发展史的深处、细处，用丰富的文献资料尽量还原历史的场景，尽量贴近历史地来展示出《诗经》学中的某些关键的环节。我认为，这对深化《诗经》学史的研究具有推动作用。

---

① 董治安：《〈史记〉称〈诗〉平议》，《两汉文献与两汉文学》，上海古籍出版社 2005 年版，第 169—187 页。

四

综观董先生的《诗经》研究，能给我们许多有益的启示。

"诗无达诂。"所以对《诗经》篇义的准确理解和把握，仍然是今天《诗经》研究者应该特别关注的重要问题之一。董先生的解诗，重视古人而又不泥古；重视联系礼乐典章制度；重视对关键字词的反复训解；确定篇义及分析表现特点时的审慎态度，都有值得学习之处。虽然《诗经》的注本、译本已多不胜述，但真正的权威性的、为众人较普遍接受的注本、译本却并不多见，可见注译《诗经》之难，也可见此项工作仍有很大的空间。

董先生的《诗经》研究，无疑属于传统意义的社会学历史学的研究。他关注历史政治对诗篇内容上的影响，关注《诗》学史演变与国家政治发展的关系，关注文化、教育、风俗等与《诗》及《诗》学的联系，都说明了这一点。我们还注意到，在用这些传统研究方法研究时，自始至终十分强调文献的作用，甚至可以概括为"文献情结"。诚然，采用任何方法从事学术研究，都需要重视文献，文献资料是从事研究的前提，这是学术研究的常识。但相比较而言，传统的社会历史学的研究方法较之偏重理性阐释的方法，就更注重文献的搜集、考辨与应用。而董先生的《诗经》研究对文献的追求，又超过了一般意义上的传统社会历史学的研究。如"竭泽而渔"式地对春秋、战国所有引诗、用诗、赋诗数据的搜集，对《吕氏春秋》《史记》全部引诗、称诗资料的搜集；如对"'诗三百'并不是在春秋某个时间被一次编定成本后才蓦然传布开去，而是早于此前，久已在可观范围内为人们所传习、所熟悉，因而在事实上已获得相当的流传"的论述，对"战国儒家习诗所用的传本，是有相对稳定性的"

的论述，对"汉代《诗经》的传本应该大体保存了先秦时期'诗三百'的基本面貌"的论述，已经是在追溯《诗》流传中的版本问题了。董先生师承高亨先生，刚留校工作时，高先生就用梁任公（启超）先生书赠给自己的"读书最要识家法，行事不可同俗人"，要求和勉励董先生，董先生《诗经》研究（当然也包括其他研究）格外重视文献资料，格外重视音韵训诂，除去其他的原因外，与这种"家法"是息息相关的。

实在说，《诗经》研究是老而又老的问题，研究时代久，涉及问题多，但由于原始资料有限，所以许多问题很难有让人信服的结论。在没有更新资料发现的情况下，董先生所做的工作是，努力从原始文献中全部汇集所有相关《诗》的资料，再对这全部的数据做系统性的重新审视，又非常重视有关《诗经》新的考古资料的发现，透过这些所有资料，尽量发现其间存在的复杂关系以及关系背后所隐含的种种问题。董先生许多《诗》学史上有识之见的得出（如对先秦两汉《诗》学史三期四段的分期研究、如对先秦《诗》传本的考索蠡测、如对汉代传诗地域的考察与"三家诗"之关系的论述等），正是得益于这种大视野、全方位的研究方法。董先生的《诗》学史研究的结论及其研究方法，都对后来者具有借鉴昭示的意义。

董先生遽归道山，有许多研究计划未来得及完成，留下了永久的遗憾。他曾表示，自己不再承担过大的集体性项目，"把先秦两汉文学研究的重点放到若干个人的课题上来，其中包括整理一些久已拖延下来的未成稿"，结果未能如愿。其中就包括《诗》学史的研究。他在个人传记性质的《我与先秦两汉文史研究》中曾说："主观上想要把先秦两汉《诗经》学史的梳理，与传统经学史的研究和总结结合起来；显然由于内容浩繁复杂，研究有相当的难度。我在继续做一些准备，争取把以后的工作做得质量稍好一些。"① 这固然显示出董先生一贯的谦虚美德，也的确是一种真实心情的表达，即：已发表的所有《诗》学研究的文章，只是全面研究的前期准备，在"继续做一些准备"之后，定能奉献给学界更系统深入的《诗》学史的论著。记得我当年读到这段文字时，内心充满对董先生这个方面新的研究成果的期盼，而今，这期盼已变成绵绵无尽的哀思了。

董先生已永远离开了我们。草此短文，回顾和总结董先生的《诗经》研究，作为对先生的缅怀和纪念。

（原载《儒风道骨　君子气象——董治安先生纪念文集》，齐鲁书社 2013 年版；又载《诗经研究丛刊》，学苑出版社 2014 年版）

① 董治安：《两汉文献与两汉文学》，上海古籍出版社 2005 年版，第 415—416 页。

后 记

　　本论文集所收论文，最早的发表于 1986 年，最晚的发表于 2015 年，其间相隔近 30 年。因发表年代不同，也因所发表论文的刊物对格式要求的不同，因此，论文发表时的格式也不尽相同。此次结集，虽按照出版社的格式要求，尽量做了统筹划一的工作，但仍有不尽如人意之处，望读者见谅。

　　集子中有的论文文字有重复现象。有的属于所引用的资料，也有的属于观点的表述。造成这种现象的主要原因，论文非一时所作；而所思改研究的问题也有由浅入深、由点到面的过程；另外也有出于从不同角度切入进行研究的需要。这些论文，除一篇外其他都公开发表过，也想保留下一点历史的印迹，故未作修改。个别论文中的个别统计数字，又重新进行了统计，对原发表论文有个别的数字作了修正。这些都是需要做出说明的。

　　山东大学文学院杜泽逊院长及诸位领导，忠于职守，继往开来，砥砺前行，弘扬学术，为该书出版予以帮助，谨致谢忱，对郭晓鸿责编及其他编校同志所付出的辛劳表示衷心感谢。

王洲明

2019 年　仲夏